투르게네프 단편집

차 례

해 설 5
푸닌과 바부린 13
사랑의 개가(凱歌) 103
꿈 137
짝사랑 169
파우스트 249

해 설

김학수(金鶴秀)

 이반 투르게네프는 러시아 문학이 낳은 수많은 천재 가운데서도, 우아한 예술적 향기와 미(美)에 대한 섬세한 감각, 완전 무결하다고도 할 수 있는 풍부한 필치, 예리한 관찰력의 소유자로서 가히 다른 작가의 추종을 불허하는 천재적인 문호이며 시인이다. 이런 점에서 투르게네프는 다른 어느 작가보다도 제일 먼저 외국에 알려졌고 가장 많이 읽힌 작가로 손꼽힐 수 있으리라. 물론 그 후 톨스토이, 도스토예프스키가 세상의 독서계를 독차지하게 되자, 투르게네프란 이름이 그 광채를 잃은 듯한 느낌도 없는 것은 아니지만, 그래도 여전히 투르게네프는 자기 표현과 형식의 완비, 인생 관찰의 치밀성, 심각한 성격 해부, 훌륭한 음악과도 같이 전편에 흘러내리고 있는 세련된 예술적 감동으로 해서 확고부동한 위치를 차지하고 있다.
 특히 위대한 평론가 브란데스도 말하고 있듯이, 사랑의 미묘한 음영을 묘사하고 전하는 데 고금 독보(古今獨步)의 천재적인 문호였다. 그는 자연 묘사뿐만 아니라 부드러운 감정의 변화를 묘사·해부하는 데서도 특수한 재능을 구비하고 있었다. 그의 작품 내용은 주로 연애를 골자로 한 것이고, 또 연애의 묘사는 그의 근본적인 특징이기도 했다. 따라서 어떤 비평가는 그를 가리켜 '사랑의 가수' 혹은 '여성 심리의 명수'라는 찬사를 보냈을 정도였다. 그러나 투르게네프의 작품에는 항상 그 밑바닥에 슬라브 민족 특유의 우울이 흐르고 있다. 그의 사랑은 황홀하고 안일하고 영속적·정열적인 것이 아니라, 정열적이면서도 순간적인 그러면서도 우수에 사무친 사랑인 것이다.

브란데스가 말한다.

'투르게네프의 마음에는 깊고 넓은 우울의 강이 흐르고 있다. 따라서 그의 어느 작품에도 이와 같은 강이 흐른다. 그의 묘사는 객관적이고 비개성적이어서, 그 소설에 서정시를 도입하는 일은 거의 없으나, 그럼에도 불구하고 전체적으로 서정시의 인상을 준다. 그만큼 그 작품에는 투르게네프 자신의 인격이 나타나 있지만 이 인격자는 결코 자기 감정에 빠지는 일은 없다. 그는 감정을 억제함으로써 오히려 독자에게 감동을 주는 것이다. 서구의 작가 중에는 투르게네프만큼 슬픔에 넘친 사람은 없었다……'

이반 세르게비치 투르게네프는 1818년 12월 28일 모스크바 남쪽의 스파츠스코에 마을의 부유한 지주의 가정에서 태어났다. 그러나 투르게네프의 예술을 이해하기 위해서 우리는 먼저 어머니의 전기(傳記)를 간단히 알아 둘 필요가 있다. 그것은 그의 가정적인 요소가 그의 작품 활동에 절대적인 역할을 하였기 때문이다.

어머니는 어릴 때 아버지를 여의고 계부의 손에 자랐는데, 본래 못생긴 용모에 성격이 편협한 그녀는 계부의 학대와 모욕에 못 이겨 열네 살 때 숙부의 집으로 옮겨 갔다. 그러나 그녀는 여기서도 따스한 피난처를 발견할 수 없었다. 그녀는 서른다섯 살까지 마치 죄수와 같은 생활을 보냈다. 그 다음 숙부가 급사(急死)함에 따라, 오천 명의 농노와 거액의 재산을 상속받고, 균형 잡힌 미남자 세르게비치 투르게네프와 결혼하게 되었다. 그러나 집안에는 남편의 방종으로 풍파가 끊이지 않았고, 이것은 그녀의 히스테리를 더욱 조장해 줄 뿐이었다. 그리고 그녀의 질투와 초조는 언제나 자기 자식 투르게네프를 향한 부당한 욕설로 대치되었다. 나중엔 남편이 세상을 떠나자 그녀의 히스테리는 더욱 광포해지기 시작했다. 그녀는 사소한 과실 때문에 하인과 농노들에게 참혹한 체형을 주기도 하고, 멀리 시베리아로 유형까지 보냈다.

이러한 환경 속에서 자라난 투르게네프는 어릴 때부터 농민에 대한 동정심이 싹트기 시작했으며, 부정과 불합리의 근본이 되고 있는 농노 제도에 대한 증오가 그의 뼛속에까지 사무치게 되었다. 이때의 감정은 여기에 실린 《푸닌과 바부린》에 잘 묘사되어 있다.

투르게네프는 모스크바 대학의 문학부와 페테르부르크의 역사 언어학부에서 배우고 스무 살 때, 베를린으로 가서 베를린 대학의 학생이 되었다.

그 후 투르게네프는 자기 생애의 태반을 외국에서 보냈다. 그 중에서도 특히 프랑스를 제2의 고향이라고 불렀다.

투르게네프는 1843년 스물다섯 살 때, 처녀작인 서사시 《팔라샤》를 발표했다. 이때부터 그의 문학적 활동은 시작되었다. 그 후 1848년 잡지 《소브레멘니크(현대인)》에 소설 《호리와 카리느이치》가 발표되었는데, 이 작품이야말로 작자의 문학상의 위치 내지는 그 진로를 결정한 초석(礎石)이 되었다.

《호리와 카리느이치》의 눈부신 성공은 아직도 자기 자신의 재능을 의심하던 투르게네프에게 용기와 희망을 불러일으켰다. 그는 계속해서 농민 소설을 쓰기 시작해서 드디어 《사냥꾼의 수기》(1851)를 완성하기에 이르렀다. 《사냥꾼의 수기》이후 《우딘》(1855), 《귀족의 보금자리》(1858), 《그 전날 밤》(1860), 신구(新舊) 양세대의 갈등을 묘사한 《아버지와 아들》(1861) 등 많은 장편을 발표하여 러시아 문단에서 제1인자로 군림하게 되었다.

《푸닌과 바부린》은 그가 죽기 9년 전인 1874년에 씌어진 작품으로, 그의 대표작이라 할 수는 없겠지만 다른 어느 작품보다도 자전적인 요소를 많이 내포하고 있다는 점에서 유명하다. 그는 여기서 자기 어릴 때의 추억을 생생하게 반영하고 있다.

《푸닌과 바부린》이 맨처음 발표되기는 1874년 《유럽 통보》 제4호에서였다. 그는 1870년에 새로운 장편 《노비(處女地)》를 구상하고 있었는데, 그것이 순조롭게 진행되지 않아 수년 간의 공백이 있었다. 이때 중편 《푸닌과 바부린》이 탈고를 본 것이다. 투르게네프는 그 속에 나오는 인물들이 실제로 존재하는 사람들이며, 잔인무도하고 포악한 할머니는 자기 어머니의 상징이고, 푸닌은 자기의 마음속으로부터 존경하던 농노 로바노프의 형상이라고 말하고 있다.

투르게네프는 《푸닌과 바부린》 속에서도 말하고 있는 바와 같이, 넓은 정원의 고요한 관목 덩굴 뒤에 숨어서 새들에게 노래를 부르게 하는 로바노프(푸닌)에 의해서 그 어떤 즐거운 다른 세상을 알게 되었고, 러시아의 시(詩)에 대한 애정을 느끼게 되었던 것이다. 신분으로 보자면 하찮은 농노가 귀족들의 외국인 숭배를 한탄하며, 러시아인의 시를 읊는 것을 소년 투르게네프는 황홀한 기분에 사로잡혀 바라보곤 했다는 것이다. ≪푸닌과 바부린≫이 발표되자, 사회에서는 찬부(贊否) 양론으로 상당한 물의가 있었지만 그 당시의 권위 있는 신문 〈골로스(목소리)〉는 ≪사냥꾼의 수기≫를 훨씬 능가하는 훌륭한 작품이라고 극구 찬사를 아끼지 않았다. 작자는 이 작품에서 포악무도하고 잔인한 할머니의 성격, 여기에도 굴할 줄 모르는 공화주의자 바부린, 개성이 뚜렷한 새로운 타입의 여성 무자, 모두 한결같이 자신의 독특한 성격을 살리면서 자연스럽게 예술적 완성을 기하게 한다.

투르게네프 대작의 태반이 ≪푸닌과 바부린≫처럼 사상적인 면, 사회적인 면에 돌려지고 있는 것은, 그가 높은 교양을 지닌 사상가이자 민감한 예술가로서, 일반 사회를 지배하고 시대 조류에 무관심할 수가 없었기 때문이다. 따라서 그는 때때로 정치·사회적 테마를 골랐다. 그러나 투르게네프는 거기에 앞서 시인이며 예술가였기 때문에 그의 작품에 나타난 사회 문제는 타는 듯한 정열이 결핍되어 있다. 오히려 객관적인 비평과 해부의 성질을 띠고 있으며 그의 작품의 중심은 예술적 표현, 개개인의 심리 묘사에 돌려지고 있다. 그러므로 우리는 그의 예술을 사상 문제만 가지고 비평할 수는 없는 것이다.

≪꿈≫은 1877년 〈노보예 브레므야(新時代)〉에 실린 단편으로, 투르게네프의 단편 중에서도 그 심리적 묘사와 반환상적인 테마로 해서 그의 또다른 면을 우리에게 제시해 주는 걸작이다. 풍부한 상상력, 예리한 성격 묘사는 이 단편에서도 넉넉히 엿볼

수 있으며, 이 작품을 읽는 사람이면 누구든지 꿈의 세계로 빠져 들어가게 된다.

≪사랑의 개가≫는 투르게네프가 죽기 2년 전에 발표한 최후의 단편으로, 1881년 〈유럽 통보〉 11호에 실렸다. 이 작품은 이탈리아 고전에서 소재를 얻은 것으로, 단편이기는 하지만 말할 수 없이 풍부한 환상과 매력으로 해서 누구를 막론하고 신비로운 환상에 사로잡히게 하는 아름다운 명편(名篇)이다.

당대의 유명한 평론가 브레젠스키는 ≪사랑의 개가≫에 대한 장문의 논문을 게재하고, 그의 재능을 찬양하면서,

'……투르게네프의 새로운 단편 ≪사랑의 개가≫는 전세계 독자들의 시선을 집중시키게 하는 위대한 작품이다'라고 쓰고 있다. 그는 계속해서 환상적인 모티프로 기울어진 작가의 권리를 옹호하면서 섬세한 심리적인 분석과 정열적인 표현에 따르는 인간 감정을 높이 평가하였다. (1881년 〈포랴도크〉지 313호)

문학 평론가 베추이코 역시 이 단편의 신비성을 전제하고 나서,

'……≪사랑의 개가≫는 신비로운 미로 충만해 있는 작품이다. 이것은 서사시다. 정서적인 고귀한 진주다!'라고 말하고 있다. (1881년 〈노브스치〉 306호)

특히 이 ≪사랑의 개가≫에서는 청년 시절에 실연을 하고 일생을 고독하게 지낸 작자가 늙은 다음의 적막을 신비로운 사랑의 개가로 자신을 위로하려고 한 심정을 엿볼 수 있다.

≪짝사랑(아샤)≫은 1858년 〈소브레멘니크〉에 발표된 작품으로 그 예술적 완성, 미의 감각, 훌륭한 자연 묘사 등으로 해

서 ≪첫사랑≫과 쌍벽을 이루는 일품이다.

투르게네프가 묘사하는 여주인공은 대개 독특한 용모와 매력을 가지고 있지만, 그 중에서도 ≪짝사랑≫의 아샤만큼 이채롭고 독특한 빛을 발하는 여성은 없다. 그녀는 순진하고 명랑하고 그러면서도 타는 듯한 정열과 적극성을 지니고 있다. 따라서 이상적인 남자를 만나기만 하면, 물불을 가리지 않고 사랑에 빠지고 만다. 그러나 그것은 조금도 야비하거나 부자연스러운 데가 없는 헌신적인 고상한 사랑이다. 그녀는 일생 동안 단 한 번 그것도 순간적으로 사랑할 뿐이다. 그녀에게 사랑과 죽음은 동일한 것이었다. 그러나 ≪짝사랑≫의 남주인공은 정열적인 아샤에 비해서 너무나 소극적이고 이지적이다. 그는 아샤를 사랑하면서도 그 사랑을 고백하지 못한다. 아샤가 영원히 자기 앞에서 사라졌을 때, 그는 비로소 몸부림치며 그녀를 찾아 헤매는 것이다. 이것은 러시아의 인텔리들이 지니고 있는 통속적인 폐단이라고 할 수 있겠으나, 한편 사랑에 실패하고 일생 동안 고독하게 지낸 투르게네프 자신의 이지(理智)와 우수를 말해 주는 것일지도 모른다.

≪짝사랑≫은 작자의 독일 유학 시대의 추억을 소설화한 것으로 보인다. 그는 1858년 4월, 레오 톨스토이에게 보낸 편지에서, '나는 시종 눈물을 머금으며 이 소설을 썼습니다' 하고 고백하고 있다.

≪짝사랑≫이 나오자, 당대의 유명한 시인 네크라소프는 다음과 같이 찬사를 아끼지 않았다.

'……이 작품에는 청춘의 힘이 넘친다. ≪짝사랑≫—이것은 순금의 서사시다! 전편에 흐르는 미적 감각은 독자들을 스스로

≪파우스트≫는 1856년 즉 ≪짝사랑≫보다 2년 전, 〈소브레멘니크〉 제10호에 발표한 중편이다. 형식의 완비, 인생 관조의 치밀, 심각한 성격 해부, 그 밖의 여러 점에서 보면 투르게네프의 작품 중에서도 최고 수준을 형성하는 주옥편이다.

시경(詩境)에 빠지게 한다……'

투르게네프는 이 작품에서 괴테의 ≪파우스트≫의 모티프를 다른 시대, 다른 환경 속에 새로이 살려 보려고 시도한 것 같다. 투르게네프는 여기서도 역시 독특하고 신비로운 성격을 지닌 여주인공 베라를 등장시키고 있다. 그는 할머니에게서 정열적인 이탈리아의 피를 받고, 할아버지한테서는 신비롭고 초자연적인 심적 경향을 물려받은 이상형의 여성이다. 그녀는 어머니의 독자적인 교육 밑에서 외계와 분리된 채 성장해서, 남의 처가 되고, 어머니가 되었다. 즉 그녀는 스물일곱 살까지 한 편의 시도, 한 권의 소설도 읽은 적이 없었다. 이러한 모순된 교육이 비극의 원인이 되지 않을 수 없는 것이다. 즉 그녀는 ≪파우스트≫를 읽은 다음부터 예술에 대한 눈을 뜨고 적나라한 애욕과 진리를 알게 되었다. 그러나 어릴 때부터 몸에 밴 모순된 교육을 뿌리칠 수는 없었다.

결국 그녀는 인생의 첫번째 시련과 함께 무참히 쓰러지고 만다.

대본으로는 1655년 판 투르게네프 전집(И.С.ТУРГ ЕНЕВ. СОБ РАНИЕ СОЧИНЕНИИ) 중에서 제6권과 제8권을 사용했다.

푸닌과 바부린

......이젠 나도 늙고 병들었다. 그리고 나날이 다가오는 죽음을 생각할 뿐이다. 흘러간 과거를 생각지도 않고, 내 마음의 시선을 뒤로 돌리지도 않는다. 다만 때때로— 겨울이면 불붙는 난로가에 가만히 앉아 있을 때, 여름이면 그늘진 가로수를 따라 조용히 발걸음을 옮길 때 —나는 지나간 나날을, 사건을, 사람들의 모습을 상기해 본다. 그러나 그럴 때 나의 생각을 멈추게 하는 것은 나의 장년 시절도 아니고 청년 시절도 아니다. 나의 생각은 언제나 유년 시절이 아니면 초기의 소년 시절로 되돌아가곤 한다. 바로 지금도 나는 엄격하고 무서운 할머님 댁 시골에서 자신을 찾아본다.— 나는 겨우 열두 살이었다— 그리고 나의 공상 속에는 두 사람의 모습이 떠오른다······.

그러나 나는 자신의 이야기를 차근차근 조리 있게 말해 보련다.

1

1830년.

늙은 머슴 필리프이치가 들어왔다. 여느때처럼 장미형 넥타이를 매고, 냄새를 풍기지 않으려고 입을 꼭 다물고, 희끗희끗한 머리칼을 이마 가운데로 늘어뜨린 채, 발끝으로 걸어 들어왔다. 방 안에 들어서자 그는 인사를 하고, 도장이 찍힌 커다란 한 통의 편지를 철제 쟁반 위에 얹어서 할머니에게 내주었다. 할머니는 안경을 쓰고 편지를 읽었다.

"여기 와 있냐?" 할머니가 물었다.

"무슨 말씀이신지요?" 필리프이치가 겁에 질린 어조로 말했다.

"말이 통해야지! 이 편지를 가져온 사람이 여기 있느냐 말야?"

"네, 여기, 여기……사무실에 계십니다."

할머니는 호박(琥珀) 염주알을 만지작거렸다.

"그럼 이리 데려와요……. 그리고 너는," 할머니는 내게로 돌아서서는 말하였다. "가만히 좀 앉아 있어."

나는 지정된 의자의 한쪽 구석에 앉은 채 옴쭉달싹하지 않았다. 할머니는 나를 그만큼 엄격히 다루고 있었던 것이다.

오 분 가량 지나서, 검은 머리에 거무죽죽하고, 광대뼈가 넓고, 얼굴이 드문드문 얽은 서른댓 가량의 사나이가 방 안으로 들어왔다. 그의 짙은 눈썹 밑에서 자그마한 잿빛 눈이 부드럽고 슬픈 표정을 띠고 있었다. 전체적인 얼굴 모습이 동양적인 냄새를 풍기지만 그의 눈빛과 표정만은 어울리지 않았다. 그는 소매가 긴 프록 코트를 단정하게 입고 있었다. 문간에 서자, 그는 머리만을 끄덕여 인사했다.

"자네가 바부린인가?" 할머니는 이렇게 물어 보고, 혼잣말로 덧붙였다.

"마치 아르메니아인 같군."

"그렇습니다." 그는 굵직하고 침착한 목소리로 대답했다. '자네가'라고 말하는 할머니의 첫마디를 들었을 때, 그의 눈썹은 바르르 떨렸다. 그는 할머니가 동등한 사람을 대했을 때와 같이 '당신이'라고 부르리라 생각하고 있었음에 틀림없었다.

"자네, 러시아인인가? 정교(正敎)를 믿는가?"

"그렇습니다."

할머니는 안경을 벗고 머리에서 발끝까지 천천히 훑어보았다. 그러나 그는 눈을 내리깔 생각도 않고 다만 양손을 잔등으로 가져가 뒷짐을 졌을 뿐이다. 그렇지만 유달리 나의 마음을 끈 것은 그의 턱수염이었다. 거기는 매끈하게 면도질이 되어 있었지만, 그렇게 파란 볼과 턱을 나는 생전 처음으로 보았던 것이다.

"야코프 페트로비치는," 할머니가 말하기 시작했다. "이 편지에서 자네를 '술을 먹지 않는' 근면한 사람이라고 칭찬하고 있는데, 그렇다면 자넨 어째서 거길 그만두었는가?"

"그분의 관리인으로는 다른 종류의 인간이 필요합니다, 마님."

"다른……종류라고? 난 무슨 뜻인지 영문을 모르겠는걸." 할머니는 다시 염주알을 울렸다. "야코프 페트로비치는 자네에게 두 가지의 색다른 점이 있다고 써 보냈는데, 어떤 점을 말하는 건가?"

바부린이 가볍게 어깨를 으쓱했다.

"무엇을 가지고 색다른 점이라 말씀하셨는지는 모르겠습니다만, 아마 제가……체형(體刑)을 허용하지 않았다는 데 있다고 생각합니다."

할머니가 깜짝 놀랐다.

"그럼 야코프 페트로비치는 자넬 체형하려 했던가?"

바부린의 거무죽죽한 얼굴은 머리 끝까지 빨개졌다.

"그런 뜻이 아닙니다, 마님. 저는……농군들에게 체형을 하지 않는 것을 원칙으로 삼고 있었습니다."

할머니의 놀라움은 아까보다 더했다. 그녀는 양손을 위로 올리기까지 했다.

"뭐라구!" 할머니가 겨우 이렇게 말했다. 그리고 약간 머리를 숙이고 다시 한 번 뚫어질 듯이 바부린을 노려보았다. "그것이 자네의 원칙인가? 그러나 아무래도 괜찮네, 내가 필요한 건 관리인이 아니라 사무실의 서기니까. 자네의 필적은 어떤가?"

"철자법은 틀리지 않고 잘 쓸 줄 압니다."

"그것은 내게는 상관 없어. 다만 내가 싫어하는 새로 나온 대문자를 쓰지 않고, 똑똑히 써 주기만 하면 되니까. 그리고 자네가 가지고 있는 또 하나의 이상한 점이라는 건 뭔가?"

바부린이 잠시 머뭇거리더니 기침을 했다.

"아마……주인 나리는 내가 혼자가 아니라는 것을 말씀하신 것 같습니다."

"자넨 결혼했는가?"

"아닙니다……그러나……"

할머니가 얼굴을 찡그렸다.

"저는 어떤 사람과 함께 살고 있습니다……. 남자며…… 저와는 떨어질 수 없는 친구로, 불쌍한 사람입니다. 그러니 벌써 십 년 동안이나 같이 살아왔습니다."

"자네의 친척인가?"

"아닙니다, 친척이 아닙니다. 친구입니다. 결코 직무에 방해되는 일은 없을 겁니다." 바부린은 항의를 예측했던 것처럼 서둘러서 덧붙였다. "그 사람은 저하고 한 방에 살고, 제가 먹여

살리고 있습니다. 충분히 교육받은 사람이 돼서, 곧 쓸모 있는 사람이 될 겁니다. 거짓말이 아니라 정말 충분히 교육받은 사람입니다. 그리고 모범적인 도덕관을 가지고 있습니다."

할머니는 눈을 가늘게 뜨고 입술을 깨물면서 바부린의 말을 끝까지 들었다.

"그 사람은 자네 돈으로 살고 있나?"

"그렇습니다."

"자넨 자선 사업으로 그 사람을 돌보고 있는 건가?"

"정의를 위해서입니다……. 가난한 사람을 도와 주는 것은 가난한 사람의 의무니까요."

"그래? 그런 말은 처음 듣겠군. 나는 지금까지 그런 것은 돈 있는 사람들의 의무라고 생각해 왔는데."

"돈 많는 사람에게는, 솔직히 말씀드려서, 그것은 하나의 사업입니다……. 하지만 우리 가난뱅이들에게는……."

"아, 됐어, 됐어, 좋아요." 할머니가 말을 가로챘다. 그리고 잠시 생각한 후 코맹맹이 소리로 말했다. 이것은 분명히 할머니의 기분이 언짢다는 것을 뜻하는 것이었다. "그럼 자네의 친구는 몇 살인가?"

"저와 같은 나입니다."

"자네하고? 난 자네가 그 사람을 기르고 있다고 생각했는데."

"그렇지 않습니다. 그 사람은 제 친구입니다. 게다가……."

"됐어." 할머니는 두번째로 말을 가로챘다. "그렇다면 자넨 자선가로군. 야코프 페트로비치가 말하는 것도 무리가 아니야. 자네 신분으로 그렇게 한다는 건 정말 괴상한 성격인걸. 그럼, 사업에 대해서 얘기하도록 하지. 내가 이제부터 자네의 임무를 설명해 줄 테니. 그리고 월급 얘긴데……. 넌 거기서 뭘 하고 있냐?" 할머니는 문득 노르스름하게 여윈 얼굴을 내게 돌리고 말했다. "가서 신화(神話) 숙제라도 해라."

　나는 벌떡 일어나, 할머니의 손에 키스하고 밖으로 나갔다. 신화를 공부하기 위해서가 아니라 단지 뜰에 나가기 위해서.

　할머니의 영지(領地)에는 무척 낡은 커다란 정원이 있었다. 한쪽은 물이 흐르는 연못으로 끝나고 있었는데, 그 못에는 붕어와 버들치뿐만 아니라 저 유명한, 지금은 어느 곳에서도 종적을 감추고 만 듯한 산치까지도 있었다. 이 연못 위에는 버드나무 숲이 즐비하게 늘어서 있고, 거기서부터 위로는 양쪽 언덕에 호도나무, 딱총나무, 인동(忍冬) 덩굴, 모과나무 등의 숲이 우거지고, 그 밑은 다시 히스(관목의 일종)와 멧두릅(미나리과의 식물) 등으로 휘감겨 있었다. 드문 드문 관목 사이에는 비단결같이 부드러운 녹색 풀로 뒤덮인 자그마한 빈터가 눈에 띄었다. 그 수풀 가운데선 작달막한 버섯들이 장미빛과 연자주빛, 주황빛으로 된 가지각색의 모자를 쓰고 즐거운 듯 바라보기도 하고, '야맹증'의 황금빛 봉오리가 밝게 빛나기도 했다. 봄이 오면 여기서 종달새가 노래하고, 개똥지빠귀가 휘파람을 불고, 뻐꾹새가 운다. 무더운 여름일지라도 여기만은 언제나 신선하다. 나는 이 숲속 깊숙이 들어가 숨는 것을 무엇보다도 좋아했다. 거기에는 나만이 아는— 적어도 나는 그렇게 생각하고 있었다—몇 군데의 비밀 장소가 있었던 것이다. 할머니의 방을 나서자 나는 바로 그러한 장소 가운데 하나인, 남몰래 '스위스'라고 부르는 지점으로 발길을 돌렸다. 그러나 나의 놀라움은 어떠했을까. 아직 '스위스'로 가기도 전에 반쯤 시든 나뭇가지와 푸른 나뭇잎들로 촘촘히 엉킨 덩굴을 통해서, 나 아닌 다른 사람이 그곳에 와 있는 것을 발견했을 때 말이다! 나사(羅紗)로 만든 노란 농군용 외투를 입고 높다란 모자를 쓴 매우 날씬하고 호리호리한 사나이가 바로 그 장소에, 그토록 내가 사랑하는 그곳에 서 있는 것이 아닌가! 나는 소리 나지 않게 살금살금 그 옆으로 다가갔다. 그리고 도무지 알 수 없는 얼굴, 붉은빛이 감도는 조그마한 눈에 아주 우스꽝스러운 코를 한, 역시 기름하면서도 부드러운 얼굴을 보았다. 그 코는 콩꼬투리처럼 길게 늘어져서, 마치 불룩 부푼 입술 위에 걸쳐 있는 듯이 보였다. 그리고 입술은 때때로 바르르 떨리며 동그랗게 오므라들어, 가늘고 가냘픈 휘파람을 내뿜고 있었다. 한편, 가슴 위로 가지런히 올린 뼈다귀만 남은 앙상한 손가락들도 회전 운동을 하며 민첩하게 움직이고 있었다. 이따금씩 회전 운동과 휘파람을 멈추고는, 무슨 소리를 들으려는 듯 앞으로 머리를 기울이는 것이었다. 나는 더욱 가까이 다가서서 유심히 그를 바라보았다……. 이 낯선 사나이는 양손에 편편한 잔을 들고 있었다. 그것은 카나리아를 조롱해서 노래하게 만드는 데 사용하는 잔과도 비슷했다. 내 발 밑에서 나뭇가지 하나가 부러졌다. 그 사람은 깜짝 놀라 흐릿한 눈초리로 숲속을 바라보며 뒷걸음질 치려했다. 그러나 그는 나무에 부딪혔다. 그리고 가느다란 비명을 지르며 멈춰섰다.

나는 덩굴 밖으로 나왔다. 낯선 사람은 내게 미소를 지어 보였다.

"안녕하세요." 나는 말했다.

"안녕하십니까, 도련님!"

나는 그가 나를 도련님이라고 부른 것이 마음에 들지 않았다. 어쩌면 그렇게도 다정한 태도일까!

"당신은 여기서 뭘 하고 있나요?" 나는 퉁명스럽게 물었다.

"자, 보십시오." 그가 여전히 싱글벙글 웃으며 대답했다. "나는 새들에게 노래를 부르게 하고 있습니다." 그는 내게 자그마한 잔을 보여 주었다. "몬티새(참새과에 딸린 새)가 멋지게 노래를 부른단 말이오! 도련님 같은 연령이라면 틀림없이 새들의 노래가 마음을 즐겁게 해줄 겁니다! 자, 들어 보세요, 내가 노래를 부르게 할 테니. 그놈들은 곧 대답을 할 겁니다. 참 재미있거든요!"

그는 손에 든 잔들을 비비기 시작했다. 그러자 한 마리의 몬티새가 가까운 마가목 위에서 노래를 부르기 시작했다. 낯선 사나이는 소리를 내지 않고 웃으며 내게 눈짓을 해보였다.

그 웃음이며 눈짓 ―뿐만 아니라 부드럽고 약한 음성, 구부러진 무릎이며, 말라빠진 손이며, 높다란 모자에서 기다란 농군 외투에 이르기까지― 이 낯선 사람의 하나하나의 동작과 몸차림에는 선량하고 죄가 없는, 그러고도 어딘지 재미있는 데가 있어 보였다.

"당신은 여기 온 지 오래 됐나요?" 나는 물었다.

"아니오, 오늘 왔습니다."

"그럼, 당신이 바로 그 사람인가요……."

"바부린 씨가 주인 마님에게 얘기했군요? 그렇습니다. 바로 그 사람입니다."

"당신의 친구는 바부린이라고 하던데, 당신은?"

"저 말입니까, 푸닌이라 합니다." 그가 다시 잔을 문지르기 시작했다.

"들어 보십시오, 들어 보세요, 저 몬티새 소리를……참 잘 울거든요!"

나는 이 괴벽한 사람이 갑자기 마음에 들었다. 대부분의 어린애들처럼, 나는 괴벽한 것을 두려워하기도 하고 혹은 존경하기도 했지만, 이 사람하고는 마치 백년지기처럼 생각되었다.

"나와 함께 가요." 나는 그에게 말했다. "더 좋은 장소를 알고 있어요. 거기엔 벤치가 있어서 앉을 수 있어요. 그리고 거기에선 둑이 바라보여요."

"좋습니다, 갑시다." 내 새로운 친구는 노래부르듯 즐겁게 대답했다. 나는 그를 앞세웠다. 그는 비틀거리며 걸어갔다. 그러나 목덜미를 뒤로 젖히고 재빨리 걸음을 옮겼다.

나는 그의 외투 뒤, 칼라 밑에 자그마한 솔이 매달려 있는 것을 보았다.

"아니, 당신은 왜 그런 것을 매달고 다니나요?"

"어디요?" 그는 도리어 이렇게 묻고는 손으로 칼라를 더듬었다. "아하! 이 솔 말인가요? 놔 두세오! 장식품으로 꿰매 둔 거니, 괜찮습니다."

나는 그를 벤치 있는 데로 끌고 와서 앉았다. 그는 내 옆에 자리를 잡았다.

"여긴 좋군요!" 그는 이렇게 말하고 가슴 가득히 숨을 몰아쉬었다.

"아아, 참 좋은데! 당신의 정원은 정말 훌륭합니다! 아아, 아아!"

나는 옆에서 그를 바라보았다.

"왜 그런 모자를 쓰고 다니세요!" 나는 문득 이렇게 외쳤다.

"좀 보여 줘요!"

"그렇게 하지요, 도련님." 그는 모자를 벗었다. 나는 손을 내밀려고 했으나, 눈을 쳐들자 그만 웃음보를 터뜨리고 말았다. 푸닌은 완전한 대머리였다. 매끈매끈한 하얀 가죽으로 뒤덮인, 강파른 그의 두개골 위에는 한 오라기의 머리칼도 보이지 않았다.

그는 손바닥으로 대머리를 만지며 역시 함께 웃음보를 터뜨렸다. 그러나 그는 웃지 않고 우는 것 같았다. 그는 웃을 때, 입을 커다랗게 벌리고 눈을 감았다. 그리고 이마에는 세 줄기 주름살이 파도처럼 아래위로 물결치는 것이었다.

"어떻습니까?" 드디어 그가 입을 열었다. "진짜 달걀 같지요?"

"그래요, 정말 달걀 같아요!" 나는 환성을 올리며 맞장구를 쳤다. "그런데 전부터 그랬나요?"

"오래 됐습니다. 그런데 머리칼은 어땠는지 아십니까! 아루고의 배가 깊은 바다를 건너가서 찾으려 했던 황금의 양털과 비슷했습니다."

나는 열두 살이었지만 신화를 배운 탓으로 아루고의 배가 무엇인지를 알고 있었다. 그러나 나를 놀라게 한 것은, 거의 누더기와도 다름없는 허술한 옷을 걸친 사람의 입을 통해서 그런 말을 들은 것이었다.

"그럼, 당신도 신화를 배웠군요?" 나는 손으로 그의 모자를 주무르며 물어 보았다. 모자에는 털이 빠진 가죽띠가 둘러져 있었고, 마분지를 접어 차양을 달고 그 위에 솜이 들어 있었다.

"그렇습니다. 그 과목을 배웠지요, 도련님. 나는 지금까지 모든 것을 충분히 해왔습니다! 그런데 그 뚜껑을 좀 돌려 주십시오. 그놈은 나의 대머리를 보호하는 거니까요."

그는 모자를 깊숙이 눌러쓰고 희끗희끗한 눈썹을 치켜 올리며, 내가 어떤 사람이며 양친은 누군지를 물었다.

"나는 이 저택의 손자예요." 나는 대답했다. "나는 할머니 댁에 혼자 있습니다. 부모님은 돌아가셨어요."

푸닌은 성호를 그었다.

"천국에서 고히 잠드소서! 그렇다면 당신은 고아로군요, 그리고 상속인이기도 하구. 귀족의 피는 곧 알 수 있습니다. 눈속에 뚜렷이 나타나서, 지…… 지…… 뛰논단 말이오." 그는 손가락으로 피가 어떻게 뛰노는지를 설명해 주었다. "그런데 당신은 내 친구가 할머니하고 합의를 보았는지 어떤지, 약속한 자리를 얻었는지, 알고 계시나요?"

"그건 나도 모르겠어요?"

푸닌은 꿀꺽 하고 목젖을 울렸다.

"아하! 잠시라도 좋으니 여기에 자리를 잡을 수만 있다면! 그렇지 않으면 또다시 정처없이 방랑의 길을 떠나, 잠자리도 없는 신세가 되겠지. 인생의 불안은 끊이지 않고, 영혼은 뒤흔들리고……."

"저," 나는 그의 말을 가로챘다. "당신은 성직자였었나요?"

푸닌이 내게로 돌아서서 눈살을 찌푸렸다.

"아니, 어째서 그런 질문을 하십니까, 도련님?"

"당신은 그런 식으로 말하잖아요, 교회에서 주문을 외우듯이."

"제가 교회어(敎會語)를 쓰기 때문인가요? 그러나 놀랄 필요는 없습니다. 보통 이야기할 때는 그런 말을 쓰지 않지만, 일단 우리들의 혼이 불붙기 시작하면 말도 따라서 높아집니다. 이건 당신의 선생도―러시아 문학을 강의하는 선생 말입니다―당신은 그 선생한테서 러시아 문학을 배우고 계시죠? 그 선생도 당신에게 그런 것을 가르쳐 주었을 텐데."

"아니오, 배우지 않았어요." 나는 대답했다. "시골에 있을 때, 내겐 선생은 없습니다. 모스크바엔 많이 있지만."

"그럼 시골에 오래 있을 작정인가요?"

"두어 달 가량, 그 이상은 아닐 거예요. 할머니는 시골에 있으면 장난만 친다고 말하니까요. 여기에도 여자 가정교사가 있기는 하지만."

"프랑스인 선생?"

"네, 프랑스인 여자예요."

푸닌은 귓덜미를 긁었다.

"결국, 마므젤이란 말이군요?"

"네, 마드모아젤 프리케라고 해요."

나는 이때 열두 살이면서도 남자 선생한테 배우지 않고 계집애같이 여선생에게 배운다는 것이 문득 부끄러운 생각이 들었다. "그래도 난 여선생 말은 조금도 듣지 않아요." 나는 여선생을 멸시하는 어조로 덧붙였다.

"그까짓 것 들어서 뭘해!"

푸닌은 머리를 흔들었다.

"아아, 귀족, 귀족! 당신들은 외국인을 좋아한다! 러시아다운 것에는 관심이 없고, 다른 민족에게 머리를 숙이고 다른 나라에 마음이 끌린다."

"그건 뭐예요? 당신은 시를 읊고 있나요?" 나는 물었다.

"그렇게 생각하십니까? 저는 필요할 때면 언제나 그런 말을 합니다. 그것이 또한 자연스럽지요……."

그러나 바로 이 순간, 우리 뒤의 정원 안에서 날카롭고도 요란한 휘파람 소리가 울렸다. 나의 친구 푸닌은 황급히 벤치에서 일어났다.
 "용서하십시오, 도련님. 저건 제 친구가 저를 찾는 겁니다. 찾고 있는 거예요……. 무슨 말을 하려는지. 미안합니다, 용서하십시오."
 그는 숲속으로 달려가 자취를 감추었다. 나는 그대로 벤치에 앉아 있었다. 나는 일종의 의혹과 더불어 무엇인지 모를 즐겁고 만족스러운 감정을 느끼고 있었다. 나는 지금까지 푸닌과 같은 사람을 만난 일도 없고 이야기한 적도 없었다. 나는 점점 공상에 사로잡혔다. 그러나 신화 숙제를 생각하며 어슬렁어슬렁 집으로 돌아왔다.

 집에 돌아와서, 나는 할머니와 바부린 사이에 얘기가 성립된 것을 알았다. 그는 양마장(養馬場)에 면한 하인들 집의 자그마한 방에서 살게 되었다. 그는 곧 자기 친구와 함께 그곳으로 이주했다.
 이튿날 아침, 차를 마시고 나서, 나는 프리케 양의 허가도 없이 하인들의 집으로 발걸음을 옮겼다. 나는 다시 한 번 어제의 그 이상한 사람과 얘기를 하고 싶었던 것이다. 문을 두드리지도 않고—우리 집에는 그런 습관이 없었다— 나는 다짜고짜 방으로 들어갔다. 그러나 거기서 내가 만난 것은 내가 찾는 푸닌이 아니라 그의 보호자격인 자선가 바부린이었다. 그는 창가에 서서 윗저고리를 벗고 두 다리를 크게 벌린 채, 기다란 수건으로 열심히 머리와 목덜미를 문지르고 있었다.

"무슨 용무지요?" 그는 손을 내릴 생각도 없이 눈썹을 찌푸린 채 물어 보았다.

"푸닌은 집에 없습니까?" 나는 모자도 벗지 않고 아주 거만한 태도로 물었다.

"푸닌 씨, 니칸드르 바빌르이치는 보는 바와 같이 지금 없습니다." 바부린은 느릿느릿 대답했다. "그렇지만 한 가지 충고를 해두겠습니다, 젊은 양반. 물어 보지도 않고 그렇게 함부로 남의 방에 들어오는 것은 예의에 맞는 일인가요?"

'내가…… 젊은 양반이라구! 감히 어떻게 그런 말을 할 수 있어!' 나는 잔뜩 화가 치밀었다.

"당신은 내가 누구라는 걸 모르는 것 같군요." 나는 이미 거만한 태도가 아니라 건방진 어조로 말하고 있었다. "나는 이 집 손자예요."

"누구라도 관계 없습니다." 바부린은 다시 수건을 만지면서 대꾸했다. "당신이 비록 주인 마님의 손자라 할지라도 남의 방에 들어올 권리는 없습니다."

"어째서 남의 방이오? 무슨 말을 하고 있어? 여기는 어디 가나 내 집인데."

"아닙니다. 미안합니다만, 여기는 내 집입니다. 이 집은 나의 일을 위해서 내게 맡겨진 것이니까."

"제발 나를 가르치려 들지 말아요." 나는 그의 말을 가로챘다. "그런 것은 내가 더 잘 알고 있으니까……."

"당신은 배워야 합니다." 이번엔 그쪽에서 내 말을 가로챘다. "그만큼 컸으면 알 때가 됐습니다. 나는 자기의 의무를 알고 있습니다. 그러나 자기의 권리도 잘 알고 있습니다. 그래서 당신이 어디까지나 그런 태도로 말을 한다면, 나는 당신에게 이 방에서 나가 달라고 청할 수밖에 없습니다."

만일 이때, 푸닌이 비틀거리며 방으로 들어오지 않았던들 우리들의 언쟁은 어떻게 되었을지 알 수 없는 일이었다. 그는 우리들의 표정에서 무엇인지 불쾌한 일이 있었음을 짐작했는지 별안간 반색을 하며 내게로 다가왔다.

"아아, 도련님! 도련님!" 그는 두 손을 제멋대로 흔들며, 만면에 소리 없는 웃음을 지으면서 외쳤다. "자넨 날 만나러 왔군! 잘 왔습니다, 도련님! (어떻게 된 일일까? 나는 생각했다. 그는 나를 보고 자네라고 부르지 않는가?) 자, 갑시다, 함께 정원으로 나갑시다. 난 정원에서 이상한 것을 발견했습니다……. 어째서 이렇게 답답한 곳에 있습니까! 자 갑시다."

나는 푸닌의 뒤를 따랐다. 그러나 문지방에서 다시 한 번 돌아서서 바부린에게 도전하는 듯한 눈초리를 던지는 것만은 잊지 않았다. 나는 너 같은 걸 조금도 무서워하지 않는다고…….

그도 역시 내게 대답했다. 수건으로 콧소리를 내어 보이기까지 했다. 마치 자기가 어느 정도까지 나를 멸시하고 있는지를 충분히 보여 주기라도 하는 것처럼!

"당신의 친구는 어떻게 철면피한 자식인지!" 나는 뒤에서 문이 닫히자, 푸닌에게 이렇게 말했다.

푸닌은 거의 공포라도 느끼는 듯한 표정으로 그 불룩한 얼굴을 내게로 돌렸다.

"그건 도대체 누구에 대한 말입니까?" 그가 눈을 둥그렇게 뜨고 물었다.

"물론, 그 자식에 대해서지……. 뭐라구 하더라? 아, 바부린

말야."

"파라몬 세묘느이치?"

"응, 그래……그 거무죽죽한 자식."

"저런! 저런…… 저런……!"

푸닌은 다정스러우면서도 비난이 섞인 어조로 말했다. "어째서 당신은 그런 말을 할 수 있나요, 도련님! 파라몬 세묘느이치는 엄격한 주의를 가진 가장 존경할 만한 사람입니다. 보통 인간과는 달라요! 그야 물론, 그 사람은 자기에 대한 어떤 모욕도 용서하지 않습니다. 자기 자신의 가치를 알고 있으니까요. 그 사람은 막대한 지식을 겸비하고 있습니다. 그런 일을 하고 있을 사람은 아닙니다! 그 사람을 대하려면 아주 정중히 대하지 않으면 안 됩니다. 그 사람은 말입니다……." 이렇게 말하며 푸닌은 자기 입을 내 귓전으로 가져왔다. "공화주의자예요!"

나는 푸닌을 쳐다보았다. 내게는 너무나 뜻밖의 일이었다. 가이다노프의 교과서와 다른 역사책에서 나는 이미 고대 그리스와 로마에 공화주의자들이 존재했다는 것을 알고 있었다. 그리고 어째서인지 그들은 모두 투구를 쓰고 커다란 벌거숭이 다리에 둥그런 방패를 든 사람들이라고 상상하고 있었다. 그러나 지금 세상에서, 더욱이 러시아의 이런 시골에서 공화주의자를 만날 수 있다니……! 이것은 지금까지의 나의 모든 이해력을 전복시키고 뒤흔들어 놓고 말았다.

"그렇습니다. 도련님, 그래요, 파라몬 세묘느이치는 공화주의자예요." 푸닌은 되풀이했다. "그러니 도련님도 앞으로 그 사람에 대해서 어떤 태도를 취하지 않으면 안 된다는 것을 아셨겠죠. 자, 정원으로 갑시다. 내가 거기서 무엇을 발견했는지 알아

맞혀 보세요. 글쎄 딱새 집에 뻐꾹새 알이 있단 말이오! 이상한 일도 있지!"

나는 푸닌과 함께 정원으로 걸어갔다. 그러나 마음속에는 줄곧 이런 말을 되풀이하고 있었다. 공화주의자! 공……화……주의자……!

"아하, 그렇지." 나는 드디어 알아낸 것 같았다. "그래서 그는 파란 수염을 하고 있었구나!"

푸닌과 바부린, 이 두 사람에 대한 나의 태도는 바로 그날부터 아주 뚜렷하게 되었다. 바부린은 내 마음속에 적의(敵意)를 불러일으켰다. 그렇지만 얼마 지나지 않아서, 그 적의에는 존경심과 흡사한 그 무엇이 섞이게 되었다. 나는 그를 두려워했다! 나에 대한 예전의 엄격한 태도가 사라진 다음에도, 나는 여전히 그를 무서워했다. 물론 푸닌에 대해서는 조금도 무서워하지 않았다. 그렇다고 그를 존경한 것도 아니다. 오히려 어느 편인가 하면, 하나의 광대로 생각하고 있었다. 그러나 나는 온 마음을 기울여 그를 사랑했다! 그와 함께 몇 시간씩 시간을 보내는 것, 그와 단둘이 있는 것, 그의 이야기를 듣는다는 것은 내게는 대단한 즐거움이었다. 할머니는 물론 이러한 평민 계급 출신 인간들과의 친교를 좋아하지 않았다. 그러나 나는 할머니의 곁을 떠날 수만 있다면, 부리나케 그 우습고 귀중하고 이상한 친구에게로 달려가곤 했다. 마드모아젤 프리케가 집에 오는 어떤 육군 중위에게 우리 집을 지배하는 답답한 공기에 대해서 불평을 했다는 이유로 할머니한테 쫓겨나 모스크바로 돌아간 다음부터, 우리들의 회합은 더욱 빈번하게 되었다. 푸닌 쪽에서도 열두 살

먹은 소년과 이야기를 계속하는 것을 꺼려하는 기색이 없었다. 오히려 그쪽에서 그것을 요구하고 있는 듯이 보였다. 나는 향기로운 나무 그늘이며, 마르고 보드라운 풀 위, 은빛 백양나무의 천개(天蓋) 밑에 앉아서, 얼마나 많은 이야기에 귀를 귀울였던가……! 혹은 연못 위 갈대밭 속, 무너져 떨어진 연못가의 거칠고 축축한 모래 위에서……! 거기에는 굵고 검은 혈관과 같이, 뱀과도 같이, 혹은 지하의 왕국에서 보낸 시녀와도 같이, 구불구불한 나무뿌리들이 이상하게 뒤엉켜 있었다. 푸닌은 내게 자기의 생애를, 여러 가지 행복하고 불행한 사건을 자세히 들려주었다. 나는 언제나 마음으로부터 동정을 아끼지 않았다. 그의 아버지는 보제(補祭)였다. "정말 드물게 보는 호인이었습니다. 그런데 술을 마시기만 하면 굉장히 엄격했답니다."

푸닌 자신은 어느 신학교에서 교육을 받았다. 그러나 태형(笞刑)을 참을 수도 없었고, 성직이란 것이 비위에 맞지도 않아서 속세로 돌아온 것인데, 그 결과 수많은 고난을 겪은 끝에 결국 부랑자의 신세로까지 떨어졌다는 것이다.

"그래서 만일 내가 은인인 파라몬 세묘느이치를 만나지 못했던들," 푸닌은 언제나 이렇게 덧붙이는 것이었다. ─그는 바부린을 이렇게밖에 부르지 않았다─ "나는 틀림없이 가난과 죄악과 악독의 도가니 속에 빠지고 말았을 겁니다!" 푸닌은 과장된 표현을 좋아했다 ─거짓말을 하려는 것은 아니지만─ 자칫하면 문제를 과장해서 말하는 버릇이 있었다. 그는 모든 것에 놀라고, 모든 것에 감탄을 아끼지 않았다. 그리고 나도 어느새 그를 닮아서, 사물을 과장하고 온갖 것에 감탄하게 되었다. "아니, 저애는 왜 저렇게 달라졌을까. 도대체 어떻게 된 일일까." 늙은 유모는 줄곧 내게 이런 말을 했다. 푸닌의 이야기는 언제나 나를 한없이 즐겁게 해주었다. 그러나 그 이야기보다도 우리들이 함께 책을 읽는 것을 더욱 좋아했다. 그 때의 감정을 그대로 표현한다는 것은 도저히 불가능한 일이다. 편리한 시간을 보아서, 그는 홀연 동화에 나오는 수도사처럼, 혹은 신선처럼 묵직한 책을 겨드랑이에 끼고 내 앞에 나타난다. 그리고 이상스럽게 눈을 껌뻑이고, 그 기다란 구부러진 손가락으로 손짓을 하면서, 머리와 눈썹, 어깨, 몸 전체로 깊숙한 정원 속을 가리킨다. 그곳에 가기만 하면 아무도 우리를 방해할 사람이 없고, 우리를 찾을 수도 없다! 우리는 살머시 집을 빠져나온다. 그리고 무사히 비밀 장소 가운데 한곳에 도달하자, 우리는 가지런히 자리를 잡는다. 이윽고 천천히 책을 펼친다. 말할 수 없이 달콤한 냄새 — 골동품에서 풍기는 곰팡이 냄새가 확 코를 찌른다! 나는 마음의 설레임을 안고, 무언의 기대를 가지고 푸닌의 얼굴을, 그 입술을 —막 달콤한 이야기가 흘러내리려는 그 입술을 바라보았던 것일까! 드디어 낭독하는 첫 음절이 울린다! 주위의 모든 것은 사라져 버린다. 아니, 사라지는 것이 아니다. 무엇인지 모를 따스하고 다정하게 돌봐 주는 듯한 감정만을 남기고 연기에 뒤덮인 듯 차차 멀어져 간다. 나무들도, 푸른 나뭇잎도, 키다리 풀들도 우리들을 세계에서 분리시키면서 자취를 감추어 버린다. 우리들이 어디에 있는지, 무엇을 하고 있는지, 아무도 아는 사람은 없다. 우리하고 같이 있는 것은 단지 시(詩)뿐이었다. 우리는 그 속에 빠지고, 그 속에 도취했다. 우리는 무엇인지 위대하고 장엄한 비밀에 찬 일을 진행하고 있었다. 푸닌은 특히 억양이 높고 잘 울리는 시를 찬양했다. 그는 자기의 혼을 시를 위해 바칠 각오를 하고 있었다. 그는 단순히 읽기만을 하지는 않았다. 그는 마치 술에 취한 것처럼, 미친 사람처럼, 피피야의 승려처럼, 코맹맹이 소리로 물이 흐르듯, 언덕길을 달음박질하듯 우렁차게 읊어 내리는 것이었다. 그에게는 또 하나의 묘한 버릇이 있었다. 그는 낭독에 들어가기 전에 먼저 나직한 소리로 중얼거리며 그 시를 음미해 보는 것이었다. 그는 이것을 가랑독(假朗讀)이라 부르고 있었다. 이윽고 갑자기 그 시의 구절이 우렁차게 울려 나온다. 그는 벤치에서 벌떡 일어나 두 손을 쳐든다. 마치 기도를 드리듯이, 혹은 명령이라도 하듯이……. 이와 같은 방법으로 우리들은 로모노소프며, 수마로코프며, 칸테미르(시가 낡았으면 낡을수록, 더욱 푸닌의 취미에 맞는 것이었다) 뿐만 아니라, 헤라스코프의 〈라시아다〉까지도 독파했다. 그리고 사실 〈라시아다〉야말로 가장 많이 나의 마음을 들끓게 한 시였다. 그 속에는 한 사람의 용감한 타타르인 여자—여주인공인 거인(巨人)이 있었다. 지금은 그 이름조차 기억하고 있지 않지만, 그때는 그 이름을 듣기만 해도 손발이 오싹해지곤 했다. "그렇지," 푸닌은 자주 의미심장하게 머리를 끄덕이며 말했다. "헤라스코프, 한 번 그에게 잡히기만 하면 빠져나올 수 없어. 시가 읊어지면 그것으로 사람의 마음을 사로잡고 말거든……. 그것으로 가만있으면 괜찮지, 그러나 그를 이해하려고 든다면, 그는 벌써 다른 곳으로 도망가서 악대처럼 나팔을 불어 댄단 말야. 벌써 그 이름부터가 그렇지, 헤라스코프라니!" 로모노소프를 푸닌은 그 말이 너무 단순하고 건전하지 못하다고 비난했다. 제르쟈빈에 대해서는, 시인이라기 보다는 오히려 궁신(宮臣)이라고 하여, 거의 적의를 가지고 대하고 있었다. 우리

집에서는 문학이든가 시 같은 것엔 조금도 주의를 기울이지 않았을 뿐만 아니라, 시 특히 러시아의 시는 평범하고 보잘것없는 것으로 생각하고 있었다. 할머니는 그것을 시라고 부르기조차 싫어했고 일부러 '찬미가'라고 부르고 있었다. 할머니의 의견에 의하면, 그런 찬미가의 작자들은 지독한 술꾼들이 아니면 완전한 백치라는 것이었다. 이런 생각 속에 양육되어 온 나는 두 가지 길 중 한 가지를 택하지 않을 수 없었다. 즉 혐오를 느끼며 푸닌에게서 떨어져 나가든가(게다가 그는 매우 불결하고 꼴불견이어서, 나의 귀족적인 습관에는 도저히 융합될 수 없었다) 그렇지 않으면 그에게 유혹되고 휩쓸려서 자기도 같은 시정(詩情) 속으로 빠져 들어가야 하는가이다. 나는 후자를 택하기로 했다. 나는 시를—할머니의 말에 의하면 찬미가를—읊기 시작했다. 나는 또한 시를 지어 보기도 했다. 그리고 실제로 손풍금을 노래한 하나의 시를 만들었다. 그 속에는 다음과 같은 두 개의 구절이 있었다.

두터운 굴림대는 돌아가며
톱니바퀴는 노래부른다……

푸닌은 이 시 가운데에 어떤 의성법(擬聲法)이 있다고 칭찬했다. 그러나 제목 그 자체는 천해서 도저히 시라고 할 수는 없다고 말했다.
아아! 모든 이러한 노력도, 흥분도, 환희도, 우리 두 사람의 독서도, 두 사람의 생활도, 그 시도, 모든 것이 단번에 끝을 맺고 말았다. 별안간 청천 벽력 같은 불행이 우리들 위에 떨어지고 만 것이다.

할머니는 그 당시의 권력 있는 장군들처럼 모든 면에서 청결과 질서를 위주로 했다. 청결과 질서는 역시 우리의 정원에도 유지되지 않으면 안 되었다. 그래서 그녀는 가끔 세금을 체납한 농군이며, 기분에 맞지 않는 머슴이며, 남아돌아가는 일꾼들을 정원으로 몰아내서 길을 청소 시킨다든가, 채마밭의 풀을 뽑게 하든가, 화단의 흙을 뒤집어서 보드랍게 만드는 일들을 시키는 것이었다. 그러던 어느 날, 할머니는 바로 그 법석대는 정원 속으로 나를 데리고 갔다. 나무와 나무 사이, 여기저기 풀밭 속에서 흰 옷, 빨간 옷, 파란 옷들이 어른거리고 있었다. 땅을 파는 삽소리, 비스듬히 세운 체에 흙덩어리가 떨어지는 소리들이 여기저기서 들려 왔다. 그들 옆을 지나갈 때, 할머니는 그 독수리 같은 눈으로 일꾼 가운데 한 사람이 열심히 일도 하지 않고 마지못한 기색으로 모자를 벗는 것을 보았다. 우묵 들어간 흐릿한 눈에 얼굴이 핼쑥 여윈 아직 어린 소년이었다. 온통 뚫어지고 누덕누덕 꿰맨 무명 저고리는 간신히 그의 좁은 두 어깨를 감싸고 있었다.

"저건 누구야?" 할머니는 종종걸음으로 자기 뒤를 따라오는 필리프이치에게 물었다.

"마님…… 누구 말입니까?" 필리프이치가 더듬더듬 물었다.

"에구, 바보 같으니! 나를 험악한 눈초리로 바라본 사람 말야. 저기 일하지 않고 서 있군."

"아아, 저……저애 말씀입니까……. 저애는 예르밀, 죽은 파벨 아파나시예프의 아들입니다."

파벨 아파나시예프라는 사람은 약 십 년 전에 할머니댁의 집사로 일하던 남자로서, 할머니한테서도 극진한 사랑을 받고 있었다. 그러나 갑자기 신용을 잃어버려 즉시 가축을 돌보는 머슴으로 전락했고, 나중에는 그 자리마저 유지할 수 없게 되었다. 그는 점점 떨어져서 결국에는 어딘지 멀리 떨어진 시골의 구차한 오막살이에서 살면서 매달 밀가루 한 푸드(16.38킬로그램)로 간신히 연명하다가, 가족을 극심한 빈곤 속에 남겨 둔 채 중풍에 걸려 죽고 말았던 것이다.

"으흠!" 할머니가 말했다. "정말 자식은 애비를 닮는 모양이군. 그놈도 처치해 버려야지. 내게는 저렇게 힘상궂은 눈초리를 하는 사람이 필요 없단 말야."

할머니는 집으로 돌아와서 곧 그 수속을 했다. 세 시간 가량 지나자, 예르밀은 완전히 준비를 갖추고 할머니 방 들창 밑으로 끌려왔다. 불행한 소년은 새로운 개간지(開墾地)로 보내지는 것이었다. 그에게서 몇 걸음 떨어진 담장 뒤에는 그의 초라한 짐을 실은 시골 마차가 보였다. 그때는 바로 이런 시대였던 것이다! 예르밀은 모자도 쓰지 않은 머리를 푹 숙이고, 장화를 새끼로 동여매서 어깨에 짊어진 채 맨발로 서 있었다. 주인 집 저택을 바라보는 그의 얼굴에는 절망도 비애도 고통도 없었다. 단지 가냘픈 미소가 핏기 없는 입술에 얼어붙어 있을 뿐이었다. 메마르고 쪼들린 두 눈은 계속 바닥만 응시하고 있었다. 이윽고 그가 와 있다는 것이 할머니에게 알려졌다. 그녀는 소파에서 몸을 일으켜 비단옷을 살랑거리며 창가로 걸어가서, 이중 금테안경을 코에 걸고 새로운 유형수를 바라보았다. 방 안에는 할머니 외에도 집사와 바부린, 당번 급사, 그리고 나, 네 사람이 앉아 있었다.

할머니는 천천히 고개를 끄덕였다.

"주인 마님," 갑자기 목쉰, 비통한 소리가 울렸다.

나는 뒤돌아보았다. 바부린의 얼굴은 홍당무처럼 빨갛게 상기되어 있었다. 빨갛다 못해 까맣게 질려 있었다. 바싹 찌푸린 눈썹 밑에는 자그마한 두 개의 반점이 날카롭게 반짝이고 있었다. '주인 마님'이라고 부른 것은 그 바부린에 틀림없었다.

할머니도 돌아보았다. 그리고 안경을 예르밀에게서 바부린으로 옮겼다.

"누군가…… 지금 말한 사람은?" 할머니는 천천히 코맹맹이 소리로 말했다. 바부린은 약간 앞으로 걸어나왔다.

"마님," 그가 말하기 시작했다. "접니다……. 저는 서슴지 않고 말씀드리겠습니다. 이렇게 말하는 것을 용서해 주십시오……. 지금 마님께서 하신 처사는 옳지 않다고 생각합니다."

"그렇다면?"

"실례인 줄 알면서도 말씀드리겠습니다."

바부린은 한 마디 한 마디 괴로운 듯하면서도 똑똑한 어조로 말을 이었다.

"저는 아무 죄도 없이 지금 멀리 개간지로 추방당하려고 하는 소년에 대해서 말씀드리고 싶습니다. 이러한 마님의 처사는, 서슴지 않고 말씀드려서, 단지 일꾼들에게 불만과 좋지 않은 결과를 가져올 뿐이라고 생각합니다. 그것은 귀족들에게 허용되고 있는 권력의 남용에 지나지 않습니다."

"자넨…… 어디서 배웠나?"

할머니는 잠시 주춤했다가 물었다. 그리고 안경을 벗었다.

바부린이 놀랐다.

"무슨 말씀이신지요?" 그가 말을 더듬으며 물었다.

"나는 자네가 어디서 공부했는지를 묻는 거야. 자넨 너무 복잡한 말을 해서."

"저……제 교육은……." 바부린이 말하려 했다.

할머니가 멸시하듯이 어깨를 으쓱했다.

"아마," 할머니가 바부린의 말을 가로채며 말했다. "자네는 내가 하는 일이 마음에 들지 않는 모양이군. 그러나 그런 건 내게 아무 상관도 없어. 나는 자기 일꾼에 대해서는 절대적인 권리를 가지고 있으니까. 아무에게도 책임은 없어. 다만 나는 지금까지 내 눈앞에서 나를 비평하든지, 자기 일도 아닌 남의 일에 간섭하는 사람을 만나 본 적이 없으니 말야. 내게는 평민 계급 출신의 학자나 자선가는 필요 없어. 내가 원하는 건 다만 묵묵히 내 말을 들어 주는 하인들뿐이야. 나는 자네가 올 때까지 그렇게 해왔고, 또 자네가 간 다음에도 그렇게 해나가려고 생각하지. 자넨 내 마음에 들지 않으니, 아무 데라도 가고 싶은 데로 가게, 니콜라이 안토노프."

할머니는 집사 쪽을 향해 말했다.

"이 사람에게 급료를 줘서, 오늘 낮까지는 떠나게 해요. 알겠소? 내가 화를 내지 않도록. 그리고 또 한 사람, 이 사람과 같이 있는 바보녀석도 함께 내보내요. 예르밀은 무엇을 기다리고 있지?" 그녀는 다시 창문을 바라보며 덧붙였다. "내가 보았으면 그만이지, 또 무엇을?" 할머니는 시끄러운 파리라도 쫓듯 창문 쪽으로 손수건을 흔들었다. 그리고 안락의자에 앉자, 우리들에게서 몸을 돌리고 언짢은 어조로 말했다. "모두 이 방에서 나가 줘!"

우리들은 모두, 당번 급사를 제외하고 그 방에서 물러났다. 급사에게만은 할머니의 말이 적용되지 않았다. 왜냐하면 그는 '인간'이 아니었으므로.

할머니의 명령은 그대로 실행되었다. 바부린과 나의 친구 푸닌은 낮이 되기도 전에 저택에서 나가 버렸다. 나는 지금 그때의 슬픔, 어린애다운 진실한 절망을 말하고 싶지는 않다. 그것은 공화주의자 바부린이 자기의 대담한 행동으로써 나의 마음속에 불러일으켰던 그 두려움과 존경심까지도 집어삼켜 버렸다. 그만큼 나의 놀라움과 절망은 컸던 것이다. 할머니와 이야기가 있은 후 그는 곧 자기 방으로 돌아와서 짐을 꾸렸다. 나는 시종 그의 옆에서—사실대로 말하면 푸닌 옆에서—우물거리고 있었지만, 그는 내게 말 한 마디 없었고 거들떠보려고도 하지 않았다. 푸닌은 완전히 실성한 사람 같았다. 그 역시 아무 말도 없었으나 그대신 물끄러미 나를 쳐다보고 있었다. 그의 눈에는 눈물이 맺혀 있었다. 처음부터 끝까지 같은 눈물이었다. 떨어지지도 않고 마르지도 않았다. 그는 자기의 '은인'을 비평하려고도 하지 않았다. 파라몬 세묘느이치가 잘못을 저지른다는 것은 있을 수 없는 일이기 때문이다. 그러나 푸닌은 말할 수 없이 고통스럽고 슬퍼 보였다. 나와 푸닌은 작별에 즈음해서 〈라시아다〉 가운데 한 절을 낭독하려고 했다. 우리는 그것을 위해서 헛간으로 들어갔다. —물론 정원으로 갈 생각은 하지도 않았다— 그러나 두 사람은 첫 시구에서 막히고 말았다. 그리고 나는 열두 살인데도 불구하고, 언제나 어른이라고 자랑하고 있었음에도 불구하고, 송아지처럼 목을 놓고 울기 시작했다. 이윽고 두 사람은 마차에 오르고, 바부린은 처음으로 나를 쳐다보았다. 그는 언제나 무서운 자기의 얼굴을 다소나마 부드럽게 하고서 내게 이런 말을 했다. "젊은 양반, 이건 당신에게도 하나의 교훈일 거요. 오늘 사건을 잘 기억해 두시오. 그리고 어른이 되면 이와 같은 부정을 없애 버리도록 노력하시오. 당신의 마음은 선량하오, 당신의 성질은 아직 썩지 않았소……. 잘 생각해서 일을 하시오, 모든 일이 이래서는 안 됩니다!" 나는 코며, 입술이며, 턱을 거쳐 흘러내리는 눈물 속에 흐느끼며, 반드시 이 일을 기억하겠다는 것을, 반드시 반드시 그대로 실행하겠다는 것을 들먹이는 소리로 맹세하는 것이었다.

그러나 이때 걷잡을 수 없는 분노가 푸닌을 휩쓸었다! 나와 푸닌은 그때까지 스무 번 이상을 껴안았다. 나의 볼은 면도질하지 않은 그의 턱수염 때문에 빨갛게 불타고, 온몸에는 그의 독특한 냄새가 구석구석에까지 스며들었다. 그는 마차 위에서 벌떡 일어나, 두 손을 공중에 치켜들며 우뢰 같은 음성으로 (그는 어디서 그런 음성을 빌려왔을까?) 제르쟈빈―그도 이때는 궁신(宮臣)이 아니라 시인이었다―의 유명한 다비드 시편(詩篇) 부록을 읊기 시작했다.

전능하신 신이 일어서
사신(邪神)들의 모임에서 심판을 내린다.
신은 말하노라, 언제까지 악한 자와 죄인을 용서할 것이냐?
법을 지킴은 그대들의 의무일진대…….

"앉게!" 바부린이 그에게 말했다. 푸닌은 앉았다. 그러나 시는 계속되었다.

그대들의 의무는 죄 없는 사람을 가난에서 구하고,
불행한 자에게 휴식을 주고,
압제자의 손에서 약한 자를 보호하고…….

푸닌은 '압제자'라는 대목에서 우리 저택을 가리키고, 다음에는 자리에 앉아 있는 마부의 잔등을 가리켰다.

가난한 자들의 쇠사슬을 끊는 것이 아니냐!
그래도 모르나니, 깨닫지 못하나니…….

니콜라이 안토노프는 저택에서 달려나와 있는 힘을 다해 마부에게 호령했다.
"빨리 가! 이놈아! 꾸물거리지 말고 빨리 가!" 그러자 마차가 달리기 시작했다. 멀리서 노랫소리만이 들려 왔다.

부활하소서 정의의 신이여!
돌아와서 벌을 주소서, 죄 많은 무리들을.
전능하신 신이여, 혼자서 이 땅을 통치하소서!

"미친 자식 같으니!" 니콜라이 안토노프가 말했다.
"젊을 때, 매를 덜 맞은 모양이군."
보재가 층계로 나와서 맞장구를 쳤다.
그는 밤 기도가 몇 시경이 좋을지, 주인 마님의 의향을 알아

보려고 온 것이었다.

그날, 나는 예르밀이 아직 마을에 있다는 것과, 법률상의 수속을 받기 위해서 이튿날 이른 아침에야 거리로 떠난다는 것을 알았다. 법률상의 수속이라는 것은 지주들의 권력 남용을 제한할 목적으로 만들어진 것이었으나, 사실은 단지 감독 관청 관리들에게 수입을 보태주는 원천이 될 뿐이었다. 그날로 나는 예르밀을 찾아냈다. 나는 돈이 없었으므로 그대신 자그마한 꾸러미를 주었다. 나는 그 속에 수건 두 장과, 신어서 닳은 단화 한 켤레, 빗, 낡은 잠옷, 그리고 새로 사 온 비단 넥타이 하나를 집어 넣었다. 나는 예르밀이 뒤뜰 안의 마차 옆, 짚북데기 위에서 자고 있는 것을 흔들어 깨웠다. 그러나 예르밀은 태연하게 조금도 주저하는 빛이 없이 나의 선물을 받아 들고는, 감사하다는 말도 없이 곧 다시 짚북데기 속에 머리를 처박고 잠들어 버리는 것이었다. 나는 적이 실망하며 그의 옆을 떠났다. 나는 예르밀이 나의 방문에 놀라 무척 기뻐해 줄 것이고, 반드시 그 속에서 장래의 위대한 계획에 대한 보증을 얻을 수 있으리라고 상상하고 있었는데, 그랬는데 그는······.

'어쨌든 그런 사람들은 감정이란 것이 없어.' 나는 집으로 돌아오며 이렇게 생각했다.

할머니는 어떻게 된 영문인지, 기념할 만한 그날은 하루 종일 자유롭게 내버려두는 것이었다. 그러나 저녁 식사를 마치고 인사하러 가니까, 할머니가 이상한 눈초리로 나를 바라보았다.

"너, 눈이 빨갛구나." 할머니가 프랑스어로 말했다. "게다가 네 몸에선 오막살이 냄새가 풍기는구나. 나는 네 마음대로 하는 일을 간섭하려 하진 않는다. 나도 될 수 있으면 너를 벌하고 싶진 않단다. 그렇지만 이제부턴 바보짓을 그만두고, 다시 훌륭하고 예절 있는 어린애가 되어 주길 바랄 뿐이다. 하지만 우리는 곧 모스크바로 가게 되니, 그땐 네게도 가정교사를 물색하도록 하겠다. 너도 이젠 남자 선생이 아니고는 바로잡을 수 없을 것 같구나. 그럼 가도 좋다."

할머니의 말대로, 얼마 후 우리는 모스크바로 돌아왔다.

2

1837년.

칠 년이란 세월이 흘렀다. 우리는 전과 다름없이 모스크바에서 살고 있었다. 그러나 나는 벌써 대학 2년생이었고, 할머니도 근래 들어 눈에 띌 정도로 쇠약해져서 이미 그전 같은 권위를 찾아볼 수는 없었다. 나는 많은 학교 친구들 가운데서도 타르호프라는 쾌활하고 선량한 청년과 매우 가깝게 사귀었다. 두 사람의 습관과 취미가 일치했기 때문이다. 타르호프는 대단한 시 애호가로, 자신이 시를 쓰기도 하였다. 내 마음속에서도 푸닌이 뿌린 씨가 열매를 맺지 않을 수 없었다. 우리는 극히 다정한 청년들 사이에 흔히 볼 수 있는 것처럼, 상호간에 비밀이라는 것이 없었다. 그러나 최근 며칠 동안, 나는 타르호프가 어째서인지 마음을 진정시키지 못하고 서성거리고 있다는 것을 알아챘다. 그는 이따금씩 자취를 감추곤 했다. 물론 그가 어디로 가는지 알 수 없었다. 이런 일은 아직까지 한 번도 없었던 것이다! 나는 우정이라는 이름 밑에 모든 것을 고백시키려고 마음먹었다. 그러나 그가 먼저 내게 말을 해왔다.

어느 날, 나는 그의 방에 앉아 있었다.

"페챠," 그가 갑자기 얼굴을 붉히고, 물끄러미 나를 바라보면서 즐거운 듯한 어조로 말문을 열었다. "나는 자네에게 나의 무자(시의 여신)를 소개해 줘야겠어."

"자네의 무자라니! 그건 무슨 말인가, 마치 고전주의자 같군 그래! (1837년, 당시는 낭만주의의 전성 시대였다) 그렇다면 나는 지금까지 자네의 무자를 모르고 있었단 말인가! 자네, 새로운 시라도 쓴 모양이군?"

"아니야, 자넨 내 말을 몰라." 타르호프는 여전히 낯을 붉히고 웃으면서 말했다. "나는 자네에게 살아 있는 무자를 소개하겠다는 거야."

"아! 그래! 그런데 어째서 자네의 무자란 말인가?"

"응, 그건……. 기다려, 그 여자가 온 모양이니."

가볍고도 빠른 구두 소리가 들리더니 문이 열렸다. 그리고 문지방에는 열여덟 살 가량의 처녀가 나타났다. 알록달록한 명주 원피스에 검은 나사 외투를 어깨에 걸치고, 약간 곱슬곱슬한 블론드 머리 위에는 검은 밀짚모자를 쓰고 있었다. 그녀는 나를 보자 깜짝 놀라며 얼굴을 붉히고 한 걸음 뒤로 물러났다. 그러나 타르호프가 부리나케 뛰쳐나가 그녀를 맞이했다.

"어서, 어서 들어오시오, 무자 파블로브나. 이 사람은 내 친구로 훌륭한 분입니다. 아주 온순한 사람이에요. 조금도 두려워할 필요는 없습니다, 페챠." 그가 내게로 돌아섰다.

"내 무자를 자네에게 소개하네. 무자 파블로브나 비노그라도바 양, 나의 좋은 친구지."

나는 머리를 숙여 인사했다.

"아니……무자라는 건?" 나는 말하려 했다.

타르호프가 웃었다.

"자넨 교회력(敎會曆) 가운데 이런 이름이 있는 것을 몰랐나? 아니, 나도 사실은 이 사랑스러운 아가씨를 만나기 전에는 몰랐으니까. 무자! 얼마나 매력적인 이름인가! 그리고 이 사람에겐 정말 어울리는 이름이야!"

나는 다시 한 번 친구의 아가씨에게 인사를 했다. 그녀는 문지방을 넘어서 두어 걸음 앞으로 나오자, 다시 걸음을 멈추었다. 그녀는 정말 귀여운 얼굴을 하고 있었다. 그렇지만 나는 타르호프의 의견에 찬성할 수 없었다. 그리고 마음속으로는 이런 생각을 하기까지 했다. '흥, 저것이 무슨 무자야!'

그녀의 둥그스름한 장미빛 얼굴은 윤곽이 매우 섬세하고 부드러웠다. 한 폭의 그림같이 균형 잡힌 그녀의 모습에서는 어느 곳에서나 싱싱하고 탄력 있는 청춘의 힘이 풍기고 있었다. 그러나 그 당시 내가 마음에 그리던 무자, 무자의 화신(化身)은 전혀 그런 것이 아니었다. 이것은 나 혼자만이 아니라 그 당시의 청년들은 모두 같은 견해를 가지고 있었다. 무자는 무엇보다도 먼저 검은 머리를 하고, 파리한 피부의 소유자여야 했다. 모욕적이면서도 거만한 표정, 가슴을 찌르는 듯한 싸늘한 미소, 영감을 불러일으키는 눈초리. 이런 것이 없이는 우리들이 생각하고 있는 무자, 그 당시 마음을 지배하고 있던 바이런의 뮤즈를 상상할 수는 없었다. 그러나 지금 들어온 소녀의 얼굴에서는 조금도 이와 비슷한 점을 발견할 수 없었다. 만일 이때, 내가 좀 더 나이가 많고 경험이 있었더라면, 나는 그녀의 눈에 더욱 많은 주의를 기울였을지도 모른다. 두터운 눈까풀 아래 자그마한 눈이 우묵 들어가 보였지만, 마노(瑪瑙)처럼 검게, 정기 있게 반짝이고 있었다. 특히 블론드 머리를 한 여자에게는 보기 드문 눈이었다. 나는 그 재빠른, 한시도 가만히 있지 않는 눈초리 속에서, 시적인 경향을 찾아 낼 수는 없었다 할지라도 적어도 정열적인, 자기를 잊어버릴 정도의 정열적인 혼을 찾아낼 수는 있었으리라. 그러나 그때 나는 아직 무척 어린 소년이었다.

나는 무자 파블로브나에게 손을 내밀었다. 그러나 그녀는 응하지 않았다. 내가 내미는 손을 보지 못했던 것이다. 그녀는 타르호프가 권하는 의자에 앉기는 하였으나, 모자와 외투를 벗을 생각조차 하지 않았다.

그녀는 확실히 기분이 언짢은 듯싶었다. 내가 있는 것이 방해가 되었던 것이다. 그녀는 새근거리며 숨을 헐떡이고 있었다. "저, 잠깐만 들렀다 가겠어요, 블라지미르 니콜라이치." 그녀가 처음으로 입을 열었다. 나직한, 가슴속에서 우러나오는 듯한 목소리였다. 그 빨간 어린애 같은 입술에서 그런 목소리를 듣는 것이 다소 이상스럽게도 생각되었다. "주인 마님이 반 시간 이상은 절대로 허락하지 않아요. 그저께는 정말 기분이 나빴을 거예요……그래서 전……."

그녀는 말을 더듬으며, 머리를 숙였다. 짙고 깊은 눈썹으로 그늘진 그녀의 까만 눈은 걷잡을 수 없이 이리저리 뛰놀고 있었다. 무더운 여름날, 바삭바삭 마른 풀잎 사이를 날개를 번쩍이며 날아다니는 까만 딱정벌레와도 같았다.

"당신은 정말 귀엽구려, 무자, 무조치카!" 타르호프가 외쳤다. "그렇지만 잠깐만 앉았다 가세요, 잠깐만…… 곧 사모바르를 준비하겠습니다."

"아니에요, 블라지미르 니콜라이치! 정말 안 돼요! 전 이제 가야 해요."

"조금이라도 좋으니 쉬어 가세요. 당신은 숨을 헐떡이고 있습니다…… 몹시 피곤한 것 같군요."

"아니에요, 피곤하지 않아요. 전……피곤해서 그러는 건 아니에요……. 그런데 저……다른 책을 하나 빌려 줄 수 있어요? 이 책은 다 읽었어요." 그녀가 호주머니 속에서 몹시 낡은 회색의 모스크바 판(版) 책자를 끄집어 냈다.

"네, 그렇게 하십시오. 어땠어요? 마음에 드셨나요? 〈로슬라 블레프〉라네." 타르호프가 내게로 몸을 돌리며 덧붙였다.

"네, 그렇지만 유리 밀로슬라프스키가 훨씬 좋다고 생각돼요. 우리 집 마님은 책에 대해서 아주 시끄럽게 굴어요. 일에 방해가 된다구요. 결국 마님의 생각으론……"

"하지만, 〈유리 밀로슬라프스키〉도 푸슈킨의 〈집시〉에는 비할 수 없지 않을까요? 그렇죠, 무자 파블로브나?" 타르호프가 미소를 지으면서 말을 가로챘다.

"그래요! 〈집시〉는……" 그녀는 토막토막 끊어서 느릿느릿 말했다. "아, 그리고 또 한 가지, 블라지미르 니콜라이치, 내일 그곳으로 오지 말아 주세요……"

"왜 그러십니까?"

"안 돼요."

"아니, 왜 그래요?"

처녀가 어깨를 으쓱하고 누가 떠밀기라도 한 듯, 갑자기 의자에서 일어섰다.

"어디로 가십니까, 무자, 무조치카!" 타르호프가 애원하듯이 외쳤다.

"조금만 더 계세요!"

"아니에요, 아니에요, 그럴 수 없어요." 그녀가 재빨리 문 쪽으로 다가가서 손잡이를 잡았다.

"그럼, 책이라도 가져가세요!"

"다음에 오겠어요."

타르호프가 처녀에게로 달려갔다. 그러나 그 순간 그녀는 밖으로 나가 버렸다. 그는 하마터면 문에 코를 부딪힐 뻔했다.

"무슨 여자가 저럴까! 도마뱀 같아!" 그는 할 수 없다는 듯 중얼거리고는 그대로 깊은 생각에 잠겼다.

나는 타르호프의 집에 남아 있었다. 도대체 어떻게 된 일인지 알고 싶었다. 타르호프도 감추려고 하지는 않았다. 그는 이 처녀가 평민 계급 출신의 여자로 재봉사이며, 약 3주일 전, 시골에 있는 여동생의 모자를 맡기려고 그 양품점에 들렀을 때 처음으로 그녀를 보았다는 것, 첫눈에 홀딱 반해 버려서 그 다음 날엔 이미 거리에서 이야기를 주고받을 수 있었다는 것, 그리고 그쪽에서도 자기를 싫어하는 기색은 없더라는 것 등등을 들려 주었다.

"그런데 한 가지 부탁이 있는데," 그가 낯을 붉히며 덧붙였다. "그 처녀와의 관계를 이상하게 생각지 말아 주게. 최소한 지금까지는 우리들 사이에 아무 일도 없었으니까……."

"그렇게 생각할 리가 있나." 나는 말했다. "그리고 역시 자네가 오늘의 일을 몹시 슬퍼하고 있다는 것도 의심할 수 없네그려. 그러나 참아 보게. 모든 일이 잘될 걸세."

"나도 그러길 바라네!" 타르호프가 멋쩍은 웃음을 지으며 말했다. "그러나 정말, 그 처녀는……자네에게 말이지만 정말 새로운 타입의 여자란 말야. 자넨 그 처녀를 자세히 볼 수는 없었겠지. 그건 자연아(自然兒)야, 그래! 정말 자연아지! 게다가 말할 수 없는 고집을 갖고 있어! 그러나 그 야성적인 자연미에 나는 반해 버린 거야. 남에게 의지하지 않는 독립의 상징에 말야! 여보게, 난 정말 그 처녀에게 반해 버렸어!"

타르호프가 정신없이 자기의 '대상'에 대해서 늘어놓았다. 그리고 '나의 무자'라고 붙인 시의 서두를 읽어 주기까지 했다. 그러나 그 마음의 고백은 나의 구미를 돋우어 줄 수는 없었다. 나는 남몰래 그에 대해 질투를 느꼈다. 이윽고 나는 그의 방을 나섰다.

며칠 후, 나는 고스치느이 드보르의 어느 거리를 걸어가고 있었다. 토요일이라서 거리는 손님들로 북적대고 있었다. 그 소음과 혼잡 속에서 손님을 부르는 상인들의 시끄러운 소리가 여기저기서 들려 왔다. 필요한 물건을 산 뒤였으므로, 나는 한시바삐 그 시끄러운 장소를 피하려는 생각뿐이었다. 그런데 갑자기 걸음을 멈추지 않을 수 없었다. 어느 과일 가게 앞에서 내 친구의 애인, 무자 파블로브나의 모습을 본 것이다. 그녀는 옆으로 서서 무엇인가를 기다리는 눈치였다. 잠시 망설이다가 나는 그녀에게 다가가서 말을 걸어 보리라 결심했다. 그러나 상점 앞으로 다가가서 모자를 벗으려고 하자, 그녀는 겁에 질린 듯한 걸음 뒤로 물러서며, 방금 점원에게 건포도를 달게 하고 있는 나사 외투를 입은 노인 쪽으로 돌아서서, 마치 구원이라도 청하듯 그의 손을 잡는 것이었다. 노인도 놀라며 그녀를 돌아보았다. 그리고 그때의 나의 놀라움은 어떠했을까! 나는 그에게서 푸닌을 보았던 것이다!

그렇다, 그는 푸닌이었다. 불그스름한 자그마한 눈, 불룩하니 부푼 입술, 축 아래로 늘어진 보드라운 코, 그는 7년 동안 조금도 변한 데가 없었다. 그의 볼은 살이 쪄 약간 늘어져 보였다.

"니칸드르 바빌르이치!" 나는 외쳤다. "저를 모르시겠어요?"

푸닌이 흠칫 놀라며, 멍하니 입을 벌리고 나를 쳐다보았다.

"실례지만," 그는 이렇게 말을 꺼냈으나, 돌연 가냘픈 함성으로 변했다. "트로이츠키의 도련님! (나의 할머니의 영지를 트로이츠키라고 불렀다) 트로이츠키의 도련님이 아니시오?" 건포도가 그의 손에서 굴러떨어졌다.

"네, 그렇습니다." 나는 대답했다. 그리고 푸닌의 건포도를 주워 올리고 그에게 키스했다.

그는 기쁨과 흥분 때문에 숨을 못 쉴 지경이었다. 그는 가까스로 눈물을 참았다. 그리고는 모자를 벗고 나는 그의 '달걀' 위에 남아 있던 몇 오라기의 털마저 지금은 완전히 없어지고 만 것을 보았다—그 밑에서 수건을 꺼내 코를 풀고, 모자를 건포도와 함께 주머니 속에 집어 넣었다. 그러고는 다시 모자를 쓰고, 다시 건포도를 떨어뜨렸다. 나는 그 동안 무자가 어떻게 하고 있었는지 모른다. 나는 될 수 있는 대로 그녀를 바라보려 하지 않았다. 나는 푸닌의 이 동요가 나 자신에 대한 애착 때문이었다고는 생각하지 않는다. 단지 그의 성질, 가련한 신경이 어떠한 돌발 사건도 참아낼 수 없었기 때문이었으리라.

"우리 있는 곳으로 갑시다, 우리 있는 곳으로." 그가 드디어 이렇게 말했다. "우리들의 한적한 보금자리로 가는 것을 거절하지는 않을 테죠? 당신은 대학생이군요."

"천만에요, 오히려 기쁘게 생각하겠습니다."

"당신, 지금은 자유로운 몸입니까?"

"네, 완전히 자유롭습니다."

"그것 잘됐군요! 파라몬 세묘느이치가 얼마나 기뻐할까! 오늘은 그 사람도 여느 날보다는 빨리 돌아옵니다. 그리고 토요일에는 마님도 이 처녀에게 휴가를 줍니다. 아니, 그랬군요, 이거 미안합니다. 나는 깜빡 잊어버리고 있었군요. 당신은 아직 우리 조카딸을 모르시죠?"

나는 아직 모른다고 서둘러서 말했다.

"그야 물론 그럴 테지! 당신이 이애를 알 턱이 없으니까. 무조치카, 귀여운 도련님, 이애는 무자라고 합니다. 별명이 아니라 진짜 이름입니다……. 어떤 인연인가 보군요? 무조치카, 네게 소개한다……이분은……이분은……."

"베……우" 나는 옆에서 말했다.

"베……우 씨." 그는 그 말을 되풀이했다. "무조치카! 잘 들어 둬! 지금 네 앞에 계시는 분은 가장 훌륭하고 존경할 만한 분이셔. 이분이 아직 어릴 때, 기이한 운명은 우리들을 서로 맺어지게 했단다! 제발 이애를 사랑해 주고 아껴 주십시오!"

나는 공손히 머리를 숙였다. 무자가 양귀비꽃처럼 빨개지면서 흘끗 나를 쳐다보고는 곧 눈을 내리깔고 말았다.

'아!' 나는 생각했다. '그대는 곤란한 일에 처했을 때, 파래지지 않고 빨개지는 사람 가운데 하나로구나. 이것은 꼭 알아둬야겠다.'

"핀잔하지 말아 주세요, 이애는 사교계의 귀부인이 아니니까." 푸닌이 이렇게 말하고 상점에서 거리로 나갔다. 나와 무자가 그의 뒤를 따랐다.

푸닌이 머물고 있는 집은 사도바야 가(街)였으므로, 고스치느이 드보르로부터는 상당히 먼 거리에 있었다. 내게 시를 가르쳐 준 사랑하는 옛 스승 푸닌은 자기 생활의 이모저모를 상세히 들려 주었다. 우리들과 헤어진 다음 그와 바부린은 성스러운 러시아 땅을 하염없이 헤매다가, 바로 얼마 전, 1년 반 전에 간신히 모스크바에서 영주할 수 있는 피난처를 발견했다는 것이다. 바부린은 공장을 경영하는 어떤 부유한 상인의 사무실에 수석 서기로 취직할 수 있었다.

"수입이 많은 자리는 아니지요." 푸닌이 한숨을 쉬면서 말했다. "일은 많은데도 수입이 적으니…… 그렇다고 어떻게 하겠어요? 그것조차 하느님께 감사를 드려야 한답니다! 나도 복사를 하고 글을 가르쳐서 조금이라도 돈벌이를 해보려고 했지만, 지금까지 나의 노력은 성공을 거둘 수 없었습니다. 나의 필적은 당신도 아시다시피, 너무 낡아빠져서 요즈음 취미에는 맞지 않습니다. 그리고 글을 가르친다는 것도 예의에 맞는 옷이 없다는 것이 많은 장애가 되었습니다. 게다가 가르치는 데 있어서도—러시아 문학 강의를 했습니다만—내가 두려워한 것은 역시 현대의 취향에 맞출 수 없다는 것이었습니다. 그래서 나는 아직까지 굶주린 생활을 계속하고 있답니다.(푸닌은 예전처럼 메마른 소리로 웃었다. 그는 지금도 사물을 과장해서 말하는 법과, 자칫하면 음률에 맞추어 이야기하는 버릇을 잊어버리지 않고 있었다) 모두 새로운 것으로, 새로운 것으로 달려가고 있습니다. 당신도, 틀림없이 낡은 신을 숭배하지 않고 새로운 것에 기울어지고 있을 테지요?"

"그렇지만, 니칸드르 바빌르이치, 당신은 아직도 헤라스코프를 존경하고 있습니까?"

푸닌이 발걸음을 멈추고 두 손을 한꺼번에 뒤흔들었다.

"그 이상은 없습니다! 그, 그 이상은 없어요!"

"그럼, 푸슈킨은 읽지 않습니까? 푸슈킨은 마음에 들지 않아요?"

푸닌은 다시 두 손을 머리 위로 가져갔다.

"푸슈킨? 푸슈킨은 뱀이야, 꾀꼬리의 음성을 받고 파란 나뭇가지 속에 숨어 있는 뱀입니다!"

푸닌과 내가 이런 말을 하면서, 소위 '흰돌'의 모스크바─사실은 돌이라고는 하나도 없고 또 조금도 희지 않다─의 울퉁불퉁한 벽돌 보도를 따라 조심스럽게 발걸음을 옮기고 있는 동안, 무자는 우리들과 나란히 맞은편 길을 조용히 걸어가고 있었다. 무자의 이야기를 할 때, 나는 '당신의 조카딸'이라는 말을 사용했다. 푸닌은 잠시 말이 없다가 이윽고 머리를 긁으며 나직한 소리로, 무자를 조카딸이라고 부르는 것은 단지 그렇게 부를 뿐이고 사실은 친척이 아니라고 말했다. 그리고 무자는 바로네쉬 거리에서 바부린이 주워 기른 고아라는 것, 그렇지만 푸닌은 자기 딸보다도 귀여워하기 때문에 딸이라고 불러도 상관 없다는 것 등을 말해 주었다. 푸닌은 일부러 목소리를 낮추었지만, 무자는 그가 말한 것을 모두 듣고 있었음에 틀림없었다. 그녀는 화를 내기도 하고, 겁에 질려 떨기도 하고, 부끄러워하기도 했다. 그녀의 얼굴 위에는 홍조와 그림자가 번갈아 뛰놀고, 눈까풀이며 눈썹이며 입술이며 좁은 콧구멍이며 모든 것이 바르르 떨리고 있었다. 그것이 무척 귀엽고 우습고 그리고 이상해 보였다.

이윽고 우리는 푸닌이 말하는 '한적한 보금자리'에 도착했다. 그곳은 정말 한적한 보금자리에 틀림없었다. 땅 속으로 기어들 듯한 자그마한 단층집으로, 판자 지붕은 구불구불 휘고, 정면으로 나 있는 네 개의 창문도 몹시 어둡고 침침해 보였다. 방 안의 장식품도 초라하기 짝이 없었고, 그것조차도 제대로 정돈되어 있지 않았다. 창문 사이와 벽 위에는 종달새, 카나리아, 황금 방울새와 검정 방울새 들이 든 자그마한 새장들이 거의 한 다스 가량 걸려 있었다. "내 부하들입니다!" 푸닌이 손가락으로 새들을 가리키며 장엄한 어조로 말했다. 내가 방으로 들어가서 주위를 살필 겨를도 없이, 푸닌은 무자에게 사모바르를 가져오라고 명령했다. 그러자 바로 바부린이 방으로 들어왔다. 그는 푸닌에 비하면 훨씬 더 늙어 보였다. 비록 걸음걸이는 예전처럼 단정하고 얼굴 표정도 그다지 변하지 않았지만, 몸은 여위어서 구부정해지고, 볼은 쑥 들어가고, 검고 짙은 머리칼 사이에도 희뜩희뜩한 백발이 뒤섞여 있었다. 그는 나를 몰라보았다. 그리고 푸닌이 내 이름을 말했을 때에도, 조금도 기쁜 빛을 보이지 않았다. 그는 눈에 미소를 띠려고도 하지 않았다. 간신히 머리를 끄덕이고는 아주 메마른, 무관심한 어조로 나의 할머니가 살아 계시는지를 물어 보았을 따름이다. 단지 그뿐이었다. '나는 귀족이 방문했다고 해서 놀라지는 않는다. 그렇다고 기뻐하지도 않는다.' 그는 이렇게 생각하는 것 같았다. 공화주의자는 어디까지나 공화주의자였다. 무자가 돌아왔다. 늙어빠진 할머니가 그녀 뒤를 따라 녹슨 사모바르를 들고 들어왔다. 푸닌은 서성거리며 나를 대접하기에 여념이 없었다. 바부린은 탁자에 앉자, 두 손으로 머리를 괴고 피곤한 눈초리로 주위를 둘러보았다. 그러나 차를 들기 시작하자 그가 이야기를 꺼냈다. 그는 자기 지위가 불만이었다. "사람이 아니라, 주먹이야." 그는 자기 주인을 이렇게 말했다. "자기 일꾼들은 그에게는 한갓 먼지와 다름없어. 자기 자신도 최근까지 누더기를 걸치고 있었으면서 잔인과 욕심, 그것뿐이야. 그 자식의 일은 정부보다도 심해! 여기 거래는 모든 것이 허위 위에 서 있어, 단지 그것만으로 유지하고 있단 말야!" 이런 저주스러운 이야기를 들으면서, 푸닌은 슬픈 한숨을 쉬기도 하고 바부린의 이야기에 맞장구를 치기도 하며, 아래위로 혹은 좌우로 머리를 흔들었다. 무자는 끈기 있게 침묵을 지키고 있었다. 그녀는 내가 어떤 사람인지, 겸손한 사람인지 혹은 허풍선이인지를 알아내려고 고심하고 있는 것 같았다. 그리고 만일 내가 겸손한 태도를 취한다면, 그 속에 어떤 다른 생각이 들어있지나 않을까. 그녀의 검고 재빠른, 불안스러운 눈동자는 이와 같은 의혹으로 끊임없이 반쯤 내리깐 눈까풀 아래서 번쩍이고 있었다. 한 번 그녀는 눈을 들어 나를 보았다. 호기심에 찬, 뚫어질 듯한 거의 증오에 가득 찬 눈초리였다. 그만 소름이 끼칠 정도였다. 바부린은 대체로 그녀에게 이야기를 하지 않았다. 그러나 가끔 이야기를 할 때마다, 그의 음성 속에는 아버지의 사랑과는 닮지도 않은 그 어떤 음침한 애정이 깃들어 있었다.

그와 반대로 푸닌은 때때로 무자에게 농담을 걸었다. 그렇지만 그녀는 억지로 농담을 받아넘겼다. 그는 무자를 설녀(雪女)라고 불렀다.

"어째서 당신은 무자 파블로브나를 설녀라고 합니까?" 나는 물었다.

푸닌이 웃었다.

"왜냐하면 이애가 너무 차기 때문이지요."

"똑똑하지," 바부린이 덧붙여 말했다. "처녀들은 그래야 해."

"우린 무자를 주인 마님이라고 불러도 좋습니다." 푸닌이 말했다. "그렇죠? 파라몬 세묘느이치?" 바부린이 얼굴을 찡그리고 무자는 외면을 하고 말았다. 나는 이때 그것이 무슨 뜻인지를 알지 못했다.

이렇게 두 시간 가량 지났다. 푸닌은 이른바 그 '명예로운 회합'에 흥을 돋우기 위해서 갖은 노력을 다해 보았지만, 몹시 서먹서먹한 회합이었다. 이를테면 그는 카나리아 새장 앞에 쪼그리고 앉아서 문을 열고 명령을 내렸다. "둥근 지붕 위에 멎어서 연주를 시작하시오!" 카나리아는 금방 새장에서 튀어나와 둥근 지붕, 즉 푸닌의 대머리 위로 날아앉았더니, 이쪽 저쪽으로 몸을 돌리고 조그만 날갯죽지를 퍼덕이면서 있는 힘을 다해 노래를 부르기 시작했다. 노래가 계속되는 동안, 푸닌은 조금도 움직이지 않았다. 다만 실눈을 뜨고 손가락으로 가만히 박자를 맞출 따름이었다. 나는 그만 웃음이 터져나오고 말았다. 그러나 바부린과 무자는 웃지 않았다.

이윽고 작별하려는데 바부린은 뜻하지 않은 질문으로 나를 놀라게 했다. 그는 내가 대학에서 공부하고 있는 학생으로서 제논은 어떤 사람이며, 그를 어떻게 생각하고 있는지를 듣고 싶다는 것이었다.
"제논이라니요?" 나는 망설이며 반문했다.
"제논, 고대의 현인(賢人)입니다. 제논을 모를 리는 없겠지요?"
나는 흐릿하게 스토아 학파의 기초를 세운 제논의 이름을 상기했다. 그렇지만 그 밖의 것은 아무것도 몰랐다.
"아, 그는 철학자였습니다." 나는 겨우 이렇게 대답했다.
"제논은," 바부린은 한 마디 한 마디 정확히 발음하면서 말했다. "인내는 만사를 이길 수 있으므로, 고뇌는 결코 악이 아니라는 것, 이 세상에서 선은 다만 하나 정의가 있을 뿐으로, 덕의 본질은 정의와 다름없는 것이라고 말한 그 현인입니다."
푸닌은 정성껏 그 말에 귀를 기울였다.
"고대 서적을 많이 읽은, 여기 있는 이 사람이 그 격언을 가르쳐 주었습니다." 바부린이 말을 이었다.
"그것은 무척 내 마음에 들었습니다. 그렇지만 당신은 그런 제목에는 관심이 없나 보군요."
바부린이 말한 것은 거짓말이 아니었다. 그런 제목에는 나는 성말 흥미가 없었다. 나는 대학에 들어간 다음부터 바부린에 못지않는 공화주의자가 되었던 것이다. 미라보, 로베스피에르에 관해서라면 나도 즐겁게 이야기를 나눌 수 있었으리라. 그렇다, 로베스피에르! 그리고 나는 페키에탄빌과 샬리에의 석판화(石版畵)를 책상 위에 걸어 놓았다. 그런데 제논이라니! 어디서 제논이라는 것을 끌어내 왔을까!
푸닌은 작별 인사를 나누면서, 다음 일요일에도 꼭 방문해 달라고 간곡히 부탁했다. 바부린은 나를 초대하겠다는 말을 비치지도 않았다. 평민들과 이야기를 한댔자 별 흥미도 없을 거고, 게다가 할머니의 마음에도 들지 않을 것이 뻔해, 라고 중얼 거리기까지 했다. 그러나 나는 그의 말을 가로채고, 이젠 할머니도 나에 대해선 아무런 권위도 가지고 있지 않다고 말했다.

"그렇지만, 재산은 아직 당신 것이 아니지요?" 바부린이 물었다.

"네, 아직 제것이 아닙니다." 나는 대답했다.

"그럼, 결국……." 그는 말끝을 흐리고 말았다. 그러나 나는 그 대신 마음속에서 덧붙였다. '결국 나는 어린애로구나.'

"안녕히 계십시오." 나는 커다란 소리로 말하고 그 방을 나섰다.

나는 안뜰에서 한길로 걸어나오고 있었다. 갑자기 무자가 집안에서 뛰쳐나왔다. 그리고 꾸겨진 종이조각을 내 손 안에 집어넣고는 황급히 사라지고 말았다. 첫번째 가로등 아래서 나는 그 종이쪽지를 펼쳤다. 그것은 편지였다. 나는 연필로 흐릿하게 쓴 글을 간신히 읽어 내려갔다. '제발' 무자는 이렇게 쓰고 있었다. '내일 미사가 끝나면 알렉산드로프스키아 공원의 쿠타피야 탑 옆까지 나와 주세요 기다리겠습니다 제 부탁을 들어 주세요 그리고 저를 불행에서 구해 주십시오 저는 꼭 당신을 만나 뵈야겠어요' 철자법은 틀린 것이 없었지만 구두점이 없는 편지였다. 나는 의아스러운 감정을 품고 집으로 돌아왔다.

이튿날, 약속한 시간보다 15분 일찍 쿠타피야 탑 쪽으로 걸어가고 있던 나는(4월 초였다. 싹은 부풀고, 풀은 파릇파릇하고, 참새는 앙상한 라일락 숲속에서 시끄럽게 조잘대며 싸우고 있었다) 담에서 멀지 않은 길가에서 무자의 모습을 발견하고 적이 놀라지 않을 수 없었다. 그녀는 나보다 먼저 여기 와 있었던 것이다. 나는 그녀 옆으로 걸어가려 했다. 그러나 그쪽에서 먼저 내게로 걸어왔다.

"크레믈리의 성벽으로 가요." 그녀는 푹 내리깐 눈으로 주위를 살피면서 성급히 속삭였다. "여긴 사람이 많아서."

우리는 언덕으로 올라갔다.

"무자 파블로브나," 나는 말을 꺼내려 했다. 그러나 그녀는 다짜고짜 내 말을 가로채고 말았다.

"제발," 그녀는 역시 서두르는 어조로 나직이 말했다. "저를 비평하지 말아 주세요, 저를 나쁘게 생각하지 말아 주세요. 저는 당신에게 편지를 써서, 여기서 만나자고 부탁을 드렸어요. 그것은 근심스러웠기 때문이에요……. 어제 저는 당신이 시종 저를 비웃고 있는 듯한 생각이 들었습니다. 아시겠어요." 그녀는 갑자기 힘을 주어 말을 끊고는, 걸음을 멈추고 나를 돌아보았다. "아시겠어요, 만일 당신이 누구에게……어느 사람의 집에서 저와 만났다는 것을 이야기하신다면, 저는 물에 몸을 던지고 말겠어요, 물에 빠져 죽고 말겠어요!"

그녀는 이때 처음으로, 그 낯익은 호기심에 가득 찬 날카로운 눈초리로 나를 쳐다보았다.

'아니 이 여자라면 정말……그런 일을 저지를지도 모른다.' 하고 나는 생각했다.

"저, 무자 파블로브나," 나는 서두르며 말했다. "어째서 당신은 저를 그렇게 나쁘게 생각하시나요? 제가 친구를 배반한다든가, 당신에게 해를 주는 일을 할 수 있으리라 생각하시나요? 게다가 내가 아는 한, 당신들 사이에는 아무것도 비난할 점이 없다고 보는데요……. 제발, 걱정하지 말아 주세요."

무자는 그 자리에 선 채 나를 바라보려고도 하지 않고 묵묵히 내 말을 듣고 있었다.

"저는, 아직도 당신에게 해야 할 말이 있어요." 무자는 다시 걸음을 옮기며 말하기 시작했다. "그러지 않으면, 당신은 틀림없이 저를 미치광이라고 생각하실 거예요. 꼭 말해야겠어요, 글쎄, 그 늙은이가 저하고 결혼을 하자는군요!"

"어느 늙은이가요? 대머리 말이요? 푸닌?"

"아니오, 그 사람이 아니에요! 다른 사람……. 파라몬 세묘느이치 말입니다."

"바부린이?"

"네, 그래요."

"정말이오? 그 사람이 당신에게 구혼을 해왔나요?"

"그랬어요."

"그렇지만 당신은 물론 승낙하지 않았을 테죠?"

"아니요, 승낙했어요……. 그땐 아무것도 몰랐으니까요. 그러나 지금은 달라요."

나는 손뼉을 치며 말했다.

"바부린과 당신이! 아니, 그 사람은 벌써 50이 아닙니까!"

"그 사람은 마흔셋이라고 말하고 있어요. 그렇지만 마찬가지예요. 가령 스물다섯이라 해도 그분하고 결혼할 생각은 없습니다. 무슨 기쁨이 있겠어요! 한 주일 동안 같이 있어도 단 한 번 웃을 때가 없으니까요. 파라몬 세묘느이치는 제 은인이에요, 전 그분에게 많은 신세를 졌어요, 그분은 저를 맡아서 길러 주었어요. 그분이 없었더라면 전 세상에 붙어 있지도 못했을 거예요. 그리고 전 그분을 아버지같이 생각하지 않으면 안 될 거예요……. 그렇지만 그분의 아내가 된다니! 아니, 전 죽는 편이 낫겠어요! 지금이라도 무덤에 들어가는 편이 좋겠어요!"
 "어째서 당신은 그렇게 죽는 것만을 생각하십니까, 무자 파블로브나?"
 무자가 다시 걸음을 멈추었다.
 "당신은 산다는 것이 몹시 즐거운가 보군요? 제가 당신의 친구, 블라지미르 니콜라이치를 사랑하게 된 것도 애수와 슬픔 때문이었다고 말할 수 있을 거예요. 그런데 파라몬 세묘느이치는 자기대로 구혼을 해오니……. 푸닌, 그분은 시를 가지고 괴롭히긴 하지만 조금도 무섭지가 않아요. 그분은 저녁때마다, 제가 피로에 지쳐서 머리를 쳐들지 못할 때도 카라므진을 읽히려는 일 따윈 하지 않으니까요. 그런데 도대체 그 노인들이 내게 무슨 상관이 있을까요? 저보고 냉정하다고들 야단이에요. 그분들과 함께 있어서 어떻게 온화해지겠어요? 더 강요를 한다면 전 나가버리겠어요. 바라몬 세묘느이치 자신은 언제나 자유! 자유! 하고 말하고 있습니다. 저도 바로 그 자유를 원하는 거예요. 자, 생각해 보세요. 다른 모든 사람에겐 자유를 주고, 저만은 감옥 속에 있어야 하는가요? 전 솔직히 그분에게 말하겠어요. 만일 당신이 저를 배반하는 일이 있으면, 아니 한 마디라도 새어 나가는 일이 있다면, 아시겠어요, 전 죽어 버리고 말겠어요!"
 무자가 길을 가로막았다.
 "죽어 버리고 말 테에요!" 그녀는 날카로운 어조로 되풀이했다. 그녀는 이때에도 눈을 들려고 하지 않았다. 그녀는 만일 누군가 자기 눈을 들여다본다면 자기는 틀림없이 자기 자신을 배반하고 말리라, 마음속에 감추고 있는 것을 폭로하고 말리라 하는 것을 알고 있는 것같이 생각되었다. 그녀가 성을 내든가 슬퍼할 때가 아니고는 눈을 들지 않는 것은 바로 이것 때문이었다. 그리고 한번 눈을 쳐들면 그대로 뚫어질 듯 상대편 눈을 쏘아보는 것이었다. 그러나 그녀의 사랑스러운 자그마한 장미빛 얼굴은 확고한 결심으로 빛나고 있었다.

'음, 타르호프가 말한 것은 정말이로군.' 이런 생각이 머리를 스쳤다.

'이 처녀는 새로운 타입이다.'

"당신은 조금도 저를 두려워할 필요는 없습니다." 나는 드디어 이렇게 말했다.

"정말이세요? 가령…… 아까 당신은 우리들의 관계에 대해서 무슨 말을 하셨는데 그런 경우에라도……."

"그런 경우에라도 당신은 아무것도 두려워할 필요 없습니다. 무자 파블로브나, 나는 당신의 재판관이 아닙니다. 당신의 비밀은 여기에 묻어 두지요." 나는 내 가슴을 가리켰다.

"나를 믿어 주세요, 잘 알겠습니다……."

"제 편지를 가지고 계세요?" 무자가 갑자기 이렇게 물었다.

"가지고 있습니다."

"어디에?"

"주머니 안에요."

"돌려 주세요……빨리, 빨리!"

나는 어제의 편지를 꺼냈다. 무자는 자그마한 굳은 손으로 그것을 낚아채고, 잠시 동안 인사라도 하려는 듯이 내 앞에 서 있다가 갑자기 흠칫하니 몸부림을 치며 주위를 돌아보았다. 그러고는 인사를 하려고도 않고 쏜살같이 산비탈로 뛰쳐 내려갔다.

나는 그녀가 뛰어간 산비탈을 바라보았다. 탑 바로 옆에 알리마비바(알리마비바는 그 당시 대유행이었다)를 두른 그림자가 어른거렸다. 타르호프였다.

'아, 자네로군.' 나는 생각했다.

'자넨 알고 있었군, 그렇게 망을 보고 있는 것을 보니……'

이윽고 나는 나직이 휘파람을 불며 집으로 발걸음을 돌렸다.

이튿날 아침, 차를 마시고 나자마자 푸닌이 찾아왔다. 그는 몹시 당황한 표정으로 방 안에 들어와서는 정중히 인사를 하고, 주위를 둘러보면서 철면피한 자기 행동에 대해서 용서를 빌었다. 나는 결코 그렇지 않다고 말하며 황급히 그를 위로해 주었다. 나는 지나친 생각으로, 푸닌이 돈을 빌리러 왔으리라 생각했다. 그러나 그는 사모바르를 아직 치우지 않았으니 람이 든 차를 한 잔 마시고 싶다고 말했을 따름이었다.

"저는 몹시 무섭고 떨리는 마음을 안고 당신을 만나러 왔습니다." 그는 설탕 조각을 씹으면서 말하기 시작했다. "당신은 무섭지 않지만, 그 할머니가 무서웠어요! 게다가 요전에도 말한 것처럼 옷차림이 부끄러워서." 푸닌은 낡아빠진 외투 깃을 손으로 만지작거렸다. "집에서는 이래도 괜찮습니다. 그리고 거리에서도 별다른 일은 없지만, 일단 황금의 궁전으로 들어오기만 하면, 자신의 가난이 눈앞에 나타나는 느낌이 들어서 정말 못 견디겠어요!"

나는 2층 안채에서 두 개의 자그마한 방을 사용하고 있었다. 물론, 아무도 궁전이라고는, 더욱이 황금의 궁전이라고는 생각할 수 없는 초라한 방이었다. 그러나 푸닌은 할머니의 저택 전체를 가리켜 말했음에 틀림없었다. 그렇지만 저택 역시 그렇게 뛰어날 정도로 호화로운 것은 아니었다. 그는 전날밤에 어째서 찾아오지 않았느냐고 나를 편잔했다. "파라몬 세묘느이치도, 말만은 당신이 올 리가 없다고 하면서도 역시 당신을 기다리더군요. 그리고 무자도 기다렸답니다……"

"뭐요? 무자 파블로브나가요?"

"네, 그애도. 그앤 정말 귀여운 처녀예요, 그렇지요?"

"그렇습니다." 나는 맞장구를 쳤다. 푸닌은 놀랄 만큼 날쌔게 대머리를 한 번 어루만졌다.

"그애는 미인입니다. 진주, 아니 다이아몬드일지도 모르지요. 이건 거짓말이 아닙니다." 그는 내 귓전으로 입을 가져왔다. "역시 귀족 출신이에요." 그는 속삭이듯 말했다. "단지, 당신이기에 말이지만, 좌익 계통이랍니다. 금단의 열매를 맛본 턱이지요. 부모가 돌아가자, 친척들은 모두 한결같이 손을 떼고 말았습니다. 그래서 그애는 험한 세파에 휩쓸려 들어갔습니다. 즉 절망과 굶주림 속에 말입니다! 그러나 바로 이때, 고대의 구세주와 같이 파라몬 세묘느이치가 나타난 것입니다. 그는 그애를 주워다가 옷을 입히고 보살펴 주었어요. 이렇게 해서 그 병아리를 길러 냈답니다. 그리고 이제야 우리들의 기쁨이 꽃을 피운 것입니다! 정말 이 세상에서 보기 드문 훌륭한 사람이에요!"

푸닌은 안락의자 뒤에 몸을 기대고 두 손을 들었다. 그러나 다시 앞으로 몸을 숙여, 아까보다도 낮은 소리로 속삭이기 시작했다.

"파라몬 세묘느이치 자신도……당신은 모르시겠지만, 역시 귀족 출신으로 좌익 계통입니다. 그의 아버지는 다비드 왕의 후손으로 구르지아의 공후(公候)였다고 합니다……자 어떻습니까? 말하기는 쉬워도, 정말 대단하잖아요? 다비드 왕의 피를 받고 있다! 어떻습니까? 혹은 이런 설도 있습니다. 파라몬 세묘느이치의 조상이 인도의 바브르 백골왕(白骨王)이라고요. 이것도 굉장하지요? 그렇죠?"

"그렇다면," 나는 물었다. "바부린도 운명의 도가니 속에 빠져 들었단 말인가요?"

푸닌이 다시 한 번 대머리를 어루만졌다.

"그렇습니다! 그 조그만 귀염둥이에 비하면 너무나 가혹한 운명이지요. 어릴 때부터 그는 싸울 수밖에 없었습니다. 사실 말이지만, 저는 루반에게서 힌트를 얻고, 그 덕택으로 파라몬 세묘느이치의 초상화에 바칠 4행시를 하나 만들었습니다. 잠깐 기다리세요……어떻더라?

아, 그렇지!

어릴 때부터 가혹한 운명의 박해는,
한없는 불행의 구렁으로 바부린을 몰았노라!
그러나 어둠 속에 비치는 불빛 모양 황금 모양,
이제, 승리의 월계관은 그의 머리에 떨어졌노라!

푸닌은 이 시를 노래를 부르듯이 절도 있는 소리로, 낭독 규칙에 따라 O음을 울리며 암송했다.

"그래서 그는 공화주의자가 됐군요!" 나는 외쳤다.

"아닙니다, 그것 때문은 아닙니다." 푸닌이 나직이 대답했다. "그분은 아버지를 오래 전부터 용서하고 있었습니다. 그러나 그는 부정을 참을 수 없었어요. 타인의 불행이 그를 괴롭혔습니다!"

나는 요전날 무자한테서 들은 것, 바부린의 구혼 문제 쪽으로 화제를 돌리려고 했으나, 어떻게 말문을 열어야 할지 갈피를 잡을 수 없었다. 그런데 푸닌 자신이 나를 이러한 곤경 속에서 구해 주었다.

"당신은 아무것도 눈치채지 못하셨나요?" 그는 교활하게 실눈을 만들며 문득 이렇게 물었다. "우리 집에 왔을 때 무슨 이상한 눈치라도?"

"눈치 챌 만한 이상한 일이라도 있었나요?" 나는 되받아 물었다.

푸닌이 엿듣는 사람이 없는지 근심스러운 듯 어깨 너머로 뒤돌아보았다.

"우리의 미인 무조치카가 얼마 있으면 시집을 가게 됩니다!"

"네?"

"바부린의 부인이 됩니다." 푸닌은 긴장한 목소리로 말했다. 그리고 손바닥으로 대여섯 번 무릎을 치고는 중국 인형처럼 머리를 끄덕이기 시작했다.

"설마 그럴라고요!" 나는 일부러 놀란 눈치로 외쳤다.

푸닌은 갑자기 머리를 끄덕이던 것을 멈추었다. 손도 얼어붙은 듯 움직이지 않았다.

"어째서요? 그래서는 안 되나요? 그 이유를 들려 주실 수 없을까요?"

"왜냐하면 파라몬 세묘느이치는 무자에게 오히려 아버지라고 하는 편이 어울릴 거예요. 게다가 그런 연령 차이는 온갖 애정을 죽이고 맙니다. 여자 쪽의 애정 말이에요."

"애정을 죽인다니!" 푸닌이 흥분한 어조로 대꾸했다. "그럼 감사하는 마음은 어떻게 됩니까? 순진한 마음씨는? 상냥스러운 감정은? 애정을 죽이고 말다니! 당신은 다시 한 번 생각해 보십시오. 자, 무자가 가장 아름다운 처녀라고 합시다. 그러나 파라몬 세묘느이치의 사랑과 위로, 부축을 받고 드디어 배우자가 된다! 이것은 그 처녀에게도 최고의 행복이 아니겠어요? 그애도 이것을 잘 알고 있습니다! 당신도 조심해서 바라보세요! 무조치카는 파라몬 세묘느이치를 누구보다도 공경하고, 그분 앞에선 언제나 몸을 떨고 있습니다. 기쁨에 가득 차 있어요!"

"그것이 안 된단 말이에요, 니칸드르 바빌르이치. 당신이 말하는 부들부들 떤다는 것 말이오. 사랑하는 사람 앞에선 아무도 몸을 떨지는 않습니다."

"아니, 난 거기에도 찬동할 수 없습니다! 예를 들어 바로 나도, 아마 나만큼 파라몬 세묘느이치를 사랑하는 사람은 없으리라 생각하는데……나는 그분 앞에서 몸이 떨린답니다."

"당신은 또 사정이 다르지요."

"어째서 다르단 말입니까? 어째서요? 어째서요?" 푸닌이 매들였다. 그는 흥분하고 심각해져서 하마터면 성을 낼 지경이었다. 그는 음률을 맞춘다는 것조차 잊어버리고 있었다. "아니," 그는 강조했다. "당신에게는 사물을 판단할 수 있는 눈이 없습니다! 없어요! 사람의 마음을 알 수도 없구요!" 나는 다투기를 그만두었다. 그리고 말머리를 돌리기 위해서 옛의 추억을 되살려서 무엇인지 읊어 보자고 제안했다.

푸닌이 잠시 동안 잠자코 있었다.

"낡은 시인 말이오? 진짜 시인 말이오?" 그가 드디어 입을 열었다.

"아닙니다, 새로운 것을."

"새로운 거라니요?" 푸닌은 믿을 수 없다는 듯 되풀이해서 물었다.

"푸슈킨 것을," 나는 대답했다. 나는 문득 요전에 타르호프가 말한 〈짚시〉를 생각해 냈다. 때마침 거기에는 늙은 사람을 노래한 민요도 들어 있었다. 푸닌은 마음이 내키지 않는 듯했다. 그러나 나는 편히 들을 수 있도록 그를 소파에 앉혀 놓고, 푸슈킨의 시를 읽어 내리기 시작했다. 잠시 후 '늙은 사람, 화 잘 내는 사람'의 대목까지 도달했다. 푸닌은 그 노래를 마지막까지 들었다. 그는 소파에서 벌떡 일어났다.

"참을 수 없어," 그는 놀랄 만큼 당황한 빛을 보이면서 말했다. "미안합니다, 나는 더이상 그 작자의 것을 들을 수는 없습니다. 그는 비도덕적인 비방자요, 거짓말쟁이입니다……. 그는 나를 참지 못하게 합니다. 참을 수가 없습니다! 오늘은 이만 돌아가게 해주십시오."

나는 좀더 앉았다 가라고 푸닌을 말리기 시작했다. 그러나 그는 완고히 뿌리치면서 자기 의견을 고집했다. 이렇게 여러번을 반복하고 나서, 그는 기분이 언짢으니 밖으로 나가 신선한 공기라도 마시고 싶다고 했다. 그러면서도 그의 입술은 바르르 떨리고, 눈은 마치 내가 그를 모욕이라도 한 듯이 내 시선을 피하고 있었다. 이렇게 해서 그는 가 버렸다.

몇 분 후, 나도 집을 나와 타르호프의 집으로 발길을 돌렸다.

학생들에게만 허용되는 무례한 행동으로, 나는 누구에게도 물어 보지 않고 곧장 그의 방으로 들어갔다. 첫번째 방에는 아무도 없었다. 나는 타르호프의 이름을 불러 보았다. 그러나 대답이 없어서 그대로 돌아가려고 했다. 그런데 이때 방문이 열리고 타르호프가 나타났다. 그는 이상스러운 눈초리로 나를 바라보고는 말없이 손을 잡았다. 나는 푸닌에게서 들은 것을 모조리 이야기하려고 그를 찾아온 것이었다. 나는 그의 기분이 좋지 않을 때 왔다는 것을 금세 알아차릴 수 있었지만, 몇 마디 대수롭지 않은 이야기를 하고 나서 무자에 대한 바부린의 생각을 그에게 전해 주었다. 이 새로운 소식은 조금도 그를 놀라게 한 것 같지는 않았다. 그는 조용히 의자에 몸을 내리고는, 여전히 말없는 이상한 표정으로 —'또 무슨 말을 하려는 건가? 자, 말해 보게.' 하는 듯한 표정으로— 물끄러미 나를 바라보고 있었다. 나도 뚫어질 듯 그의 얼굴을 바라보았다. 가볍게 흥분한 그의 얼굴은 약간 비웃는 듯하면서도 거만하게까지 보였다. 그러나 그것이 내가 말하려고 하는 것을 방해하지는 않았다. 오히려 그 반대였다. '자넨 일부러 그런 얼굴을 하고 있구나.' 나는 생각했다. '그렇다면 나도 양보하지는 않겠다!' 그래서 나는, 일시적인 감정에 몸을 맡긴다는 것은 위험한 일이라는 것과, 타인의 자유와 사생활을 존경한다는 것은 각자의 의무라는 것을 설명하기 시작했다. 다시 말해서 유익하고 필요한 충고를 주기 시작한 것이다. 이런 말을 하는 동안, 나는 힘들지 않고 말하기 위해서 이리저리 방안을 왔다갔다 했다. 타르호프가 내 말을 가로채려고도 하지 않고, 의자에 몸을 파묻은 채 옴쭉달싹하지 않았다. 다만 손끝으로 턱을 어루만질 뿐이었다.

"나는 알고 있어." 나는 말했다.(무엇이 나를 그렇게 말하게 했는지 나 자신도 모른다. 아마 질투였는지도 모른다. 적어도 도덕적인 명령에 따르지 않았다는 것은 사실이었다!) "나는 알고 있어," 나는 말했다. "이것이 물론 단순한 장난이 아니라는 것을. 나는 자네가 무자를 사랑하고, 무자도 자네를 사랑하고 있다는 것을, 그리고 이것이 결코 자네의 일시적인 불장난이 아니라는 것도 확신하네……. 그렇지만 생각해 보게! (여기서 나는 팔을 열십자로 모았다) 가령 자네가 자네의 정열을 만족시켰다고 상상하게나, 그 다음은 어떻게 되겠나? 아마 자넨 그 여자와 결혼하지는 않을 테지. 그리고 동시에 자네는 한 사람의 선량하고 정직한 인물, 그 여자의 은인의 행복을 파괴하는 것이 된단 말이야. 그리고 누가 알겠나? (여기서 나는 얼굴에 날카로움과 슬픔을 함께 나타내어 보였다) 혹시 그 여자 자신의 행복마저 파괴하게 될는지……."

그 다음에도 이런 내용의 이야기들을 반복했다.

나의 연설은 15분 가량 계속되었다. 타르호프는 여전히 침묵을 지킬 뿐이었다. 그의 침묵은 나의 마음을 들뜨게 하였다. 나는 때때로 그의 얼굴을 살펴보았다. 내 이야기가 그에게 어떤 인상을 주었는지 알기 위해서가 아니라, 그가 아무런 항의도 없이, 동의도 없이, 마치 벙어리 모양 침묵을 지키고 있는 이유가 어디에 있는지 알고 싶었기 때문이었다. 이윽고 나는 그의 얼굴 속에서 어떤 변화, 확실히 어떤 변화가 일어나고 있다는 것을 알았다. 불안과 동요, 고통스러운 동요의 빛이 나타나고 있었던 것이다. 그러나 이상하게도 맨처음 타르호프를 보았을 때 나를 놀라게 한 흥분하고 밝은, 비웃는 듯한 표정은 아직도 불안하고 고통스러운 얼굴 속에서 사라지지 않고 있었다! 나는 자기 설교의 성공을 축하해야 할지 어떨지를 분간할 수 없었다. 이때 갑자기 타르호프가 일어섰다. 그는 힘있게 나의 손을 쥐면서 재빨리 이야기했다.

"고마워, 고마워. 자네 말은 물론 정당해······. 그렇지만 이렇게도 생각할 수 있지 않을까. 자네가 그렇게 칭찬하는 바부린이란 사람이 도대체 어떤 사람이냔 말야? 정직한 바보, 그 밖에 또 무슨 말을 할 수 있겠나! 자넨 그 사람을 공화주의자라고 숭배하지만 그는 단지 낮도깨비에 지나지 않는단 말야! 그렇지, 그것이 그의 정체일 거야! 그의 공화주의라는 것은 결국 그가 어디를 가나 잘 살 수 없다는 데서 기인한 거라네."

"아니, 자넨 그렇게 생각하나! 낮도깨비라고! 잘 살 수 없다고! 그렇지만 자네," 나는 갑자기 언성을 높여 말을 이었다. "그렇지만 블라지미르 니콜라이치, 지금 세상에선 어딜 가나 잘 살 수 없다는 그것이 도리어 선량하고 고상한 성질의 증거가 아닐까? 다만 바보들만이, 악인만이 어디를 가나 잘 지낼 수 있고, 모든 사람하고 타협할 수 있는 거야! 자넨 바부린을 정직한 바보라고 말했어! 그렇다면 교활한 거짓말쟁이 쪽이 낫단 말인가?"

"자넨 내 말을 오해하고 있네!" 타르호프가 외쳤다. "나는 단지 내가 그 인물을 어떻게 생각하고 있는지 말하고 싶었을 뿐이야. 자넨 정말 그 사람을 희귀한 존재라고 보고 있는가? 천만에! 나는 그런 족속들을 여러 사람 만나 봤어. 아주 심각한 얼굴을 하고, 말없이 고집을 부리는 작자들을 말야······. 오오, 오오! 그 속엔 꼭 무엇이 들어 있는 것 같지······. 그렇지만 그 속엔 아무것도 없단 말야. 그놈들의 머릿속에 있는 것은 단 한 가지, 자기 위엄뿐이야."

"그것만이라도 역시 존경할 만한 일이지." 나는 말을 가로챘다. "그런데 자넨 어느새 그렇게 바부린을 연구할 수 있었나? 자넨 그분을 알지도 못할 텐데? 그렇지 않으면 무자의 말을 듣고 그런 생각을 만들어 낸 건가?"

타르호프가 한쪽 어깨를 흠칫했다.

"나와 무자는 그 사람에 대해선 말하지도 않네. 자, 들어 보게." 그는 참을 수 없다는 듯 온몸을 흔들며 덧붙였다. "자네에게 말하겠는데, 만일 바부린이 그렇게 훌륭하고 정직한 성격이라면 어째서 무자가 도저히 그의 처가 될 수 없다는 것을 깨닫지 못하느냐 말야? 이건 두 가지 중 한 가지일 거야. 무자에 대한 행위가 은혜라는 이름을 빌린 일종의 강제라는 것을 그가 알고 있는지. 만일 알고 있다면 그의 정직함은 어디로 간 걸까? 혹은 그것을 모른다면, 그렇다면 역시 바보일 수밖에 없잖나?"

나는 대꾸를 하려 했다. 그러나 타르호프는 다시 나의 두 손을 붙잡고 서두르는 어조로 말했다.

"그렇지만……물론……나는 자네가 옳다는 것을, 천 배나 옳다는 것을 알고 있네. 자넨 나의 진정한 친구야. 하지만 지금은 부탁이니 나를 내버려두게."

나는 머뭇거렸다.

"자넬 내버려달라고?"

"그래. 나는 지금 자네가 말한 것을 잘 생각해 보지 않으면 안 되겠어. 물론, 자네가 옳다는 걸 의심하는 것은 아니야. 그렇지만 오늘만은 내버려두게."

"자넨 너무 흥분했어." 나는 말했다.

"흥분했다고? 내가?" 타르호프가 웃었다. 그러나 곧 본래의 얼굴로 돌아왔다. "물론이지. 어떻게 흥분하지 않겠나? 이건 농담이 아니라고 자네 자신이 말하지 않았나? 그래, 이 문제는 생각해 보겠네……나 혼자서." 그는 역시 손을 붙잡은 채 말했다. "잘 가게, 잘 가!"

"잘 있게." 나도 그의 말을 되풀이했다. "잘 있어!" 문을 나서면서 나는 타르호프에게 마지막 시선을 던졌다. 그는 만족해 보였다. 무엇을 만족해 할까. 내가 진실로 친구이자 동지로서 위험한 앞길을 가르쳐 주었다는 것이 만족스러워서인가, 아니면 단지 내가 돌아가는 것이 기뻐서인가. 그날 저녁때까지—저녁때 내가 푸닌과 바부린의 집 문지방을 넘어설 바로 그 순간까지— 나의 머릿속에는 오만 가지 생각이 맴돌고 있었다. 나는 그날 안으로 그들의 집을 방문했다. 나는 고백하지 않을 수 없다. 타르호프가 한 어떤 말은 내게 깊은 감명을 주었다……그 말은 귓속에서 울리고 있었다……바부린은 정말……. 그는 정말 무자가 그의 아내로서 적당하지 않다는 것을 모르는 것일까.

아니 그럴 리가 없다! 바부린, 자기 희생을 무릅쓰는 바부린, 정직한 바보!

푸닌은 나를 찾아왔을 때, 전날밤엔 모두 나를 기다리고 있었다고 말했다. 그랬을지도 모른다. 그러나 오늘은 확실히 아무도 나를 기다리지 않은 것이 분명했다. 그들 세 사람은 다 집에 있었다. 그리고 세 사람 다 나의 방문에 놀라는 것이었다. 바부린과 푸닌은 몸이 편치 않았다. 푸닌은 머리가 아프다고 웅크린 채 자리 위에 누워 있었다. 알록달록한 수건으로 머리를 동여매고, 양쪽 관자놀이에는 오이조각을 오려 붙이고 있었다. 바부린은 황달병에 걸려 있었다. 샛노랗다 못해 거의 주황빛이 된 얼굴, 시꺼멓게 멍든 눈언저리, 깊은 주름살이 잡힌 이마, 면도질을 하지 않아 텁수룩한 수염, 어쨌든 아무리 보아도 신랑이라 할 수는 없었다! 나는 돌아가려고 했다. 그러나 그들은 놓아 주지 않았다. 차도 대접해 주었다. 나는 결국 그 불쾌한 공기 속에서 저녁을 보냈다. 무자는 아무 데도 아픈 곳이 없었다. 오히려 여느 때보다 활발해진 것 같았다. 그러나 그녀는 무엇에 골이 났는지, 확실히 기분이 언짢은 것만은 사실이었다. 그녀는 도저히 참을 수 없었다. 그리고 내게 찻잔을 내주며 재빨리 속삭였다.

"당신이 무슨 말을 한들, 무슨 일을 한들, 내게는 아무 소용도 없어요……아무렇지도 않아요!"

나는 깜짝 놀라며 그녀를 쳐다보았다. 그리고 적당한 기회를 봐서 역시 나직한 소리로 물어 보았다.

"그건 무슨 뜻인지요?"

"그건요," 그녀가 대답했다. 그녀의 까만 눈은 그 순간 증오에 빛나면서 사납게 치켜올린 눈썹 밑에서 내 얼굴로 쏠리는가 했더니 곧 옆으로 떨어졌다. "전, 당신이 오늘 그곳에서 말한 것을 전부 들었어요. 그렇다면 도저히 감사하다고 할 수 없어요. 그리고 모든 일이 당신 생각처럼 되지는 않을 거예요."

"당신은 거기 있었군요?" 나는 자기도 모르게 고함을 질렀다. 바부린은 이 소리를 듣고 우리 쪽으로 시선을 돌렸다. 무자는 내 옆을 떠났다.

10분 가량 지나서 그녀는 다시 내 옆으로 왔다. 그녀는 내게 대담하고 위험한 얘기를 하는 것을, 그것도 자기 보호자 앞에서, 그의 감시 밑에서, 간신히 의심을 피할 수 있을 정도로 조심하면서 말하는 것을 무척 즐기고 있는 것 같았다. 절벽 위를, 심연의 가장자리를 걸어가는 것은 여자들에게 다시 없는 오락인 것이다.

"네, 거기 있었어요." 무자는 얼굴빛도 변하지 않고 태연스럽게 소곤거렸다. 다만 콧구멍이 바르르 떨리고 입술이 쫑긋하니 움직였을 뿐이다. "그래요. 그리고 만일 파라몬 세묘느이치가 당신과 무슨 말을 하고 있는지 묻는다면, 전 지금이라도 그분에게 말하겠어요, 못할 것이 뭐예요!"

"조심하세요." 나는 말했다. "저분들은 눈치를 챈 모양입니다……."

"전 언제든지 말하겠어요. 그리고 누가 눈치를 채겠어요? 한 사람은 오리 새끼처럼 자리 위에서 목을 빼고 있을 뿐 아무것도 듣지를 못하고, 또 한 사람은 완전히 철학에 미쳐서 정신이 없는데 무서울 것이 뭐예요!" 무자의 음성은 약간 높아졌다. 그리고 그녀의 볼은 어떤 독소를 품은 듯 흐릿한 빛깔로 붉어지기 시작했다. 그것은 이상하리만큼 그녀에게 어울렸다. 나는 아직 그때처럼 아름다운 무자를 본 적이 없었다. 탁자를 치우고 찻잔과 접시를 바꾸어 놓으면서, 그녀는 사뿐사뿐 방 안을 걸어다녔다. 그 경쾌하고 거만한 동작 속에는 무엇인지 도전적인 것이 있었다. "마음대로 비평해 주세요. 그렇지만 나는 내 생각대로 하겠어요. 당신 따위는 무섭지 않아요."

나는 그날밤 무자를 매혹적이라고 생각했다는 것을 감출 수가 없다. 그렇다, 나는 생각했다. 이 여자는 독을 가지고 있다. 이건 정말 새로운 타입이다……정말 훌륭하다. 그 손은 확실히 사람을 때릴 줄 안다……. 그러나 그것이 뭔가! 대단한 건 아니다!

"파라몬 세묘느이치!" 갑자기 그녀가 외쳤다. "공화국이란 것은 누구든지 자기가 원하는 대로 되는 국가인가요?"

"공화국은 국가가 아니고," 바부린은 머리를 쳐들고 미간을 찌푸리며 대답했다. "그것은 모든 것이 법률과 정의의 기초 위에 서 있는 하나의 사회 제도요."

"그럼," 무자가 말을 이었다. "공화국에선 누구든지 타인을 강제할 순 없군요?"

"없지요."

"자기 일은 누구든지 자유로 할 수 있겠군요?"

"그렇소."

"그래요! 저는 그것을 듣고 싶었습니다."

"무엇 때문에 그것을 듣고 싶어해요?"

"아니요, 그저 당신에게서 그 말을 듣고 싶었어요."

"우리 집 아가씨는 학문을 좋아해서." 푸닌은 자리 위에서 말했다.

내가 현관으로 나오니, 무자가 나를 전송해 주었다. 물론 예의를 지키기 위해서가 아니라 어떤 앙갚음 때문이었다.

나는 헤어지면서 그녀에게 물었다.

"당신은 정말 그 정도로 그를 사랑하고 계십니까?"

"사랑하든지 안 하든지 그것은 제 자신의 일이에요." 그녀가 대답했다.

"될 대로 될 뿐이죠."

"조심하세요, 그런 불장난은 그만두십시오…… 화상을 입습니다."

"어느 것보다 화상을 입는 편이 좋아요. 당신은……도대체 뭐길래 그런 말만 하는 거예요! 그리고 당신은 그분이 저하고 결혼 안 한다는 건 어떻게 알았어요! 그리고 제가 그렇게 결혼하고 싶어한다는 것은 어떻게 알구요? 제 몸이 어떻게 되든…… 그것이 당신과 무슨 관계가 있나요?"

그녀는 내 등뒤에서 쾅하고 문을 닫았다.

나는 집으로 돌아오는 길에서 어떤 기쁨을 느끼며 생각했다. 친구 블라지미르 타르호프가 이 '새로운 타입' 때문에 적지 않게 속을 태우리라는 것을……. 자기 행복을 위해서는 최소한 어느 정도의 대가를 지불하지 않으면 안 되리라는 것을!

그러나 그가 행복을 얻을 수 있으리라는 것은 유감스럽게도 의심할 여지가 없었다.

사흘 가량 지났다. 나는 내 방의 책상에 앉아, 공부라기보다는 조반 식사 준비를 하고 있었다. 갑자기 바스락 소리가 들렸다. 나는 머리를 들자마자 그만 소스라치게 놀라 돌처럼 굳어지고 말았다. 백묵처럼 새하얀, 무섭게 생긴 유령이 꼿꼿이 내 앞에 서 있는 것이 아닌가. 푸닌이었다. 힘없이 내리깐 자그마한 두 눈을 천천히 끔벅이면서 내 얼굴을 바라보고 있었다. 그것은 이성을 잃은, 가련한 토끼의 공포와도 같았다. 그리고 두 손은 몽둥이처럼 힘없이 늘어져 있었다.

"니칸드르 바빌르이치! 웬일이오? 어떻게 여기에 오셨나요? 아무도 당신을 보지 않았나요? 무슨 일이 생겼어요? 자, 어서 말해 보세요!"

"도망갔습니다." 푸닌이 들릴까말까 하는 목메인 소리로 말했다.

"뭐라고요?"

"도망갔어요." 그가 되풀이했다.

"누가요?"

"무자 말입니다. 밤에 편지를 써 놓고 나가 버렸어요."

"편지를?"

"네. '당신들에게 감사합니다. 그러나 다시는 돌아오지 않을 테니 찾으려고 하지 마세요.' 이렇게 씌어 있었습니다. 우리는 이리저리 찾아 헤매었습니다. 식모에게도 물어 봤지만, 역시 아무것도 몰라요. 용서하십시오, 전 큰 소리로 말할 수 없습니다. 목구멍이 터져 버렸습니다."

"무자 파블로브나가 당신들을 버리다니!" 나는 외쳤다. "정말이오? 바부린 씨는 자못 실망이 크겠군요. 그분은 어떻게 하실 작정인가요?"

"어떻게 한다는 것도 없습니다. 나는 지방장관한테 달려가려고 했지만, 그분은 말렸어요. 경찰에 보고하려 했더니 그것도 말렸어요. 그리고 내게 화까지 내지 않겠습니까. 그애는 자유야, 난 속박하고 싶지 않아, 그분은 이렇게 말했답니다. 그리고 평상시와 같이 근무처로 나가기까지 했어요. 그렇지만 산 사람 같진 않았어요. 그분은 그렇게도 그애를 사랑했는데……오오, 오오, 우리 두 사람은 끔찍하게도 그애를 사랑했답니다!"

여기서 푸닌은 처음으로 자기가 우상(偶像)이 아니라 산 사람이란 것을 폭로했다. 그는 두 주먹을 불끈 치켜올려서 상아처럼 빛나는 대머리를 내리쳤다.

"배은망덕한 자식!" 그가 신음했다.

"너를 길러 주고, 너를 먹인 것은 누구냐. 네게 옷을 입히고, 너를 양육한 것은 누구냐. 마음과 생명을 바쳐 너를 근심해 준 것은 누구고……. 그것을 깡그리 잊어버리고 말다니! 나를 버리는 건 물론 아무렇지도 않다. 그러나 파라몬 세묘느이치를 파라몬을……."

나는 의자에 앉아서 잠시 쉬라고 그에게 권했다.

푸닌은 설레설레 머리를 흔들었다.

"아니요, 필요 없습니다. 제가 당신댁에 온 것은……아니, 무엇 때문에 당신한테 왔는지 저는 모르겠습니다. 저는 바보가 된 것 같습니다. 혼자 집에 있는 것이 무섭습니다. 저는 어디로 가야 합니까? 방 한복판에 서서 눈을 감고 불러 봅니다, 무자, 무조치카! 사람은 이렇게 해서 미치는가 봅니다. 아니, 저는 무슨 말을 하고 있을까? 제가 여기 온 이유를 알았습니다. 당신은 요전번 제게 저주스러운 노래를 들려 주었지요. 늙은 주인에 관한 것 말예요? 당신은 뭣 때문에 그런 것을 읽었나요? 당신은 그때 무엇인지 알고 있었나요. 그렇지 않으면 짐작이라도 했었나요?" 푸닌이 얼굴을 쳐다보았다. "제발, 표트르 페트로비치," 별안간 그는 이렇게 외치며 부들부들 몸을 떨었다. "당신은 그애 있는 곳을 알고 있겠지요? 네, 그앤 누구한테 가 있나요?"

나는 당황한 나머지 그만 눈을 내리깔았다.

"편지 속에 뭐라고 씌어 있을 텐데요." 나는 말했다.

"그애는 다른 사람을 사랑하기 때문에 떠난다고 말했습니다! 네, 당신은 그애가 어디 있는지 아시죠? 그애를 구해 주십시오. 함께 그애에게로 갑시다. 그애를 설득시킵시다. 생각해 보세요, 그애가 누구를 죽이려 하고 있는지를!" 푸닌의 얼굴은 갑자기 빨갛게 물들었다. 온몸의 피가 머리로 올라왔기 때문이다. 그는 안타깝다는 듯 무릎을 꿇었다. "그애를 구해 주십시오, 그애에게로 갑시다!"

하인이 문지방에 나타나서 어리둥절하니 서 있었다.

푸닌을 다시 일으켜 세워서, 가령 내가 무엇을 알고 있다 해도, 그렇게 무턱대고 특히 두 사람이 함께 행동하는 것은 절대로 이롭지 않다는 것을 설득시킨다는 것은 여간 어렵지 않았다. 나는 그것이 단지 일을 망쳐 버리고 말 뿐이라고 말했다. 나는 할 수 있는 데까지는 해보겠지만 결과에 대해서는 아무 말도 할 수 없다고 했다. 푸닌도 내 의견에 반대하지는 않았다. 그렇다고 내 말을 듣고 있는 것도 아니었다. 다만 때때로 그 깨지는 듯한 목소리로,

"구해 주세요, 그애와 파라몬 세묘느이치를 구해 주세요." 하고 되풀이할 뿐이었다. 그는 드디어 울기 시작했다.

"한 마디만, 한 마디만 말해 주세요." 그가 애원했다. "그 사람은 잘생긴 사람입니까? 젊은 사람입니까?"

"젊은 사람입니다." 나는 대답했다.

"젊다," 볼에 눈물을 적시면서 푸닌은 되풀이했다. "그리고 그애도 젊다……불행은 거기에 있어!"

마지막 말에 음률이 들어간 것은 우연한 일이었다. 가련한 푸닌은 시를 읊고 있을 정신이 아니었다. 만일 다시 그의 연설을 들을 수 있다면, 아니 그 소리 없는 웃음이라도 들을 수 있다면 나는 어떤 희생이라도 아끼지 않았으리라……. 그러나 그의 연설은 영원히 사라지고 말았다. 나는 두 번 다시 그의 웃음을 들을 수 없었다.

나는 무슨 확실한 근거를 붙잡으면 곧 알려 주겠다고 약속했다. 그렇지만 나는 타르호프의 이름을 말하지는 않았다. 푸닌은

갑자기 맥이 풀린 것 같았다.

"네, 네, 고맙습니다." 그는 몹시 애처로운 얼굴을 하고, 지금까지 한 번도 입 밖에 낸 적이 없는 나직한 어조로 말했다. "저, 파라몬 세묘느이치에게만은 아무 말 말아 주십시오. 그렇지 않으면 화를 냅니다! 그분은 금하고 있어요! 그럼 안녕히 계십시오. 나리!"

밖으로 나가면서 내게 등을 돌렸을 때, 푸닌은 놀랄 만큼 초라하고 약한 존재로 느껴졌다. 그는 두 발 다 비틀거리면서 걸음을 내디딜 때마다 앞으로 휘청거렸다.

'야단인걸! 이 사람도 이젠 마지막이로구나.' 나는 생각했다.

나는 푸닌에게 무자의 동정을 살피겠다고 약속은 했지만, 그 날 타르호프의 집으로 향하면서 거기에서 무엇을 알아내리라고는 기대하지 않았다. 집에 있으리라고 생각하지 않았고, 있다 하더라도 나를 받아들이지 않을 것이라고 생각했었기 때문이다. 그러나 나의 예상은 틀렸다. 타르호프는 집에 있었고, 나를 맞아 주었다. 그리고 나는 알고 싶은 것을 전부 알 수 있었다. 그러나 그것은 결국 아무 소용도 없었다. 타르호프는 내가 문지방을 넘어서자 성큼성큼 잰걸음으로 다가와서, 여느 때보다도 아름답고 밝아 보이는 얼굴에 정열적인 두 눈을 반짝이면서 똑똑하고 활발한 어조로 말했다.

"듣게, 페챠! 나는 자네가 뭣 때문에 왔는지, 무얼 말하려고 하는지 잘 알고 있네. 그러나 미리 말해 두지만, 만일 자네가 한 마디라도 그 여자에 대해서, 그 여자의 행동에 대해서, 그리고 자네의 소위 이성의 명령이란 것에 대해서 말한다면 우리들은 더이상 친구라고 할 수 없고, 아는 사이라고도 할 수 없고, 결국 생면부지가 되는 수밖에 없겠지."

나는 타르호프의 모습을 바라보았다. 그는 팽팽히 조인 현같이 몸 속에서 떨고 있었다. 온몸이 웅웅 울리고 있었다. 그는 넘쳐 흐르는 청춘의 피를 간신히 억누르고 있었다. 강력한, 기쁨에 넘친 행복이 그의 혼 속으로 밀려들어서 송두리째 그를 사로잡고 있었다. 그리고 그도 역시 그것을 움켜쥐고 있었다.

"그것이 자네의 최후의 결심인가?"

나는 힘 없이 말했다.

"그래, 페챠, 최후의 결심이네."

"그렇다면 나도 자네에게 잘 있어라고 할 수밖에."

타르호프가 살며시 미간을 찌푸렸다. 그에게는 매우 달가운 일임에 틀림없었다.

"잘 가게, 페챠." 그는 약간 코맹맹이 소리로 말했다. 싱글벙글 웃으면서 그리고 기쁘다는 듯 하얀 이를 드러내 보이면서.

나는 어떻게 했어야 좋았을까. 나는 그의 '행복'을 그에게 맡겼을 뿐이었다.

내가 등뒤의 문을 닫았을 때, 방 안에 있는 다른 문도 동시에 쾅하고 닫혔다. 나는 똑똑히 그것을 들었다.

이튿날 나는 다시 무거운 마음을 안고 불행한 사람들을 만나러 갔다. 나는 마음속으로 —이렇게 사람의 마음이 약한 것일까!— 그들이 집에 없기를 빌고 있었다. 그러나 이번에도 나는 틀렸다. 두 사람 다 집에 있었다. 최근 사흘 동안, 그들에게 일어난 변화에는 아무도 놀라지 않는 사람이 없으리라. 푸닌은 온몸이 파리하게 부어 있었다. 그의 수다스러운 이야기는 어디로 갔는지? 그는 여전히 목쉰 소리로 힘없이 중얼거릴 따름이었다. 그리고 그는 얼빠진 사람 모양 정신이 없어 보였다. 바부린은 그와 반대로 주름살이 늘고 거무죽죽해 있었다. 그 전부터 말이 없는 사람인데다가 지금은 가까스로 가냘픈 소리를 낼 뿐이었다. 돌처럼 냉혹한 표정이 그대로 그의 얼굴에 나타나 있었다.

나는 잠자코 있을 수 없다는 것을 느꼈다. 그렇지만 무슨 말을 할 수 있을까? 나는 다만 푸닌에게 이렇게 속삭였을 뿐이었다. "아무것도 알 수 없었어요. 그리고 당신에게 충고하지만, 모든 희망을 버리세요." 푸닌은 부풀어오른 빨간 자그마한 눈—그의 얼굴에 남은 것은 단지 빨간 것뿐이었다—으로 흘끗 나를 쳐다보고는, 무엇인지 알아들을 수 없는 말을 중얼거리며 옆으로 물러가고 말았다. 바부린은 내가 푸닌에게 무슨 말을 했는지 짐작했음에 틀림없었다. 그는 풀로 붙인 듯이 꼭 다물었던 입을 열고, 느릿느릿 말하기 시작했다.

"당신이 요전에 다녀가신 다음부터 우리에게는 어떤 불쾌한 사건이 일어났습니다. 우리들의 양녀, 무자 파블로브나 비노그라도바가 다시는 우리하고 살지 않겠다고 생각하고 집을 나가기로 결심했습니다. 그리고 그 사연을 적은 편지를 써 놓고 나갔어요. 우리는 그애의 행동을 말릴 권리가 없으므로 모든 것을 그애에게 맡기기로 했습니다. 지금 우리들은 무자의 행복을 빌 따름입니다." 그는 괴로운 듯이 덧붙였다.

"그래서 당신에게 부탁이지만, 제발 이 문제에 대해서는 아무 말도 말아 주십시오. 이제 와서 이렁저렁 말하는 것은 소용도 없는 일이고 또 괴롭기도 해서요."

'이 사람도 타르호프와 같이 무자에 대한 이야기를 금하고 있구나.' 나는 생각했다. 그리고 마음속으로 놀라지 않을 수 없었다. 제논을 높이 평가하던 것도 이제야 알 것 같았다. 나는 이 현인에 대해서 무슨 말을 해보려 했다. 그러나 혀가 움직이지 않았다. 그리고 그 편이 좋았다.

이윽고 나는 집으로 돌아왔다. 헤어질 때, 푸닌도 "또 만납시다!"라고는 말하지 않았다. 두 사람은 똑같은 목소리로, "잘 가십시오!"라고 말했다. 푸닌은 그 전에 내게서 빌린 책 〈셀레그라프〉를 돌려주기까지 했다. 이젠 그런 것도 소용이 없다는 듯이.

한 주일 가량 지나서 내게는 기이한 상봉이 이루어졌다. 갑자기 이른 봄이 다가와서, 낮에는 더위가 18도까지 오르내렸다. 모든 나무는 파랗게 물들고, 축축하고 만만한 땅 속에서 새싹이 움트기 시작했다. 나는 마술 연습장에서 말을 빌려 교외에 있는 보로비요프 산으로 떠났다. 도중에 나는 귀밑까지 진흙이 튀고, 꽁지를 따늘이고, 머리와 갈기에는 빨간 리본을 단 두 마리의 팔팔한 젊은 말에 끌린 마차와 마주쳤다. 마구(馬具)에는 사냥꾼처럼 청동의 원판과 술이 달려 있었다. 말을 몰고 있는 사람은 파란 소매 없는 외투에 노란 명주 저고리를 입고, 꼭대기에 공작 털을 꽂은 나직한 모자를 쓴 화려한 몸차림의 젊은이였다. 그 옆에는 서민 출신이 아니면 상점에서 일하는 듯한 처녀가 알록달록한 무늬 옷을 입고, 커다란 하늘색 숄을 목에 감고 앉아 있었다. 그녀의 얼굴에선 웃음이 넘치고 있었다. 마부도 역시 웃고 있었다. 나는 말을 길 쪽으로 돌렸다. 그러나 쏜살같이 지나가는 그 행복스러운 두 사람에게 주의를 돌리려고는 하지 않았다. 그런데 갑자기 그 젊은 마부가 말을 호령했다. 타르호프의 목소리였다! 나는 뒤돌아보았다. 정말 그였다. 의심할 여지없이 그가 마부 차림을 하고 있었던 것이다. 그렇다면 그 옆에 있는 여자는 물론 무자가 아니었을까.

그러나 그 순간 그들의 말은 박차를 가했다. 나는 멀리서 그들을 바라볼 뿐이었다. 나는 그들을 따라가려고 말을 몰았다. 그러나 그 말은 장군들의 걸음걸이라고 불리는 늙은 연습용 말이어서 힘껏 달려도 다른 말의 속도보다는 훨씬 느렸다.

"마음껏 즐기게, 사랑하는 친구여!" 나는 입 속으로 중얼거렸다. 나는 그 후, 한 주일에 두서너 번씩 타르호프를 찾아갔지만, 한 번도 그를 만나 보지 못했다는 것을 말해 둘 필요가 있다. 그는 집에 있은 적이 없었다. 바부린과 푸닌도 역시 만나지 못했다. 나는 그들을 찾으려고도 하지 않았다.

나는 감기에 걸려 집으로 돌아왔다. 그날은 따스했지만, 바람이 셌기 때문이다. 나는 중태에 빠졌다. 그러나 회복되자, 의사의 권유로 '정양하기 위해서' 할머니와 함께 시골로 떠났다. 나는 두 번 다시 모스크바로 돌아오지 않았다. 가을에 나는 페테르부르크 대학으로 옮겨갔던 것이다.

3

1849년.

이번에는 7년이 아니라 만 12년이란 세월이 흘렀다. 나는 서른한 살이었다. 할머니는 오래 전에 돌아가셨다. 나는 내무성 관리로서 페테르부르크에 살고 있었다. 타르호프는 내 시야에서 자취를 감추고 말았다. 그는 군대에 입대해서 언제나 시골에

만 처박혀 있었기 때문이다. 우리는 두어 번 가량 만나서 서로 옛 친구의 재회를 기뻐했다. 그러나 우리들의 이야기는 한 번도 과거를 들추어 내지는 않았다. 두번째 만났을 때 이미 그는 결혼한 것같이 생각되었다. 어느 무더운 여름날, 나는 자신을 페테르부르크에 머물게 하는 관청 근무며, 숨 막힐 듯한 거리의 공기며 악취, 먼지 등을 저주하면서 어슬렁어슬렁 가로호바야 거리를 걸어가고 있었다. 어떤 장례 행렬이 내 앞길을 가로막았다. 장례 행렬이라 해도 단지 한 개의 마차, 그것도 거의 부서져 가는 영구차뿐으로, 그 위에는 닳아빠진 검정 나사로 반쯤 뒤덮인 나무 관이, 울퉁불퉁한 거친 보도 위를 가면서 흔들리고 있었다. 그 뒤를 한 사람의 백발 노인이 따라가고 있었다.

나는 노인의 얼굴을 들여다보았다……낯익은 얼굴이었다……그도 역시 눈을 들어 나를 보았다……바부린이었다!

나는 모자를 벗고, 그에게로 다가서서 내 이름을 말했다. 그리고 그와 나란히 걷기 시작했다.

"누구의 장례식입니까?" 나는 물었다.

"니칸드르 바빌르이치 푸닌입니다." 그는 대답했다.

나는 미리부터 그가 이 말을 하리라고 짐작했었다. 그렇게 알고 있었지만, 그의 이름을 듣자 나의 가슴은 방망이질 치듯 울렁거리기 시작했다. 나는 울적한 감정에 사로잡혔다. 그러나 한편, 우연히 옛 스승에 대해 최후의 의무를 하게 된 것을 마음속으로 기뻐했다.

"같이 가도 괜찮을까요, 파라몬 세묘느이치?"

"그렇게 하시죠……나 혼자였는데, 이젠 둘이 되겠군요."

우리는 한 시간 이상을 걸었다. 나의 동행인은 눈을 들지도 않고 입술을 꼭 다문 채, 묵묵히 걸음만 옮기고 있었다. 지난번 만났을 때에 비하면 그는 완전히 늙은 모습이었다. 주름살투성이의 청동색 얼굴은 새하얀 머리칼과 현저한 대조를 이루고 있었다. 노동과 인내의 생활, 끊임없는 고투의 흔적은 바부린의 모든 부분에서 엿볼 수 있었다. 궁핍과 빈곤은 그의 뼛속까지 사무쳐 있었던 것이다. 모든 일이 끝났을 때, 푸닌이라는 존재가 스몰렌스코에 묘지의 축축한, 바로 그 축축한 땅 속에 영원히 감추어지고 말았을 때, 바부린은 모자를 벗은 채, 2분 가량 새로 솟아오른 모래 섞인 진흙 무덤 앞에서 머리를 숙이고 서 있었다. 이윽고 피로에 지치고 감정을 잃어버린 듯한 얼굴과 메마르고 움푹 들어간 눈을 내게로 돌리고, 우울한 어조로 고맙다는 인사를 했다. 그리고는 그대로 떠나가려 했다. 나는 그를 붙잡았다.

"당신은 어디서 삽니까, 파라몬 세묘느이치? 한 번 찾아뵙고 싶습니다. 당신이 페테르부르크에서 살리라고는 꿈에도 생각지 못했습니다. 함께 옛일을 회상하며 돌아가신 친구 얘기를 하고 싶습니다."

바부린은 금방 대답하지 않았다.

"내가 페테르부르크에 온 것은 2년 전입니다." 그는 한참 있다가 입을 열었다. "나는 거리 구석진 곳에서 살고 있습니다. 그러나 정말 찾아주실 의향이 있다면, 제발 와 주십시오." 그는 자기의 주소를 가르쳐 주었다. "저녁때 와 주세요. 저녁때면, 우리들도……두 사람 다 집에 있으니까요."

"아니, 두 사람이라뇨?"

"나는 결혼했습니다. 처는 오늘 아침 몸이 편치 않아서 여기

올 수가 없었습니다. 또 이 공허한 형식적인 예식을 지내는 데 한 사람이면 충분하니까요. 누가 이런 것을 믿겠소?"

바부린의 이 마지막 말은 나를 적이 놀라게 했다. 그렇지만 나는 아무 말도 하지 않았다. 나는 마차를 불러, 바부린을 집에까지 데려다 주려고 했다. 그러나 그는 거절했다.

그날 저녁, 나는 그의 집으로 향했다. 가는 도중 줄곧 푸닌에 대해서 생각하고 있었다. 나는 처음으로 그를 만났을 때의 일을, 그 당시 그는 얼마나 기뻐했던가, 그리고 얼마나 재미 있는 인물이었던가를 상기했다. 그리고 모스크바에서 만났을 때, 특히 우리들이 마지막으로 만났을 때, 그는 얼마나 온순한 사람이었던가를 상기했다. 지금 그는 인생에 대한 최후의 결산을 마쳤다. 생각하면 인생이란 덧없는 것이다! 바부린은 브이보르그스카야 구(區), 모스크바의 보금자리를 연상케 하는 자그마한 집에 살고 있었다. 다만 페테르부르크의 보금자리는 모스크바 것보다도 더욱 초라했다. 내가 방으로 들어갔을 때, 그는 두 손을 무릎 위에 얹고 구석 쪽 의자에 자리잡고 있었다. 거의 다 타 버린 기름초가, 기운 없이 늘어뜨린 하얀 머리를 흐릿하게 비추고 있었다. 그는 내 발걸음 소리를 듣고 깜짝 놀라며 일어섰다. 그리고 예상했던 것보다도 훨씬 반갑게 나를 맞아 주었다. 잠시 후 그의 아내가 들어왔다. 나는 곧 그녀가 무자라는 것을 알았다. 그리고 이때 비로소 바부린이 나를 자기 집으로 초대한 이유를 알 수 있었다. 그는 결국 자기가 구하던 것을 손에 넣었다는 것을 내게 보이고 싶었던 것이다.

무자는 많이 변해 있었다. 얼굴도, 목소리도, 태도도. 그러나 그 무엇보다도 많이 달라진 것은 그녀의 눈이었다. 옛날엔 그 심술궂고 아름다운 눈이 걷잡을 수 없이 이리저리 뛰놀았다. 그것은 순간적으로 반짝거렸으나 선명하게 빛났다. 그리고 그 눈초리는 바늘같이 사람을 데가 있었다······. 그렇지만 지금 그 눈은 똑바로, 조용히 뚫어질 듯이 바라보고 있었다. 새까만 눈동자는 완전히 그 빛을 잃고 있었다. "나는 약해졌어요, 얌전해졌어요, 선량해졌어요." 그녀의 잔잔한 검은 눈초리는 이렇게 말하는 것 같았다. 끊임없이 입가에 띠고 있는 겸손한 미소도 역시 같은 말을 되풀이하고 있었다. 그리고 그녀의 옷 자체가 겸손해 보였다. 반점이 들어 있는 주황빛 옷이었다. 그녀는 먼저 내게로 다가와서, 자기를 알겠느냐고 물었다. 그녀는 조금도 당황해하는 빛이 없었다. 그것은 그녀가 과거의 기억과 수치심을 잃어버렸기 때문이 아니라, 단순히 쓸데없는 번민을 하지 않기로 했기 때문이었다. 무자는 돌아가신 푸닌에 대해서 여러 가지 이야기를 들려 주었다. 그 목소리도 예전과는 달리 무척 온순하고 나직했다. 푸닌은 마지막에 이르러 몹시 쇠약해지고 마치 어린애처럼, 가지고 놀 장난감이 없다고 갑갑해하기까지 했다는 것이다. 그들은 그에게 누더기를 가지고 장난감을 만들어서 팔면 좋을 것이라고 권했다. 그렇지만 푸닌 자신이 그것을 가지고 놀았다는 것이다. 그러나 시에 대한 정열만은 마지막까지 사라지지 않았다. 결국 시에 대한 기억만은 죽을 때까지 남아 있던 것이다. 죽기 며칠 전까지 그는 아직 '라시아다'의 시를 낭독하고 있었다. 그 대신 어린애들이 요물을 무서워하듯이 그는 푸슈킨을 두려워했다. 바부린에 대한 그의 존경심도 변하지 않았다. 그는 여전히 바부린을 숭배하고 있었다. 그래서 죽음의 암혹과 냉기에 사로잡혔을 때에도, 그는 굳어져가는 혀로 "은인이오!" 하고 중얼거렸다. 나는 또 무자에게서, 모스크바의 일이 있은 지 얼마 후 바부린은 다시 러시아의 이곳 저곳을 배회하면서 사무원 근무를 되풀이하지 않으면 안 되었다는 것을 알았다. 그리고 페테르부르크에서도 역시 같은 일자리를 찾기는 했지만 주인과의 불화 때문에 며칠 전 그 지위마저 해고당하고 말았다는 것이다. 바부린은 노동자들의 입장에 서 있었다. 이야기를 하는 동안에도 항상 입가에서 떠나지 않는 가냘픈 미소는 말할 수 없는 슬픔 속으로 나를 몰아넣었다. 그녀는, 내가 자기 남편의 외모에서 느꼈던 인상을 강조해 줄 따름이었다. 두 사람 다 입에 풀칠하기조차 힘들었다. 이것은 의심할 여지도 없었다. 바부린 자신은 우리들의 이야기에 거의 참견하지 않았다. 슬퍼한다기보다는 오히려 무엇인지 마음에 꺼리는 것이 있는 듯했다. 무엇인지 그의 마음을 씹고 있는 것이 있었다.

"파라몬 세묘느이치, 좀 나와 주십시오." 식모가 문득 문지방에 나타나서 말했다.

"왜 그래? 무슨 일인가?" 그는 불안스러운 어조로 물었다.

"좀 와 주세요." 식모는 의미심장하고 완고하게 되풀이했다. 바부린은 저고리의 단추를 채우고 밖으로 나갔다.

단둘이 남게 되자, 무자는 좀 다른 눈초리로 나를 바라보았다. 목소리마저 조금 전과는 달랐다. 이미 입가엔 미소가 없었다.

"표트르 페트로비치, 당신은 지금 저를 어떻게 생각하시는지 알 수 없습니다만, 제가 그전에 어떤 여자였다는 것은 알고 계실 테죠……. 전 자신만만했고, 버릇없는 여자였고. 마음씨 나쁜 여자였어요. 단지 자기 만족 때문에 살던 사람이었습니다. 그렇지만 이제 이것만은 들어 주세요. 제가 버림받고 정신병자 같이 되어 하느님이 저를 구해 주시든지, 그렇지 않으면 자살을 하든지, 두 가지 중 하나를 기다리고 있을 때, 저는 바로네쉬에서와 같이 또다시 파라몬 세묘느이치를 만났습니다. 그리고 그분은 다시 저를 구해 주었어요……. 그분은 한 마디도 나를 모욕하는 말을 하지 않았습니다. 비난하는 말도 없었고, 내게서 아무것도 요구하지 않았습니다. 저는 그럴 가치가 없었어요. 그렇지만 그분은 저를 사랑하고 있었습니다……. 그래서 전 그분과 결혼한 거예요. 그 밖에 어떤 방법이 있었겠어요? 저는 죽을 수도 없었고……원하는 대로 살아 갈 수도 없었습니다……. 정말 어떻게 해야 좋았을까요! 이것도 하느님의 뜻인지 모르죠. 그것뿐예요."

그녀는 말을 끊고 잠시 머리를 돌렸다. 얌전한 미소가 다시 그녀의 입술에 떠올랐다. '세상살이가 어떠냐고는 묻지도 마세요.' 나는 그 미소 속에서 이런 뜻을 알아차렸다.

이야기는 보통 담화로 옮겨갔다. 무자는, 푸닌이 몹시 사랑하던 고양이가 한 마리 있었는데, 그가 죽은 다음부터 천장으로 기어올라가서 내려올 생각을 하지 않고, 마치 누구를 찾는 것처럼 시종 울고만 있다는 것……그래서 동네 사람들은 틀림없이 푸닌의 혼이 고양이에게 옮겨갔다며 몹시 두려워하고 있다고 말했다.

"파라몬 세묘느이치는 무슨 근심이라도 있는 것 같군요." 나는 잠시 후 이렇게 물었다.

"당신도 눈치를 챘군요?" 무자가 한숨을 쉬었다. "그분은 가만있을 수 없어요. 파라몬 세묘느이치가 자기 주의를 믿고 있다는 것은 당신에게 말할 필요도 없겠지요……. 현재의 사태는 점점 그의 신념을 굳게 해줄 따름이에요. (무자의 표현 방법은 모스크바 시내와는 전혀 달랐다. 그녀의 말 속에 문학적인 냄새가 풍기고 있었다) 그렇지만, 이 말을 당신에게 해도 좋을지…… 당신이 어떻게 그것을 받아들일는지……."
"어째서 나를 믿을 수 없다는 거지요?"
"당신은 관청에 근무하는 관리가 아닌가요?"
"그것이 어쨌단 말입니까?"
"그러니 당신은 정부에 충실할 거란 말이지요."
나는 마음속으로 무자의 젊음에 놀랐다.
나는 말했다.
"나 같은 인간이 존재한다는 것조차 모르는 정부에 대한 나의 태도에 관해서, 나는 구태여 설명하고 싶지도 않지만," 나는 말했다. "당신은 근심할 필요가 없다고 봅니다. 나는 당신의 신임을 악용할 짓은 안 할 테니까요. 당신 남편의 신념에 대한 동정심도 당신이 생각하는 것보다는 훨씬 크다는 것을 알아 주십시오."
무자가 머리를 흔들었다.
"네, 그건 그렇겠지만," 그녀는 머뭇거리며 말하기 시작했다. "그러나 사실 말씀드리면, 파라몬 세묘느이치의 신념은 가까운 시일 내에 실행으로 나타나게 될지도 모릅니다. 더이상 숨겨 둘 수 없게 됐어요. 떨어질래야 떨어질 수 없는 동지들이……."
무자는 혓바닥을 깨문 것처럼 갑자기 입을 다물었다. 그녀의 마지막 말은 나를 놀라게 했다. 약간의 공포까지 느끼게 했다. 그리고 나의 얼굴에는 내가 느낀 대로의 표정이 떠올랐음에 틀림없다. 무자도 이것을 눈치챘다.

앞에서도 말한 바와 같이, 우리들의 상봉은 1849년에 이루어졌다. 사람들은 대부분 이 해가 얼마나 소란하고 암담한 해였는지, 그리고 이 해에 성(聖) 페테르부르크에서 어떤 사건이 일어났는지 기억하고 있으리라. 나는 바부린의 거동이며, 그의 행동 속에서 여러 가지 이상한 점을 발견하고 적이 놀라지 않을 수 없었다. 그는 두 번 가량 날카로운 야유와 증오, 나 자신이 어리둥절해질 정도의 혐오를 가지고 정부의 시책과 고급 관리들을 비난했다.

"그런데," 그는 갑자기 내게 물어 보았다. "당신은 자기의 농노들을 해방시켰나요?"

나는 그렇지 않다는 것을 자백하지 않을 수 없었다.

"아니, 할머니는 이미 돌아가시지 않으셨나요?"

나는 여기서도 또 사실을 고백하지 않으면 안 되었다.

"그래, 그래, 당신들 귀족들은," 바부린은 입 속에서 중얼거렸다. "다른 사람들의 손으로……자기 것을 긁어모으고 있어……. 당신도 그것을 좋아하고 있군요."

그의 방에는 제일 눈에 잘 띄는 곳에 베린스키의 유명한 석판화가 걸려 있었다. 책상 위에는 베스투제프의 낡은 책 〈북극성〉이 한 권 놓여 있었다.

바부린은 식모에게 불려 나간 다음, 아무리 기다려도 돌아오지 않았다. 무자는 여러번 불안스러운 눈초리로 그가 나간 문쪽을 바라보았다. 결국 그녀는 참을 수 없어서 자리에서 일어났다. 그리고 내게 미안하다고 말하며 같은 문으로 나가 버렸다. 15분 가량 지나서, 그녀는 남편과 함께 방으로 돌아왔다. 두 사람 다, 적어도 내가 본 바에 의하면 몹시 당황한 표정이었다. 그러나 여기서 바부린의 얼굴은 별안간 잔인한, 거의 광적인 표정으로 변했다.

"결국 어떻게 되려는 건가?" 그는 노기등등한 눈으로 방 안을 둘러보면서, 갑자기 도무지 그의 목소리라고는 생각되지 않는 흐느끼는 듯한 목메인 소리로 말하기 시작했다. "사람들은 세상이 좀더 잘되기를, 좀더 편히 숨쉴 수 있기를 바라고 있는데, 사실은 그와 반대로 모든 것이 점점 악화되어 가기만 하니! 이젠 막다른 골목까지 오고 말았어! 나는 젊을 때부터 온갖 고생을 참아 왔다……나는 회초리로 얻어맞기까지 했다……그렇다!" 그는 뒤꿈치로 날쌔게 한 바퀴 돌고는, 마치 내게 달려들 듯한 기세로 말을 이었다. "나는 어른이 된 다음에도 체형을 받았습니다……. 지금 다른 부정의(不正義)에 대해서는 말하지 않으렵니다……. 그러나 우리들에겐 옛날로 돌아가는 길밖에 다른 길은 없단 말입니까? 요즈음 젊은이들에게 하는 짓은 어떻습니까! 이젠 더이상 참을 수 없습니다……참을 순 없어요! 그렇다! 기다려 다오!"

나는 지금까지 이렇게 흥분한 바부린을 본 적이 없었다. 무자도 파랗게 질려 있었다. 바부린은 갑자기 기침을 하며 의자에 몸을 파묻었다. 나는 바부린이나 무자에게 더이상 괴로움을 주는 것을 원치 않았기 때문에 집으로 돌아가리라 결심했다. 그래서 그들과 작별 인사를 하려는데 갑자기 옆방으로 통하는 문이 열리더니 한 사람의 머리가 나타났다. 식모의 머리가 아니라 지독히 엉클어진, 겁에 질린 듯한 젊은이의 머리였다.

"좋지 않은 일이 생겼어요, 바부린. 좋지 않은 일이!" 그는 서두르며 말했다. 그러나 낯선 내 얼굴을 보자, 얼른 자취를 감추고 말았다.

바부린은 젊은이를 따라 달려 나갔다. 나는 힘 있게 무자의 손을 쥐고 불길한 예감에 싸인 채 그 집을 나섰다.

"내일 또 들러 주세요." 그녀는 불안스러운 어조로 속삭였다.
"꼭 오겠습니다." 나는 대답했다.

이튿날, 아직 침대에 누워 있으려니까, 하인이 무자에게서 온 편지를 가져왔다.

'친애하는 표트르 페트로비치!' 그녀는 쓰고 있었다. '파라몬 세묘느이치는 오늘 새벽, 헌병에게 체포되어 요새(要塞) 감옥으로 끌려 갔습니다. 혹은 다른 곳으로 갔는지도 모르겠습니다. 그놈들은 아무 말도 하지 않았으니까요. 그놈들은 우리들의 온갖 서류를 들추어 놓고, 많은 것에 도장을 찍어 가져갔습니다. 책과 편지도 마찬가지였습니다. 거리에서도 많은 사람들이 체포되었다고 합니다. 제가 지금 어떤 심정인지를 양찰해 주세요. 니칸드르 바빌르이치가 오늘까지 살아 있지 않은 것은 참 다행한 일입니다! 그분은 때맞추어 잘 돌아가셨어요. 제가 어떻게 해야 좋을지 가르쳐 주십시오. 저는 자신의 문제를 두려워하는 것은 아닙니다 ―굶어 죽지는 않을 거예요― 그러나 파라몬 세묘느이치의 일을 생각하면 한시도 가만히 있을 수는 없습니다. 만일 우리들과 같은 처지에 있는 사람을 방문하는 것을 두려워하지 않는다면, 제발 찾아 주세요.'

당신의 충실한 무자 바부리나

반 시간 후, 나는 무자의 방을 찾았다. 그녀는 나를 보자 말 없이 손을 내밀었다. 한 마디도 말은 없었지만 그녀의 얼굴은 감사하다는 표정으로 넘치고 있었다. 무자는 어제 입었던 옷을 그대로 입고 있었다. 그녀는 어젯밤 자리에 눕지도 않고, 꼬박 밤을 새운 것 같았다. 이것은 여러 가지 점에서 알 수 있었다. 그녀의 눈은 빨갰다. 그러나 이것은 잠을 못 잤기 때문이지, 눈물 때문은 아니었다. 그녀는 울지 않았다. 울고 있을 때가 아니었다. 그녀는 활동하기를 원하고 있었다. 자기 위에 떨어진 불행과 싸우려 하고 있었다. 옛날의 정력적인 대담한 무자가 다시금 그녀 속에 되살아났던 것이다. 그녀는 분노에 허덕이면서도 그 분노를 터뜨려 본 적은 한 번도 없었다. 어떻게 바부린을 도와 줄 것인가, 그의 형(刑)을 가볍게 하려면 누구에게 호소해야 하는가. 그녀는 그 밖의 것은 아무것도 생각하지 않았다. 그녀는 지금 당장이라도 뛰어가고 싶었다…… 탄원하러…… 청원하러……. 그러나 어디로 가야 하는가? 누구에게 탄원해야 하는가? 그리고 무엇을 요구해야 하는가? 그녀가 내게서 듣고자 하는 것은 바로 이것에 대한 대답이었다. 그 문제에 대해서 나하고 의논하고 싶었던 것이다.

나는 먼저 그녀에게 참을 것을 권했다. 처음엔 그저 끈기 있게 기다리면서, 가능한 한 정세를 조사해 보는 수밖에 없다. 사건이 방금 시작되었을 때, 이제 겨우 불붙기 시작했을 때, 무슨 결정적인 일을 계획한다는 것은 미련하고 분별 없는 짓에 불과하다. 가령 내가 좀더 높은 자리에 있는 사람이었다 해도, 지금 이 일로 성공을 기대하는 것은 전혀 불가능한 일이다. 그런데 하물며 나 같은 보잘것없는 관리가 무슨 일을 할 수 있으랴. 그녀 자신으로 봐서도, 역시 보호를 받을 만한 사람은 한 사람도 모르지 않는가. 이것을 전부 그녀에게 납득시킨다는 것은 쉬운 일이 아니었다. 그러나 그녀도 드디어 나의 의론을 납득했다. 여러 가지 방법이 무익하다고 내가 설득하는 것도 결코 이기적인 감정에서 나온 것이 아니라는 것까지 이해해 주었다.

"그런데 무자 파블로브나," 나는 그녀가 간신히 의자에 몸을 기댄 것을 보고 말하기 시작했다. (그때까지 그녀는 지금이라도 당장 바부린을 구하러 가려는 듯이 줄곧 서 있기만 했다) "파라몬 세묘느이치는 어떻게 해서 그 연령에 이런 사건에 연루되었나요? 이 사건에 가담한 것은, 어젯밤 당신들에게 경고하러 왔던 그런 젊은이들뿐이라고 저는 생각하고 있었습니다."

" 그 젊은이들은 우리 친구들이에요!" 무자가 외쳤다. 그녀의 눈은 빛을 뿜으며 옛날같이 뛰놀기 시작했다. 무엇인지 강력한, 걷잡을 수 없는 힘이 그녀의 마음속으로부터 용솟음쳐 오른 것이었다. 나는 언젠가 타르호프가 말한 '새로운 타입'이란 말을 상기했다. "사건이 정치상의 신념에 관한 것이라면, 연령 같은 건 문제가 아니에요!" 무자는 특히 정치적인 신념이란 두 말에 힘을 주어 이야기했다. 온갖 슬픔에 싸여 있으면서도 이 새로운, 뜻하지 않은 빛 속에 싸인 자신, 공화주의자의 아내다운, 교양 있는 성숙한 부인으로서의 자신을 내게 보이는 것이 결코 불쾌하지는 않았던 것이다. "노인 가운데에도 젊은이들보다 젊은 사람이 있습니다." 그녀는 말을 이었다. "기쁜 마음으로 자기를 희생하는 사람도 있습니다……. 그러나 문제는 거기에 있는 것이 아닙니다."

"당신은 너무 과장해서 말하는 것 같군요, 무자 파블로브나."

나는 말했다. "파라몬 세묘느이치의 성격으로 봐서, 나는 그 전부터 그분이 어떠한……성실한 운동에 동정을 가지고 계시리라는 것은 믿고 있었습니다. 그렇지만 한편, 나는 언제나 그분을 이성적 사람이라고 생각하고 있었습니다……그분은 우리 러시아라는 나라에서 어떠한 음모도 성공할 수 없다는 것을, 그리고 그것이 가장 무의미하다는 것을 정말 모르고 계셨을까요! 그분의 위치, 그분의 직업으로……."

"물론," 무자는 쓰디쓴 어조로 내 말을 가로챘다. "그는 평민이에요. 그리고 러시아에서 음모에 가담할 수 있는 것은 다만 귀족들에게만 허가되어 있습니다. 예를 들어 12월 14일과 같은……당신이 말하고자 하는 것은 바로 이런 뜻이겠죠?"

'그렇다면 당신은 무엇 때문에 슬퍼하고 있습니까?' 하고 나는 하마터면 입 밖에 낼 뻔했다. 그러나 나는 참았다.

"당신은 12월 14일의 그러한 사건의 결과가 다른 사람들을 고무했다고 생각하시나요?" 나는 커다란 소리로 말했다.

무자는 미간을 찌푸렸다. '당신하고 그런 문제를 토론해봤자 소용 없어요.' 푹 숙인 그녀의 얼굴에서 나는 이런 뜻을 읽었다.

"파라몬 세묘느이치의 혐의는 그렇게 중대한가요?" 나는 마침내 이렇게 물어 보기로 결심했던 것이다. 무자는 아무 대답도 하지 않았다. 갑자기 천장 위에서 굶주린 듯한 거친 고양이의 울음소리가 들려 왔다.

무자가 부르르 몸을 떨었다.

"아아, 니칸드로 바빌르이치가 그걸 보지 않은 게 다행한 일이지!" 그녀는 절망에 가까운 신음 소리를 냈다. "그분은, 아직 날이 새기도 전에 자기의 은인이, 우리들의 은인이, 아니 이 세상에서 가장 훌륭하고 가장 성실한 그분이 어떻게 난폭하게 끌려갔는지를 보지 못했습니다. 그래요, 그분은 보지 못했어요. 그놈들이 존경할 만한 노인을 어떻게 취급했는지, 얼마나 상스럽게 그분을 불렀는지……어떻게 협박을 하고 무슨 말로 위협을 했는지! 그것은 다만 그분이 평민이란 것 때문이었어요! 그 젊은 장교 녀석은 분명히 양심도 없는 냉혈 동물임에 틀림없습니다. 저도 언젠가 그런 녀석을 만난 적이 있지만……"

무자의 목소리는 여기서 끊어졌다. 그녀는 온몸을 나뭇잎처럼 떨고 있었다.

지금까지 참고 있던 분노가 드디어 폭발한 것이다. 마음속이 너무 혼란스러워 옛 추억까지 표면으로 나타나게 된 것이다. 그러나 그 순간, 나는 그녀의 '새로운 타입'이 그 정열적인, 충동적인 성질을 잃지 않고 엄연히 그대로 남아 있다는 것을 확신할 수 있었다. 다만 무자의 마음을 움직이는 충동이 청춘 시절의 그것과 같지 않을 뿐이었다. 내가 처음으로 무자를 방문했을 때 받아들였던 인내와 온순, 그리고 실제로 있었던 것—그 잔잔하고 흐릿한 눈조리, 싸늘한 음성, 단순하고 평온한 태도—이 모든 것은 두 번 다시 돌아오지 않는 과거에 대해서만 그 의의를 가지는 것이다.

지금은 현재라는 것이 그녀의 마음을 붙잡고 있었다.

나는 무자의 마음을 풀어 주려고 노력했다. 우리들의 담화를 좀더 실제적인 문제로 옮겨가려고 애썼다. 우리에게는 알아야 할 몇 가지 긴급한 일이 있었다. 우리는 먼저 바부린이 어디에 있는지 확실히 알아야 했다. 그리고 그와 무자가 살아나갈 방도를 강구하는 것이었다. 이것은 그렇게 쉬운 일이 아니었다. 우리들은 돈보다도 먼저 일자리를 얻어야 했다. 그리고 이것은 모든 사람이 아는 바와 같이, 훨씬 복잡한 문제였던 것이다.

나는 여러 가지 생각에 사로잡힌 채 무자의 집을 나섰다.

나는 곧 바부린이 요새 감옥에 있다는 것을 알아냈다.

심문이 시작되었다. 그것은 무척 오래 끌었다. 나는 매 주일마다 몇 번씩 무자를 만났다. 그녀 역시 여러번 남편과 면회를 했다. 그러나 이 쓰라린 사건이 완전히 해결되었을 때, 나는 이미 페테르부르크에 없었다. 뜻하지 않은 사건이 나를 남러시아로 가게 만들었던 것이다. 나는 여행중, 바부린이 심문 결과 무죄라는 것을 알았다. 그의 죄는 젊은 사람들이 바부린이라면 혐의를 받지 않으리라 믿고 때때로 그의 집에서 집회를 열고, 그도 거기에 참석했다는 것뿐이었다. 그렇지만 그는 행정 명령에 따라서 서부 시베리아로 유형을 가게 되었다. 무자도 그와 함께 떠났다.

'……파라몬 세묘느이치는 그것을 원하지 않았습니다.' 그녀는 편지 속에 이렇게 쓰고 있었다. '그분의 의견에 의하면, 어떤 사람이든 사업 때문이 아니라면 다른 사람을 위해서 자기를 희생할 권리는 없다는 것입니다. 그러나 저는 여기에는 어떠한 희생이라는 것도 없다고 말했습니다. 모스크바에서 아내가 되겠다고 그분에게 말했을 때, 저는 혼자서 마음속으로 생각했습니다. 영원히 떨어져서는 안 된다고! 그러니까 우리들은 마지막 날까지 떨어져서는 안 될 거예요……'

1861년.

다시 12년이란 세월이 흘렀다. 러시아에 사는 모든 사람은 1849년에서 1861년까지의 세월이 어떻게 지나갔는지를 알 것이며, 또 영원히 잊을 수도 없으리라. 나의 개인 생활에도 수많은 변화가 있었다. 그러나 지금 그것을 말할 필요는 없다. 그 속에는 새로운 이해 관계와 새로운 근심들이 나타났던 것이다. 바부린 부부의 일도 나중 일로 미루어 버리고 점점 관심을 두지 않게 되었다. 그러나 나는 무자하고 편지 연락을 계속하고 있었다. 비록 오랜 사이를 두고 했던 것이었지만. 때로는 1년 이상을 그들의 소식을 모른 채 지낸 일도 있었다. 1855년이 지나고 얼마 후, 나는 그가 러시아로 돌아갈 허가를 받았다는 것, 그러나 그는 운명이 자기를 내몰았던 시베리아 소도시에 그대로 남아 있기를 원한다는 것을 알았다. 그는 그곳에서 보금자리를 꾸미고, 안식과 활동의 땅을 찾았기 때문이었다.

그리고 1861년 3월말, 나는 다음과 같은 편지를 무자에게서 받았다.

'오랫동안 소식을 전하지 못했습니다. 친애하는 표트르 페트로비치. 저는 당신이 편안하신지 어떤지조차 모르고 있습니다. 그러나 무사하시다면 우리들의 존재를 잊어버리지는 않았을 테죠? 그러나 어쨌든 마찬가지입니다. 오늘 저는 당신에게 편지를 쓰지 않을 수 없습니다. 여기 시골에서는 모든 일이 예전대로 잘 진전되고 있습니다. 저와 파라몬 세묘느이치는 학교 일을 돌보고 있으며, 그것도 조금씩 진척하고 있습니다. 그 밖에 파라몬 세묘느이치는 독서며, 통신이며, 게다가 구신자(舊信者),

승려, 유형온 폴란드인들을 상대로 여념이 없습니다. 그분의 건강은 순조로우며 저도 마찬가집니다. 그런데 바로 어제, 2월 19일의 포고문이 우리 손에 들어왔습니다. 우리는 오랫동안 그것을 기다렸습니다. 당신이 계시는 페테르부르크에서 어떤 일이 진행되고 있다는 소문은 벌써부터 들려 오고 있었습니다만, 그러나 그것을 보았을 때 우리들의 감정, 저는 도저히 이것을 붓으로 형용할 수 없습니다! 당신은 제 남편을 잘 알고 계실 겁니다. 어떠한 불행도 그를 굽힐 수는 없었습니다. 오히려 그는 더욱 강력해지고 더욱 정력적으로 됐습니다. (무자 자신이 그전보다 훨씬 정력적으로 쓰고 있다는 것은 감출 수 없다) 그분의 의지력은 강철 같았습니다. 그런데도 그분은 그것을 보자 자신을 억제할 수 없었습니다. 그분은 읽으면서 손을 떨었습니다. 그리고 그는 저를 세 번 껴안고 세 번 키스하고, 무엇인지 말하려 했습니다. 그렇지만 못했습니다! 할 수 없었습니다! 그리고 나중엔 흐느껴 울기 시작했습니다. 저는 무척 놀랐습니다. 그런데 갑자기 그는 "만세! 만세! 황제를 지켜라!" 하고 외쳤습니다. 그렇습니다. 표트르 페트로비치, 그분은 이렇게 말했습니다! 그 다음에 그분은 덧붙였습니다. "이제야 농노는 해방되었노라……." 그리고 "이것이 첫걸음이다, 다른 것은 이 뒤를 따라야 한다." 그러고는 그대로 모자도 쓰지 않은 채 이 위대한 소식을 친구들에게 전하려고 달려 나갔습니다. 그 날은 지독한 혹한으로 눈보라까지 치고 있었습니다. 저는 말렸습니다. 그러나 그분은 귀를 기울이지 않았습니다. 돌아왔을 때, 그분의 몸은 눈투성이였고, 머리칼도, 얼굴도, 수염도 (지금 그분은 가슴까지 내려오는 수염을 가지고 있습니다) 그리고 눈물마저 볼에 얼어붙어 있었습니다. 그러나 그분은 원기에 넘치고 즐거워서, 제게 츠임란 주(酒)의 병마개를 뽑게 하여 같이 돌아온 친구들과 함께 황제의 건강을 위해서, 러시아와 자유로운 전 러시아 국민의 건강을 위해서 축배를 들었습니다. 그분은 술잔을 잡고, 눈을 땅으로 내리깔고 말했습니다. "니칸드르, 니칸드르, 자네 들리는가? 지금 러시아엔 한 사람의 노예도 없다네! 무덤 속에서나마 기뻐해 주게, 옛 친구여!" 그 다음 그분은 "기대가 달성됐다."며 여러 가지 말을 했습니다. 이젠 절대로 뒷걸음칠 수는 없다는 것, 그리고 이것은 일종의 담보가 아니면 약속과 같은 것이라고 말했습니다. 저는 전부를 기억할 수는 없습니다. 그러나 저는 지금까지 그렇게 행복한 모습을 본 일은 없습니다. 저는, 머나먼 시베리아 광야에서 우리들이 얼마나 기뻐하며 얼마나 행복한가를 알리는 동시에, 우리들과 함께 기뻐해 주시기를 바라는 의미에서 당신께 편지를 쓰기로 한 것입니다……'

나는 이 편지를 3월말에 받았다. 그리고 5월초에 다시 무자에게서 아주 짤막한 한 통의 편지를 받았다. 그것은 그녀의 남편 파라몬 세묘느이치 바부린이, 포고문이 도착한 그날에 감기에 걸려 그것이 폐렴이 되고, 4월 12일에 결국 67세로 세상을 떠났다는 것을 알려 준 것이었다. 그녀는 여기에 덧붙여서, 남편의 몸이 파묻힌 그 땅에 머물러서, 그분이 남기고 간 사업을 계속해 나갈 생각이라고 쓰고 있었다. 그것이 파라몬 세묘느이치의 최후의 의지이기도 하고, 또 자기로서도 그 밖의 다른 길은 없기 때문이라는 것이었다.

그 후, 나는 한 번도 무자의 소식을 들을 수 없었다.

사랑의 개가(凱歌)

다음 이야기는 내가 이탈리아의 어느 옛 기록에서 읽은 것이다.

1

 16세기 중엽, 이탈리아의 페르라라(그때의 도시는 문학과 예술의 보호자인 유명한 공후들의 통치하에 번영하고 있었다)에는 파비와 무츠이라고 불리는 두 청년이 살고 있었다. 나이가 비슷한데다가 가까운 친척간인 그들은 지금까지 한 번도 헤어진 적이 없었다. 진정한 우정은 어릴 때부터 그들을 결속시켜 주었다. 그리고 동일한 운명은 그 결속을 한층 더 굳게 만들어 주었다. 두 사람 모두 명문에 태어난 재산가로 남의 구속이라는 것을 모르는 자유로운 청년들이었고, 게다가 그들에게는 가족이라는 연줄이 없었다. 그리고 취미, 경향마저 흡사했다. 무츠이는 음악을 공부하고 파비는 그림을 그렸다. 그래서 두 청년은 궁전, 사회, 도시에서 비할 바 없는 총아(寵兒)로서 전 페르라라 시민의 사랑을 독차지하고 있었다. 두 청년은 모두 균형잡힌 미남자로 손색이 없었으나, 용모만은 서로 달랐다. 파비는 후리후리한 키에 얼굴이 희고 머리칼은 아마(亞麻)빛이었으나 파란 눈을 하고 있었다. 그러나 무츠이는 거무스름한 얼굴에 까만 머리칼, 그리고 그의 암갈색 눈에는 파비에게서 보이는 것과 같은 즐거움도 없었고, 그의 입술에는 상냥한 미소도 없었다. 게다가 좁다란 눈까풀을 뒤덮을 듯한 짙은 눈썹은, 깨끗하고 넓은 이마에 가느다란 반원을 그린 파비의 금빛 눈썹과는 닮지도 않았다. 이야기를 할 때에도 무츠이는 그다지 활기가 없었다. 그렇지만 두 청년은 기사도의 겸손과 호사스러움을 지니고 있었기 때문에 모두 한결같이 귀부인들의 사랑을 받고 있었다.

그 당시 같은 페르라라 시에는 발레리야라고 불리는 한 처녀가 살고 있었다. 그 처녀는 교회에 갈 때에만 외출하고, 대제(大祭)가 오면 산책을 할 정도로 무척 고독한 생활을 즐겨하는 여자였다. 그래서 사람들의 눈에 띄는 일은 거의 없었으나, 도시에서는 그 처녀가 일류 미인 중의 한 사람이라는 소문이 떠돌고 있었다. 그녀는 어머니와 함께 살고 있었다. 어머니는 과부로 그렇게 부자는 아니었지만 훌륭한 가문 출신이었고, 발레리야는 그녀의 무남 독녀 외딸이었다. 발레리야를 만나는 사람이면 누구든지 자기도 모르는 놀라움에 사로잡혀 부러운 존경심을 일으켰다. 그러나 그녀 자신은 자기의 아름다움을 조금도 마음에 두는 기색이 없었다. 그만큼 그녀는 겸손한 처녀였다. 물론, 어떤 사람은 그녀의 얼굴빛이 약간 파리하다는 것을 알고 있었다. 거의 언제나 살며시 내리깔은 그녀의 시선은 내적인 성격이라기보다는 어떤 두려움을 말해 주는 듯했다. 가끔 그녀의 입술이 방긋 웃을 때가 있지만, 그것도 살짝 웃어 넘길 뿐으로 그녀의 목소리를 들은 사람은 아무도 없었다. 그렇지만 그녀의 목소리가 아름답다는 소문만은 떠돌고 있었다. 이른 아침, 온 도시의 사람들이 아직 고요히 잠들어 있을 때, 그녀는 자물쇠를 채운 방에 홀로 들어앉아서 거문고를 타며 옛 노래를 부르는 것을 낙으로 삼고 있다는 것이었다. 발레리야의 얼굴은 파리했으나, 그녀의 몸에서는 건강이 넘쳐흘렀다. 그래서 노인들까지도 그녀를 보면, "아아, 사람 손에 닿지 않은 꽃봉오리, 이것을 꺾는 젊은이는 그 얼마나 행복하랴!" 하고 감탄을 아끼지 않는 것이었다.

2

파비와 무츠이가 처음으로 발레리야를 본 것은 호화로운 대제전(大祭典) 때였다. 이 제전은 유명한 루쿠레츠이 보르지아의 아들인 당시의 페르라라 공후(公侯) 에르코르의 명으로 베풀어진 것으로, 그것은 프랑스 왕 루이 12세의 왕녀(王女)인 에르코르 공후 부인의 초대에 따라, 멀리 파리에서 도착한 유명한 귀족들을 환영하기 위해서였다. 팔라지에 의해서 페르라라 대광장에는 화려한 귀부인석이 마련되었는데, 발레리야는 어머니와 나란히 그 가운데에 자리잡고 있었다. 두 청년은 —파비도 무츠이도— 바로 그날로 발레리야에게 반하고 말았다. 두 청년은 서로 뭐든 감추는 일이 없었으므로, 곧 상대편 마음속에 무슨 일이 일어나고 있는지를 알 수 있었다. 그래서 두 청년은 함께 발레리야를 사귀도록 애써서, 만일 그녀가 둘 중 누구 하나를 택한다면 다른 한 사람은 아무 이의없이 그 선택에 따르자고 서로 약속을 했다. 몇 주일이 지난 후, 두 청년은 정당한 방법으로 얻은 어떤 좋은 기회를 이용하여, 과부의 집에 들어갈 수 있었다. 어머니는 그들에게 딸을 방문해도 좋다고 허용했던 것이다. 그 때부터 그들은 거의 매일같이 발레리야를 만나서 이 야기를 주고 받았다. 두 청년의 가슴 속에 한 번 타오르기 시작 한 불길은 날이 갈수록 점점 더해 갈 뿐이었다. 그러나 발레리 야는 두 사람 가운데 어느 한쪽에만 유달리 마음을 기울이지는 않았고 그렇다고 그들의 방문을 꺼려하지도 않았다. 그녀는 무 츠이와 함께 음악을 즐기기는 했으나, 파비하고 더 많은 이야기 를 주고받았다. 다시 말해서 파비에게는 더 많은 것을 털어놓을 수 있었던 것이다. 마침내 두 청년은 각자의 최후의 운명을 알 아 보기로 결심하고, 발레리야에게 편지를 보냈다. 그 속에는 누구에게 청혼을 할 것인지 하루 속히 말해 주기를 부탁한다고 쓰어 있었다. 발레리야는 그 편지를 어머니에게 보이고, 자기는 어디까지나 처녀로 살고 싶다고 말하였다. 그러나 어머니께서 반드시 시집을 가야 한다고 말씀하신다면 누구든지 어머니의 마음에 드는 분과 결혼하겠다고 덧붙였다. 마음이 어진 과부는 사랑하는 딸과 헤어져야 한다는 생각을 하고 잠시 눈물에 젖었 다, 그렇다고 해서 구혼자들을 거절할 만한 구실도 없었다, 그 것은 두 청년이 모두 사윗감으로는 훌륭한 인물이라고 생각했 기 때문이었다. 그러면서도 마음 한구석으로는 파비 쪽을 좋아 하여 그 청년이라면 발레리야도 무척 마음에 들리라고 생각하 여, 결국 어머니는 파비를 선택해 주었다. 이튿날 파비는 그 길 보(吉報)를 받았다. 한편, 무츠이는 약속에 따라 그 선고에 따 르지 않을 수 없었다.

그는 약속대로 이행했다. 하지만 무츠이는 자기 경쟁자의 승 리를 눈앞에 보면서 그 증인으로 남아 있을 수는 없었다. 그는 재빨리 대부분의 재산을 정리하여, 수천 두카트(이탈리아에서 사용되던 금화)를 만들어서 먼 동쪽 나라를 향하여 기나긴 여정에 올랐다. 무츠이는 파비하고 헤어지면서, 자기 정열의 마지막 흔적이 사라졌다고 느끼기 전에는 절대로 귀국하지 않겠다고 맹세했다. 어릴 때부터 청년 시절에 이르기까지 한 번도 떨어진 적이 없는 친구와 헤어진다는 것은 파비에게도 여간 고통스러운 것이 아니었다. 그렇지만 가까운 행복에 대한 즐거운 기대는 순식간에 다른 모든 감정을 집어삼키고 말았다. 그는 성공한 사람의 기쁨 속에 온몸을 내맡겼던 것이다.

얼마 후 파비는 발레리야와 결혼했다. 그리고 결혼을 했을 때 그는 비로소 자기 손에 들어온 보물의 가치를 깨닫게 되었다. 파비는 페르라라에서 가까운 곳에, 녹음이 우거진 정원으로 둘러싸인 훌륭한 별장을 가지고 있었다. 그는 아내와 장모를 데리고 그곳으로 옮겨갔다. 그 때야말로 그들에게는 가장 즐거운 시절이었다. 신혼 생활은 새롭게 빛나는 광채 속에서 발레리야의 하고 많은 미덕들이 발휘되었다. 파비는 저명한 화가가 되었다. 이미 단순한 애호가가 아니라 떳떳한 중진이 된 것이었다. 발레리야의 어머니는 한 쌍의 행복스러운 배필을 보고 무척 기뻐하며 하느님께 감사를 드렸다. 어느새 4년이란 세월이 달콤한 꿈속에 흘러가 버렸다. 만일 신혼 부부에게 한 가지의 부족, 한 가지의 슬픔이 있었다면 그들 사이에 자식이 없다는 것이었다. 그러나 그들은 희망을 버리지 않았다. 그런데 4년째의 마지막 고비에 들어서자, 이번에는 정말 커다란 슬픔이 그들 위에 떨어지고 말았다. 그것은 발레리야의 어머니가 며칠 동안 앓다가 세상을 떠났기 때문이었다.

발레리야는 하염없이 울었다. 그녀는 한동안 이 불행에 익숙해질 수 없었다. 그러나 한 해가 지나자 생활은 다시 그 전의 모습을 되찾아 예전의 물줄기를 따라 흐르고 있었다. 그런데 어느 아름다운 여름날 저녁, 무츠이는 아무에게도 알리지 않고 살며시 페르라라로 돌아왔다.

3

페르라라를 떠난 지 5년 동안, 아무도 무츠이에 대해서 아는 사람은 없었다. 그는 마치 땅 위에서 꺼지기라도 한 듯, 그에 대한 소식은 끊어져 버리고 말았다. 그래서 파비는 페르라라의 어느 거리에서 옛 친구를 대했을 때, 처음엔 놀란 나머지, 나중엔 기쁜 나머지 하마터면 함성을 올릴 뻔했다. 그는 즉시 무츠이를 자기 별장으로 초대했다. 별장 정원에는 따로 떨어진 별관이 있었다. 파비는 친구에게 이 별관에 머물러 주기를 권했다. 무츠이는 친구의 호의를 달갑게 여겨, 그날로 자기 하인을 데리고 그곳으로 옮겨왔다. 하인은 말레이인 벙어리로 —벙어리기는 했지만 귀머거리는 아니었다. 게다가 그의 또렷또렷한 눈초리로 보아서 무척 영리한 사람인 듯싶었다. 그의 혀는 잘려 있었다. 무츠이는 수십 개의 트렁크를 가지고 왔는데, 그 속에는 여러 해를 여행하는 동안에 수집한 가지각색의 보물로 가득 차 있었다. 발레리야도 무츠이의 귀국을 기뻐했으며, 무츠이도 반갑고 다정한 인사를 하였다. 그렇지만 무츠이의 태도는 매우 침착했다. 어느 모로 보나 파비하고의 약속을 이행한 듯이 보였다. 그는 낮 동안에 말레이인과 함께 자기의 별관을 정리하고, 가지고 온 진기한 물건들을 정돈하였다. 양탄자, 비단, 찻잔,

접시, 에나멜 칠한 쟁반, 진주와 보석을 박은 금은 장식품, 호박과 상아로 조각한 상자, 반짝반짝 빛나는 병, 향료, 약, 수피(獸皮), 이상한 새털, 그 밖에도 여러 가지 있었지만, 어느 것이든 그 사용법을 알 수 없는 신비로운 것들뿐이었다. 금은 보석 가운데는 진주 목걸이가 있었는데, 그것은 무츠이가 멋지고 신기한 재주를 보여 준 데 대한 답례로 페르시아 왕에게서 기증받은 목걸이라는 것이었다. 그는 손수 그 목걸이를 발레리야의 목에 걸게 해달라고 그녀에게 청했다. 목걸이는 묵직하면서도 그 어떤 이상한 온기가 스며 있는 듯이 느껴졌다. 이윽고 목걸이는 발레리야의 목 위에 걸려졌다.

점심을 마치고 저녁녘에 별장 테라스의 올레안도르와 계수나무 그늘에 앉아서, 무츠이는 마침내 자기의 여행담을 이야기하기 시작했다. 그는 자기가 본 먼 나라들이며, 구름을 찌를 듯이 높은 산이며, 물 없는 사막, 바다와 같은 큰 강에 대해 말하고 나서, 대건축물과 대사원들, 천 년 묵은 고목, 무지개 빛과 새 이야기, 그러고는 자기가 방문한 도시라는 도시, 민족이란 민족을 일일이 세어 보이는 것이었다. 그 이름을 듣는 것만으로도 어떤 동화 세계를 연상케 했다. 무츠이는 동방에 있는 나라들을 골고루 잘 알고 있었다. 그는 페르시아와 아라비아를 지나갔는데, 그곳에서는 다른 어떤 동물보다도 말을 가장 귀엽고 훌륭한 것으로 여기고 있었으며, 인도의 내륙지방으로 들어가니 거기서는 사람이 거목(巨木)에 흡사했고, 그 다음 중국과 티벳 경계선에 도달하니 그곳에선 다라이 라마라고 불리는 생불(生佛)이 눈을 감고 묵상하고 있는 인간의 모습으로 지상에 살고 있다는 것이었다. 어쨌든 들으면 들을수록 신기한 이야기들이었다. 파비와 발레리야는 얼빠진 사람 모양 그의 말을 듣고 있었다. 무츠이의 용모 자체는 그다지 변한 것 같지 않았다. 다만 어릴 때부터 거무스레하던 얼굴이 강한 햇볕에 타서 한층 검어지고, 눈이 예전보다 움푹 들어간 듯이 보일 정도였으나, 단 한 가지 그의 얼굴 표정만은 완전히 달랐다. 빈틈없이 긴장한 장중한 표정은 여러 가지 위험, 그 중에서도 캄캄한 밤에 호랑이의 으르렁대는 소리, 낮에는 한적한 산길에서 악신(惡神)의 희생으로 삼기 위해 길 가는 나그네를 노리는 산적을 만났다는 이야기를 할 때에도 조금도 놀라는 기색이라고는 없었다. 목소리는 나직하면서도 단조로웠고, 손놀림을 비롯하여 온몸의 동작까지도 이탈리아 민족의 특유성을 잃고 있었다. 무츠이는 온순하고 민첩한 말레이인 하인의 도움으로, 인도의 바라문한테서 배운 몇 가지 요술을 주인들에게 보여 주었다. 한 가지 예를 들면, 그는 자기 몸을 휘장으로 가리는가 했더니, 갑자기 수직으로 세운 대나무 지팡이에 손끝으로 가볍게 의지하면서 공중에 책상다리를 하고 앉은 모습을 나타냈다. 파비도 놀랐지만, 발레리야의 놀라움은 말할 수 없었다.

'아니, 저분은 마법사가 된 것이 아닐까?'

그녀는 마음속에서 이렇게 생각하는 것이었다. 그리고 무츠이가 가느다란 통소를 불면서 뚜껑이 달린 광주리 속에서 길든 뱀을 불러냈을 때, 그리고 그 뱀이 혀를 넘실거리며 얼룩진 천 밑에서 까맣고 평탄한 대가리를 도사렸을 때, 발레리야는 무서워서 그 기분 나쁜 뱀을 치워달라고 무츠이에게 애원했다. 저녁 식사 후, 무츠이는 목이 긴 둥근 병에서 쉬라스의 술을 파비 부부에게 대접했다. 술은 유달리 향기 높고 짙었으며, 파르스름한 금빛으로 빛나고 있었다. 게다가 자그마한 벽옥(壁玉)으로 만든 잔에 부어서인지, 더욱 이채로운 빛을 발하고 있었다. 술맛은 유럽 술과 달리 몹시 달고 향기 높아서 천천히 몇 모금만 들이켜도 온몸이 달콤한 잠에 취하는 듯한 느낌을 주었다. 무츠이는 파비와 발레리야에게 다시 한 잔씩을 권하고 자기도 마셨다. 그 때 무츠이는 발레리야의 잔으로 몸을 숙이고 손가락을 떨면서 무엇인지 중얼거렸다. 발레리야도 그것을 알고는 있었으나, 대체로 그의 태도와 행동이 그 전과는 너무나 달랐으므로 과히 마음에 두지 않고, '저분은 인도에서 어떤 새로운 종교를 받아들인 것이 아닐까, 그렇지 않으면 그곳 풍속이 저런 것일까?' 하고 생각했을 따름이었다.

잠시 아무 말이 없다가 발레리야가 무츠이에게 물었다.

"당신은 여행 도중에도 여전히 음악을 하셨나요?"

무츠이는 대답하는 대신, 인도의 바이올린을 가져오라고 말레이인에게 명했다. 바이올린은 요즈음 것과 다름이 없었다. 단지 줄이 네 줄이 아니라 세 줄이었고, 위에는 푸릇푸릇한 뱀 가죽이 덮여 있었으며, 거기에 삼으로 만든 가늘고 긴 반원의 활이 달려 있고, 그 끄트머리에 뾰족한 보석이 반짝이고 있었다.

무츠이는 먼저 몇 개의 비곡(悲曲)을 켰다. 그의 말에 의하면 민요라는 것으로, 이탈리아인의 귀에는 이상하다기 보다는 오히려 조잡한 감을 주었다. 금속으로 만든 현의 음향은 나직하고 구슬펐다. 그러나 무츠이가 마지막 노래를 시작했을 때, 그 음향은 갑자기 높아져서 힘차게 울리기 시작했다. 힘있게 활을 올리고 내릴 때마다 그 밑에서 타는 듯이 정열적인 곡조가 흘러내렸다. 그것이 마치 바이올린 거죽을 덮고 있는 뱀처럼 아름다운 굴곡을 보여 주어서, 한결 정서를 더해주는 것 같았다. 파비와 발레리야는 마음이 괴로워서 글썽하니 눈물이 고였다. 그만큼 이 멜로디는 정열과 환희에 불타고 있었다. 그러나 무츠이는 아래로 몸을 굽혀 바이올린에다 머리를 밀착시킨 채 볼은 점점 창백해지고 양 눈썹은 한 일 자로 굳어졌다. 그의 표정은 긴장할 대로 긴장하여, 한층 더 엄숙해 보였다. 활 끄트머리의 보석은 그 신기한 음악의 불길에 타오르기라도 한 듯, 시종 광선 모양의 불꽃으로 반짝이고 있었다. 무츠이가 음악을 끝마치고, 계속해서 바이올린을 턱과 어깨 사이로 힘있게 틀어 놓으면서 활을 쥐고 있던 손을 내렸을 때,

"도대체 그건 뭔가? 자넨 무슨 곡을 켰나?" 하고 파비가 외쳤다. 발레리야는 어안이 벙벙해서 아무 말도 하지 않았지만, 그녀의 모습은 역시 남편의 물음을 되풀이하고 있는 것 같았다. 무츠이는 바이올린을 책상 위에 놓고 가볍게 머리를 흔들더니, 정다운 미소를 지으며 말했다.

"이거 말인가? 이 곡은……이 노래는 세일론 섬에서 한 번 들은 일이 있지. 그곳에선 이 노래가 행복하고 만족한 사랑의 노래라고 많이 유행하고 있다네."

"한 번 더 들려주게." 하고 파비가 속삭였다.

"안 돼, 이건 반복할 순 없는 거야. 벌써 늦었는데 발레리야 님께서도 주무셔야 할 거구, 나도 잘 때가 됐어……. 몹시 고단하군." 하고 무츠이가 대답했다.

이날 하룻동안 무츠이가 발레리야를 대하는 태도는 다만 옛 친구로서 어디까지나 정중한 것이었다. 그렇지만 헤어지게 되었을 때, 그는 힘있게 발레리야의 손을 붙잡고 얼굴이 닿을 정

도로 그녀의 얼굴을 뚫어질 듯 바라보면서 그녀의 손바닥을 손가락으로 꼭 눌러 주었다. 그때 발레리야는 얼굴을 쳐들 수 없었지만, 확 타오르는 자기 볼 근처에서 무츠이의 시선을 느꼈다. 그녀는 아무 말 없이 손을 빼냈지만 그래도 무츠이가 밖으로 나갔을 때 그가 걸어나간 문 쪽을 바라보았다. 그녀는 그전에 무츠이가 얼마나 무서웠는지를 상기해 보았다. 그리고 지금도 그녀는 못 믿어 하는 눈치였다. 무츠이는 자기 숙소로 돌아가고, 파비 부처는 그들의 침실로 들어갔다.

4

발레리야는 한참 동안 잠들 수 없었다. 온몸의 피가 괴로움 속에 잔잔히 물결치고, 머릿속은 종이라도 치는 듯 가볍게 뒤흔들렸다. 이것은 발레리야가 추측한 대로, 이상한 술 때문이기도 했지만, 무츠이의 이야기와 바이올린 연주도 어느 정도 그 원인이 된 듯했다. 결국 그녀는 새벽녘에야 잠들었는데, 곧 이상한 꿈을 꾸었다.

그녀는 먼저 자기가 천장이 나직한 널찍한 방 안에 들어와 있다는 것을 느꼈다. 그녀는 지금까지 한 번도 이런 방을 본 적이 없었다. 사방의 벽은 금빛 '풀'이 자란, 가느다란 청색 타일로 싸여지고, 우아하게 조각된 석고 기둥은 대리석 천장을 떠받치고 있었다. 그 천장과 기둥은 어렴풋이 투명해 보였다. 연한 분홍빛은 모든 사물을 동일한 신비로움으로 물들게 하면서 사방에서 방 안에 내리비치고 있었다. 거울같이 미끄러운 마루 한복판의 폭 좁은 양탄자 위에는 비단 방석이 놓여 있었고, 방 구석마다 괴물을 상징하는 키다리 향로가 가느다란 연기를 내뿜고 있었다. 어디를 보나 창문이 없었다. 비로드 커튼을 드리운 문은 우묵 들어간 벽 위에서 말없이 검은빛을 발하고 있었다. 그런데 갑자기 커튼이 살랑살랑 미끄러지며 움직이더니 살며시 무츠이가 들어오지 않는가. 그는 인사를 하고 두 손을 벌리며 벙긋이 웃었다. 이윽고 그의 무쇠 같은 두 손은 발레리야의 몸을 얼싸안으며, 메마른 입술로 그녀의 온몸을 더듬는다. 그녀는 방석 위에 거꾸러지고 만다.

이 무서운 악몽에 사로잡혀 고통스러운 신음을 하다가 간신히 발레리야는 눈을 떴다. 그녀는 자기의 몸이 어디에 있는지, 무슨 일이 일어났는지 알 수가 없어서 침대에서 반쯤 몸을 일으키고 사방을 둘러보았다. 그녀의 온몸에 오싹 소름이 끼쳤다. 파비는 그녀 옆에 나란히 누워 있었다. 그는 잠들어 있지만, 그의 얼굴은 때마침 창문으로 스며든 둥글고 환한 달빛을 받아 죽은 사람같이 파리하다. 죽은 사람의 얼굴보다 더 슬퍼 보였다. 발레리야가 남편을 깨웠다. 잠을 깬 남편은 발레리야를 보자 곧,

"왜 그러오?"라고 물었다.

"저……전 무서운 꿈을 꾸었어요."

아직 부들부들 몸을 떨면서 발레리야가 중얼거렸다.

그러나 이때, 별관 쪽에서 힘찬 멜로디가 울려나왔다. 그리고 두 사람은—파비도 발레리야도—이것은 만족스러운 사랑의 개가(凱歌)라고 하면서 무츠이가 연주하던 그 곡이 틀림없다는 것을 알았다. 파비는 이상하다는 듯 발레리야를 바라보았다. 발

레리야는 눈을 감고 얼굴을 돌렸다. 두 사람은 숨을 죽이고 노래가 끝날 때까지 듣고 있었다. 마지막 음향이 끊어졌을 때, 달은 구름 속으로 기어들고 방 안은 갑자기 어두워졌다. 부부는 말없이 베개 위에 누웠다. 그리고 누가 언제 잠들었는지 모르게 두 사람은 잠들어 버렸다.

5

다음날 아침에 무츠이는 조반 식사를 하러 왔다. 그는 무척 만족스러운 표정으로 발레리야에게도 즐겁게 인사를 했다. 발레리야는 말을 더듬으며 대답하고는 살짝 무츠이를 흘겨보았다. 그 만족스러운 듯한 즐거운 얼굴이며, 그 날카로운 호기심에 찬 눈초리가 그녀는 어쩐지 무서웠다. 무츠이는 다시 이야기를 시작하려고 했다. 그러나 파비는 곧 그의 말을 가로챘다.

"잠자리가 바뀌어서 자넨 자지 못한 것 같군그래? 나는 아내와 함께 어젯밤 자네가 연주하던 그 곳을 들었다네."

"그래? 자넨 듣고 있었나?" 하고 무츠이가 중얼거렸다. "내가 그 곡을 켰어. 그러나 그전에 한잠 자고 굉장한 꿈을 꾸었다네."

발레리야가 솔깃하니 귀를 기울였다.

"어떤 꿈인가?" 파비가 물었다.

"이런 꿈을 꾸었어." 무츠이는 발레리야를 물끄러미 바라보며 말을 이었다. "먼저 내가 천장이 달린, 동양식으로 꾸며진 넓은 방에 들어갔다고 생각하게. 조각한 기둥이 천장을 떠받치고, 벽은 타일로 싸인 채 창문도 등불도 없었지만 장미빛 광선이 방 전체에 넘쳐 흘러서, 그 방은 마치 투명석으로라도 만든 것 같

앉아. 방 구석구석에는 중국 향로가 놓여지고, 마루 위에는 비단 방석이 폭 좁은 양탄자 위에 놓여 있었어. 나는 커튼이 드리운 문을 통해 들어갔지. 그러자 다른 문에서도 갑자기 나를 향해서 부인 한 사람이 걸어오지 않겠나. 그 부인은 한때 내가 사랑하던 여자로 매우 미인이었어. 나도 예전의 사랑이 불타올랐을 정도였다네……."

무츠이는 의미심장하게 입을 다물었다. 발레리야는 옴쭉달싹 않고 앉아 있으면서 점점 파랗게 질려 갈 뿐이었다. 그녀의 호흡은 더욱 거칠어졌다.

"그때," 무츠이가 말을 이었다. "나는 잠에서 깨어 그 곡을 켠 거라네."

"그럼 그 부인은 누군가?" 파비가 물었다

"그 부인이 누구냐고? 어느 인도인의 아내야. 나는 그 부인과 델 시(市)에서 만났었지……. 그런데 그 여자는 이미 이 세상 사람이 아니야, 죽고 말았다네."

"그러면 남편은?" 파비는 까닭 없이 이렇게 물었다.

"소문에 의하면, 남편도 역시 죽었다더군. 두 사람 다 너무 빨리 죽었어."

"이상한데!" 파비가 외쳤다. "내 아내도 어젯밤 이상한 꿈을 꾸었어."

그때 무츠이는 뚫어질 듯 발레리야를 바라보았다. "아직 아내에게서 꿈 얘기를 듣지는 못했지만." 하고 파비가 덧붙였다.

그러나 이때 발레리야는 자리에서 일어나 밖으로 나갔다. 무츠이는 조반을 마치고 페르라라까지 가야 할 일이 있어서 밤에야 돌아오겠다고 말하고는 나가 버렸다.

6

 무츠이가 돌아오기 몇 주일 전, 파비는 성녀(聖女) 체치리야의 형상으로, 아내의 초상화를 그리기 시작했다. 그의 기술은 현저하게 진척되었다. 레오나르도다빈치의 문하생이며, 유명한 화가인 루이니는 자주 파비를 찾아 페르라라로 와서는 개인적인 조언으로 파비를 도와 주면서 대선생의 교훈을 전달하는 것이었다. 초상화는 거의 완성되어 가고 있었으나, 다만 얼굴 몇 군데가 아직 완성되지 못한 채 남아 있을 뿐이었다. 이 그림만 완성되는 날이면, 파비는 정당하게 자기 기술을 자랑할 수도 있으리라. 파비는 무츠이를 페르라라로 떠나 보내고, 자기 화실로 발을 옮겼다. 거기서는 발레리야가 언제나 자기를 기다리고 있었던 것이다. 그런데 오늘따라 그는 발레리야를 찾아볼 수 없었다. 소리쳐 불러 보았으나 대답이 없었다. 그는 이상한 불안에 사로잡혔다. 그는 발레리야를 찾기 시작했다. 집에는 없었다. 파비는 정원으로 뛰쳐나갔다. 그리고 멀리 떨어진 가로수 길에서 발레리야를 찾아 냈다. 그녀는 머리를 가슴 위로 늘어뜨리고, 두 손을 열 십 자로 무릎 위에 올려놓은 채 벤치에 앉아 있었다. 그녀 뒤에는 험상궂은 비웃음으로 얼굴을 찡그린 대리석 괴물이 암록색의 기파리스(녹색식물의 일종) 속에서 튀어나와, 까부라진 입술을 갈대 피리에 갖다대고 있었다. 발레리야는 남편을 보고 무척 기뻐했다. 그리고 남편의 장황한 질문에 대해서, 머리가 좀 아프기는 하지만 아무렇지도 않다며 화실로 가고 싶다고 대답했다. 파비가 그녀를 화실로 데려다가 앉힌 다음, 붓을 들었다. 그러나 유감스럽게도 자기가 원하는 대로 얼굴을 완성시킬 수가 없었다. 그것은 그녀의 얼굴이 다소 파리하고 피곤해 보였기 때문만은 아니다. 그렇진 않았다. 그러나 그가 예전에 마음에 들어하던 얼굴, 즉 그로 하여금 성녀 체치리야의 모습으로 표현해 보겠다는 마음을 일으키게 했던 그 깨끗하고 거룩한 표정을, 그는 오늘 발레리야에게서 찾아볼 수 없었던 것이다. 그는 결국 붓을 던지고, 그림을 그릴 기분이 나지 않는다는 것과 발레리야도 안색이 좋지 않으니 잠시 자리에 누워서 휴식하는 편이 나을 것이라고 말했다. 그러고는 초상화 틀을 벽 위에 세워 놓았다. 발레리야는 쉬는 게 좋을 것이라는 남편의 의견을 좇아서, 자기도 머리가 아프다는 말을 되풀이하고 침실로 사라졌다.

파비는 혼자 화실에 남았다. 자기 자신도 모를 이상한 동요를 느꼈다. 파비는 자진해서 무츠이를 자기 집에 머물게 했지만, 이제 와서는 오히려 화근이 되고 말았다. 그는 질투하고 있는 것은 아니었다. 어떻게 발레리야에게 질투할 수 있으랴. 그러나 그는 자기의 친구가 예선의 친구가 아니라는 것을 깨달았던 것이다. 무츠이가 머나먼 나라에서 가지고 온 여러 가지 신기한 것, 알지 못할 것 —그의 피와 살에 깊이 아로새겨진 것— 그러한 모든 요술, 가곡, 이상한 술, 벙어리 말레이인, 게다가 무츠이의 의복, 머리털, 호흡에서 내뿜는 향기, 이 모든 것은 파비의 마음에 의혹이라기보다는 오히려 불안스러운 감정을 일으키게 했다. 그리고 어째서 말레이인은 책상 뒤에서 일하면서도 그렇게 불쾌한 눈초리로 자기를 노려보는 것일까. 물론, 다른 사람은 그가 이탈리아어를 이해한다고 생각할지도 모른다. 무츠이가 말하는 바에 의하면 이 말레이인은 혀를 대가로 해서 막대한 희생을 치렀다는 것과, 그 때문에 지금은 대단한 힘을 가지고 있다는 것이다. 그렇지만 어떤 힘으로, 또 어떻게 그는 혀의 대가로 그것을 얻을 수 있었을까. 그 점이 매우 이상한 일이다! 정말 모를 일이다! 파비는 아내의 침실로 갔다. 발레리야는 옷을 입은 채로 침대에 누워 있었다. 그러나 자고 있지는 않았다. 파비의 발걸음 소리를 듣고 그녀는 몸부림을 쳤으나, 곧 정원에서 만났을 때와 같이 기뻐했다. 파비가 침대머리에 앉아서 발레리야의 손을 잡은 채, 잠시 아무 말이 없다가 이렇게 물었다.

"어젯밤의 이상한 꿈은 몹시 당신을 놀라게 했겠구려. 그래 그 꿈은 무츠이가 얘기한 것과 같은 것이었소?"

발레리야는 얼굴을 붉히며 황급히 중얼거렸다.

"오, 아니에요! 아니에요! 제가 본 것은……어떤 이상한 괴물이 저를 잡아먹으려고 한 거예요."

"괴물이라니? 그건 사람의 탈을 쓰고 있었소?" 파비가 물었다.

"아니에요, 짐승……짐승이었어요." 발레리야는 이렇게 대답하고, 갑자기 돌아서서 빨갛게 상기된 자기 얼굴을 베개 속에 파묻었다. 파비는 잠시 동안 아내의 손을 잡고 있다가, 말없이 그 손을 자기 입술에 대고는 밖으로 나갔다.

부부는 불쾌한 마음으로 이날 하루를 보냈다. 그들 머리 위에는 갑자기 무엇인지 검은 것이 걸려 있는 듯이 느껴졌다. 그렇지만 그것이 무엇인지 그들은 알 수 없었다. 그들은 서로 떨어지고 싶지 않았다. 마치 어떤 위험이 그들을 위협이라도 하듯이. 그러나 그들은 무슨 말을 해야 할지 갈피를 잡을 수 없었다. 파비는 초상화를 그려보기도 하고, 요즈음 페르라라에서 출

판되어, 벌써 전 이탈리아를 휩쓴 아리오스트의 서사시를 읽어 보려고도 했으나 아무 소용 없었다. 무츠이는 저녁 식사를 할 무렵이 되어서 집으로 돌아왔다.

7

무츠이는 변함 없이 침착하고 만족스러워 보였다. 그러나 말은 많지 않았다. 그는 파비에게 옛 친구들의 소식이며, 독일 원정이며, 카를 대제(大帝)의 일들을 물어 보았다. 그리고 신임 법황을 알현하기 위해서 로마로 가고 싶다는 자기 희망을 말하기도 했다. 무츠이는 또다시 시라스의 술을 발레리아에게 권했지만 그녀로부터 거절을 당하자, "이젠 필요가 없군." 하고 혼잣말로 중얼거렸다. 파비는 아내와 함께 침실로 돌아와서 잠시 후 잠들어 버렸다. 한 시간 가량 지나서 눈을 떠보니, 자기 옆에 아무도 없다는 것을 알았다. 발레리아가 없었던 것이다. 파비는 황급히 몸을 일으켰다. 바로 그 순간, 잠옷 바람인 발레리아가 정원 쪽에서 방으로 들어오고 있는 것이 보였다. 조금 전만 해도 보슬비가 내리는 것 같았는데, 이미 달은 환히 빛나고 있었다. 발레리아는 눈을 내리감고, 죽은 듯이 움직이지 않는 얼굴에는 이상한 공포의 빛을 보이면서 침대로 다가왔다. 그녀는 앞으로 손을 내밀어 침대를 더듬고는 털썩 침대 위에 누워 버린 채 말이 없었다. 파비는 그녀에게 한두 마디 질문을 던졌으나 아무 반응이 없었다. 아마 잠든 듯했다. 파비는 그녀를 만져 보았다. 그녀의 의복과 머리칼은 빗방울에 젖었고, 발바닥에는 모래가 묻어 있었다. 깜짝 놀란 파비가 벌떡 일어나, 반쯤 열린

문을 박차고 정원으로 달려나갔다. 무서울 정도로 밝은 달빛은 만물을 비쳐 내리고 있었다. 파비는 사방을 둘러보았다. 그 순간 가느다란 모래 길 위에 두 사람의 발자국이 남아 있는 것을 발견했다. 한 사람은 맨발이었다. 그 발자국을 따라가니, 그곳은 별관과 본관의 중간이 되는 재스민 정자였다. 파비는 어리둥절하여 걸음을 멈추었다. 그러자 갑자기 어젯밤 들은 것과 같은 곡이 다시 울려나오지 않는가!

파비가 부르르 몸부림 치고는 별관 안으로 뛰어들었다. 무츠이는 방 한복판에 서서 바이올린을 연주하고 있었다. 파비는 그에게 달려들었다.

"자넨 정원에 나갔었지, 밖에 나갔었지, 자네 옷은 비에 젖어 있어."

"아니……모르겠는데……나가지 않은 것 같은데……." 뜻하지 않은 파비의 방문과 그의 흥분에 놀란 무츠이는 말을 더듬으며 대답했다.

파비는 그의 한쪽 손을 잡으면서,

"왜 자넨 그 곡을 다시 켜고 있어? 자넨 또 그 꿈을 꾸었나?"

무츠이는 여전히 놀라움에 사로잡혀 파비를 바라볼 뿐 말이 없었다.

"자, 대답해!"

달은 방패 모양 둥글고…….
강은 뱀처럼 반짝이노라…….
친구는 눈 뜨고 적은 잠잔다―
독수리는 병아리를 할퀸다…….

살려 다오—!

무츠이는 마치 실성한 사람 모양 느릿느릿 중얼거렸다.

파비는 두어 걸음 물러나서, 무츠이를 뚫어질 듯 바라보며 생각에 잠겼다. 이윽고 그는 침실로 되돌아왔다.

발레리야는 머리를 어깨 위에 늘어뜨리고, 힘없이 두 손을 벌리고서 괴로운 꿈속에 잠들고 있었다. 파비가 잠시 후 그녀를 깨웠다. 파비의 모습을 보자, 그녀는 남편의 가슴으로 몸을 던지고 힘껏 파비의 목을 끌어안았으나, 그녀의 온몸은 부들부들 떨고 있었다.

"아니, 당신 왜 그러오! 무슨 일이라도 있었소?" 파비는 그녀의 마음을 안정시키려고 두 번을 되풀이해서 물었다. 그러나 그녀는 파비의 가슴에 안긴 채 점점 정신을 잃어 갔다.

"아아, 굉장히 무서운 꿈을 꾸었어요." 그녀는 파비에게 얼굴을 파묻으며 중얼거렸다. 파비는 그녀에게 물어 보고 싶은 말이 많았다. 그러나 그녀는 여전히 덜덜 떨고 있을 뿐이었다.

발레리야가 파비에게 안겨서 간신히 잠든 것은 이미 아침놀이 유리창을 빨갛게 물들이기 시작한 무렵이었다.

8

이튿날, 무츠이는 아침부터 어디로 갔는지 보이지 않았다. 발레리야는 이웃 수도원에 다녀오겠다고 남편에게 말했다. 그 수도원에는 그녀의 교부(教父)인 동시에, 예전부터 그녀가 무한히 존경하고 있는 매우 근엄한 노수도사가 살고 있었다. 파비의 질문에 대해서, 그녀는 이 기회에 모든 것을 교부에게 고백하고 요즈음 이상한 인상 때문에 고통받고 있는 마음의 짐을 털어놓고 싶기 때문이라고 말했다. 파비는 아내의 수척해진 얼굴과 목메인 소리를 듣고는 자진해서 아내의 의견을 승인해 주었다. 특히 존경하는 교부 로렌초라면 그녀에게 유익한 충고를 해줄 것이고, 그녀의 의심을 풀어 줄 수 있으리라 믿었다. 발레리야는 네 명의 하인을 데리고 수도원으로 떠났다. 한편 파비는 혼자 집에 남았다. 그는 발레리야가 돌아올 때까지 정원을 거닐면서, 그녀에게 어떤 일이 일어났는지를 찬찬히 생각해 보았다. 그러노라니 평상시의 공포와 분노가 치밀어오르기도 하고, 그 어떤 것을 의심하는 고통도 느껴졌다. 그는 여러번 별관에 들러 보았으나 무츠이는 돌아오지 않고 있었다. 그러나 말레이인 하인은 우상에게라도 비는 듯 비굴하게 머리를 숙이고 ―파비에게는 이렇게밖에 생각되지 않았다― 그 청동색 얼굴에는 능글맞은 조소를 띠면서, 멀리서 파비를 노려보고 있었다.

그동안 발레리야는 부끄럽다기보다는 오히려 공포에 떨면서 모든 것을 숨기지 않고 교부에게 고백했다. 교부는 주의 깊게 그것을 듣고는 그녀를 축복하고, 자기도 모르게 저지른 죄를 용서해 주었다. 그러나 교부는, '마법(魔法), 요술…… 이것은 그대로 둘 수 없다.'고 마음속으로 느끼고 발레리야와 함께 그녀의 집으로 돌아왔다. 아마 끝까지 발레리야를 안심시키고 위로해 주기 위해서였으리라. 파비는 교부를 보자 어쩔 줄을 몰랐다. 그러나 경험 많은 노수도사는 파비가 어떻게 행동해야 할 것인지를 미리 생각하고 있었다. 파비와 단둘이 되어서도 그는 물론 발레리야가 고백한 비밀을 이야기하지는 않았지만, 될 수 있는 대로 빨리 초대한 손님을 멀리하라는 충고를 주었다. 그 손님의 이야기며 노래, 그 밖의 여러 가지 행위에 의해 발레리야의 상상은 혼란을 일으키고 있다는 것이었다. 게다가 그의 생각에 의하면, 무츠이는 이전부터 신앙이 건실하지 못한데다 오랫동안 기독교의 빛을 받지 못한 여러 나라를 돌아다녀서, 가지각색 이단 사설의 병독을 가져왔을 수도 있었고, 마법의 도(道)를 닦았을지도 모른다는 것이었다. 그래서 오랜 우정은 끊기 힘든 점도 있겠지만, 총명한 이성은 이별이 불가피하다는 것을 말해 준다는 것이었다. 파비는 존경하는 교부의 의견에 완전히 동의하고, 발레리야도 남편에게서 교부의 권고를 듣고 무척 기뻐했다. 이윽고 로렌초 교부는 부부에게서 수도원과 가난한 사람들을 위한 많은 선물과 마음속에서 우러나오는 축복을 받으면서 별장을 떠났다.

파비는 저녁 식사 후 곧 무츠이에게 이야기하려고 했으나, 이상한 손님은 저녁때가 되어도 돌아오지 않았다. 그래서 파비는 무츠이하고의 이야기를 내일로 미루기로 하고, 두 사람은 침실로 들어갔다.

9

발레리야는 눕자마자 잠들어 버렸으나, 파비는 잠을 이룰 수 없었다. 지금까지 보고 느낀 모든 것이 고요한 밤의 정적을 통해서 생생하게 머릿속에 떠올라 왔다. 그는 아직까지 대답을 얻을 수 없었던 여러 가지 문제를 다시 끈기 있게 자기에게 물어보고 있었다. 무츠이는 정말 마법사가 된 것일까. 그는 벌써 발레리야를 해치지나 않았을까. 그녀는 앓고 있다. 그런데 어떤 병일까. 파비가 머리를 손에 얹고, 거칠은 호흡을 억제하며 괴로운 사색에 잠겨 있는 사이에, 달은 다시금 맑게 개인 하늘 위에 떠올랐다. 그리고 달빛과 함께 반투명의 유리창을 통하여, 향기 높은 흐름과도 같은 가벼운 숨결이 별관 쪽에서 흘러 들어오고 있었다. 아니 파비에게는 그렇게 느껴졌다― 거기에다 시끄러운 정열의 속삭임까지 들려오지 않는가. 바로 그때 파비는 발레리야가 조금씩 움직거리는 것을 보고 오싹 소름이 끼쳤다. 자세히 바라보니, 발레리야가 반쯤 몸을 일으키고 먼저 오른쪽 다리, 다음엔 왼쪽 다리를 침대에서 내려놓았다. 그리고 몽유병자와 같이, 흐리멍덩한 눈으로 멍청히 앞을 바라보면서, 두 손을 뻗은 채 정원으로 나가는 문을 향해 걸어가고 있었다. 파비는 재빨리 침실의 다른 문으로 뛰어나가 날쌔게 집모퉁이를 돌아서 정원으로 나가는 문을 밖에서 잠가 버렸다. 그가 간신히 자물쇠를 채우고 나자, 안에서 문을 열려고 애쓰는 기색이 보였다. 계속해서 문을 떠밀었다. 나중엔 떨리는 신음 소리까지 들려왔다.

'그런데 무츠이는 아직 밖에서 돌아오지 않았을까?' 퍼뜩 생각이 여기에 미치자, 파비는 별관으로 달려갔다.

이때 그는 무엇을 보았을까.

달빛을 가득 안은 정원 길을, 파비 쪽을 향해서 역시 몽유병자와 같이 두 손을 앞으로 뻗은 채, 흐리멍덩한 눈을 하고 어슬렁어슬렁 걸어오는 것은 바로 무츠이가 아닌가. 파비는 무츠이 쪽으로 달려갔으나, 무츠이는 파비를 알아보지 못하고 한 걸음 두 걸음 절도 있게 발을 옮기고 있었다. 그의 움직이지 않는 얼굴은 말레이인과 같이 달빛을 받아 웃고 있었다. 파비는 소리를 쳐서 그의 이름을 부르려고 했다. 그러나 그 순간, 그는 자기 뒤의 집 안에서 유리창을 두드리는 소리를 들었다. 그는 돌아보았다.

사실, 침실의 유리창은 아래에서 위까지 활짝 열려 있었다. 그리고 발레리야는 문지방을 넘어서 창문 안에 서 있었다. 그녀의 손은 마치 무츠이를 부르고 있는 듯……그녀의 온몸은 무츠이에게 끌리고 있었다…….

말할 수 없는 분노의 불길은 별안간에 휘몰아친 파도처럼 파비의 가슴을 뒤흔들어 놓았다. "이 저주받을 마법사 녀석이!" 그는 미친 듯이 외쳤다. 그러고는 한 손으로 무츠이의 목덜미를 붙잡고, 다른 손으로는 허리띠에서 단검을 더듬어서, 바로 칼 손잡이까지 무츠이의 옆구리를 찔렀다.

무츠이는 찢어질 듯한 비명을 올리고 손바닥으로 상처를 누르고는 비틀거리며 별관 쪽으로 되돌아갔다. 그런데 무츠이를 찌른 바로 그 순간, 발레리야도 역시 째지는 듯한 치침한 소리를 내며 나뭇단처럼 털썩 땅 위에 쓰러졌다.

파비는 달려가서 그녀를 일으켜 안고 침대로 향했다.

그녀는 침대에 누워서 한참 동안 움직이지 않았으나, 잠시 후 눈을 떴다. 그녀는 피할 수 없는 죽음을 방금 피한 사람 모양 반색하며 거칠게 한숨을 내쉬었다. 이윽고 남편을 알아보고는 두 손으로 그의 목을 얼싸안으며 남편의 가슴에 안겼다.

"여보, 여보, 저 여보." 그녀는 말했다. 차츰차츰 그녀의 팔 힘이 없어지고 머리는 뒤로 늘어졌다. 그리고 행복스러운 미소를 머금고, "덕택으로 안심했어요……하지만 무척 고단하군요."

이렇게 소곤거리며 그녀는 깊은 잠에 빠지고 말았다. 그러나 그 것은 이미 괴로운 꿈은 아니었다.

10

파비는 그녀의 침대맡에 앉아서 파리하게 여윈, 그러나 지금은 안도의 빛이 감도는 그녀의 얼굴을 물끄러미 바라보며 무슨 일이 일어났는지를 생각하기 시작했다. 그 뿐만이 아니라, 무츠이를 어떻게 처치해야 할 것인가, 무엇을 할 것인가. 만일 무츠이를 죽였다고 한다면 —칼날이 얼마나 깊이 들어갔던지를 상기하면 의심할 여지가 없었다— 만일 무츠이를 죽였다고 한다면 도저히 숨길 수는 없는 일이다! 공후와 재판관에게 신고하지 않으면 안 된다. 그렇지만 어떻게 설명할 것인가, 이렇게 괴이한 사건을 어떻게 이야기할 것인가. 그놈, 파비는 자기 집에서 자기의 친척, 자기의 둘도 없는 친구를 죽였다! 무엇 때문에, 어떤 동기에서? 이렇게 심문하리라. 그러나, 만일 무츠이가 죽지 않았다면. 어쨌든 파비는 그것을 확인하지 않고 그대로 있을 수는 없었다. 파비는 발레리야가 잠든 것을 확인하고, 안락의자에서 일어나 밖으로 나갔다. 그는 별관으로 향했다. 별관 안은 고요했다. 다만 한 개의 창문에서 불빛이 보일 뿐이었다. 파비는 조마조마한 마음으로 바깥 문을 열고(문 위에는 피묻은 손가락 자국이 있었고, 모래 깔린 길에는 핏방울이 검게 빛나고 있었다) 캄캄한 첫번째 방을 지나자, 그만 소스라치게 놀라 문지방 위에 걸음을 멈추었다.

방 한복판, 페르시아 제(製) 양탄자 위에는 사지를 빳빳이 뻗은 무츠이가 양단 베개에 머리를 얹고, 검정 테두리를 두른 폭넓은 빨간 숄을 덮고 누워 있었다. 눈은 내리감고, 눈두덩이가 파랗게 색이 변한 채 황납처럼 샛노란 얼굴은 천장을 향하고 있었고 게다가 숨소리도 들리지 않아 마치 죽은 사람 같았다. 그의 발 곁에는 역시 빨간 숄에 몸을 감싼 말레이인이 무릎을 꿇고 앉아 있었다. 말레이인 하인은 양치류와 비슷한 알지 못할 식물의 가지를 왼손에 들고, 약간 앞으로 몸을 숙인 채 열심히 자기 주인을 바라보고 있었다. 마루에 꽂은 자그마한 등잔불은 파르스름한 불길로 간신히 방 안을 비추고 있었으나, 불길은 잔잔하고 연기도 나지 않았다. 말레이인은 파비가 들어왔을 때, 별로 움직이는 기색도 없이 흘끗 쳐다보았을 뿐 다시 무츠이에게로 시선을 돌렸다. 그는 이따금씩 가지를 올렸다 내렸다 하면서 그것을 공중에서 흔들었다. 말없는 그의 입술은 슬금슬금 열려져서, 마치 소리 없는 이야기를 중얼거리듯 씰룩거렸다. 말레이인과 무츠이 사이의 마루 위에는 파비가 친구를 찌른 단검이 놓여 있었다. 말레이인은 피에 묻든 칼날을 나뭇가지로 한 번 내리쳤다. 1분이 지났다……그리고 또 1분. 파비가 말레이인에게 다가서서 몸을 굽히고 나직한 소리로, "죽었나?" 하고 물었다. 말레이인은 머리를 위로 끄덕이고는 숄을 밑에서 오른손을 꺼내 명령적으로 문을 가리켰다. 파비는 다시 자기 질문을 되풀이하고 싶었으나, 한 번 명령한 말레이인의 손은 다시 그 운동을 반복하는 것이었다. 그래서 파비는 놀라고 화가 치밀어 오르기도 했지만 그의 명령대로 밖으로 나갔다.

발레리야는 침실에서 여전히 고단하게 잠들어 있었다. 그녀의 얼굴에는 한층 안도의 빛이 감돌고 있었다. 파비는 옷을 입은 채 창가에 턱을 괴고 앉아 다시 생각에 잠겼다. 훤히 밝은 아침 하늘에 떠오르기 시작한 태양이 그를 비쳐 주었지만, 파비는 그대로 그 자리에 앉아 있었다. 발레리야도 잠에서 깨어나지를 않았다.

11

파비는 발레리야가 일어나는 것을 기다렸다가 함께 페르라라로 떠나리라 생각하고 있었는데, 갑자기 침실 문을 두드리는 가벼운 노크 소리가 들려 왔다. 나가 보니 별장 관리인인 안토니오 노인이었다.

"나리," 노인은 말했다. "방금 말레이인이 와 가지고, 무츠이 나리께서 병이 나서 일단 가구와 함께 시내로 옮기고 싶다고 말합니다. 그래서 짐을 나르기 위해 인부를 보내 달라는 것입니다. 게다가 정오까지 짐 실을 말과 사람이 탈 말, 그리고 몇 사람의 안내인을 보내달라고 하는데, 주인님 의향은 어떠신지요?"

"말레이인이 그런 말을 하던가?" 파비가 물었다. "어떻게 말할 수 있어? 그는 벙어리인데."

"이 종이를 보십시오, 나리! 그것은 이탈리아어로 씌어 있는데, 하나도 틀린 데가 없습니다."

"자넨 무츠이가 병이 났다고 말했지?"

"네, 대단히 중환이신 모양입니다. 그래서 면회도 할 수 없다더군요."

"의사를 오라고 사람을 보냈나?"

"아니오. 말레이인이 안 된다고 합니다."

"그래, 이건 말레이인이 쓴 건가?"
"네, 그분이 쓴 것입니다."
파비는 한동안 말이 없었다.
"그럼, 도와드리도록 해." 그는 마침내 이렇게 말했다.
안토니오는 물러났다.

파비는 이상한 눈길로 노인의 뒷모습을 바라보았다. '그럼 죽지 않았구나?' 그는 이렇게 생각하고, 이런 경우에 기뻐해야 좋을지 슬퍼해야 좋을지 갈피를 잡을 수 없었다. 병이 났다니? 바로 몇 시간 전만 해도, 그는 분명히 무츠이를 죽은 사람으로 보지 않았던가.

파비는 발레리야에게로 돌아왔다. 그녀는 눈을 뜨고 머리를 들었다. 두 사람은 의미심장한 눈초리로 서로 한참 동안이나 바라보았다.

"그분은 안 계시나요?" 발레리야가 문득 이렇게 물었다.
파비는 부르르 몸을 떨었다.
"어때요……안 계셔요? 여보……그분은 떠나셨나요?" 그녀는 말을 이었다.

파비는 안도의 숨을 내쉬고, "아니 아직 있다오, 그러나 오늘 떠날 거요."

"앞으로 저는 언제까지나, 언제까지나 그분을 만나지 않을 테죠?"

"그렇소, 언제까지나!"
"그 꿈도 다시는 꾸지 않겠죠?"
"안 꿀 거요!"
발레리야는 기쁜 나머지 다시 깊은 한숨을 몰아쉬었다. 행복스런 미소가 그녀의 입가에 떠올랐다. 그녀는 남편에게 두 손을 내밀었다.

"우리도 이제부턴 그분에 대해서 절대로 말하지 않기로 해요, 네, 여보. 그리고 전 그분이 떠날 때까지는 이 방에서 나가지 않겠어요. 제 몸종을 이리로 보내 주세요……. 잠깐만! 여보, 저걸 집어 주세요." 그녀는 화장대 위에 놓여 있는 무츠이에게서 받은 진주목걸이를 가리키며,

"그것을 빨리 가장 깊은 우물 속에 던져 버리세요! 여보, 저를 좀 안아 줘요. 전 당신의 발레리야예요. 그리고 여보, 그분이 떠날 때까지는 저한테 오지 말아 주세요."

파비는 목걸이를 들고 —그에게는 진주가 투명해 보이지 않았다— 아내의 부탁대로 실행했다. 그는 멀리서 별관 쪽을 바라보며 정원을 산책했다. 별관 주위에선 벌써 짐을 꾸리고 있었다. 짐을 나르는 하인도 있고, 마차에 말을 다는 사람도 있었다. 그러나 그들 속에서 말레이인의 모습은 찾아 볼 수 없었다. 참기 힘든 감정이 한 번 더 별관 안의 상태를 살피도록 파비를 유혹했다. 그는 문득 정자 뒤에 비밀 문이 있다는 것을 상기하고, 그 문을 통해 가면 오늘 아침 무츠이가 누워 있던 방으로 통할 수 있으리라 생각했다. 파비는 살금살금 문으로 걸어갔다. 다행히 문은 잠겨 있지 않았다. 파비는 묵직한 커튼을 젖히고, 겁에 질린 시선을 던졌다.

12

무츠이는 이미 양탄자 위에 누워 있지 않았다. 그는 값비싼

옷을 입고 안락의자에 앉아 있었다. 그러나 파비가 처음 보았을 때와 같이 무츠이는 송장과 다름없었다. 돌처럼 무거운 머리는 안락의자 뒤에 늘어지고, 손바닥을 위로 하여 뻗은 노르스름한 두 손은 무릎 위에서 움직이지 않았다. 가슴은 웅크린 채 올라오지 않는다. 안락의자 주위, 건초가 흩어진 마루 위에는 액체가 든 몇 개의 평평한 잔이 놓여 있었다. 그 안에서는 지독히 독한, 숨막힐 듯한 냄새가 풍겨 나오고 있었다. 모든 잔마다 그 주위에는, 자그마한 구릿빛 뱀이때때로 금빛 눈을 반짝이면서 둘둘 말려 있었다. 그리고 무츠이 바로 앞에는 두어 걸음 가량 간격을 두고 말레이인의 기다란 모습이 우뚝 서 있었다. 그는 알록달록한 양단 두루마기에 뱀 꼬리로 허리를 묶고, 머리에는 뿌리가 돋은 관 모양의 높다란 모자를 쓰고 있었다. 그러나 그는 우두커니 서 있는 것이 아니었다. 정중히 꿇어 엎드려 기도를 드리는가 하면, 다시 온몸을 꼿꼿이 일으켜서 발꿈치로 서기도 했다. 혹은 알맞게 손을 벌려서는 열심히 무츠이를 향해서 움직이기도 했다. 그러고는 위협을 하는지, 명령을 하는지 눈썹을 찌푸리고, 발을 동동 구르기도 했다. 이와 같은 모든 동작은 대단한 노력과 고통이 필요한 것 같았다. 말레이인의 호흡은 거칠어지고, 그의 얼굴에선 땀이 흘러내렸다. 별안간 그는 장승처럼 얼어붙더니, 가슴 가득 공기를 들이마시고 이맛살을 찌푸리며 말고삐라도 쥔 듯이 힘 있게 움켜잡은 손을 천천히 자기 쪽으로 끌어당겼다. 그러자 파비는 깜짝 놀랐다. 무츠이의 머리가 천천히 안락의자의 등을 떠나, 말레이인의 손이 움직이는 대로 끌려오지 않는가. 말레이인이 손을 놓으니, 무츠이의 머리는 덜컥 뒤로 자빠졌다. 말레이인이 운동을 반복하자 온순한 머리도 그를 따라 운동하는 것이었다. 그러는 사이에 잔 속의 검정 액체는 끓어오르고, 잔 그 자체도 가냘픈 소리를 내며 울리기 시작했다. 그리고 구릿빛 뱀들은 잔 주위에서 구불구불 물결쳤다. 그때 말레이인은 한 걸음 앞으로 나서서, 눈썹을 높이 치켜올리고 눈을 크게 부릅뜨고는 무츠이의 머리를 흔들었다. 그러자 죽은 사람의 눈가죽이 바르르 떨리면서 서서히 열려지고, 그 밑에서 납처럼 흐릿한 눈동자가 나타났다. 말레이인의 얼굴은 개선장군처럼 능글맞은 웃음으로 빛났다. 그는 입을 커다랗게 벌리고, 길게 끄는 신음 소리를 간신히 목구멍 속에서 끊어 버렸다. 무츠이의 입술도 같이 열려졌다. 그리고 짐승 같은 말레이인의 외침에 응해서, 그의 입술에서는 약한 신음 소리가 새어나왔다.

한편, 파비는 더이상 참을 수가 없었다. 그는 어떤 악마의 저주 속에 휩쓸려 든 듯한 느낌을 받았다. 그래서 파비도 같이 고함을 지르고, 뒤돌아보지도 않고 기도를 드리면서, 성호를 그으면서 쏜살같이 집으로 도망쳐 왔다.

13

약 세 시간 후, 안토니오가 와서 모든 준비가 끝나고 짐도 정리돼서 무츠이 나리께서 떠날 차비를 하고 있다고 알려 주었다. 파비는 노인에게 아무 말도 하지 않고 테라스로 나왔다. 짐을 실은 몇 필의 말이 별관 앞에 모여 있었고, 바로 현관 옆에는 건장한 검정말이 두 사람을 태울 만한 넓은 안장을 얹은 채서 있었다. 거기에는 또한 머리에 아무것도 쓰지 않은 몇 명의 하인들과 무장을 한 안내인도 서 있었다. 이윽고 별관의 문이 열리고, 다시 평복으로 갈아입은 무츠이가 말레이인의 부축을 받으며 나왔다. 그 얼굴은 죽은 사람의 얼굴이다. 그리고 손도 송장처럼 힘없이 늘어져 있다. 그러나 그는 발을 옮겼다. 사실이다! 그는 발을 옮겼다. 사실이다! 그리고 말에 올라 몸을 바로 세웠을 뿐만 아니라 손을 더듬어 말고삐를 잡았다. 말레이인은 그의 발을 발판에 괴고, 자기는 그의 뒤 안장으로 뛰어올라, 무츠이의 허리를 안았다. 이윽고 행렬이 움직이기 시작했다. 말들이 걸음을 옮겨 바로 집 앞을 돌아가려 할 때, 파비는 무츠이의 까만 얼굴에서 두 개의 하얀 반점이 번쩍이는 것을 보았다. 이것은 틀림없이 무츠이가 그에게 눈동자를 돌린 것이리라. 말레이인만은 파비에게 인사를 했다. 그러나 여전히 비웃는 듯한 태도였다.

발레리야도 이 모든 광경을 보았을까? 그녀의 창문은 닫혀 있었다. 그러나 그녀는 창문 뒤에 서 있었을지도 모른다.

14

점심때, 그녀는 식당으로 왔다. 몹시 안정되고 명랑한 빛이었다. 하지만 아직도 피곤하다고 불평을 늘어놓았다. 이제 그녀에게는 불안이라는 것이 없었다. 예전에 줄곧 느끼던 놀라움도 공포심도 없었다. 무츠이가 떠난 다음 날, 파비가 그녀의 초상화에 착수했을 때, 그는 그녀의 모습에서 다시 순결한 표정을 찾을 수 있었다. 그는 한동안 그 모습을 잃어버려서 얼마나 괴로워했던가. 그런데 지금은 붓도 저절로 캔버스를 따라 가볍게 달렸다.

부부는 다시 예전의 생활로 되돌아왔다. 무츠이는 이 세상에 존재하지 않았던 것처럼 그들에게서 사라지고 말았다. 파비도 발레리야도 무츠이에 대해서 한 마디도 상기하지 않기로 약속했다. 그리고 그의 장래의 운명에 대해서도 결코 묻지 않기로 했다. 그렇지만 무츠이의 운명은 다른 모든 사람에게도 비밀로 남아 있었다. 무츠이는 땅 속으로 들어간 듯 소멸하고 만 것이다. 어느 날 파비는 그날밤에 일어났던 숙명적인 사건을 발레리야에게 이야기해야 되겠다고 느꼈다. 그러나 그녀는 남편의 의향을 알았음인지 숨을 죽이고, 마치 무슨 타격이라도 기다리는 듯 눈을 가늘게 뜨는 것이었다. 그래서 파비도 그녀의 심정을 이해하고 결국 그 타격을 가하지 못하고 말았다.

 어느 아름다운 가을 밤, 파비는 성 체치리야의 초상화를 완성했다. 발레리야는 풍금 앞에 앉아 있었다. 그녀의 손가락은 건반 위로 미끄러졌다. 그런데 문득, 자기도 모르게 손 끝에서 언젠가 무츠이가 들려 주던 그 사랑의 개가가 울려 나왔다. 그리고 이 순간, 그녀는 결혼 후 처음으로 새롭게 움트기 시작한 생명의 고동을 마음속에 느꼈다. 그녀는 몸부림을 치며 손을 멈추었다.

 "내가 왜 이럴까? 아니, 그렇다면……."

 이것으로 옛 기록은 끝나고 있다.

꿈

1

 나는 그때 어머니와 함께 해변의 자그마한 도시에서 살고 있었다. 나는 열일곱 살이었지만, 어머니는 무척 일찍 시집 갔던 탓으로 아직 서른다섯을 넘지 못했었다. 아버지가 돌아가셨을 때, 나는 겨우 일곱 살이었다. 그러나 나는 아버지를 잘 기억하고 있었다. 어머니는 자그마한 키에 금발 머리를 한 아름다운 여자였지만, 언제나 수심에 찬 얼굴과 피로에 지친 듯한 나직한 목소리를 가지고 있었다. 그리고 하나하나의 동작에서도 겁에 질린 듯한 불안을 엿볼 수 있었다. 어머니는 젊을 때부터 평판 높은 미인인데다가 마음씨가 고와서 여자의 매력을 혼자서 독차지하고 있었다. 나는 어머니보다 파랗고 부드럽고 슬픈 눈을, 어머니보다 가늘고 보드라운 머리칼을, 그리고 그와 같이 아름다운 손을 다른 사람에게서 찾아보지 못했다. 나는 어머니를 존경했고, 어머니는 나를 사랑했다. 그러나 우리들의 생활은 즐겁지 못했다. 그것은 저절로 생긴, 치료할 수도 없는 이상한 비애가 점점 어머니의 마음속을 파고들었기 때문이다. 이 비애는 아버지에 대한 슬픔만으로 설명될 수는 없었다. 그녀는 그만큼 아량이 있었던 것도 아니고, 그렇게 열렬히 아버지를 사랑했던 것도 아니다. 그리고 아버지에 대한 추억이 그렇게 소중했던 것도 아니다. 그렇다! 여기에는 내가 이해할 수 없는 그 무엇이 숨어 있었다. 그렇지만 나는 움직이지 않는 잔잔한 눈이며, 역시 움직일 줄 모르는 부드럽게 다문 아름다운 입술, 그러나 영원히 얼어붙은 듯한 그 입술을 바라볼 때면, 흐릿하나마 강력한 그 무엇을 느낄 수 있었다.

나는 어머니가 나를 사랑했다고 말했다. 그러나 어머니는 내 존재가 참을 수 없이 귀찮아서 나를 멀리할 때가 한두 번이 아니었다. 그럴 때마다 어머니는 나에 대한 증오가 본심에서 우러나온 것이 아니라는 듯이 몸부림을 치며 두려워했고, 나중엔 눈물로써 뉘우치며 나를 자기 품에 껴안아 주었다. 나는 이러한 적의(敵意)의 불꽃이 발작적으로 일어나곤 하는 것은 어머니의 건강이 좋지 않고, 불행한 때문이라고 생각했다. 사실 이러한 적의는 대개의 경우, 이해할 수 없는 이상한 증오감의 발작에 의해서 일어난다고 설명할 수도 있으리라. 나 자신의 경우에도 마음속에서 가끔 이런 발작이 일어날 때가 있다. 그러나 이러한 발작과 어머니가 나를 싫어할 때의 증오감하고는 동일한 것이 아니었다. 어머니는 상복을 입은 것처럼 언제나 검정 옷을 입고 다녔다. 우리는 별로 아는 사람이 없었지만 그래도 남부럽지 않게 호화로운 생활을 하고 있었다.

2

어머니는 내게 온갖 정력과 배려를 아끼지 않았다.
그녀의 생명은 곧 나의 생명이었던 것이다. 부모와 자식 사이의 이러한 관계는 반드시 애들에게 유익한 것은 아니다. 그것은 도리어 애들에게 해로울 때가 있다. 게다가 나는 어머니의 외아들이었다. 그리고 외아들이라는 것은 대개 잘못되기 쉬운 것이다. 부모들은 자식을 기르면서 자기 몸처럼 애지중지 귀여워한다. 이것이 잘못인 것이다. 나는 어리광을 부리지도 않았고, 그렇다고 고집을 부린 것도 아니다.(그 점이 다른 외아들과 달랐다) 그러나 나의 신경은 어릴 때부터 건전하지 못했다. 게다가 몸도 어머니를 닮아 매우 허약했고, 얼굴 생김도 어머니와 몹시 흡사했다. 나는 내 나이 또래의 친구들과 어울리지 않았다. 으레 나는 사람들을 피해 다녔고, 어머니와도 잘 이야기하지 않았다. 나는 책을 읽으며 혼자서 산책하는 것을, 그러면서 공상에 잠기는 것을 무척 좋아했다. 나의 공상이 어떤 것이었는지 말하기는 힘들다. 때때로 나는 신비로운 비밀이 깃든 어느 방문 앞에 서 있는 듯이 느껴질 때가 있었다. 그 문은 반쯤 열려 있다. 나는 무엇을 기다리며 생각에 잠긴다 ―나는 문지방을 넘어서지 않는다― 그러면서도 끈기 있게 저 방엔 무엇이 있을까 하고 사색해 보았다. 기다리다 못해 나중엔 정신이 흐릿해진다. 아니 어떤 때는 그러다가 잠들고 만다. 만일 이때, 내 마음속에 시흥(詩興)이 떠올랐다면, 나는 틀림없이 시인이 되었으리라. 그리고 만일 신에 대한 공경심이 일어났다면 아마 수도승이 되고 말았으리라. 그러나 내게는 그런 것이 없었다. 나는 공상을 계속했다. 그러면서 끈기 있게 기다리는 것이었다.

3

나는 지금 모호한 생각과 공상에 잠긴 채 잠들던 것을 회상해 본다. 나는 대체로 잠이 많았다. 그리고 꿈은 내 인생에서 커다란 역할을 하고 있었다. 나는 거의 매일 밤 꿈을 꾸었다. 나는 그것을 잊지 않고 꿈마다 해석을 붙였다. 그리고 그 신비로운 꿈을 해몽하려 애쓰면서 여러 가지로 예언을 해보는 것이었다. 그 가운데서도 어떤 꿈은 나 자신이 이상해서 놀랄 정도로 자꾸만 반복되었다. 특히 한 가지의 꿈은 나를 당황케 만들었다. 나는 허술한 도시의 비좁고 더러운 포장도로를 따라 걸어가고 있는 것 같은 생각이 들었다. 내 좌우편에는 지붕 끝이 뾰족한 고층 석조건물이 솟아 있었다. 나는 살아 계시는 나의 아버지를 찾고 있었다. 그러나 어떻게 돼서인지, 아버지는 우리 곁을 떠나 이 석조건물 가운데 어느 집에 살고 있는 것이다. 이윽고 나는 캄캄하고 나직한 문으로 들어가서, 통나무와 판자로 가득 차 있는 기다란 정원을 가로질러, 나중엔 둥그스름한 두 개의 창문이 달린 자그마한 방으로 들어섰다. 나의 아버지는 슐라프록(방에서 입는 옷)을 입고 방 한복판에 서서 고불통을 태우고 있었다. 그는 나의 진짜 아버지하고는 조금도 닮은 데가 없었다. 그는 키가 크고 말라 빠졌으며, 검은 머리에 낚시코를 하고, 우울하면서도 날카로운 눈을 한 사십 남짓한 사나이였다. 그는 내가 자기를 찾은 것을 좋아하지 않았다. 나 역시 우리들의 상봉을 조금도 기뻐하지 않았다. 나는 어리둥절해하며 서 있을 뿐이다. 그는 살며시 몸을 돌리고 무슨 말을 중얼거리며, 앞뒤로 천천히 왔다갔다 하기 시작한다. 그 다음 그는 얼마간 멀어진다. 그런 나 역시 계속해서 중얼거리며 쉴 새 없이 어깨너머로 뒤돌아본다. 갑자기 방이 넓어지고, 방 전체가 안개 속에 잠긴다. 나는 다시 아버지를 잃어버릴 생각을 하자 그만 두려움이 앞서서 아버지를 쫓아 달려나간다. 그러나 나는 아버지를 찾지 못한다. 다만 성난, 마치 곰의 신음 소리와도 같은 그의 중얼거리는 소리가 들려올 따름이다. 나의 심장은 고동을 멈춘다. 나는 눈을 뜬다. 그리고 오랫동안 잠을 이루지 못한다. 이튿날 나는 하루 종일 이 꿈에 대해서 생각해 본다. 그러나 물론 아무것도 생각해 낼 수 없었다.

4

6월이 다가왔다. 어머니와 내가 살고 있는 도시는 이때 이상하리만큼 활기를 띠었다. 부둣가에 많은 배들이 들어와서, 거리에 낯선 사람들의 모습이 많았던 것이다. 그럴 때, 나는 찻집과 여관들이 늘어선 부둣가를 거닐기를 좋아했다. 가지각색 수부(水夫)들의 모습이며, 아마포(亞麻布) 천개(天蓋) 밑 하얗고 조그만 탁자 앞에 앉아서, 가득 들어 있는 누런 맥주 잔을 들이키는 사람들을 한참이나 넋을 잃고 바라보곤 하였다.

그런데 어느 날 어떤 찻집 앞을 지나고 있을 때, 나는 갑자기 내 주의를 사로잡는 어떤 사람을 보았다. 기다란 검정 저고리에 눈 밑까지 밀짚모자를 눌러쓴 그 사람은 가슴 위에 팔짱을 낀 채 움직이지 않고 앉아 있었다. 보드랍고 새까만 앞머리는 거의 코 밑까지 늘어지고, 가느다란 입술은 짤막한 고불통을 물고 있었다. 나는 그 사람 앞에 걸음을 멈추지 않을 수 없었다. 그리고 '이 사람은 누굴까? 나는 어디서 그를 보았을까?' 하고 자문하지 않을 수 없을 만큼 그분은 낯익은 사람같이 보였다. 거무죽죽하고 누런 그의 얼굴 하나하나의 윤곽하며 전체적인 모습이 틀림없이 내 기억 속에 남아 있었던 것이다. 그는 나의 뚫어질 듯한 눈초리를 짐작했는지 자기의 까만, 쏘는 듯이 날카로운 눈을 내게로 돌렸다. 그 순간, 나는 소스라치게 놀라며 가느다란 비명을 올렸다.

그 사람은 바로 내가 꿈 속에서 보고 꿈 속에서 찾던 아버지가 아닌가!

틀림없는 그 사람이었다. 너무나 흡사함에 놀랄 지경이었다. 그의 여윈 몸을 감싸고 있는 기다란 저고리의 빛깔과 모양까지, 나의 아버지가 꿈 속에 나타날 때 입고 나오는 그 슐라프록을 연상케 했다.

'내가 꿈을 꾸고 있는 게 아닐까?' 나는 생각했다. 아니다. 지금은 낮이다. 주위에서는 사람들이 웅성거리고, 맑게 개인 하늘에선 태양이 빛나고 있다. 그리고 내 앞에 있는 사람은 환영이 아니라 살아 있는 사람인 것이다.

나는 빈 탁자로 걸어가서 한 잔의 맥주와 신문을 청했다. 그리고 그 수수께끼의 인물에게서 멀지 않은 곳에 자리를 잡았다.

5

나는 신문지를 얼굴 높이로 쳐들고 계속해서 그 사람을 쳐다보고 있었다. 그는 옴쭉달싹 않고 앉아서, 때때로 힘없이 늘어진 머리를 치켜올릴 뿐이었다. 그는 누구를 기다리고 있는 것이 분명했다. 나는 바라보고 또 바라보았다. 가끔 이런 생각도 하였다. 이것은 모두 내가 꾸며 낸 부질없는 장난이다. 절대로 똑

같은 사람이 있을 수 없다. 나는 본의 아닌 상상에 기만당하고 있는 것이다. 그러나 '그 사람'은 갑자기 의자 위에서 약간 몸을 돌렸다. 그리고 살며시 손을 올렸다. 나는 하마터면 또 다시 소리칠 뻔했다. 나는 다시금 내 앞에서 '꿈 속의' 아버지를 보았기 때문이다! 그는 마침내 나의 귀찮은 시선을 눈치 챈 모양이었다. 처음엔 어리둥절해하더니 나중엔 기분 나쁜 눈초리로 나를 흘겨보고는 자리에서 일어서려고 했다. 그 순간 의자에 기대 세웠던 짤막한 지팡이가 떨어졌다. 나는 벌떡 뛰어 일어나 지팡이를 주워서 그분에게 내주었다. 나의 가슴은 세게 울렁거렸다! 그는 계면쩍은 미소를 띠며 내게 감사하다는 인사를 하고, 자기 얼굴을 내 얼굴 옆으로 다가 대고는, 마치 무엇에 놀란 사람 모양 눈썹을 치켜뜨며 벙긋이 입을 열었다.

"젊은 양반, 당신은 매우 친절하시군요." 갑자기 그는 메마르고 날카로운 코맹맹이 소리로 말하기 시작했다. "요즈음 세상에선 드문 일입니다. 당신이 훌륭한 교육을 받았다는 것을 축하하고 싶습니다."

그때 나는 그분에게 뭐라고 대답했는지 기억할 수 없다. 그러나 우리들 사이에는 곧 이야기가 진행되었다. 나는, 그분이 우리 러시아인이라는 것, 여러 해 동안 미국에서 살다가 최근에야 돌아왔다는 것, 그리고 얼마 안 있어서 다시 미국으로 떠나야 한다는 사실들을 알았다. 그는 자기를 남작(男爵)이라고 했다. 나는 그의 이름을 똑똑히 기억할 수 없었다. 그는 나의 '꿈 속의' 아버지처럼 이야기를 마칠 때마다 무엇인지 알아들을 수 없게 입 속으로 중얼거리는 것이었다. 그는 나의 성을 알았으면 좋겠다고 말했다. 나의 성을 듣자, 그는 또다시 흠칫 놀라는 기색을 보였다. 그 다음 그는, 이 도시에 산 지는 얼마나 됐으며, 누구하고 사느냐고 물었다. 나는 어머니와 함께 살고 있다고 대답했다.

"그럼 아버지는?"

"아버지는 오래 전에 돌아가셨습니다."

그는 나의 어머니의 교회명(教會名)에 대해서 묻고, 갑자기 싱겁게 웃음보를 터뜨렸다. 그러나 곧 자기에게는 미국 습관이 몸에 배어 있다는 것과 대체로 자기는 여간 괴벽한 사람이 아니라는 것을 말하면서, 내게 사과하는 것이었다. 그 다음 그는 우리 집이 어디에 있는지 알고 싶다고 말했다. 나는 그에게 집을 가르쳐 주었다.

6

우리들이 맨처음 이야기할 때 내 마음을 사로잡았던 흥분은 점점 가라앉기 시작했다. 나는 우리들의 친근이 얼마나 기이한가를 생각해 보았다. 사실이었다. 남작은 내게 물어 볼 때 시종 미소를 띠고 있었다. 나는 그 미소가 마음에 들지 않았다. 그리고 그 찌를 듯이 날카로운 눈초리 역시 마음에 들지 않았다. 그 속에는 교활하면서 동정이 깃든 듯한 그 무엇이 있었다. 무엇인지 기분 나쁜 것이 있었다. 나는 꿈 속에서도 그런 눈은 보지 못했다. 그리고 남작은 이상한 얼굴을 하고 있었다! 가슬가슬하게 시들고 피로해 보이는 듯한 얼굴이었으나, 나이보다는 훨씬 젊어 보였다. 나는 그 젊어 보인다는 것이 싫었다! 그리고 나의 '꿈 속의' 아버지는 그 사람같이 깊은 상처를 가지고 있지도 않았다. 내가 새로 알게 된 남작의 이마에는 커다란 상처가 이마 전체를 비스듬히 가로지르고 있었다. 나는 남작 곁으로 다가서기 전까지도 그 상처를 알지 못했던 것이다.

내가 사는 거리 이름과 집 호수를 남작에게 이야기하고 있을 때, 바로 코 밑까지 코트를 뒤집어 쓴 후리후리한 흑인 한 사람이 뒤에 다가와선 조용히 남작의 어깨를 두드렸다. 남작은 뒤돌아보았다. 그리고는 "아아! 결국 왔군!" 하고 중얼거렸다. 그는 내게 살짝 머리를 끄덕이고 흑인과 함께 다방으로 들어갔다. 나는 천개 밑에 남아서 남작이 나오기를 기다렸다. 다시 그와 함께 이야기하기 위해서가 아니라 ─사실, 나는 그 사람하고 무슨 말을 해야 할지조차 모르고 있었다─ 그의 첫인상을 다시 한 번 검토해 보기 위해서였다. 그러나 반 시간이 지나고 한 시간이 지나도 남작은 나타나지 않았다. 나는 다방으로 들어가서 이 방 저 방 찾아 다녔다. 그러나 남작과 흑인의 모습은 어느 곳에서도 찾아볼 수 없었다. 그들 두 사람은 뒷문을 거쳐 나간 듯했다.

나는 머리가 아프기 시작했다. 그래서 시원한 바람이나 쏘이려고 해변가를 따라 널찍한 교외의 공원으로 향했다. 이 공원은 2백 년 전에 가꾸어진 것이었다. 나는 커다란 참나무와 플라타너스 그늘에서 두어 시간 가량 산책을 하고 집으로 돌아왔다.

7

현관에 다다르자, 하녀가 부리나케 나를 맞아 뛰어나왔다. 몹시 겁에 질린 표정이었다. 나는 하녀의 얼굴을 보고, 내가 없는 사이에 무엇인지 심상치 않은 일이 일어났다는 것을 이내 알아차릴 수 있었다. 그리고 그것은 사실이었다. 나는 한 시간 전에 어머니의 침실에서 갑자기 무서운 비명이 일어났다는 것을 알았다. 황급히 달려간 하녀는 마루에 쓰러져 있는 어머니를 발견했다는 것이다. 어머니의 실신 상태는 몇 분 동안 계속되었다. 이윽고 어머니는 정신을 차렸다. 그러나 그녀는 침대에서 일어날 수 없었다. 겁에 질린 그녀의 모습은 보통때와 달랐다. 한 마디도 하지 않고, 질문을 해도 대답하지 않았다. 줄곧 뒤돌아보며 부들부들 떨고 있을 뿐이었다. 하녀는 정원사를 시켜 의사를 불러오게 했다. 의사가 왔다. 그는 진정제를 처방해 주었다. 그러나 어머니는 의사에게도 말하고 싶어하지 않았다. 정원사는, 어머니 방에서 비명이 들려 오고 나서 생면 부지의 사람이 정원 화단을 넘어 바깥문으로 황급히 도망치는 것을 보았다고 말했다.(우리는 창문을 통해서 널따란 정원으로 드나들 수 있는 단층집에 살고 있었다) 정원사는 그 사람의 얼굴을 살펴볼 수 없었지만, 홀쭉 여윈데다가 납작한 밀짚모자를 쓰고, 기다란 프록코트를 입고 있었다는 것이다. '남작의 옷이다!' 나의 머리에는 퍼뜩 이런 생각이 앞섰다. 정원사는 그 사람을 따라갈 수 없었다. 그런데다 급히 집 안에서 그를 불러 의사를 데려오라고 보냈던 것이다.

나는 어머니 방으로 들어갔다. 어머니는 침대 위에 누워 있었다. 어머니의 머리는 새하얀 베개 위에 맥없이 늘어져 있었다. 어머니는 나를 알아보고, 엷은 미소를 지으며 손을 내밀었다. 나는 어머니 곁에 앉아서 여러 가지를 물어 보기 시작했다. 맨처음 어머니는 모든 것을 부정했다. 그러나 나중엔 무엇인지 아무 무서운 것을 보았다고 고백했다. "어떤 사람이 이 방으로 들어왔지요?" 나는 물었다. "아니," 어머니는 재빨리 대답했다. "아무도 들어온 사람은 없었다. 그러나 나는 보았어……꿈에서 봤겠지……." 어머니는 말을 멈추고 손으로 눈을 가렸다. 나는 정원사한테서 들은 이야기를 어머니에게 전하려고 했다. 그리고 남작과 만난 이야기까지도……. 그러나 어째서인지 말이 나오려다 입술에 얼어붙고 말았다. 그렇지만 나는 환영이라는 것은 절대로 낮에 나타나는 일이 없다는 것을 어머니에게 말하리라 결심했다.
"저리 가," 어머니가 속삭였다.
"제발 나를 괴롭히지 말아 다오. 너도 언젠가는 알게 될거야……." 어머니는 다시 입을 다물었다.
어머니의 손은 싸늘했고, 맥박은 거칠게 뛰놀고 있었다. 나는 어머니에게 약을 마시라고 드리고, 어머니를 안정시키려고 그 자리에서 약간 옆으로 물러났다. 하루종일 어머니는 자리에서 일어나지 않았다. 그녀는 움직이지 않고 조용히 누워 있었다. 다만 이따금씩 깊은 한숨을 몰아쉬며 휘둥그렇게 눈을 떠볼 뿐이었다. 집안 사람들은 모두 어쩔 줄 몰라했다.

8

밤이 되자, 어머니는 약간 열이 오르기 시작했다. 어머니는 나를 물러가게 했다. 그러나 나는 내방으로 가지 않고, 윗방에 있는 긴 의자에 누웠다. 나는 15분마다 일어나서 발끝으로 문에 다가가서는 귀를 기울였다. 여전히 방 안은 조용했다. 그날 밤 어머니는 가까스로 잠들 수 있었다. 아침 일찍 어머니 방으로 가 보니 어머니의 얼굴은 불에 타는 듯했고, 눈은 이상한 빛으로 반짝이고 있었다. 낮 동안 어머니의 열은 다소 가라앉았다 밤이 되자 다시 오르기 시작했다. 어머니는 지금까지 한 마디도 말이 없었으나, 갑자기 숨찬 어조로 재빨리 말하기 시작했다. 헛소리를 하는 것이 아니었다. 어머니의 말 속엔 무슨 뜻이 숨어 있었다. 그러나 순서가 없는 말이었다. 자정이 가까워 올 무렵, 어머니는 별안간 경련을 일으키며 자리에서 일어났다.(나는 어머니 옆에 앉아 있었다) 그리고는 쉴 새 없이 컵으로 물을 들이키며 기운 없이 손을 흔들면서, 나를 바라볼 생각도 하지 않고 역시 아까와 같은 빠른 어조로 말하기 시작했다. 어머니는 말을 멈추었다. 그러나 다시 힘을 모아 이야기를 계속했다……정말 이상한 일이었다. 어머니는 마치 꿈을 꾸고 있는 것 같았다. 마치 자기 자신이 아니라 누군가 다른 사람이 어머니의 입을 빌려서 말하고 있지 않으면, 어머니로 하여금 그렇게 말을 시키고 있는 듯이 느껴졌다.

9

"자, 들어라, 말할 테니." 어머니가 말하기 시작했다. "너도 이젠 철없는 어린애가 아니니까, 모든 것을 알아 둬야 한다. 내게는 아주 다정한 친구가 한 사람 있었다. 그 여자는 자기가 진심으로 사랑하던 남자와 결혼을 했어. 그 여자는 자기 남편과 함께 무척 행복했단다. 결혼한 첫해에 그들 신혼 부부는 몇 주일 동안 휴양하며 즐기려고 서울로 올라갔다. 그들은 훌륭한 여관에 머물면서 자주 극장과 집회소를 돌아다녔어. 내 친구는 참 얼굴이 예쁜 여자였다. 보는 사람마다 그렇게 생각했단다. 그래서 많은 청년들이 그 여자 뒤를 따라다니곤 했는데, 그 중에서도 한 사람의 장교가 있었다. 그 장교는 지독히 귀찮게 친구 뒤를 따라다녔단다. 어디를 가나 내 친구는 검고 심술궂은 그의 눈을 피해 다닐 수가 없었다. 그 사람은 내 친구하고 인사한 적도 없고 얘기 한 마디 해본 적도 없이 그저 내 친구를 바라볼 뿐이었단다. 이렇게 뚫어질 듯이 이상하게 말이다. 그러니 수도의 여러 가지 즐거움도 그 사람 때문에 완전히 잡치고 말았어. 그래서 내 친구는 하루속히 떠나자고 남편을 조르기 시작했단다. 이미 모든 여행 준비가 갖추어졌다. 그런데 어느 날, 그 여자의 남편은 클럽으로 가게 됐어. 장교들이 트럼프를 치자고 초대한 거란다. 바로 그 사람과 같은 연대에 있는 장교들이 말이다. 그 여자는 처음으로 혼자 남게 됐단다. 아무리 기다려도 남편은 돌아오질 않았어. 내 친구는 하녀를 내려 보내고 침대에 누웠단다. 그런데 별안간 지독히 무서운 생각이 들었지. 그 여자는 온몸이 싸늘해지면서 부들부들 떨기까지 했다. 그리고 벽 뒤에서 가벼운 노크 소리가 들려 오는 듯한 생각이 들었어. ─개가 할퀴는 듯한 소리─ 그 여자는 그 벽 쪽을 바라보았단다. 구석에선 남포가 타고, 방 안은 전부 천으로 덮여 있는데……갑자기 거기서 무엇이 움직이며 벽이 올라가더니 환히 구멍이 생기지 않겠어……. 그리고 바로 벽 속에서, 새까맣고 후리후리한 무서운 사내가 흉악한 눈을 희번덕이며 나오지 않겠니! 그 여자는 고함을 치려고 했으나 그럴 수가 없었어. 그 여자는 무서움에 질려 완전히 정신을 잃어버리고 말았단다. 그 사나이는 맹수같이 그 여자에게 달려들어, 그 여자의 머리 위에 무슨 물건을 내던졌지. 무엇인지 질식할 듯한 무섭고 하얀……. 그 다음은 어떻게 됐는지 모른단다. 나도 모르겠어! 이건 죽음과도 같은 거야. 살인과도 같은 거야……. 이윽고 그 무서운 안개가 걷혔을 때 그 때 나는……그때 나의 친구는 제정신으로 돌아왔어. 방 안에는 아무도 없었어. 그래도 그 여자는 한참 동안 외칠 수가 없었단다. 그 다음 간신히 소리를 질렀지만……다시 정신을 잃고 말았어……. 얼마 후 정신을 차려 보니, 자기 옆에 남편이 와 있지 않겠니. 남편은 클럽에서 새벽 두 시까지 잡혀 있다가 돌아왔는데 그의 얼굴은 죽을 상이 되어 있었어. 그는 아내에게 물어 보기 시작했으나, 내 친구는 아무 말도 대답할 수 없었단다. 그 다음부터 그 여자는 병에 걸렸어. 그렇지만 혼자 방에 있게 되었을 때, 내 친구는 그전 일을 생각하고 벽 속의 그 장소를 검토해 보았단다. 그랬더니 천으로 덮인 벽 밑에 비밀의 문이 있지 않겠어.

그리고 그 여자의 손에 있던 약혼 반지가 온 데 간 데 없었어. 그 반지는 보통 것과 달리, 조그만 일곱 개의 금별과 역시 일곱 개의 은별이 서로 엇갈려 있는, 옛부터 전해 내려 오는 집안의 보배였단다. 남편은 아내에게 반지가 어디 갔냐고 물어 보았어. 그 여자는 아무 대답도 할 수 없었단다. 남편은 아내가 어쩌다가 잃어버렸으리라 생각하고 여기저기 찾아 보았으나 아무 데서도 발견되지 않았어. 남편도 우울증에 걸려서 될 수 있으면 빨리 집으로 돌아가겠다고 결심하게 됐단다. 그래서 의사가 떠나도 좋다는 진단을 내리기가 무섭게, 그들은 서울을 버렸어. 그런데 생각해 봐라! 그 떠나는 날, 그들은 거리에서 갑자기 어느 손수레와 마주쳤는데…… 그 손수레 위에는 방금 머리가 깨져 죽은 사람이 누워 있었어. 그런데 누군지 알겠니! 그 사람은 험상궂은 눈의 바로 그 무서운 밤손님이었어. 트럼프 노름 때문에 죽었다는 것이었어!

 그 다음 친구는 시골로 돌아와서 첫애를 낳고 몇 해를 남편과 함께 살았어. 남편은 그때까지도 아무것도 몰랐단다. 그 여자라고 남편에게 무슨 말을 할 수 있었겠니? 그 여자 자신도 아무것도 몰랐으니 말이다.

 그러나 예전의 행복은 사라지고 말았단다. 그들의 생활 속에 어둠이 깃들기 시작했어. 그리고 그 어둠은 일생 동안 사라지지 않았어. 그 다음부터 그들에게는 애가 없었단다. 그러니 그 아들은……."

 어머니는 몸부림을 치고 두 손으로 얼굴을 가렸다.

 "그런데 말해 봐." 어머니는 아까보다도 힘 있게 말을 이었다. "내 친구에게 무슨 죄가 있을까? 무엇 때문에 내 친구는 자기 자신을 비난해야 하니? 그 여자가 벌을 받았다고 하자. 그럼, 그 여자에겐 자신을 괴롭히는 벌이 정당하지 않다는 것을 신 앞에 선언할 권리가 없다고 생각하니? 어째서 그 여자는 양심의 가책 속에 허덕이는 죄인이 돼야 하니? 그리고 그렇게 오랜 세월이 흘렀는데도 어째서 그 여자에겐 과거의 일이 그토록 무섭게 느껴질까? 마크베트는 반코를 죽이고도 꿈에 볼 수 있을 만큼 태연한데……그런데 나는……."

 그러나 여기서 어머니의 말은 순서를 잃고 뒤범벅이 되고 말았다. 나는 어머니의 말을 귀담아 듣지 않았다. 이미 나는 어머니가 잠꼬대를 하고 있다는 것을 의심치 않았던 것이다.

10

 어머니의 이야기가 내게 얼마나 전율적인 인상을 가져다 주었던가. 나는 모든 것을 쉽게 이해할 수 있었다. 나는 어머니가 말하는 첫마디에서, 그것이 어머니의 어떤 친구에 대한 것이 아니라, 어머니 자신에 대한 이야기라는 것을 눈치챘던 것이다. 어머니의 실언(失言)은 다만 나의 억측을 확신시켜 주었을 따름이다. 내가 꿈 속에서 찾고, 또 현실에서 본 그 남작은 분명히 나의 진짜 아버지에 틀림없었다! 그는 어머니가 생각한 것처럼 죽은 것이 아니라, 다만 머리에 부상을 입었을 뿐이었다. 그래서 그는 어머니를 찾아왔다가 어머니가 놀라는 바람에 도망쳤던 것이리라. 갑자기 지나간 모든 일이 명백해지기 시작했다. 때때로 어머니 마음을 사로잡던 그 본의 아닌 증오감이며, 어머니에게서 사라질 줄 모르는 슬픔, 우리들의 고독한 생활……. 여러 가지 생각으로 해서 나의 머리는 빙글빙글 돌기 시작했다. 나는 두 손으로 꼭 붙들었다. 마치 제자리에 붙들어 두려는 듯이. 그러나 한 가지 생각은 확고했다. 나는 굳은 결심을 했다. 어떠한 일이 있어도 그 사람을 찾고야 말겠다고! 무엇 때문에? 무슨 목적으로? 나는 구태여 설명을 구하고 싶지 않았다. 그러나 찾는다는 것, 그 사람을 찾는다는 것은 내게 있어서 생사에 관계되는 문제였다! 이튿날 어머니는 겨우 안정되었다. 열도 내렸다. 어머니는 잠들어 있었다. 나는 하녀와 하인들에게 어머니를 돌보아 달라고 부탁하고 남작을 찾으러 나섰다.

11

 나는 무엇보다도 먼저 남작을 만났던 그 찻집으로 걸음을 옮겼다. 그러나 찻집에는 아무도 아는 사람이 없었고, 남작을 본 기억조차 안 난다는 것이었다. 그는 어쩌다가 우연히 그 찻집을 찾은 손님이었던 것이다. 주인은 흑인을 본 기억은 있다고 했다. 그의 모습이 너무나 눈에 띄었던 탓이리라. 그러나 그 사람이 누구며, 어디에 사는지 아는 사람은 없었다. 나는 만일의 경우를 생각해서 찻집에 집주소를 남겨 놓고, 선창가의 보도며 해변가의 거리 거리를 거닐면서 사람들이 모인 곳은 모조리 훑어 보았으나, 어느 곳에서도 남작이나 그의 친구나간에 그들과 비슷한 사람조차 발견할 수 없었다. 남작의 이름을 정확히 몰랐으므로 경찰에 가서 알아볼 수도 없었다. 그러나 나는 두서너 명의 경관에게 그 두 사람의 행방만 알 수 있다면, 그 노력에 대한 보수는 얼마든지 주겠다고 넌지시 일러 두었다.(물론, 그들은 놀라는 눈초리로 나를 바라볼 뿐 나를 완전히 믿으려고 들지 않았다. 그러나 나는 경관에게 될 수 있는 대로 자세히 두 사람의 용모를 설명해 주었다. 이렇게 해서 점심때까지 시간을 허비한 후 녹초가 되어 집으로 돌아왔다. 어머니는 침대에서 일어나 계셨다. 그러나 어머니의 일상적인 비애에는 새로운 무엇인지 모를 명상적인 의혹이 뒤섞이게 되었다. 그리고 그 의혹은 나의 가슴을 칼로 에는 듯했다. 나는 온 저녁나절을 어머니와 함께 앉아 있었다. 우리는 거의 아무 말도 하지 않았다. 어머니는 혼자서 트럼프를 치고 있었고, 나는 말없이 어머니가 트럼프 치는 것을 바라보고 있었다. 어머니는 자기 이야기에 대해서나,

어젯밤에 일어난 사건에 대해서는 일언 반구도 비치지 않았다. 우리 두 사람은 그 무섭고 괴이한 사건들을 서로 말하지 않기로 은연중에 약속이라도 한 듯이……. 어머니는 자기 자신에 화가 난 듯했다. 그리고 부질없이 흥분했던 것이 부끄럽기도 한 모양이었다. 그러나 그녀는 흥분 속에 제정신을 잃었을 때, 자기가 무슨 말을 했는지는 잘 모르고 있었음에 틀림없었다. 그렇기 때문에 어머니는 나에게 용서를 바랐으리라. 그리고 나는 아무 거리낌 없이 어머니를 용서해 주었던 것이다. 어머니도 그것을 느끼고 있었다. 어머니는 오늘도 어제처럼 나의 시선을 피했다. 나는 밤새 잠을 이룰 수 없었다. 별안간 밖에서 무서운 폭풍이 일기 시작했다. 바람은 아우성을 치며 험악하게 휘몰아쳤다. 유리창이 진동하며 마구 흔들렸다. 공중에서 절망적인 비명과 신음 소리가 들려 왔다. 마치 공중에서 무슨 물건이 파열하여 미친 듯이 통곡하며 요동하는 집 위를 날아다니는 것 같았다. 새벽녘에 나는 깜빡 잠들어 버렸다. 문득, 누군가 내 방으로 들어와 이름을 부르며 찾는 것 같은 생각이 들었다. 나직하였으나 힘 있는 목소리였다. 나는 머리를 들었다. 그러나 아무도 보이지 않았다. 이상한 일이다! 나는 놀랐다. 하지만 나는 오히려 기뻤다. 별안간 나의 머릿속에는 틀림없이 목적을 달성할 수 있을 것 같은 자신감이 생겼다. 나는 재빨리 옷을 입고 밖으로 나왔다.

12

폭풍은 멎었다. 그러나 아직 폭풍의 마지막 진동은 남아 있었다. 시간이 일러서인지 거리에는 사람 하나 얼씬하지 않았다. 연통의 파편, 기왓장, 산산조각 난 울타리의 널조각, 꺾어진 나뭇가지들이 여기저기 굴러다니고 있었다. '바다에선 밤에 무슨 일이 일어났을까!'—폭풍이 남기고 간 흔적을 보면서 나는 문득 이런 생각을 하였다. 나는 부둣가로 발을 옮기려고 했다. 그러나 나의 다리는, 마음속의 호기심을 물리칠 수 없다는 듯 나를 다른 방향으로 데려가는 것이었다. 10분도 채 지나지 못했을 무렵, 나는 벌써 지금까지 한 번도 가 본 적이 없는 거리에 와 있었다. 나는 천천히 걸음을 옮겼다. 그러나 멈추지 않고 계속해서 걸었다. 마음속에는 이상한 감정이 맴돌고 있었다. 나는 신기하고 불가능한 그 무엇을 기다리고 있었다. 그리고 그와 동시에 그러한 신기한 일이 반드시 일어나리라고 확신하고 있었던 것이다.

13

그런데 바로 내가 기다리던 신기한 일은 일어나고야 말았다! 갑자기 나는 스무 걸음쯤 앞에서, 남작과 함께 찻집에서 이야기하던 그 흑인을 본 것이다! 마치 땅 속에서 솟아오른 것 같았다. 그는 아직도 기억에 생생한 그때의 그 코트를 걸치고 있었다. 그는 내게로 등을 돌리고, 꼬불꼬불한 골목길의 좁다란 보도를 따라 민첩하게 걸어가고 있었다! 나는 곧 그를 쫓아 달려갔다. 그러나 그는 뒤돌아보지 않으면서도 걸음을 빨리했다. 그리고 불쑥 튀어나온 집 모퉁이로 감쪽같이 자취를 감추었다. 나도 그 모퉁이까지 달려와서, 흑인처럼 재빨리 모퉁이를 돌았다.

그런데 어떻게 된 일일까! 내 앞에는 길고 좁다란, 텅빈 길이 나타났다. 납처럼 흐릿한 아침 안개가 자욱이 깔려 있었다. 그러나 나의 시선은 길 끝까지 꿰뚫어 보았다. 나는 모든 건축물의 구조까지도 하나하나 세어 볼 수 있었다. 그런데도 그림자조차 얼씬하지 않는다! 나는 어리둥절했다…… 바로 그 순간이었다. 퍼뜩 다른 생각이 내 마음을 사로잡았다. 이 길, 내 눈앞에 길게 늘어져 있는 이 길, 죽은 듯이 고요한 이 길—나는 이 길, 알고 있었다! 이 길은 나의 꿈 속의 길이었다. 나는 몸부림을 치고 몸을 움츠렸다 —싸늘한 아침이었기 때문이다— 그러자 이내 모든 동요가 사라지고, 나에게는 그 어떤 놀랄 만한 자신감이 생겼다. 나는 앞으로 걸음을 옮겼다!

나는 눈으로 찾기 시작했다…… 바로 여기다. 모퉁이를 돌아 보도로 나오자 오른편 집, 이 집이야말로 나의 꿈 속의 집인 것이다. 낡아빠진 문, 그 좌우편에 나선상(螺旋狀)으로 조각된 돌기둥…… 그런데 유리창은 둥글지가 않고 세모꼴이었다. 그러나 그것이 중요한 것은 아니다…… 나는 문을 두드렸다. 두 번 세 번, 점점 힘 있게……. 문은 삐걱하니 묵직한 소리를 내며 마치 하품이라도 하듯이 천천히 열렸다. 헝클어진 머리에 거슴츠레한 눈을 한 젊은 하녀가 내 앞에 나타났다. 지금 막 잠에서 깨어난 듯했다.

"여기에 남작이 사시죠?" 이렇게 물으면서, 나는 길고 좁다란 정원을 재빨리 훑어보았다. 모든 것이 그대로였다…… 내가 꿈에서 본 널빤지와 통나무들까지…….

"아니오." 하녀는 대답했다. "남작이란 사람은 이 집에 없습니다."

"없다니! 그럴 리가 없는데!"
"지금은 없습니다…… 그분은 어제 떠났어요."
"어디로요?"
"미국으로 떠났습니다."
"미국으로요!" 나는 자기도 모르게 그 말을 되풀이했다. "그럼, 그분은 돌아오십니까?"

하녀는 이상한 눈초리로 나를 흘겨보았다.

"그건 알 수 없어요. 아마 다신 돌아오지 않을 거예요."
"그분은 여기서 오래 사셨나요?"
"아니오, 한 주일 가량 있었습니다. 지금은 떠나고 없어요."
"그런데 그 남작의 성은 뭐라고 합니까?"

하녀는 말끄러미 나를 쳐다보았다.

"당신은 그분의 성을 모르시나요? 우린 그분을 남작이라고만 불렀어요. 이것 봐요! 표트르!" 그녀는 내가 앞으로 걸음을 옮기는 것을 보자, 이렇게 외쳤다. "이리 나와요, 이상한 사람이 와서 자꾸 무엇을 물어 봐요." 아주 못생기고 건강해 보이는 일꾼 한 사람이 밖으로 나왔다.

"뭡니까? 무슨 일입니까?" 그는 목쉰 소리로 물었다. 그리고 험상궂은 태도로 내 말을 듣고는 하녀가 한 말을 되풀이했다.

"그럼 이 집에선 누가 삽니까?" 나는 말했다.
"우리 주인입니다."
"그분은 누구예요?"
"가구상입니다. 이 거리에는 가구상밖에 살지 않으니까요."
"주인을 만날 수 있을까요?"
"지금은 안 됩니다. 주무시고 계시니."

"집 안에도 들어갈 수 없습니까?"
"안 됩니다. 돌아가십시오."
"그럼 나중에 오면 주인을 만날 수 있을까요?"
"무슨 일인데요? 만날 수 있습니다. 아무 때라도 만날 수 있어요…… 그분은 상인이니까요. 그런데 지금은 돌아가십시오. 너무 이릅니다."
"그럼 그 흑인은?" 나는 문득 이렇게 물었다.
일꾼은 이상하다는 듯 먼저 나를 바라보고, 다음에 하녀를 쳐다보았다.
"도대체 무슨 흑인이란 말이오?" 그는 한참 있다가 이렇게 물었다. "돌아가십시오. 다음에 오셔서 주인하고 말씀하십시오."
나는 거리로 나왔다. 등뒤에서 쾅 하고 요란한 소리가 나며 단번에 문이 닫혀 버렸다. 이번엔 삐걱 소리도 들리지 않았다.
나는 거리와 집을 잘 기억하고, 앞으로 걸음을 옮겼다. 그러나 집으로 가는 것은 아니었다. 나는 실망에 가까운 그 무엇을 느꼈다. 내게 일어난 모든 사건은 그야말로 이상하고 신기한 것이었다. 그런데 그 사건은 이렇게도 덧없이 끝나고 만 것이다. 나는 그 집에서, 내가 꿈 속에서 낯을 익힌 그 방을 그리고 그 방 한복판에서 슐라프록을 입고 고불통을 입에 문 남작을, 나의 아버지를 보리라고 믿었고 또 확신했던 것이다. 그러나 나의 생각과는 달리 그 집주인은 가구상이었다. 나는 언제든지 필요할 때면 그 사람을 방문할 수 있다. 그리고 그에게서 가구를 주문할지도 모른다……
그런데 아버지는 미국으로 떠나 버렸다! 지금 내가 할 일은 무엇인가. 모든 것을 어머니에게 이야기해 버릴까? 아니면 그

상봉의 추억을 영원히 파묻어 버려야 하는가. 나는 그렇게 이상하고 신비로웠던 시초가 이렇게도 무의미하고 평범하게 끝나야 한다고 생각하니 도무지 납득이 가지 않았다.

나는 집으로 돌아가기가 싫어서 발길 가는 대로 교외로 걸음을 옮겼다.

14

나는 아무 생각 없이, 거의 감각이라는 것도 없이 머리를 숙이고 걸어가고 있었다. 나는 내 자신에 골몰하고 있었다. 동일한 음조의 궁굴은 성난 듯한 소음이 나를 무감각 상태에서 벗어나게 하였다. 나는 머리를 들었다. 내게서 50보 가량 떨어진 바다에서 파도가 노성하며 아우성 치고 있었다. 나는 바닷가의 모래 언덕 위를 거닐고 있음을 알았다. 지난 밤 폭풍으로 뒤흔들린 바다에는 수평선 끝까지 희뜩희뜩한 잔 파도가 춤추고, 거칠고 커다란 파도는 기다랗게 줄을 지어 달려와서는 평탄한 해변가에 부딪혀 산산조각으로 부서지고 있었다. 나는 해변가로 다가갔다. 그리고 파도가 오르내리면서 누런 모래톱 위에 남겨 놓은 흔적을 따라 걸었다. 모래톱 위에는 미끈미끈한 해초 조각, 조개 껍질, 뱀같이 생긴 미역 줄기들이 여기저기 흩어져 있었다. 날개가 뾰족하고 눈처럼 새하얀 갈매기들은 애처롭게 울어대며, 아득한 하늘의 심연 속에서 바람을 타고 날아다니고 있었다. 그들은 잿빛 구름 위로 솟아올랐다가, 쏜살같이 아래로 떨어져서는 마치 파도에서 파도를 날아 넘듯이 다시금 출렁대는 은빛 포말 속에 자취를 감추고 만다. 그 중 몇 마리의 갈매기는, 상보를 간 듯 반반한 모래톱 가운데 외롭게 돌출해 있는 커다란 바위 위를 쉬지 않고 빙글빙글 맴돌고 있었다. 바위 한 쪽에는 여기저기 거슬거슬한 해초가 자라고 있었고, 누르스름한 염지(塩地) 위, 해초 줄기가 뒤엉켜 있는 곳에 무엇인지 검은 것이 눈에 띄었다. 기름하고 둥그스름한, 그다지 크지 않은 것이었다. 나는 자세히 바라보았다. 어떤 검은 물체가 바위 옆에 움직이지 않고 누워 있었다. 내가 가까이 다가갈수록, 그 윤곽은 점점 뚜렷해지기 시작했다.

바위까지는 이제 30보 가량밖에 남지 않았을 때다.

그것은 사람의 몸뚱이였다! 바다에서 빠져 죽은 익사자의 시체였다! 나는 바위 곁으로 다가갔다.

그것은 나의 아버지, 남작의 시체가 아닌가! 나는 얼어붙은 듯 걸음을 멈추었다. 그리고 나는 이때 비로소 모든 것을 깨달았다. 오늘 아침부터 그 어떤 이상한 힘이 나를 이끌었다는 것, 나는 그 지배를 받았다는 것, 그리고 바로 이 순간까지 시끄러운 바다의 소음과 내가 붙잡은 운명에 대한 말없는 공포 이외에는 아무것도 느끼지 않았다는 것을……

15

그는 왼손을 머리 뒤에 얹고 비스듬히 옆으로 기울어진 채 등을 지고 누워 있었다. 오른손은 그의 기울어진 몸뚱이 밑에 깔려 있었다. 미끈미끈한 개흙이, 높다란 마트로스 장화의 콧등을 뒤덮고 있었다. 바다소금을 가득 뒤집어쓴 청색 재킷은 단추가 채워진 대로였고, 빨간 목도리는 단단하게 묶여진 채 그의 목을 감싸고 있었다. 하늘을 쳐다보고 있는 거무스레한 얼굴은 마치 웃고 있는 듯했다. 위로 치켜올라간 입술 밑에서 자그마한 치아가 드러나 보였다. 반쯤 내리 감긴 흐릿한 동공은 거무스름해 가는 흰자위와 간신히 구별할 수 있었다. 포말과 먼지로 잔뜩 뒤엉킨 머리칼은 땅 위에 흩어지고, 뚜렷이 노출된 편편한 이마에는 연자줏빛 상처의 흔적이 일직선으로 그어져 있었다. 좁다란 코는 움푹 들어간 양볼 사이에서 가파르게 치솟아 있었다. 어젯밤 폭풍은 자기의 일을 수행한 것이었다. 그는 미국을 보지 못했다! 나의 어머니를 모독하고, 어머니의 일생을 짓밟은 사람 —나의 아버지— 그렇다! 나의 아버지는(나는 이것을 의심할 수 없었다) 내 발 옆 개흙 속에 힘없이 쓰러져 있는 것이다. 나는 만족스러운 복수심을 느꼈다. 그리고 동정심과 증오감과 공포를……. 그러나 무엇보다도 이중의 공포, 이것을 보지 않았을 때의 공포와 참변이 일어난 다음의 공포를 느꼈다. 증오와 죄악감이 뒤섞인 —이미 나는 여기에 대해서 말한 바 있다— 알지 못할 발작이 나의 마음속에 고개를 쳐들었다. 나를 휩쓸었다. 아마! 나는 생각했다. 나는 어째서 이럴까. 이것도 혈통 때문일까! 나는 시체 옆에 서서, 물끄러미 바라보며 기다렸다. 혹시 죽은 눈동자가 움직이지나 않을까? 그 굳어진 입술이 열리지나 않을까? 그러나 아무것도 움직이지 않았다! 잔 파도가 그를 내버리고 간 곳의 해초조차도 얼어붙은 듯 움직이지 않았다. 갈매기까지 날아가 버리고 나무조각도, 널빤지도, 부서진 선구(船具)도 찾아볼 수 없었다. 어느 곳에서도 사람 하나 얼씬하지 않았다. 다만 아버지와 나, 그리고 멀리서 출렁대는 바다뿐이었다. 나는 돌아보았다. 그곳 역시 공허뿐이고, 멀리 떨어진 지평선 위에 나직한 산들이 잇달아 있을 따름이었다. 이것이 전부였다!

이 불행한 사람을 고기와 새 밥이 되게 혼자 해변가의 개흙 속에 내버려둘 생각을 하니 갑자기 무서운 마음이 앞섰다. 마음속에서는 이렇게 말하고 있었다. 나는 마땅히 사람을 찾아야 한다. 불러와야 한다. 이 사람을 구출하기 위해서가 아니라 —이미 생명을 바랄 수는 없었다!— 집으로 운반해서 그 시체를 처치하기 위해서라도……. 그러나 형용키 어려운 공포가 갑자기 나를 휩쓸었다. 죽은 사람은 내가 여기 와 있다는 것과 그 자신이 이 마지막 상봉을 마련해 주었다는 것을 알고 있는 것 같은 생각이 들었다. 그리고 낯익은 나직한 소리로 중얼거리는 것 같기도 했다. 나는 옆으로 줄달음질쳤다. 다시 한 번 뒤돌아 보았다. 무엇인지 반짝거리는 것이 눈에 띄었다. 그것이 나를 멈추게 했다. 그것은 내동댕이쳐진 시체의 손에 끼여 있는 금반지였다. 이내 어머니의 약혼 반지라는 것을 알았다. 나는 다시 그 시체 옆으로 다가가서 허리를 굽혀야 했던 것을 기억하고 있다. 그리고 싸늘하게 구부러진 진득진득한 손가락이며, 숨을 헐떡이며 눈을 가늘게 뜨고 이를 갈면서 빠지지 않는 가락지를 빼내던 일을…….

드디어 반지를 빼냈다. 나는 정신 없이 달리고 또 달렸다. 무엇인지 내 뒤를 쫓아오면서 금방 나를 따라잡을 것만 같았다.

16

내가 집으로 돌아왔을 때, 나의 얼굴에는 그동안 느끼고 경험한 모든 것이 그대로 나타나 있었음에 틀림없다. 어머니 방으로 들어서니, 어머니는 벌떡 일어서며 무슨 일이 있었느냐는 듯 뚫어지게 나를 쏘아 보았다. 나는 설명을 하려다가 그만두고, 말없이 어머니에게 반지를 내보였다. 어머니는 눈을 휘둥그렇게 뜨고, 놀란 나머지 새파랗게 질리고 말았다. 마치 '그 사람' 모양 넋을 잃은 듯했다. 어머니는 가냘픈 비명을 올리며 반지를 낚아챘다. 그러고는 비틀거리며 내 가슴 위로 쓰러진 채 움직일 줄을 몰랐다. 어머니는 고개를 뒤로 젖히고 커다랗게 뜬 초점 없는 눈으로 멍청히 나를 바라보았다. 나는 두 손으로 어머니의 몸을 끌어안고, 그 자리에 선 채 나직한 목소리로 천천히 모든 것을 고백했다. 조그만 일까지도 숨기지를 않았다. 나의 꿈, 상봉, 그 밖의 여러 가지 일들을……. 어머니는 잠자코 끝까지 나의 이야기를 들었다. 다만 가슴이 방망이질 하듯 세게 들먹이고 있을 뿐이었다. 갑자기 어머니의 눈에 활기가 떠올랐다. 어머니는 지그시 아래로 눈을 감았다. 그 다음 무명지에 반지를 끼고는 몇 걸음 물러서며 코트와 모자를 찾기 시작했다. 나는 어디로 가려는 것인지 어머니에게 물었다. 그녀는 당황한 눈초리로 나를 쳐다보고, 무엇인지를 말하려 했다. 그러나 목소리가 목구멍에서 걸리고 말았다. 그녀는 마치 싸늘한 손을 따스하게 하려는 듯 두 손을 문질렀다. 이윽고 그녀는 입을 열었다. "거기 가 보자."

"어디 말이에요, 어머니?"

"그 사람이 누워 있는 데 말이다…… 난 보고 싶다…… 알고 싶다…… 알아봐야겠다……."

나는 갈 필요가 없다고 말하면서 어머니를 말리려고 했다.

그러나 나는 가까스로 어머니의 신경질을 면했을 뿐이었다. 나는 어머니의 요구를 거절할 수 없다는 것을 알았다. 우리는 해변으로 걸음을 재촉했다.

17

이렇게 하여, 나는 또다시 모래 언덕을 걸어가고 있었다. 그러나 이미 혼자가 아니었다. 나는 어머니의 손을 이끌며 가고 있는 것이다. 바다가 밀려 나가 아까보다는 훨씬 물이 줄어 있었다. 바다는 잠잠했다. 그러나 한풀 꺾인 바다의 소음은 아직도 심술궂게 으르렁대고 있었다. 드디어 정면에 외돌토리 바위가 나타났다. 그 옆에 해초도 보였다. 나는 두리번거리며 땅 위에 누워 있을 둥그스름한 대상물을 찾기에 바빴다. 그러나 아무것도 보이지 않았다. 우리는 점점 다가갔다. 나는 저절로 걸음을 늦추었다. 그런데 그 검고 움직이지 않는 대상물은 어디 갔을까? 이미 말라 버린 모래 위에는 해초 줄기만이 검게 번득이고 있을 뿐이었다. 우리는 바위 곁에 도달했다. 시체는 온 데간 데 없었다. 그리고 그가 누워 있던 그 자리에는 움푹 팬 흔적만 남아 있었다. 팔다리가 놓여 있던 흔적까지 알 수 있었다. 주위의 해초는 무엇에 짓밟힌 듯했다. 그러자 한 사람의 발자국이 눈에 띄었다. 그 발자국은 모래 언덕을 넘어서 흙 지대로 들어서자 없어지고 있었다.

어머니와 나는 여기저기 찾아보았다. 그리고 서로의 얼굴에 나타난 표정을 보자 그만 무서운 공포에 휩쓸리고 말았다.

그렇다면 그 사람은 혼자 일어나서 걸어간 것일까?

"정말 넌 시체를 보았니?" 어머니는 속삭이는 소리로 말했다.

나는 고개를 끄덕였을 뿐이다. 남작의 시체를 보고 나서 아직 세 시간도 지나지 않았다. 어떤 사람이 발견하고 시체를 옮겨간 것이다. 우리는, 누가 남작의 시체를 옮겨갔으며 그 시체는 어떻게 되었는지 알아볼 필요가 있었다.

그러나 나는 그보다 먼저 어머니를 보살피지 않으면 안 되었다.

18

운명의 장소로 걸어가는 동안, 어머니는 열이 나기 시작했으나 자신을 억제했다. 그러나 시체가 없어진 것은 마지막 불행으로서 그녀의 마음을 자극하지 않을 수 없었다. 그녀는 어리둥절한 채 정신을 잃어버렸다. 나는 어머니가 이성을 잃을까 봐 두려웠다. 나는 간신히 어머니를 침대에 눕히고, 다시 의사를 불러 왔다. 그러나 어머니는 정신을 차리자마자 '그 사람'을 찾아보라고 내게 이르는 것이었다. 나는 어머니의 말씀을 좇았다. 그러나 가능한 모든 방법을 다 써 보았으나 찾아낼 수가 없었다. 나는 여러번 경찰에도 가 보고, 가까운 마을을 모조리 훑어보기도 하고, 신문에도 여러번 광고를 내고, 각처에 조회를 해 보았으나 모두 헛수고에 불과했다! 그런데 어느 해변가 마을에서 익사자가 발견되었다는 소식이 전해 왔다. 나는 부리나케 그곳으로 달려갔다. 그러나 이미 그 사람은 매장된 후였고, 게다가 그의 특징으로 봐서 남작과는 닮지도 않은 사람이었다. 나는 남작이 어느 배를 타고 떠났는지 알았다. 처음에 사람들은 모두 그 배가 폭풍을 만나 침몰했으리라고 믿고 있었다. 그러나 몇 달이 지난 후, 그 배가 뉴욕 항에 닻을 내리고 있는 것을 보았다는 소문이 떠돌기 시작했다. 나는 어떻게 해야 할지 갈피를 잡지 못한 채, 내가 만났던 흑인을 찾기 시작했다. 나는 신문을 통해서, 만일 그 사람이 우리집에 나타난다면 그에게 막대한 금액을 주겠다고 광고했다. 사실, 망토를 걸친 어떤 흑인 한 사람이 내가 없을 때 우리집을 찾은 적이 있었다. 그러나 그는 하녀에게 몇 마디 물어 보고 나서, 갑자기 어디론가 사라져서는 두 번 다시 나타나지 않았다.

이렇게 나의 아버지는 흔적도 없이 사라지고 말았다. 다시는 돌아올 수 없는 무언의 암흑 속에 빠지고 말았다. 어머니도 나도 남작에 대해서는 한 마디도 하지 않았다. 그런데 어느 날, 어머니는 이상한 꿈을 꾸면서도 어째서 미리 이야기하지 않았느냐고 물어 보며 놀라던 일이 생각난다. 그러고는 다음과 같이 덧붙이는 것이었다. "아마 그 사람은 틀림없이······." 그러나 어머니는 끝내 자기 생각을 털어놓지는 않았다.

어머니는 오랫동안 몸이 편치 않았다. 그리고 몸이 회복된 다음에도 우리는 예전 같은 사이로 돌아갈 수 없었다. 어머니는 나를 보는 것을 민망스러워했다. 이것은 어머니가 세상을 떠날 때까지 계속되었다. 그만큼 어머니의 비애는 컸던 것이다. 그렇지만 이 비애를 덜어 줄 수는 없었다. 세상 만사는 누그러지기 마련이고, 가장 비극적인 가정 사건의 추억이라 해도, 날이 가면 저절로 그 힘과 자극성을 잃게 되는 것이 상례다. 그러나 가까운 두 사람 사이에 민망스러운 감정이 깃들었다면 이는 어떤 힘으로도 물리칠 수 없는 것이다! 나는 예전에 그렇게도 나를 불안케 하던 악몽을 다시는 꾸지 않았다. 이미 나는 아버지를 찾지 않는다. 그러나 때때로 나는 꿈 속에서(지금도 그런 생각이 들 때가 있지만) 어느 먼 곳에서 들려오는 비통한 울음소리를, 원한에 사무친 어떤 불평을 듣는 것 같은 생각이 들 때가 있다. 그것은 기어 넘어갈 수도 없는 높다란 어느 담벽 뒤에서 침통하게 울려 나오며, 나의 가슴을 갈기갈기 찢어 놓는다. 나는 자면서 눈물을 흘린다. 그러나 나는 그것이 무슨 소리인지를 알지 못한다. 살아 있는 사람의 신음 소리인지, 혹은 쉬지 않고 울부짖는 성난 바다의 아우성인지. 이윽고 그 소리는 다시 야수의 신음 소리로 변해 간다. 이때 나는 마음속에 우수와 공포를 느끼며 눈을 뜬다.

짝사랑

1

그때 나는 스물다섯이었습니다. 라고 N.N.이 말하기 시작했다. 그러니 오래 전의 일이지요. 나는 간신히 자유로운 몸이 되어 외국으로 떠났습니다. 그러나 그것은 그 당시 흔히 말하던 '교육의 완성'을 위해서가 아니라, 단지 세상 일을 보고 싶었다는 데 불과했습니다. 그때만 해도 건강하고, 젊고, 즐겁고, 돈푼이라도 있고, 아직 근심이라는 것을 모르던 시절이었으므로 되는대로 살면서 하고 싶은 일을 마음대로 하는, 말하자면 한창 꽃이 피던 시절이었습니다. 인간이란 초목과 달라서 오랫동안 꽃을 피울 수는 없는 법인데, 그 당시는 그런 생각 같은 건 머리에 떠오르지도 않았습니다. 젊을 때는 금박을 칠한 과자를 먹으며 그것이 나날의 양식이라고 생각하지만, 이윽고 때가 오면, 한 조각의 빵도 그리워지게 마련입니다. 그러나 여기서 이런 말을 한댔자 소용이 없겠군요.

나는 아무 목적이나 계획 없이 여행을 했습니다. 나는 여기저기 마음에 드는 곳에 머물고, 새로운 얼굴, 다름 아닌 사람의 얼굴이 보고 싶으면 금방 다른 곳으로 떠나곤 했습니다. 나의 흥미를 끄는 것은 사람밖에 없었습니다. 나는 진기한 기념물이나 훌륭한 수집품 같은 걸 좋아하지 않았습니다. 론라카이 같은 건 보기만 해도 우울한 증오감을 일으켰고, 드레스덴의 '그뤼네 게볼베'에서는 하마터면 정신이 돌 지경이었습니다. 자연에는 무척 감동하는 편이었지만, 소위 자연미라든가, 신기한 산이나, 바위, 폭포 같은 것에는 흥미가 없었습니다. 자연이 사람을 놓아 주지 않거나 방해하는 것을 좋아하지 않았기 때문입니다. 그 대신 얼굴, 산 사람의 얼굴, 사람들의 이야기, 움직임, 웃음, 바로 이런 것들이 내게 없어서는 안 되는 것들이었습니다. 사람들의 틈바구니 속에 끼어 있노라면, 나는 유달리 홀가분하면서도 즐거운 기분에 사로잡히곤 했습니다. 나는 사람들이 가는 곳으로 가고, 사람들이 외칠 때에 외치는 것이 즐거웠습니다. 동시에 다른 사람들이 외치는 것을 보는 것도 좋아했습니다. 나는 사람들을 관찰하는 것이 재미있었습니다. 아니, 관찰했다고도 할 수 없습니다. 다만 무엇인지 기쁜, 탐욕스러운 호기심을 가지고 그들을 바라볼 뿐이었습니다. 저런, 다시 말이 빗나갔군요.

그렇게 해서 나는 약 20년 전, 라인강 왼쪽 기슭에 있는 Z라는 조그마한 독일 거리에 잠시 머물게 됐습니다. 나는 고독을 찾았던 것입니다. 그것은 바로 얼마 전에 어느 온천장에서 사귄 젊은 미망인한테서 가슴에 상처를 입었기 때문입니다. 그 여자는 굉장한 미인인데다가 영리하기도 해서 누구에게나 아양을 떨었습니다. 나도 거기에 걸려 든 한 사람이지만 처음엔 제법 마음을 주는 체하더니, 그 후 빨간 볼때기를 어느 바바리아의 한 대위 때문에 희생당하고, 그만 깊은 상처를 입고 말았습니다. 솔직히 말씀드려서 마음의 상처는 그다지 크진 않았지만, 나는 잠시 동안이라도 슬픔과 고독 속에 잠겨 있어야겠다고 생각하고—젊을 때는 무엇이든 위로가 되는 법입니다!— Z에 머물게 된 것입니다.

이 거리는 두 개의 높은 언덕 기슭에 자리잡고 있어서, 풍경도 좋았거니와 낡아빠진 성벽이며, 탑, 몇백 년을 묵은 듯한 보리수, 라인강으로 흐르는 맑은 시냇물 위에 걸려 있는 가파른 다리, 특히 그 고장에서 나는 맛있는 포도주 때문에 무척 마음에 들고 말았습니다. 저녁때 해가 지면,(그때는 6월이었습니다) 귀엽게 생긴 금발머리의 독일 아가씨들이 좁다란 거리거리를 거닐면서, 외국인을 만나면 명랑한 목소리로 'Guten Abend!'(저녁 인사)라고 말합니다. 그 중에는 낡은 뾰족 지붕 뒤에서 달이 솟아오르고, 보도의 조약돌이 고요한 달빛 속에 뚜렷이 자기 모습을 드러낼 때까지 집으로 돌아가지 않는 사람도 있습니다. 그럴 때, 나는 거리를 거닐기를 좋아했습니다. 달은 맑게 갠 하늘에서 물끄러미 거리를 내려다보고 있습니다. 거리도 달의 눈길을 느끼고, 고요한 동시에 마음을 설레게 하는 달빛을 가득히 받으면서 평화롭고 아늑한 기분으로 누워 있습니다. 높은 고딕식 종루(鐘樓) 위에 달려 있는 금닭은 파리한 금빛으로 빛나는가 하면, 검은빛이 감도는 시냇물에도 그와 같은 금빛이 흘러내립니다. 가느다란 양초가(독일인은 검소하기 때문에) 돌지붕 밑의 좁다란 창문 안에서 수줍은 듯 가물거립니다. 포도 줄기는 돌 담장 너머로 둘둘 말린 덩굴을 살며시 내놓고 있습니다. 삼각(三角) 광장의 낡은 우물가에서 무엇인가가 어둠 속을 달리는가 하면, 갑자기 야경꾼의 졸리운 휘파람 소리가 들리고, 양순한 개도 나직이 으르렁거립니다. 공기는 그렇게도 살며시 얼굴을 어루만지고, 보리수꽃은 말할 수 없이 향기로운 냄새를 풍겨 주어, 가슴은 저도 모르게 점점 부풀어올라, Gretchen(독일 여자의 대표적인 이름)이라는 말이 —감탄도 의문도 아닌 어조로— 저절로 입밖에 새어 나오려고 합니다.

Z거리는 라인까지 2베르스트(약 5리) 되는 곳에 있습니다. 나는 자주 그 웅장한 강을 보러 가서는, 앙큼스러운 미망인의 일을 다소 긴장된 기분으로 공상하면서, 외돌토리 커다란 오리나무 밑에 놓여 있는 돌벤치에 시간 가는 줄 모르고 몇 시간씩 앉아 있곤 했습니다. 그 오리나무 가지 사이로는 어린애 같은 앳된 얼굴을 하고 가슴에 몇 자루의 칼이 꽂힌, 빨간 심장을 한 조그만 마돈나의 조상(彫像)이 슬픈 표정으로 바라보고 있었습니다. 강 저쪽 기슭에는 L거리가 보입니다. 내가 머물고 있는 거리보다 좀더 큰 거리였습니다.

어느 날 저녁, 내가 좋아하는 벤치에 앉아서 강과 하늘, 포도밭 들을 바라보고 있었습니다. 눈앞에서는 아마빛 머리를 한 어린애들이 강변으로 끌어올려져서 수지(樹脂)를 칠한 채 거꾸로 엎어져 있는 보트 양쪽에 기어올라 놀고 있었습니다. 몇 척의 자그마한 배가 돛에 가벼운 바람을 안고 천천히 미끄러지고, 파란 파도는 찰싹찰싹 잔잔히 물결치며 그 옆을 스치고 지나갑니다. 갑자기 음악 소리가 들려 와서 귀를 기울였습니다. L거리에서 왈츠를 연주하는 것이었습니다. 이따금씩 콘트라바스의 둔한 소리가 들려 오는가 하면, 바이올린은 가냘픈 소리를 내고, 퉁소는 원기 있게 울려대고 있습니다.

"저건 무엇입니까?" 벨벳 조끼에 쇠고리가 달린 단화를 신고 옆으로 다가온 노인에게 나는 이렇게 물었습니다.

"저건," 노인은 먼저 고불통을 오른쪽 입에서 왼쪽으로 옮겨

물고 대답했습니다. "대학생들이 B거리에서 콤메르쉬를 하러 온 겁니다."

'그 콤메르쉬라는 걸 보도록 하자.' 나는 이렇게 생각했습니다. '마침 L거리에는 가 본 적이 없으니.'

2

콤메르쉬라는 것이 무엇인지 아직 모르시는 분도 계실 겁니다. 이것은 같은 고향 출신의 대학생 조합이 베푸는 성대한 연회를 말합니다. 이 콤메르쉬에 참가하는 사람은 대부분 옛부터 제정되어 있는 독일 대학생의 복장을 하고 있습니다. 다시 말해서 헝가리 식 저고리를 입고 커다란 장화를 신고, 일정한 색의 차양을 단 조그마한 모자를 씁니다. 으레 학생들은 세니요르라고 불리는 조합장의 지도 밑에 만찬에 모여서, 날이 샐 때까지 연회를 베풀고 술을 마시기도 하고, 국부(國父:Landesvater)라든가 기뻐하세(Gaudeamus)라는 노래를 부르기도 하고, 담배를 피우며, 속된 사람들에 대한 욕설을 주고받기도 합니다. 그리고 어떤 때는 오케스트라를 고용할 때도 있습니다.

바로 이러한 콤메르쉬가, L거리에 '태양'이라는 간판을 내건 자그마한 여관 앞 한길가 정원에서 열리고 있었던 것입니다. 여관의 지붕과 정원에는 깃발이 휘날리고 있었습니다. 대학생들은 다듬어진 보리수나무 밑에서 여러 개의 탁자를 앞에 놓고 앉아 있었고, 어느 탁자 밑에는 커다란 불독이 누워 있었습니다. 그 옆 월계수로 만든 정자(亭子) 안에는 악사들이 자리잡고, 쉴 새 없이 맥주로 원기를 돋우면서 열심히 연주하고 있었습니다. 나직한 울바자 밖의 한길에는 제법 많은 사람들이 모여 있었습니다. L거리의 선량한 시민들은 다른 곳에서 온 진객(珍客)들을 놓치고 싶지 않았기 때문일 겁니다. 나도 관중들 속에 끼었습니다. 대학생들의 얼굴을 바라보니 유쾌해지기 시작했습니다. 그들의 포옹, 외침, 젊은이다운 천진난만한 애교, 타는 듯한 눈, 이유 없는 웃음 —세상에서 이렇게 유쾌한 웃음은 없겠지만— 이와 같은 젊고 신선한, 기쁨에 넘친 삶의 비등(沸騰), 앞으로 앞으로, 어디든 단지 앞으로 돌진하려는 정열, 선량한 생명력의 범람, 나는 나도 모르게 감동하여 마음속이 타는 듯했습니다. '차라리 그들 속에 들어가 버릴까?' 하고 생각했을 정도였으니까요.

"아샤, 이젠 됐지?" 갑자기 내 뒤에서 러시아어로 말하는 남자의 목소리가 들려 왔습니다.

"조금만 더." 역시 러시아어로 대답하는 여자의 목소리였습니다.

나는 황급히 뒤돌아봤습니다. 차양이 달린 모자를 쓰고 큼직한 재킷을 입은 아름다운 청년이 눈에 띄었습니다. 청년은 그다지 키가 크지 않은 처녀와 팔짱을 끼고 있었는데, 밀짚모자가 그녀의 얼굴을 가리고 있었습니다.

"당신은 러시아인입니까?" 나는 얼떨결에 이렇게 묻고 말았습니다.

청년은 빙그레 웃으며,

"그렇습니다, 러시아인입니다."라고 말했습니다.

"참 뜻밖의 일이군요. 이런 시골에서." 나는 이렇게 말을 꺼냈으나 청년은 내 말을 가로채며,

"정말 뜻밖입니다. 어쨌든 반갑군요. 인사를 드리겠습니다. 저는 가긴이라 부르고, 이애는 제……." 그는 잠시 머뭇거렸습니다.

"제 여동생입니다. 그런데 당신의 성함은?"

나는 이름을 말했습니다. 이렇게 해서 우리는 곧 이야기를 주고받았습니다. 가긴은 나와 마찬가지로 마음 내키는 대로 여행을 하다가 약 1주일 전에 L거리에 도착한 뒤, 지금까지 머물고 있다는 것이었습니다. 사실 말이지만, 나는 외국에서 러시아인을 만나는 것을 그다지 좋아하는 편은 아니었습니다. 러시아인은 그 걸음걸이와 옷 모양, 무엇보다도 얼굴 표정을 보면 멀리서도 금세 알아차릴 수 있습니다. 자만심과 멸시감에 찬, 때로는 명령적으로 되는 표정이 별안간 조심스럽고 겁을 집어먹은 듯한 표정으로 변하는 것입니다. 갑자기 사람 전체가 조심성을 띠게 되고, 눈은 불안스럽게 끔뻑입니다. '아이구! 내가 무슨 실없는 말을 지껄이지나 않았을까, 사람들이 나를 비웃고 있지나 않을까?' 이리저리 뛰노는 눈초리는 이렇게 말하는 것 같습니다. 그러다간 갑자기, 다시 거만스러운 표정으로 되돌아와서, 때때로 우둔한 의혹으로 바뀌곤 합니다. 그래서 나는 러시아인을 피하는 것이었습니다. 그러나 가긴은 단번에 내 마음에 들고 말았습니다. 세상에는 행복한 얼굴을 한 사람도 있어서, 그것을 보는 사람이면 누구든지 기분이 좋아집니다. 마치 마음속을 따사롭게 데워 주는 것 같은, 어루만져 주는 것 같은 얼굴 말입니다. 바로 가긴의 얼굴도 이와 같아서, 큼직하면서도 부드러운 눈과 곱슬곱슬하고 부드러운 머리칼을 한 정답고 사랑스러운 얼굴이었습니다. 그리고 그가 이야기할 때는, 그의 얼굴을 보지 않고 그 목소리만 들어도 싱글벙글 웃고 있는 것이 느껴질 정도였습니다.

가긴이 여동생이라고 부른 처녀 첫눈에 무척 귀여운 인상을 주었습니다. 약간 거무스름한 둥근 얼굴, 자그마하면서도 날이 선 코, 마치 어린애 같은 볼, 반짝이는 눈, 이러한 그녀의 얼굴 속에는 뭔지 모를 독특한 데가 있었습니다. 그녀의 몸매는 아름다웠지만, 아직 완전히 성숙하진 않은 것 같았습니다. 그녀는 자기 오빠하곤 조금도 닮은 데가 없었습니다.

"우리집에 들르시지 않겠어요?" 가긴이 내게 말했습니다. "서로 충분히 독일인을 구경했을 테니까요. 사실 우리나라 사람들 같으면 유리를 깨고 의자를 부술 텐데, 이 고장 사람들은 너무나 점잖단 말이에요. 너 어떻게 생각하냐 아샤, 이젠 가도 좋겠지?"

처녀가 동의한다는 듯 머리를 끄덕였습니다.

"우리는 교외에다 방을 얻었습니다." 가긴이 말을 이었습니다. "포도밭 속에 있는 독채로 지대가 높습니다. 참 좋은 곳이니, 한번 와 주세요. 주인 마님이 신 우유를 만들어 준다고 약속했습니다. 곧 어두워질 테니까, 당신은 달이 오른 다음에 라인 강을 건너는 편이 좋을 겁니다."

우리는 함께 걸어갔습니다. 나직한 성문을 지나서 (작은 돌을 집어넣어 만든 낡은 성벽이 사방에서 거리를 둘러싸고 있었는데, 아직 총안(銃眼)까지 부서지지 않고 남아 있었습니다) 우리는 들판으로 나섰습니다. 돌담을 따라 백 보 가량 갔을 때, 비좁고 조그마한 문 앞에 걸음을 멈추었습니다. 가긴은 문을 열고, 산으로 나 있는 가파른 오솔길을 따라 우리를 안내하는 것이었습니다. 길 좌우에는 포도밭이 층계를 이루고 있었습니다.

방금 해가 져서, 가느다란 빨간 광선이 푸른 포도 덩굴 위에도, 높다란 울바자에도, 크고 작은 판석(板石)으로 촘촘히 뒤덮인 메마른 땅 위에도, 우리들이 올라가고 있는 산꼭대기의 오두막집 담벽에도 반사되고 있었습니다. 그 집은 검정 대들보들에 광선이 비스듬히 지나가 있었고, 네 개의 조그마한 창문이 밝게 빛나고 있었습니다.

"자, 이곳이 우리들의 숙소입니다!" 우리들이 집으로 다가갔을 때, 가긴은 이렇게 외쳤습니다. "아, 주인 마님이 우유를 나르고 있군요. 안녕하십니까, 마님! 곧 식사를 합시다. 그러나 그전에," 하고 그가 덧붙였습니다. "한 번 돌아보세요. 이 경치가 어떻습니까?"

정말 훌륭한 경치였습니다. 눈앞에는 파란 강변 사이에 은빛 라인 강이 흐르고, 어떤 곳은 석양을 받아 발그스름한 빛으로 불타고 있었습니다. 강변으로 모여든 거리는 모든 집, 모든 한 길을 고스란히 드러내 보이고, 언덕과 들판은 사방으로 줄달음치고 있었습니다. 아래의 경치도 좋았지만, 위의 경치는 더욱 좋았습니다. 투명한 공기 속에 빛나는 맑고 깊은 하늘은 나의 마음을 송두리째 사로잡고 말았습니다. 서늘하고 가벼운 공기는 마치 높은 곳에 있다는 것을 자랑이라도 하듯, 잔잔히 흔들리며 이리저리 물결치고 있었습니다.

"훌륭한 숙소를 장만하셨군요." 나는 말했습니다.

"이건 아샤가 발견한 거랍니다." 가긴이 대답했습니다. "자, 아샤," 그는 말을 이었습니다. "모두 이리 가져오라고 부탁해 줘. 저녁은 밖에서 들도록 합시다. 여기면 음악도 잘 들리니까. 당신은 아십니까?" 그가 나를 바라보며 이렇게 덧붙이는 것이었습니다. "어떤 왈츠는 가까운 데서 듣자면 속되고 조잡한 소리가 나서 귀찮을 정도이지만, 먼 곳에서 들으면 아주 멋있단 말이에요! 우리들의 마음속에 있는 로맨틱한 현(絃)을 모조리 흔들어 놓는 느낌이 난답니다."

아샤(그녀의 진짜 이름은 안나였지만 가긴은 아샤라고 부르고 있었습니다. 그래서 나도 아샤라고 부르기로 하겠습니다), 아샤는 집 안으로 들어갔다가 잠시 후 주인 마님과 함께 나왔습니다. 그 두 사람은 우유 항아리와 접시, 스푼, 설탕, 딸기, 빵 등을 올려 놓은 커다란 쟁반을 날라 왔습니다. 우리는 자리를 잡고 식사를 하기 시작했습니다. 아샤는 모자를 벗었습니다. 사내아이처럼 짤막하게 잘라 붙인 검은 머리칼은 커다랗게 원을 그리면서 목덜미와 귀 위에 늘어져 있었습니다. 아샤는 처음에 기분이 언짢은 것 같았으나 가긴이 동생에게,

"아샤, 그렇게 겁낼 건 없어! 이분이 너를 물어뜯진 않을 테니."라고 말했습니다.

아샤는 방긋 미소를 짓고, 잠시 후에는 자기 편에서 내게로 이야기를 걸어 왔습니다. 나는 이 처녀같이 가만 있을 줄 모르는 사람을 본 적이 없습니다. 한시도 가만히 앉아 있지를 않고, 자리에서 일어나서 집 안으로 뛰쳐들어가는가 하면 다시 달려 나오고, 작은 소리로 노래를 부르는가 하면 자주 웃기도 했는데, 그 웃는 방법이 또 묘했습니다. 그것은 듣는 것이 우스워서 웃는 것이 아니라, 자기 머릿속에 떠오르는 여러 가지 생각 때문에 웃는 것 같았습니다. 그녀의 커다란 눈은 아무 거리낌없이 똑바로 밝게 사물을 바라보곤 했으나, 가끔 눈까풀을 살며시 내리깔 때가 있었습니다. 그럴 때, 그녀의 눈초리는 갑자기 깊어

지고 부드러워지는 것이었습니다.

우리는 두 시간 가량 이야기했습니다. 이미 날이 저문 지도 오래였고, 처음엔 온통 불꽃을 뒤집어쓴 듯하던 저녁 경치는 점점 맑은 선홍빛으로 물들어 가다가, 나중에는 파르스름하게 흐려지면서 고요히 밤 경치 속으로 녹아 버리는 것이었습니다. 그렇지만 우리들의 이야기는 주위를 둘러싸고 있는 공기처럼 아늑하고 부드럽게 진행되고 있었습니다. 가긴은 라인와인을 한 병 가져오라고 했습니다. 우리는 천천히 그것을 마셨습니다. 음악은 여전히 우리들의 귀에 들려 오고 있었는데, 그 음향은 아까보다 더 부드럽고 감미롭게 들려 오는 것이었습니다. 거리에도 강 위에도 불빛이 가물거립니다. 아샤는 문득 그 곱슬곱슬한 머리가 눈을 가리울 정도로 머리를 숙이고 한참 동안 가만 있다가 한숨을 몰아쉬었습니다. 그러고는 졸음이 온다고 말하고 집 안으로 들어가 버렸습니다. 그러나 나는, 그녀가 촛불도 켜지 않고 오랫동안 닫혀진 창문 뒤에 서 있는 것을 보았습니다. 드디어 달이 기어올라 라인 강 위에 넘실거리기 시작했습니다. 만물이 환히 비쳐지며, 거무스름한 윤곽이 드러나고 경치가 일변하고 말았습니다. 우리들이 마시고 있는 술잔 속의 포도주까지도 이상한 빛을 내며 반짝거렸습니다. 바람은 날개라도 접은 듯 잠잠해지고, 대지에서는 향기롭고 따사로운 밤 공기가 풍겨 오고 있었습니다.

"갈 때가 됐군요!" 하고 나는 외쳤습니다. "그렇지 않으면 나룻배를 찾지 못할지도 모릅니다."

"그렇군요." 가긴도 되풀이했습니다.

우리는 오솔길을 따라 내려갔습니다. 갑자기 뒤에서 조약돌이 굴러 떨어졌습니다. 그것은 아샤가 쫓아왔기 때문입니다.

"넌, 아직 자지 않고 있었니?" 하고 오빠가 물었으나, 아샤는 아무 대답도 없이 우리 옆을 지나 뛰어내려갔습니다.

여관 뜰에는 대학생들이 붙여 놓은 마지막 횃불들이 아직 타다 남은 채로 있어서, 아래에서 위로 나뭇잎들을 비춰 주고 있었는데, 그 모양이 또한 축제일 같은 환상적인 인상을 돋우어 주는 것이었습니다. 아샤는 강변에 서서 뱃사공과 이야기하고 있었습니다. 나는 배에 뛰어오른 다음, 새로 사귄 친구들에게 작별 인사를 했습니다. 가긴은 내일 나를 찾아오겠다고 약속했습니다. 나는 그의 손을 잡고, 아샤에게도 손을 내밀었지만 아샤는 나를 바라보며 머리를 흔들 뿐이었습니다. 배는 강변을 떠나 급류 위를 가기 시작했습니다. 기운 센 노인은 캄캄한 물 위를 힘차게 노를 저어 갔습니다.

"당신은 달 속에 들어가서, 달을 부숴 버렸어요." 하고 아샤가 내게 큰 소리로 외쳤습니다.

나는 아래로 눈을 돌렸습니다. 배 옆에서 검은 물결이 넘실거렸습니다.

"잘 가세요!" 아샤의 목소리가 다시 울려 왔습니다.

"내일 또 만납시다." 하고 가긴이 그녀 뒤를 이어 소리를 질렀습니다.

배는 기슭에 닿았습니다. 나는 배에서 내려, 뒤를 돌아보았습니다. 이미 맞은편 강변에는 아무도 보이지 않았습니다. 달빛 기둥은 또다시 황금의 다리 모양, 넓은 강 위에 뻗어 있었습니다. 란네르 왈츠의 옛 곡조가 이별이라도 고하듯이 흘러왔습니다. 가긴의 말은 옳았습니다. 나는 마음속의 현들이 한 줄 한 줄 뒤흔들리면서, 애달픈 멜로디에 대답하는 것을 느꼈습니다. 향기로운 공기를 천천히 들이마시면서, 어두컴컴한 들판을 지나 집으로 향했습니다. 이렇게 집으로 돌아왔을 때는, 허전하면서도 한없는 기대를 갖고 달콤한 피로 속에 전신이 녹아 내리는 것 같았습니다. 나는 행복하다고 느꼈습니다. 그러나 무엇 때문에 행복했을까요. 나는 아무것도 원하지 않았고, 아무것도 생각하지 않았는데……그래도 난 행복했습니다.

나는 즐겁고 유쾌한 나머지 마음이 들떠서 저절로 웃음이 나오려고 했습니다. 나는 침대 속으로 들어가서 눈을 감으려고 했는데, 문득 생각해 보니 오늘 밤 그 쾌씸한 미망인에 대해서는 한 번도 회상하지 않았다는 것을 깨달았습니다. "도대체 어떻게 된 일일까?" 나는 자문해 보았습니다. "내가 반한 것은 아닐까?" 그러나 이런 생각을 하며 나는 요람 속의 어린애처럼 금방 잠들어 버린 것 같습니다.

3

이튿날 아침(나는 벌써 눈을 뜨고 있었으나, 아직 자리에서 일어나지 않았을 때입니다), 문 밑을 지팡이로 두드리는 소리가 들리더니,

그대는 자는가. 기타의 소리로
그대를 깨우겠노라……

하는 노랫소리가 들렸습니다. 나는 곧 가긴의 목소리라는 걸 알

았습니다.

나는 황급히 문을 열었습니다.

"안녕하십니까." 가긴은 들어오면서 말했습니다. "좀 일찍 깨운 것 같지만 그러나 보십시오, 얼마나 좋은 아침입니까. 이 신선함, 이 이슬, 그리고 종달새가 노래하고……."

그렇게 말하는 가긴 자신도 윤이 나는 곱슬곱슬한 머리, 드러난 목덜미, 불그스름한 장미빛 볼을 하고 있어서 이 아침과 같이 신선해 보였습니다.

나는 옷을 입고, 함께 밖으로 나가서 벤치에 앉았습니다. 그리고 커피를 가져오게 하고 이야기를 시작했습니다. 가긴은 미래의 계획을 이야기했는데, 상당한 재산도 있어서 아무에게도 의지하고 싶지 않으며, 일생을 그림 공부에 바치고 싶다고 말했습니다. 단지 생각을 늦게 해서, 오랫동안 허송 세월을 보낸 것을 후회하고 있었습니다. 나도 자신의 계획을 말하고, 겸해서 나의 불행한 연애의 비밀을 털어놓았습니다. 그는 동정하는 태도로 내 말을 듣고 있었지만, 내가 보는 바에 의하면 그다지 큰 동정을 얻은 것 같지는 않았습니다. 그는 내가 한숨을 짓자, 그 뒤를 이어 두어 번 가량 가볍게 한숨을 쉬고는 자기의 스케치를 보여 줄 테니 자기 집으로 가자고 말했습니다. 나는 선뜻 승낙했습니다.

집에 가 보니, 아샤는 없었습니다. 주인 마님의 말에 의하면, '성터'로 갔다는 것이었습니다. L거리에서 2베르스트 가량 떨어진 곳에 봉건 시대의 성터가 있었습니다. 가긴은 자기의 그림통을 모조리 펼쳐 보였습니다. 그 스케치 속에는 제법 생명과 진실이 깃들어 있어서, 무엇인지 자유롭고 광활한 데가 있었습니다. 그런데 한 가지도 완성된 것이 없이 제멋대로 그려져 있어 정확해 보이지가 않았습니다.

"그렇습니다, 그렇습니다." 하고 가긴은 한숨을 몰아쉬며, 내 말에 동의했습니다. "당신의 말이 옳습니다. 모두 조야하고 미숙한 그림들이죠. 할 수 없어요! 나는 제대로 배우지도 않았고, 게다가 슬라브식의 방탕에 빠지고 말았으니까요. 일에 대해서 공상할 동안은 독수리가 하늘을 나는 기분으로 땅덩어리라도 움직일 듯한 기세이지만, 정작 실행에 들어가면 금방 식어서 지치고 만답니다."

나는 원기를 돋우어 주려고 했으나, 가긴은 손을 흔들고 그림통을 한 아름에 안아서 긴 의자에 던져 버렸습니다.

"참을성만 있다면, 나도 어떻게 되겠지만," 하고 그는 이빨 사이로 내뱉듯이 말하는 것이었습니다. "그것이 모자란다면, 나는 귀족 도련님으로 일생을 마치게 될 겁니다. 자, 우리 아샤나 찾으러 갑시다."

우리는 밖으로 나갔습니다.

4

성터로 가는 길은 숲속에 싸인 좁은 계곡의 언덕을 따라 구불구불 굽어 있었습니다. 그 계곡 밑에는 한 줄기 냇물이 흐르며 돌에 부딪혀서 시끄러운 소리를 내고 있었습니다. 그것은 마치 우뚝 솟아 있는 어두운 능선 뒤에서 고요히 반짝이고 있는 큰 강으로 합류하려고 서둘고 있는 듯 느껴졌습니다. 가긴은 광선을 받아서 풍치가 달라진 몇 군데의 장소를 가리켰습니다. 그의 말 속엔 화가라고까지는 할 수 없어도 예술가다운 인상을 주는 것이 있었습니다. 곧 성터가 보였습니다. 앙상한 바위 꼭대기에 네모진 탑이 서 있었습니다. 탑 전체가 새까맣고, 세로 금이 가 있었지만 그래도 든든해 보였습니다. 이끼투성이의 성벽이 탑에 붙어 있었습니다. 여기저기 담쟁이가 뻗고, 구부러진 나무가 낡은 총안과 허물어진 지붕에 가지를 늘어뜨리고 있었습니다. 돌투성이의 오솔길은 허물어지지 않고 남아 있는 성문으로 통하고 있었습니다. 우리가 성문 근처에 도달했을 때, 갑자기 우리 앞에 여자의 모습이 어른거리더니 여러 가지 파편들이 산더미같이 쌓여 있는 위로 재빨리 달려가서 절벽 위의 가파르게 튀어나온 성벽에 앉는 것이었습니다.

"아, 저건 아샤다!" 하고 가긴은 외쳤습니다. "저애가 미쳤나!"

우리는 성문 속으로 들어가서, 사과나무와 쐐기풀로 반쯤 뒤덮인 자그마한 빈터에 섰습니다. 가파롭게 튀어나온 성벽 위에 앉아 있는 것은 아샤임에 틀림없었습니다. 그녀는 우리 쪽으로 얼굴을 돌리고 웃어댔지만, 그 자리를 떠나려고 하지 않았습니다. 가긴은 한 손가락을 쳐들어 위협을 하고, 나는 큰소리로 그녀의 부주의를 핀잔했습니다.

"놔 두세요," 가긴은 속삭이는 소리로 말했습니다. "그애를 놀리지 마세요. 당신은 그애의 성질을 모르시겠지만, 그애는 탑 위에까지 올라갈지도 모릅니다. 그것보다는 이 고장 사람들의 현명함에 놀라는 편이 나을 거예요."

나는 뒤돌아보았습니다. 한쪽 구석에 기대 세운 자그마한 판잣집에 한 사람의 노파가 앉아서 양말을 뜨면서, 안경 너머로 흘긋흘긋 쳐다보고 있었습니다. 그 노파는 관광객들을 상대로 맥주, 생과자, 젤리테르의 음료수를 팔고 있었습니다. 우리는 벤치에 앉아서, 주석으로 만든 묵직한 잔으로 제법 차가운 맥주를 마시기 시작했습니다. 아샤는 얇은 비단 목도리로 머리를 감싸고 두 다리를 아래로 늘어뜨린 채, 여전히 움직이지 않고 앉아 있었습니다. 균형 잡힌 그녀의 얼굴은 맑게 갠 하늘에 뚜렷이 아름답게 떠오르고 있었습니다. 그러나 나는 불쾌한 감정을 느끼며 그녀의 모습을 바라보는 것이었습니다. 벌써 전날 밤부터 나는 이 처녀에게서 무엇인지 긴장된, 자연스럽지 않은 그 무엇을 느꼈던 것입니다.

'그녀는 우리를 놀라게 할 생각이구나.' 하고 나는 생각했습니다. '왜 그럴까? 무슨 어린애 같은 짓일까?' 내 생각을 짐작했음인지, 그녀는 뚫어질 듯이 나를 쳐다보고는 다시 웃음보를 터뜨리고, 깡충깡충 두 번에 성벽을 뛰어내렸습니다. 그러고는 노파에게로 다가가서, 한 잔의 물을 청했습니다.

"오빠는 내가 마시려는 줄 아세요?" 하고 그녀는 오빠에게 돌아서며 말했습니다. "아니에요, 성벽 위에 꽃이 피었는데, 물을 줘야겠어요."

가긴은 아무 말도 없었습니다. 아샤는 컵을 손에 든 채, 허리를 굽히고 성벽을 기어오르기 시작했습니다. 이따금씩 발을 멈추어서는 우스울 만큼 조심스러운 태도로 몇 방울의 물을 흘렸습니다. 그러자 그 물방울은 태양 빛을 받아 반짝반짝 빛났습니다. 그녀의 행동이 무척 귀엽긴 했지만, 나는 여전히 그녀가 밉살스러웠습니다. 그렇지만 나는 그녀의 경쾌하고 민첩한 동작에 나도 모르게 마음이 끌리고 있었습니다. 어느 위험한 장소에 도달하자, 그녀는 일부러 큰소리로 외치고는 커다란 소리로 웃어대기까지 했습니다. 나는 점점 더 불쾌해졌다.

"아니, 산양처럼 저런 델 오르다니." 잠시 뜨개질에서 눈을 돌리고, 노파는 코맹맹이 소리로 중얼거렸습니다.

이윽고 아샤는 컵의 물을 비우고 나서, 어리광을 피우듯 이리저리 몸을 흔들면서 우리 있는 곳으로 돌아왔습니다. 그녀의 눈썹과 콧구멍, 입술은 이상한 미소 때문에 바르르 떨리고, 가늘게 뜬 새까만 두 눈은 거만하면서도 즐거운 빛으로 빛나고 있었습니다.

'당신은 내 행동을 못마땅하게 여기실지 모르지만,' 그녀의 얼굴은 이렇게 말하는 것 같았습니다. '그러나 괜찮아요. 당신이 나한테 반했다는 걸 나는 알고 있으니까.'

"아샤, 장하다, 장해." 가긴이 나직한 소리로 말했습니다.

아샤는 갑자기 부끄럽기라도 한 듯 기다란 속눈썹을 살며시 내리깔고, 죄진 사람 모양 살그머니 내 옆에 자리를 잡았습니다. 나는 그때 처음으로 그녀의 얼굴을 자세히 들여다보았습니다. 나는 지금까지 그렇게 변하기 쉬운 얼굴을 본 적이 없습니다. 잠시 후 그 얼굴은 점점 더 파리해지고, 슬픔이 깃든 긴장된 표정으로 변해 갔습니다. 얼굴의 윤곽까지도 크고, 엄숙하고, 단순해진 된 듯이 느껴졌습니다. 아샤는 아무 말도 하지 않았습니다. 우리는 성터를 한 바퀴 돌고(아샤도 뒤에서 쫓아왔습니다), 이곳 저곳 경치를 구경했습니다. 그러는 사이에 점심 시간이 다가왔습니다. 가긴은 노파에게 셈을 하고, 다시 한 잔의 맥주를 청하고 나서 내게로 몸을 돌리더니, 능청스럽게 얼굴을 찌푸리며 이렇게 외쳤습니다.

"당신의 마음을 지배하는 부인의 건강을 위해서!"

"아니 당신에게, 당신에게 그런 부인이 있었던가요?" 문득 아샤가 이렇게 물었습니다.

"누구한테나 있을 수 있는 일이지." 하고 가긴은 대꾸했습니다.

아샤는 잠시 생각에 잠겼습니다. 그녀의 얼굴은 다시 한 번 변하더니 도전하는 듯한 거만한 미소가 떠올랐습니다.

돌아오는 길에서 아샤는 더욱 깔깔대며 호들갑을 떨었습니다. 기다란 나뭇가지를 꺾어서 총 모양 어깨에 메고, 머리를 목도리로 동여맸습니다. 지금도 기억하고 있지만, 우리는 블론드 머리를 하고 점잔을 빼는 영국인 대가족(大家族)과 마주쳤습니다. 그런데 그들은 무슨 호령에라도 걸린 듯 싸늘한 놀라움에 사로잡혀 얼빠진 눈으로 아샤를 전송하는 것이었습니다. 그러나 아샤는 짓궂게도 커다란 소리로 노래를 부르기 시작했습니다. 집에 돌아오자 그녀는 곧 자기 방으로 들어갔다가 식사 때에야 얼굴을 내밀었습니다. 좋은 옷으로 갈아입고, 머리도 잘 손질하고, 허리를 잘록하게 졸라매고, 장갑까지 끼고 있었습니다. 식탁에 앉아서도 무척 얌전하고, 점잔이라도 빼는 듯이 음식에도 얼마 손을 대지 않고, 물도 자그마한 잔으로 마셨습니다. 확실히 내 앞에서 새로운 역할, 예절 있는 훌륭한 아가씨 역할을 하고 싶었던 것 같습니다. 가긴도 그것을 방해하려고 하지 않았습니다. 그는 모든 일에서 아샤를 마음대로 내버려두는 것이 습성이 되어 있는 것 같았습니다. 다만 때때로 선량한 표정으로 나를 바라보고는 한쪽 어깨를 으쓱해 보일 뿐이었으나, 그 모습은 '저애는 어린애니까 관대히 봐 주세요.' 하고 말하는 듯한 눈치였습니다. 식사가 끝나자마자, 아샤는 일어나서 우리에게 크닉센(무릎을 굽혀 인사하는 것)을 하고는, 모자를 쓰면서 프라우 루이제한테 가도 좋으냐고 가긴에게 물었습니다.

"너는 언제부터 내게 물어 보게 됐니?" 가긴이 태연스럽게, 그러나 약간 당황한 미소를 띠면서 대답했습니다. "우리하고 같이 있으면 지루하냐?"

"아니에요. 그렇지만 어제 프라우 루이제한테 놀러 가겠다고 약속했어요. 게다가 당신들 두 분끼리 앉아 계시는 것이 편할 것 같기도 해서요. N씨가 ―그녀는 나를 가리키며― 무엇인지 또 새로운 이야기를 들려 주실 테죠."

그녀는 밖으로 나갔습니다.

"프라우 루이제는," 하고 가긴은 나의 시선을 피하면서 말했습니다. "여기 전 시장의 부인이었는데, 지금은 미망인으로 사람은 좋지만 머리가 텅빈 노파예요. 노파는 무척 아샤를 귀여워해 줍니다. 그리고 아샤는 자기보다 신분이 낮은 사람들하고 사귀기를 좋아한답니다. 이런 것도 그애가 거만한 탓이겠죠. 당신도 보다시피 그애는 너무 어리광이 심해서." 그는 잠시 말을 끊었다가 이렇게 덧붙였습니다. "그런데 어떻게 할 도리가 있어야죠? 저는 아무에게도 싫은 소리를 하지 않는 성격인데다가 그애한테는 더욱 그럴 수가 없습니다. 제게는 그애를 관대히 보살펴 줄 의무가 있으니까요."

내가 잠자코 있었으므로, 가긴은 말머리를 돌렸습니다. 나는 가긴을 알면 알수록 더욱 돈독한 애정을 느꼈습니다. 나는 곧 그의 성격을 간파할 수 있었습니다. 그는 순수한 러시아인이었습니다. 정직하고 결백하고 단순한 사람이었습니다만, 가엾게도 마음이 약하고 인내력이 없고 정열도 없었습니다. 청춘의 힘이 샘처럼 끓어오르지 못하고 잔잔히 빛나고 있을 뿐이었습니다. 무척 정답고 현명하지만, 이 사람이 장년이 되었을 때 어떤 사람이 될지 상상할 수 없었습니다. 화가가 된다 해도……쓰라린 부단한 노력 없이는 화가가 될 수 없는 일인데…… 노력한다. 나는 그의 보드라운 얼굴을 바라보고, 온순한 말소리를 들으면서 이렇게 생각했습니다. '아니다! 자넨 노력할 순 없어, 참을 수 없어.' 그런데도 나는 이 남자를 사랑하지 않을 수 없었습니다. 나도 모르게 그쪽으로 마음이 끌렸습니다.

우리들은 네 시간 가량 둘이서 지냈습니다. 긴 의자에 앉기도 하고 집 앞을 천천히 거닐기도 하면서, 네 시간 동안에 우리는 완전히 융합하고 말았습니다.

해가 저물어 나도 집으로 돌아갈 때가 되었습니다. 아샤는 아직도 돌아오지 않았습니다.

"정말 어떻게 버릇 없는 앤지!" 하고 가긴은 말했습니다. "내가 바래다 드릴까요? 가는 길에 프라우 루이제의 집에 들러 봅시다. 거기에 있는지 없는지도 물어 볼 겸. 그다지 먼 길도 아닙니다."

우리는 거리로 내려갔습니다. 구불구불한 좁은 골목을 돌아서, 옆과 위로 두 개의 창문이 나 있는 4층 건물 앞에 걸음을 멈추었습니다. 2층은 1층보다 더 많이 거리로 튀어나오고, 3층과 4층은 2층보다도 많이 나와 있었습니다. 여기저기에 낡아빠진 조각물이 걸리고, 밑창은 두 개의 두터운 기둥으로 받쳐져 있었습니다. 위에는 뾰족한 기와지붕을 얹고, 지붕 밑방에는 주둥아리처럼 권양기(卷揚機)가 튀어나와 있어, 집 전체가 마치 웅크리고 앉은 커다란 새 같았습니다.

"아샤!" 하고 가긴이 외쳤습니다. "너 거기 있냐?"

등불이 켜진 3층 문이 쾅 하고 열리더니 아샤의 검은 머리가 보였습니다. 그 뒤에서는 이가 빠지고 정기가 없는 독일인 노파의 얼굴이 보였습니다.

"네, 여기 있어요." 아샤는 아양을 떨면서, 문턱에 팔꿈치를 괴고 말했습니다. "나는 여기가 좋아요. 자, 이걸 드릴 테니 받으세요." 가긴에게 양아욱꽃 가지를 하나 던지면서 덧붙였습니다. "나를 오빠가 생각하는 애인이라 생각하세요."

프라우 루이제가 웃었습니다.

"N씨가 가신대." 하고 가긴이 말했습니다. "네게 인사를 하겠단다."

"정말?" 아샤가 말했습니다. "그렇다면, 그 꽃을 그분에게 드리세요. 곧 돌아가겠어요."

이렇게 말하고 문이 닫혔는데 그녀는 프라우 루이제에게 키스를 하는 것 같았습니다. 가긴은 말없이 내게 꽃을 주었습니다. 나도 묵묵히 꽃을 받아 주머니에 넣고, 나루터까지 와서 강을 건넜습니다.

지금도 기억하고 있지만, 나는 아무 생각 없이 그러나 마음 속에는 이상한 괴로움을 느끼면서 집으로 돌아오고 있었는데, 문득 낯익은 그러나 독일에서는 좀체로 볼 수 없는 강한 냄새가 코를 찔렀습니다. 걸음을 멈추고 살펴보니, 길가에 조그마한 삼밭이 있었습니다. 그 냄새는 불현듯 내게 고향을 연상케 하고 강력한 향수를 불러일으켰습니다. 나는 러시아의 공기를 호흡하고 러시아 땅을 밟고 싶어졌습니다. "나는 여기서 무엇을 하고 있는가, 무엇 때문에 낯선 타국에서 방랑하고 있는가?" 하고 나는 외쳤습니다. 그러자 지금까지 마음속에 느끼던 암담한 괴로움은 갑자기 쓰라린, 타는 듯한 흥분으로 변해 갔습니다. 집에 돌아왔을 때는 어젯밤과는 전혀 다른 기분이었습니다. 나는 화가 치밀어 오랫동안 마음을 진정시킬 수가 없었습니다. 나 자신도 모를 울분에 사로잡혔습니다. 이윽고 자리에 앉아, 그 앙큼스러운 미망인의 일을 생각하고(그 여성을 공식적으로 회상하는 것은 나의 일과의 마지막이 되었습니다) 그녀에게서 받은 한 통의 편지를 꺼냈습니다. 그러나 나는 그것을 펼쳐 보려고도 하지 않았습니다. 나의 생각의 흐름은 갑자기 다른 방향으로 흘러갔습니다. 나는 생각하기 시작했습니다. 아샤의 일을 생각한 것입니다. 가긴이 이야기하는 도중에, 러시아로 돌아가는 데는 그의 귀국을 방해하는 어떤 곤란한 사정이 있다고 내게 암시하던 것이 문득 머릿속에 떠올랐습니다. "될 대로 돼라, 그의 동생인지 뭔지?" 하고 나는 소리쳤습니다.

나는 옷을 갈아입고, 자리에 누워서 잠을 청하려고 애썼습니다. 그러나 한 시간 후에는 다시 침대에서 일어나, 베개에 팔꿈치를 괴고, 그 '부자연스럽게 깔깔대는 변덕스러운 아가씨'의 일을 생각하기 시작했습니다. "그 처녀는 라파엘의 파르네진 속에 나오는 갈레테이의 소형(小型)이야." 하고 나는 중얼거렸습니다. "그렇다, 아샤는 그의 동생이 아니다⋯⋯."

한편, 미망인의 편지는 달빛을 받아 하얗게 빛나면서 마루 위에 조용히 누워 있었습니다.

5

이튿날 아침, 나는 다시 L거리로 갔습니다. 나는 가긴을 만나기 위해서라고 자신에게 다짐하고 있었습니다만, 마음 한구석에서는 아샤가 어떤 일을 하려는지, 또 어젯밤처럼 '기묘한 행동'을 하지나 않으려는지 그것이 보고 싶었던 것입니다. 가 보니 두 사람은 응접실에 있었습니다. 그런데 이상한 것은 내가 어젯밤과 오늘 아침에 러시아라는 것에 무척 마음이 끌리고 있는 탓인지도 모르겠지만 아샤는 완전히 러시아 처녀같이 보였습니다. 더욱이 소박한 처녀, 아니 하녀와도 같은 인상을 주었습니다. 그녀는 허술한 옷을 입고 머리칼을 귓전으로 빗어 넘기고, 다소곳이 창가에 앉아서 얌전하게 조용히 수를 놓고 있었습니다. 마치 일생 동안 그 일밖에는 아무것도 해본 일이 없다는 듯한 느낌이었습니다. 그녀는 거의 아무 말 없이, 침착하게 자기 일을 계속하고 있었습니다. 그녀의 얼굴은 조금도 뛰어난 점이 없는 평범한 표정을 하고 있어서, 나도 모르게 러시아 태생의 카챠라든가 마샤라는 처녀를 연상했을 정도였습니다. 더욱 비슷하게도 아샤는 〈아아, 그리운 어머니여〉를 나직한 소리로 노래하기 시작했습니다. 나는 그 노르스름한, 불이 꺼진 듯한 얼굴을 바라보면서 어젯밤의 공상을 상기하고, 어쩐지 아쉬운 생각이 들었습니다. 그날은 매우 화창한 날씨였으므로 가긴은 자연을 스케치하러 가겠다고 말했습니다. 나는 따라가도 좋은지 방해가 되지는 않는지 그에게 물어 보았습니다.

"천만에요." 그가 대답했습니다. "오히려 당신은 제게 좋은 충고를 해줄 수 있을 겁니다."

가긴은 반 다이크 식의 동그란 모자를 쓰고 블루자(윗저고리의 이름)를 입고, 마분지를 겨드랑이에 끼고 떠났습니다. 나는 그 뒤를 따라갔습니다. 아샤는 집에 남았는데, 가긴은 떠나면서 수프가 너무 연하지 않도록 조심하라고 부탁했습니다. 아샤는 자주 부엌에 나가 보겠다고 약속했습니다. 가긴은 낯익은 골짜기에 다다르자 바위 위에 자리를 잡고, 가지가 많이 뻗은 둥그렇게 구멍 뚫린 참나무 고목을 그리기 시작했습니다. 나는 풀 위에 누워서 책을 꺼냈지만 두 페이지도 읽지 못했고, 가긴은 종이 한 장만 버렸을 뿐이었습니다. 우리는 주로 토론을 많이 했는데, 내가 판단하는 바에 의하면 어떻게 일을 해야 하는가, 무엇을 피해야 하는가, 어떤 태도를 가질 것인가, 현대에서 화가의 의의란 과연 어떤 것일까 하는 문제에 대해서 제법 똑똑하고 자세하게 고찰했습니다. 이윽고 가긴은, '오늘은 기분이 내키지 않는다'고 말하고는 나하고 나란히 누웠습니다. 그러자 우리들의 젊음에 찬 이야기는 걷잡을 수 없이 흘러내려서, 혹은 열렬하게 혹은 생각에 잠겨 혹은 감격에 넘쳐 이야기들을 주고 받았습니다. 그러나 처음부터 끝까지 애매한 말뿐이었습니다. 러시아 사람은 이런 종류의 이야기에 곧잘 웅변을 토하는 법입니다. 배가 꺼지도록 지껄이고 나서, 마치 무슨 일이라도 한 듯한 만족감을 느끼면서 우리는 집으로 돌아왔습니다. 돌아와 보니 아샤는 우리들이 떠날 때와 마찬가지였습니다. 애써 살펴보아도, 아양을 떠는 기색도 없거니와 일부러 그러는 것 같은 눈치도 없었습니다. 이번만은 부자연스럽다고 핀잔할 수도 없었습니다.

"아하!" 하고 가긴이 말했습니다. "정진과 참회를 하려고 결심한 거군."

저녁때가 되자 아샤는 참을 수 없다는 듯 여러번 하품을 하고 일찍 자기 방으로 가 버렸습니다. 나도 이내 가긴과 작별 인사를 나누고 집으로 돌아왔습니다만, 이미 나는 아무것도 공상하지 않았습니다. 이날 하루는 건전한 기분 속에 흘러가 버렸습니다. 그러나 잊혀지지도 않습니다. 자리에 누우려고 하면서, 나는 문득 이런 말을 했습니다.

"정말 카멜레온 같은 여자다!" 그리고 잠깐 생각한 뒤 이렇게 덧붙였습니다. "그러나 어쨌든 아샤는 그의 동생이 아니야."

6

만 2주일이 지났습니다. 나는 매일같이 가긴의 집을 방문했습니다. 아샤는 나를 피하는 듯한 눈치였으나, 우리들이 처음 알게 된 며칠 동안 그렇게 나를 놀라게 했던 짓궂은 장난도 다시는 반복하지 않았습니다. 마음속에 무슨 슬픈 일이라도 있지 않으면 어떤 난처한 일이라도 있는 듯한 느낌이었습니다. 그녀는 그전같이 잘 웃지도 않았습니다. 나는 호기심을 가지고 그 모습을 관찰하고 있었습니다.

아샤는 제법 유창하게 프랑스어와 영어를 말했습니다만 여러 점으로 봐서, 어릴 때부터 여자의 손에 자라질 않고 가긴과는 조금도 공통점이 없는 기묘하고 특수한 교육을 받았다는 것이 느껴졌습니다. 가긴은 반 다이크 식의 모자와 블루자를 걸치고 있었음에도 불구하고, 그 몸 전체에서 부드럽고 연약한 대러시아의 귀족 같은 냄새를 발산하고 있었는데, 아샤는 조금도 아가씨 같은 기분이 나지 않았습니다. 모든 동작에서 무엇인지 불안스러운 느낌을 주었습니다. 이 야생의 나무는 바로 조금 전에 접목되었을 뿐으로, 술이라면 아직 발효중에 있다고 하겠습니다. 천성이 부끄러움을 타고난 겁쟁이인데다가, 그녀는 자신의 부끄러움에 화를 내고, 화가 동한 나머지 억지로 무례하고 대담한 태도를 취하려고 하지만 그것이 언제나 잘되는 것은 아닙니다. 나는 여러번 아샤에게 러시아에서의 생활이며, 그녀의 과거 일에 대해서 물어 보았으나 내 질문에 답하는 것을 꺼려하는 눈치였습니다. 그렇지만 외국으로 떠나기 전까지 오랫동안 시골에 살고 있었다는 것만은 알았습니다. 한 번은 그녀가 혼자서 책을 읽고 있는 것을 보았습니다. 그녀는 머리를 양손에 얹고, 손가락을 머리칼 깊숙이 집어넣은 채 열심히 읽어 내려가고 있었습니다.

"부라보!" 나는 그녀 옆으로 다가서며 이렇게 말했습니다. "매우 열심이군요?"

그녀는 머리를 쳐들고, 엄숙하고 교만한 눈으로 나를 바라보았습니다.

"당신은 제가 웃는 것밖엔 아무것도 못할 거라고 생각하시나요?" 이렇게 말하며 그녀는 나를 피하려고 했습니다.

나는 얼핏 책 제목을 보았습니다. 그것은 어떤 프랑스 소설이었습니다.

"그렇지만 당신의 선택에는 찬성할 수 없군요." 하고 나는 말했습니다.

"그럼, 무엇을 읽어야 해요?" 하고 소리치고는, 책을 탁자 위에 내동댕이치며 덧붙였습니다. "그렇다면, 밖에 나가 장난을 치는 편이 낫겠군요." 하고 뜰로 뛰쳐 나갔습니다.

그날밤, 나는 가긴에게 〈헤르만과 도로테야〉를 읽어 주었습니다. 아샤는 처음엔 줄곧 우리 옆을 왔다갔다 하고 있었습니다만, 문득 발을 멈추고 귀를 기울이더니 살며시 내 옆에 앉아서 끝까지 낭독을 들었습니다.

이튿날, 나는 또다시 그녀를 알아볼 수 없었습니다. 그러나 곧 머릿속에 떠올랐습니다. 그녀는 도로테야처럼 가정적인 침착한 여자가 되어 보겠다고 생각했던 것입니다. 요컨대 그녀는 내 눈에 반수수께끼와도 같은 존재로 나타난 셈입니다. 말할 수 없이 강한 그녀의 자존심이 내 마음을 끌었습니다. 내가 화를 내고 있을 때조차도 그랬습니다. 그런데 단 한 가지, 점점 내 확신을 굳게 해주는 것이 있었습니다. 그것은 그녀가 가긴의 동생이 아니라는 것입니다. 가긴이 아샤를 대하는 태도는 오누이 같지 않았습니다. 너무나 상냥하고 너무나 관대한데다가 약간 부자연스러운 데까지 있었습니다.

그러던 중, 어느 기묘한 기회가 나의 의혹을 확신시켜 주었습니다.

어느 날 밤, 가긴이 살고 있는 포도밭에 다가갔을 때, 나는 사립문이 잠겨 있는 것을 발견했습니다. 별다른 생각 없이, 그 전에 이미 보아두었던 부서진 울타리까지 가서 훌쩍 뛰어넘었습니다. 거기서 멀지 않은 오솔길 옆에 아카시아로 만든 자그마한 정자가 있었습니다. 내가 그곳까지 가서 그냥 지나쳐 버리려 하는데 갑자기 아샤의 목소리가 들려 왔습니다. 눈물 어린 흥분한 어조로 이런 말을 하고 있었습니다.

"아니, 당신 이외에는 아무도 사랑하고 싶지 않아요. 아니에요, 아니에요. 당신 한 사람만을 사랑하고 싶어요. 언제까지나."

"됐어, 아샤, 진정해." 하고 가긴은 말하는 것이었습니다. "너도 알고 있겠지, 내가 너를 믿는다는 것을."

두 사람의 목소리는 정자 안에서부터 들려 오고 있었습니다. 성글게 뒤엉켜 있는 나뭇가지 사이를 통해서, 나는 두 사람의 모습을 보았습니다. 그러나 그들은 나를 알아보지 못했습니다.

"당신, 당신 한 사람만을." 아샤는 되풀이하며 가긴의 목에 달려들어 경련적으로 흐느끼고 키스하고 그의 가슴으로 파고들었습니다.

"됐어, 됐어." 하고 가긴은 그녀의 머리칼을 살며시 어루만지며 되풀이하는 것이었습니다.

잠시 동안 나는 옴쭉달싹 않고 서 있었습니다만 불현듯 정신이 들었습니다. '그들한테로 가 볼까……? 아니, 무엇 때문에!' 이런 생각이 머리를 스쳤습니다. 나는 재빨리 울타리로 걸어가 단번에 뛰어넘어 한길로 나와서는 거의 뛰다시피하여 집으로 돌아왔습니다. 나는 혼자 미소를 짓기도 하고 손을 비비기도 하면서, 별안간 나의 상상을 확신시켜 준 우연이란 것에 놀랐습니다.(나는 한시도 그들의 진실을 의심해 본 적은 없었습니다) 그러나 어쨌든 나의 가슴속은 몹시 쓰라렸습니다. '그런데' 나는 생각했습니다. '그 두 사람이 그렇게 가장할 수 있다니! 그러나 무엇 때문일까? 어째서 내 눈을 속이려고 할까? 그 사나이가 그런 일을 하리라곤 생각지도 못했는데…… 그리고 그 감상적인 이야기란?'

7

나는 제대로 잠을 이룰 수 없었으므로, 이튿날 아침은 일찍 일어나 등에 배낭을 짊어지고, 주인 마님한테는 오늘밤 기다리지 말아 달라는 부탁을 남긴 다음 Z거리에 흐르는 강 상류로 올라가, 도보로 산으로 향했습니다. 이 산은 개의 잔등(Hundesrück)이라고 불리는 산맥의 줄기로, 지질학적으로도 매우 흥미로운 곳이었습니다. 특히 규칙적인 순수한 현무암층이 볼 만했습니다. 그렇지만 나는 지질학을 관찰하고 있을 기분이 아니었습니다. 나는 마음속에 무슨 일이 일어나고 있는지조차 알 수 없었습니다. 다만 한 가지, 가긴을 만나고 싶지 않다는 감정만은 뚜렷했습니다. 갑자기 그 오누이를 싫어하게 된 유일한 원인은 그들이 교활하기 때문이라고 확신했습니다. 도대체 무엇 때문에 오누이들처럼 행세하려는 걸까? 그렇지만 나는 될 수 있는 한 그들의 일을 생각지 않기로 했습니다. 천천히 산과 골짜기를 돌아다니고는, 시골 음식점에서 쉬면서 주인과 손님들하고 정답게 이야기를 주고받기도 하고, 혹은 편편하고 따스한 바위 위에 누워서 구름이 흐르는 것을 멍청히 바라보기도 했습니다. 다행히 좋은 일기가 계속되었습니다. 이런 상태에서 사흘을 보냈습니다만, 그다지 나쁜 기분은 아니었습니다. 가끔가다가 마음이 쓰라릴 때가 있기는 했지만 어쨌든 이 지방의 고요한 자연에 알맞은 심정이 되어 있었습니다.

나는 고요한 우연의 장난과 눈앞에 어른거리는 인상에 온몸을 내맡겼습니다. 그들은 천천히 변하면서 내 마음속을 흘러내리고, 나중에는 하나의 공통적인 감정을 남겼습니다. 그 감정이란, 내가 이 사흘 동안에 보고, 듣고, 느낀 모든 것 ─ 숲속에 풍기는 미묘한 송진 냄새, 딱따구리의 쪼는 소리며 외치는 소리, 모래 깔린 밑창에서 노니는 알록달록한 송어를 비쳐 주는 맑은 냇물의 끊임없는 지껄임, 그다지 뛰어나지 않는 산과 산의 윤곽, 험상궂은 바위, 성스러운 느낌을 주는 낡은 교회며 나무들이 우거진 아담스러운 마을, 풀밭에 내린 황새, 물방아가 재빨리 돌아가는 아늑한 제분소, 마을 사람들의 순박한 얼굴, 그들이 입고 있는 파란 재킷과 회색 양말, 피둥피둥 살찐 말, 때로는 소에 매달려 찌걱거리며 느릿느릿 끌려가는 손수레, 사과와 배나무가 심어진 깨끗한 한길을 걸어가는 머리가 텁수룩한 젊은 방랑객— 이와 같은 모든 것이 융합되었던 것입니다.

지금도 그때의 인상을 회상하면 마음이 즐거워집니다. 단순한 만족에 살며, 일은 빠르지 않아도 가는 곳마다 끈기있고 부지런한 흔적을 엿볼 수 있는 독일 땅의 소박한 한 구석, 나는 이곳과 작별 인사를 나누었습니다. 잘 있거라, 평화로운 마을이여!

사흘째로 접어든 저녁녘에 집으로 돌아왔습니다. 미처 말씀드리지 못했습니다만, 나는 가긴 오누이에게 화가 난 나머지 그 무정한 미망인의 모습을 소생시켜 보려고 애를 썼으나 그 노력도 허사였습니다. 지금도 기억하고 있습니다만, 한 번은 그 미망인의 일을 생각하리라 마음먹고 있으려니 얼굴이 둥그스름한 댓 살 가량의 시골 계집애가 천진난만한 눈을 커다랗게 뜨고 내 앞에 서 있는 것을 보았습니다. 그애는 어린애다운 순진한 눈으로 나를 바라보고 있었는데 나는 그애의 깨끗한 눈초리를 받고 부끄러운 마음이 앞섰습니다. 그애 앞에서는 거짓말을 하고 싶지 않았기 때문에 나는 곧 예전의 미망인과 깨끗이, 영원히 이별을 고하고 말았던 것입니다.

집에 돌아와 보니, 가긴의 편지가 놓여 있었습니다. 그는 급작스러운 나의 생각에 놀랐으며, 어째서 자기를 데리고 가지 않았느냐고 핀잔을 하고, 돌아오는 대로 곧 자기들이 있는 데로

와 달라고 씌어 있었습니다. 나는 언짢은 기분으로 이 편지를 읽었습니다만, 이튿날엔 이미 L거리로 향하고 있었습니다.

8

 가긴은 자못 정답게 나를 맞으면서, 상냥스러운 핀잔을 퍼부었습니다. 그러나 아샤는 나를 보자 아무 이유 없이 깔깔거리고는 그전처럼 황급히 도망가 버렸습니다. 가긴은 어쩔 줄 몰라, 아샤가 나간 뒤에 그애는 미치광이라고 중얼거리고 내게 용서를 빌었습니다. 솔직히 말씀드려서, 나는 아샤가 몹시 기분에 거슬렸습니다. 그렇지 않아도 기분이 언짢은데다가 또다시 부자연스럽게 웃어대며 이상한 행동을 하니 말입니다. 하지만 나는 아무렇지도 않다는 듯한 표정을 짓고, 나의 짤막한 여행을 가긴에게 상세히 말했습니다. 가긴은 내가 없을 때 한 일을 들려 주었습니다. 그렇지만 우리들의 이야기는 서먹서먹했습니다. 아샤가 방 안에 들어왔다가 다시 밖으로 뛰어 나갔습니다. 이윽고 나는 급한 일이 있어서 집으로 돌아가야겠다고 말했습니다. 가긴도 처음엔 말리려고 했지만, 물끄러미 나를 바라보고는 바래다 주겠다고 말했습니다. 현관까지 나오니, 갑자기 아샤가 내 옆으로 다가와서 내게 손을 내밀었습니다. 나는 살며시 그녀의 손을 잡고 약간 머리를 숙였습니다. 나는 가긴과 함께 라인 강을 건너서, 마돈나의 조상이 있는 내가 좋아하는 오리나무 옆을 지나가려 할 때, 두 사람은 경치를 바라보기 위해서 벤치에 앉았습니다. 이때 두 사람 사이엔 신기한 얘기들이 오고 갔습니다.

 처음 우리는 몇 마디 얘기를 나누고는 반짝거리는 강을 바라보며 입을 다물고 말았습니다.

"그런데," 문득 가긴은 상냥한 미소를 띠며 말하기 시작했습니다. "당신은 아샤를 어떻게 생각하십니까? 틀림없이 이상한 여자라고 생각하실 테죠?"

"그렇습니다." 나는 약간의 의아심을 느끼면서 대답했습니다. 가긴이 먼저 아샤의 일을 말하리라곤 꿈에도 생각지 못했기 때문입니다.

"그애를 비평하시려면 먼저 그애의 사람됨을 알아야 합니다." 하고 가긴은 말했습니다. "그애의 마음씨는 무척 좋습니다만, 너무 머리가 영리해 놔서 그애를 다룰 수가 없습니다. 그렇다고 그앨 욕할 수도 없구요. 당신이라도 만일 그애의 과거를 아신다면……."

"그애의 과거라니요?" 하고 나는 가로챘습니다. "그렇다면 아샤는 당신의 동생이 아니란 말씀인가요……?"

"아니, 당신은 그애가 제 동생이 아니라고 생각하십니까? 천만에요." 그는 나의 당황한 모습에는 주의를 돌리지도 않고 말을 이었습니다. "그애는 정말 제 동생입니다. 제 아버지의 딸이에요. 자, 들어 보세요. 나는 당신을 신임하기 때문에 모든 것을 털어놓겠습니다."

"저희 아버지는 매우 선량하고 현명하고 교양 있는 분이었지만 행복하진 못했습니다. 운명이란 것이 다른 사람들에 비해서 유달리 아버지에게만 가혹했던 것은 아닙니다. 그러나 아버지는 운명의 첫번째 타격을 참아낼 수 없었습니다. 아버지는 젊을 때 연애 결혼을 했는데 그의 아내, 다시 말해서 제 어머니는 무척 빨리 세상을 떠났습니다. 제가 세상에 태어난 지 6개월 되던 때입니다. 아버지는 저를 데리고 시골로 가서, 만 12년 동안 줄곧 그곳에서만 살았습니다. 아버지가 손수 저를 교육시켰는데 만일 이때 아버지의 형, 저의 삼촌이 시골 집으로 오시지 않았다면 저는 아버지하고 헤어지지 않았을지도 모릅니다. 삼촌은 언제나 페테르부르크에서 사셨고, 꽤 지위도 높았습니다. 삼촌은 저를 맡아 기르겠다고 아버지를 설복시켰습니다. 그것은 아버지가 아무리 말해도 시골을 떠나는 데 동의하지 않았기 때문입니다. 삼촌은 아버지에게 내 나이 또래의 소년이 이러한 적막한 속에 산다는 것은 이롭지 않다, 그리고 아버지와 같이 언제나 우울하고 말없는 선생에게 붙어 있다면 필경 동년배 애들보다 떨어질 것은 정한 일이고, 게다가 애의 성질마저 나빠질지도 모른다고 말했습니다. 아버지는 오랫동안 형의 권고에 찬성하지 않았습니다만, 결국에 가선 양보하고 말았습니다. 저는 아버지와 헤어질 때 목을 놓고 울었습니다. 한 번도 아버지의 얼굴에서 미소라는 걸 찾아보지도 못했습니다만, 그래도 저는 아버지가 좋았습니다. 그러나 페테르부르크로 나오고 보니, 그 어두컴컴하고 쓸쓸한 보금자리도 이내 잊혀지고 말았습니다. 저는 사관학교에 입학하고, 거기에서 근위 연대로 들어갔습니다. 저는 해마다 몇 주일씩 시골에 돌아가곤 했습니다만, 아버지는 점점 더 우울해지고 심각해져서, 늘 겁에 질린 사람 모양 시름에 잠겨 있곤 했습니다. 아버지는 매일같이 교회에 다니셨는데, 말하는 것까지 잊어버린 것 같았습니다. 언젠가 집에 갔을 때 (이미 스무 살이 지났을 때입니다), 열 살 가량의 여위고 눈이 까만 계집애, 즉 아샤가 집에 있는 것을 처음 봤습니다. 아버지의 말에 의하면 고아이기 때문에 우리가 맡아 기르기로 했다는 것이었습니다. 정말 아버지는 그렇게 말했습니다. 저는 그애에게 특별한 주의를 돌리진 않았습니다. 그애는 짐승 새끼처럼 사람을 싫어했고, 민첩하고 말이 없었습니다. 제가 아버지의 사랑하는 음침하고 커다란 방으로 들어가면 —이 방은 어머니가 돌아가신 방으로 낮에도 촛불이 켜져 있었습니다— 그애는 금방 아버지의 볼리채르 식 안락의자 밑이 아니면 책장 뒤에 숨어 버리고 마는 것이었습니다. 그로부터 3,4년간, 저는 근무상의 사정으로 시골에 돌아가지 못했습니다. 아버지한테서는 매달 짤막한 편지를 한 장씩 받고 있었습니다. 그러나 아샤의 이야기를 쓰는 일은 드물었고, 쓴다 해도 간단히 몇 마디 적혀 있을 뿐이었습니다. 아버지는 벌써 50고개를 넘었습니다만, 그래도 아직 젊은 사람같이 건장했습니다. 그런데 내 놀라움을 상상해 보세요. 별안간 나는 지배인한테서 편지를 받았는데, 그 속에는 아버지가 위독하니 마지막 이별을 고하고 싶다면 될 수 있는 대로 빨리 돌아와 달라는 사연이 적혀 있었습니다. 나는 부랴부랴 달려가서 아직 생존해 계시는 아버지를 만나 볼 수 있었습니다만, 이미 마지막 숨을 거두려는 찰나였습니다. 아버지는 매우 기뻐하시며 그 여윈 손으로 저를 끌어안고, 무엇인지 살피는 듯한 비는 듯한 눈초리로 한참 동안 제 얼굴을 바라보고 계셨습니다. 그리고 반드시 임종의 부탁을 실행하겠다는 맹세를 받고 나서, 아버지는 늙은 하인에게 아샤를 데려오라고 명했습니다. 이윽고 노인은 아샤를 데리고 왔습니다만, 아샤는 간신히 서 있을 정도로 전신을 오들오들 떨고 있었습니다.

"자," 아버지가 간신히 입을 열었습니다. "내 딸을, 네 동생을 네게 맡긴다. 모든 일은 이 야코프에게 물으면 알 수 있을 거다." 하고 아버지는 하인을 가리키며 덧붙이는 것이었습니다.

아샤는 목을 놓아 울면서 침대머리에 얼굴을 파묻었습니다. 아버지는 반시간 후 운명하고 말았습니다.

그 후 저는 아샤의 사연을 알았습니다. 아샤는 제 아버지와 예전에 어머니의 몸종이었던 타치야나 사이에 생긴 딸이었습니다. 저는 그 타치야나를 지금도 생생히 기억하고 있습니다. 그 날씬하고 균형 잡힌 모매이며, 품위 있고 날카롭고 영리한 얼굴이며, 그 커다란 눈을. 그녀는 틈을 주지 않는 거만한 처녀였습니다. 황송한 표정으로 말끝을 흐리며 말하는 야코프 노인의 얘기 속에서 추측하건대, 아버지는 어머니가 돌아가신 몇 년 후 타치야나와 관계를 맺은 것 같았습니다. 그때 타치야나는 이미 주인댁에 있지 않았고, 가축들을 돌보는 시집 간 언니 집에 가 있었습니다. 아버지는 몹시 타치야나를 사랑해서 제가 시골에서 나가 버린 다음 결혼까지 하려고 원했습니다만, 그녀는 아버지의 소원에도 불구하고 아버지의 아내가 되는 것을 기어이 반대했다는 것이었습니다.

"돌아가신 타치야나바실리예프나는," 하고 야코프 노인은 뒷짐을 지고 문 옆에 서서 말했습니다. "만사에 분별 있는 분으로, 당신 아버지에게 수치가 되는 일을 원하시지 않았습니다. 제가 어떻게 당신 아내가 된단 말이에요? 제가 어떻게 귀부인 행세를 할 수 있어요?" 이렇게 말씀하셨습니다. 제 앞에서 말입니다.

타치야나는 저택으로 이사 오는 것까지 원하지 않아서, 아샤와 함께 자기 언니 집에서 살고 있었습니다. 저는 어릴 때 가끔 타치야나를 보곤 했는데, 단지 일요일마다 교회에서 볼 뿐이었습니다. 그녀는 까만 수건으로 머리를 동여매고, 노란 숄을 어깨에 두르고, 사람들 틈바구니에 끼어 창가에 서 있었으나, 그녀의 단정한 옆모습은 투명해 보이는 유리창에 뚜렷이 떠올랐습니다. 옛날식으로 깊숙이 허리를 굽히며 공손하고 엄숙하게 기도를 올리고 있었습니다. 삼촌께서 저를 데리고 가시던 해 아샤는 겨우 두 살이었는데, 그녀는 아홉 살 때 어머니를 잃었습니다.

타치야나가 세상을 떠나자 아버지는 아샤를 자기 저택으로 데려왔습니다. 아버지는 그전부터 그애를 자기 슬하로 데려오고 싶었습니다만 타치야나는 그것마저 거절했던 것입니다. 아샤가 처음으로 저택에 오게 되었을 때, 그애의 마음에 어떤 변화가 일어났을지는 상상에 맡기겠습니다. 그애는 처음으로 비단 옷을 입고, 모든 사람한테서 조그마한 손에 키스당하던 일을 지금도 잊어버릴 수는 없을 것입니다. 어머니가 살아 있을 때에는 매우 엄하게 취급되었지만, 아버지한테 오고 나서는 완전히 자유의 몸이 됐으니까요. 아버지가 그애의 선생이었고 그 밖에 다른 사람이라곤 보지도 못했습니다. 아버지는 그애를 애지중지 귀여워했던 것은 아닙니다. 즉 그애에게 특별한 관심을 돌리진 않았으나 무척 사랑하고 있어서, 그애가 하는 짓이라면 뭐든지 말리지 않았습니다. 그것은 마음속에 그애에 대한 미안한 생각이 깃들어 있었기 때문입니다. 얼마 안 있어 아샤는 자기가 이 집 주인이라는 것을 알게 되었고 아버지가 주인 나리라는 것도 알았습니다만, 자기의 위치가 떳떳하지 못하다는 것도 이내 깨닫게 되었습니다. 그애 마음속엔 자만심과 의혹도 많이 발달했습니다. 나쁜 습관이 몸에 배게 되고 단순성을 잃고 말았습니다. 아샤는 온 세상 사람들에게 자기의 출신을 잊어버리게 하고 싶었습니다. (그애 자신이 어느 날 제게 그것을 고백했습니다) 자기 어머니를 부끄럽게 생각하는 동시에 그 부끄러움을 수치스럽게 여기고, 결국은 어머니를 자랑하게 되었단 말입니다. 당신도 보시다시피 그애는 많은 것을 알고 있습니다. 그애 나이로선 알아서는 안 될 것까지 말이에요……. 그렇지만 과연 그애의 잘못일까요? 청춘의 힘이 그애의 몸 속에서 용솟음치고 피가 끓고 있는데, 그애를 올바른 방향으로 지도해 줄 사람이 한 사람도 없으니 말입니다. 완전한 자유가 부여되어 있지만, 그것을 지니고 나간다는 것이 과연 용이한 일이겠어요? 그애는 다른 처녀들한테 지지 않으려고 책에 달라붙었습니다. 이런 것으로 좋은 결과가 나올 수 있겠습니까? 비정상적으로 시작된 생활은 역시 비정상적으로 굳어지고 말았지만, 그러나 마음만은 나빠지지 않았고 두뇌도 그대로 무사했습니다.

그렇게 해서 스무 살밖에 안 된 제가 열세 살 먹은 소녀를 길러 나가게 된 것입니다! 아버지가 돌아가신 후 며칠 동안은 제 목소리를 듣기만 해도 그애는 열을 일으키곤 했습니다. 제가 귀여워해 주면 수심에 잠겼습니다만, 간신히 조금씩 그애도 저를 따르게 됐습니다. 사실 그 후 제가 그애를 친동생으로 인정하고 동생처럼 사랑한다는 것을 깨닫자, 그애는 열렬하게 저를 사랑하게 되었습니다. 그애의 감정에는 어떤 것이든 미적지근한 것이 없으니까요.

저는 그애를 데리고 페테르부르크로 나왔습니다. 그애하고 떨어진다는 것은 몹시 고통스러웠지만 아무래도 그애하고 같이 살 수는 없었습니다. 저는 그애를 가장 좋은 기숙사 가운데 한

곳에 집어 넣었습니다. 아샤도 헤어져야 한다는 것을 알고는 있었으나, 그때부터 앓기 시작해서 하마터면 생명이 위태로웠을 정도였습니다. 이윽고 그애는 차츰 익숙해져서, 그 기숙사에서 4년간 지냈습니다. 그런데 저의 기대와는 반대로 아샤는 그전과 조금도 달라진 데가 없었습니다. 사감은 자주 아샤에 대한 불평을 늘어놓았습니다.

'그애는 벌을 줄 수도 없고,' 하고 사감은 말했습니다. '귀여워해도 말을 듣지 않으니.' 아샤는 비상한 이해력을 가지고 있었고 공부도 잘해서 학급에서도 1등이었습니다. 그러나 절대로 일반 수준에 가까워지려고 하지 않고, 고집만 부리고 노상 새침한 얼굴을 하고 있었습니다. 저도 너무 그애를 책망할 순 없었습니다. 그애 입장에서는, 누구의 종 노릇을 하든가 사람을 피하든가 그 밖에는 다른 방법이 없었으니까요. 많은 친구들 가운데서도 아샤하고 친한 것은 얼굴이 못생기고 남한테 놀림을 받는 가난한 처녀 한 사람뿐이었습니다. 아샤와 같이 배운 나머지 처녀들은 대개 양가(良家) 출신의 아가씨들이었지만 모두 그애를 싫어해서, 기회 있는 대로 독설을 퍼붓고 놀려 대는 것이었습니다. 그렇지만 아샤는 조금도 양보하지 않았습니다. 어느 날 신학 시간에 선생이 악덕이라는 말을 끄집어냈을 때, '추종과 비겁은 가장 나쁜 악덕입니다.' 하고 아샤는 커다란 소리로 말했습니다. 한 마디로 말해서 그애는 그전의 길을 계속해서 걸어나가고 있었습니다만, 거동만은 좋아졌습니다. 그렇다 해서 이 점에도 커다란 진보를 했던 것도 아닙니다.

드디어 그애는 만 열일곱 살이 되었습니다. 더이상 기숙사에 남아 있을 수도 없었으므로 저는 무척 곤궁에 빠졌습니다. 그런데 문득 좋은 생각이 떠올랐습니다. 즉 퇴직을 하고, 1년 혹은 2년 동안 아샤를 데리고 외국 여행을 떠나는 것이었습니다. 그 생각대로 실행해서, 지금 우리는 라인 강변에 머무르면서 저는 애써 그림 공부를 하고 있고, 그애는 변함없이 장난을 치며 기묘한 행동으로 소일하고 있는 것입니다. 이젠 당신도 너무 지쳐서 그애를 비평하지는 않으리라 믿습니다. 그애는 만사 무서운 것이 없다는 듯 가장하고 있습니다만, 모든 사람의 의견 특히 당신의 의견을 존중하고 있답니다."

이렇게 말하며 가긴은 자기 얼굴에 상냥한 미소를 띠었습니다. 나는 가긴의 손을 꼭 붙잡았습니다.

"모두 이대로예요." 하고 가긴이 다시 말하기 시작했습니다. "그런데 그애 때문에 야단났습니다. 정말 화약 같은 애니 말이에요. 지금까지는 아무도 좋아하는 사람이 없었지만, 만일 누구든지 사랑하게 된다면 큰일일 겁니다! 저는 이따금씩 그애를 어떻게 하면 좋을지 모를 때가 있습니다. 요전만 해도 무엇을 생각했는지 그애는 갑자기 오빠는 내게 전보다 냉정해졌지만 나는 오빠만을 사랑하고, 일생 동안 오빠 한 사람만 사랑하겠다고 맹세를 하는 거예요……. 게다가 그렇게 말하면서 울음을 터뜨리니 말입니다……."

'거 참…….' 하고 나는 말하려 했으나 혀를 깨물며 참았습니다.

"그런데 말이에요." 하고 나는 가긴에게 물어 보았습니다. "이왕 허물 없는 사이가 됐으니 물어 보겠습니다만, 아샤는 지금까지 아무도 좋아하지 않았다는 게 사실인가요? 페테르부르크에선 많은 청년들을 보았을 텐데요."

"대체로 그애 마음에 드는 청년이 없었습니다. 아니, 아샤가 바라고 있는 건, 영웅이든가 특수한 사람 그렇지 않으면 그림 속에 나오는 산골짜기의 목인(牧人) 같은 사람일 겁니다. 그런데 당신을 붙들어 놓고 너무 많이 지껄인 것 같군요." 하고 가긴은 자리에서 일어나며 덧붙였습니다.

"저," 하고 나는 말했습니다. "당신 집으로 돌아갑시다. 저도 집으로 가기는 싫군요."

"그럼 당신의 일은?"

나는 아무 대답도 하지 않았습니다. 가긴은 빙그레 정다운 미소를 지었습니다. 이윽고 우리는 L거리로 되돌아왔습니다. 낯익은 포도밭과 산마루에 서 있는 하얀 집을 보자, 나는 어떤 달콤한 감정을 느꼈습니다. 마치 마음속으로 살며시 꿀이라도 부어 넣는 듯한 감미로운 느낌이었습니다. 가긴의 말을 듣고 나서 가슴속이 후련해졌던 것입니다.

9

아샤는 바로 문앞에서 우리를 맞아 주었습니다. 나는 이번에도 간드러지게 웃어대리라고 기대하고 있었는데, 뜻밖에 그녀는 파리한 얼굴을 하고 말없이 눈을 내리깔고 나왔습니다.

"자, 또 왔다." 하고 가긴이 말했습니다. "자기 쪽에서 먼저 돌아가자고 하길래."

아샤가 의아스러운 눈초리로 나를 바라보았습니다. 나는 나대로 아샤에게 손을 내밀고, 이번에는 그녀의 싸늘한 손을 꼭 눌러 주었습니다. 나는 아샤가 불쌍해졌습니다. 그전에 나를 당황케 하던 여러 가지 일, 즉 마음속의 불안이며 버릇없는 행동,

점잖아지려는 경향을 이제 와선 똑똑히 알았기 때문입니다. 나는 이 처녀의 마음속을 들여다볼 수 있었습니다. 남모르는 마음의 압박이 끊임없이 그녀의 가슴을 억눌러서 경험 없는 자존심이 불안스럽게 뒤엉키고 꿈틀거리고 있었습니다만, 그녀는 진실을 찾으려고 애쓰고 있었습니다. 이 기묘한 처녀에게 어째서 마음이 끌리는지 이제야 겨우 알았습니다. 그녀의 날씬한 몸 전체에 흐르고 있는 반야성적인 미, 단지 그것만이 나를 끌게 한 것은 아니었습니다. 나는 그녀의 혼이 마음에 들었던 것입니다.

가긴은 자기의 스케치를 들추기 시작했습니다. 나는 아샤에게 포도밭을 산책하자고 권했습니다. 그녀는 즐거운 표정으로 이 말을 기다리기라도 한 듯 쾌히 승낙해 주었습니다. 우리는 산중턱까지 내려가서 평탄한 돌 위에 앉았습니다.

"당신은 여행하는 동안 우리들이 없어서 적적하시지 않으셨어요?" 하고 아샤가 말문을 열었습니다.

"그럼, 당신은 제가 없어서 적적했었나요?" 하고 나는 물었습니다.

아샤는 곁눈질해 나를 보고,

"그럼요." 하고 대답하고, "산은 좋았어요?" 하고 곧 덧붙였습니다. "높은 산인가요? 구름보다 높아요? 보신 것을 이야기해 주세요. 오빠에겐 말씀하셨지만 저는 아무 말도 듣지 못했으니까요."

"그건 당신이 마음대로 밖에 나가 버렸으니까 그렇죠." 하고 나는 말했습니다.

"제가 나간 것은……그건……그렇지만 이젠, 보시는 것처럼 아무 데도 안 나갈 테에요." 그녀는 믿음직스러운 상냥한 어조로 이렇게 말했습니다. "당신은 오늘 성이 나셨군요."
"제가요?"
"네."
"어째서요, 그렇지 않습니다……"
"모르겠어요. 하지만 당신은 오늘 기분이 좋지 않았어요. 그래서 성난 채로 돌아가셨던 거 아녜요? 당신이 그렇게 돌아가셨기 때문에, 저는 몹시 기분이 언짢았어요. 그래도 돌아와 주셨으니 정말 기뻐요."
"저도 돌아온 것을 기쁘게 생각합니다." 하고 나는 말했습니다.
아샤는 어린애들이 기분 좋을 때 하는 버릇처럼 어깨를 흠칫하니 흔들거렸습니다.
"그런데요, 전 사람의 마음을 추측할 줄 안답니다." 하고 그녀는 말을 이었습니다. "그전에도 다른 방에서 들려 오는 아버지의 기침 소리를 듣고 아버지가 저를 만족스럽게 여기는지 아닌지를 알 수 있었거든요."
여태껏 아샤는 자기 아버지에 대해선 한 번도 말한 적이 없었으므로 나는 그 말을 듣고 적이 놀랐습니다.
"당신은 아버지를 좋아하셨나요?" 하고 나는 말했습니다만, 갑자기 얼굴이 달아올라서 부아가 치밀어올랐을 정도였습니다.
아샤는 아무 대답 하지 않고 역시 얼굴을 붉혔습니다. 우리 두 사람은 서로 말이 없었습니다. 멀리 떨어진 라인 강 위를, 한 척의 기선이 연기를 뿜으며 달리고 있었습니다. 우리는 물끄러미 그것을 바라보았습니다.
"어째서 당신은 말씀하지 않으세요?" 하고 아샤가 소곤거렸습니다.

"어째서 당신은 오늘 저를 보자 웃어댔나요?" 하고 나는 되물었습니다.

"나도 모르겠어요. 저는 때때로 울고 싶을 때 오히려 웃어 버릴 때가 있답니다. 당신은 저를 편잔하셔선 안 돼요……. 제가 하는 일에 대해서 말예요. 아 참, 저 로렐라이 얘기는 어떠세요? 저기 보이는 것이 그 바위죠? 사람들이 말하길, 로렐라이는 먼저 뭇 사람을 물에 빠지게 했다지만, 어떤 사람을 사랑하게 되자 자기 스스로 몸을 던져 버렸다더군요. 저는 그 이야기가 마음에 들어요. 프라우 루이제는 제게 여러 가지 얘기를 들려 준답니다. 프라우 루이제의 집에는 노란 눈을 한 검정 고양이가 있어요……."

아샤는 머리를 쳐들어 곱슬머리를 흔들고 나서,

"아, 기분 좋아." 하고 말했습니다.

바로 그때, 단조로운 음향이 띄엄띄엄 사이를 두고 들려 왔습니다. 수백 명의 목소리가 단번에 규칙적인 간격을 두면서 찬송가를 반복하고 있는 것이었습니다. 순례자의 무리가 십자가와 성기(聖旗)를 들고 한길을 내려가고 있었습니다……,

"저 사람들과 함께 가고 싶군요." 점점 멀어져 가는 노랫소리에 귀를 기울이며 아샤가 이렇게 말했습니다.

"아니, 당신은 그렇게 믿음이 깊은가요?"

"어딘지 멀리 가고만 싶어요. 기도를 드리러, 난행(難行)을 하러." 하고 그녀는 말을 이었습니다. "그렇게라도 하지 않으면, 세월이 흘러서 인생이 가 버린 다음, 우리가 한 일이 무엇이겠어요?"

"당신은 명예심이 강하군요." 하고 나는 말했습니다. "당신은 일생을 헛되이 보내고 싶어하지 않는군요. 무엇인지 뒤에 남기고 싶어하니……."

"그럼, 그것이 불가능하단 말씀인가요?"

'불가능합니다.' 나는 하마터면 이렇게 반복하려고 했으나 그녀의 밝은 눈을 보자,

"해보세요."라고 말했을 뿐이었습니다.

"저," 아샤는 잠시 침묵에 잠겼다가 이렇게 말했습니다. 그 동안 파리해지기 시작한 그녀의 얼굴에는 한 줄기 그림자가 스쳐 갔습니다.

"당신은 그 여자를 무척 좋아하시죠? 생각나세요, 우리들이 친하게 된 다음 날, 오빠가 성터에서 그분의 건강을 위해서 축배를 들던 일을?"

나는 웃었습니다.

"그건 오빠가 농담을 한 겁니다. 저는 어떤 여자건 좋아한 적이 없습니다. 그리고 지금은 어떤 여자도 좋아하지 않습니다."

"당신은 여자의 어떤 점이 좋으세요?" 하고 아샤는 머리를 뒤로 젖히고, 천진난만한 호기심을 띠면서 물었습니다.

"그건 이상한 질문인데요!" 하고 나는 외쳤습니다.

아샤는 약간 당황하면서,

"그런 질문은 하는 것이 아니었군요, 그렇죠? 용서하세요. 전 무엇이든 생각나는 대로 지껄이는 버릇이 있어서요. 그래서 전 말하는 것이 두렵답니다."

"제발 무엇이든 말해 주십시오. 두려워할 건 없습니다." 하고 나는 맞장구를 쳤습니다. "이제 비로소 당신도 저를 꺼려하지 않게 되었으니 몹시 기쁩니다."

아샤는 눈을 내리깔고 방긋 웃었습니다. 그녀가 이렇게 웃는 것을 보기는 나도 처음이었습니다.

"저, 얘기해 주세요." 아직도 오랫동안 그렇게 앉아 있으려는 듯이, 그녀는 옷자락을 당겨 발을 감싸며 말을 계속했습니다. "말해 주세요. 그렇잖으면 무엇이든 낭독해 주세요. 저, 기억하고 계시나요, 언젠가 〈오네긴〉의 1절을 낭독해 주시던 일을……?"

그녀는 갑자기 생각에 잠겼다. 그러더니,

나의 불행한 어머님 무덤
지금은 어디 있는고
그 십자가와 나무숲이여!

하고 나직한 소리로 읊었습니다.

"푸슈킨 것은 그렇지 않습니다." 하고 내가 주의를 하자,

"전 타치야나가 되고 싶어요." 하고 아샤는 여전히 생각에 잠겨 말을 이었습니다. "무엇이든 들려 주세요." 아샤는 쾌활한 어조로 덧붙였습니다.

그러나 나는 이야기를 하고 있을 처지가 아니었습니다. 다만 물끄러미 그녀를 바라볼 뿐이었습니다. 맑은 햇빛을 가득히 안은 침착하고 부드러운 그녀의 모습을. 우리들의 주위도, 우리들의 위아래도, 하늘도, 땅도, 물도, 모든 것이 기쁨에 빛나고 있었습니다. 공기까지도 빛에 포화된 듯 싶었습니다.

"보십시오, 얼마나 좋습니까!" 나는 나도 모르게 나직한 소리로 이렇게 말했습니다.

"참, 좋군요!" 하고 아샤는 나를 보지 않고 역시 나직한 소리

로 대답했습니다. "만일 우리들이 새였더라면, 하늘 높이 올라가 마음껏 날아다닐 수 있을 텐데……. 저 푸른 하늘 속으로 사라지고 말 텐데……그러나 우린 새가 아니에요."

"그렇지만 우리에게도 날개가 돋을 수 있습니다." 하고 나는 대답했습니다.

"그건 어떻게요?"

"좀더 지내보면 알 수 있을 겁니다. 하늘에 올라가는 듯한 느낌을 가질 때가 있으니까요. 근심하지 마세요. 당신에게도 날개가 돋칠 테니."

"그럼, 당신은 날개를 가진 적이 있었나요?"

"어떻게 말해야 좋을까요……저도 아직까진 날아 보지 못한 것 같은데."

아샤는 또다시 깊은 생각에 잠겼습니다. 나는 살며시 아샤 쪽으로 몸을 기댔습니다. 그러자 아샤가, "당신은 왈츠를 추실 줄 아세요?" 하고 묻는 것이었습니다.

"압니다." 나는 약간 당황한 표정으로 이렇게 대답했습니다.

"그럼, 가세요, 가세요……전 오빠에게 왈츠를 켜 달라고 부탁하겠어요……. 우리 날개를 달고 하늘을 나는 듯한 기분이 돼 봐요."

아샤가 집으로 달려갔습니다. 나도 그 뒤를 따라 달려가서 잠시 후, 두 사람은 좁은 방 안에서 란네르 왈츠의 달콤한 멜로디에 맞춰 빙글빙글 돌고 있었습니다. 아샤는 훌륭하게, 그러나 정신 없이 왈츠를 추었습니다. 갑자기 무엇인지 모를 보드라운 여성적인 느낌이 그녀의 처녀다운 단정한 용모 속에서 풍겨 나왔습니다. 그 후에도 오랫동안 나의 손은 그녀 몸의 보드라운 감촉을 느끼고, 가쁘게 새근거리던 그녀의 숨결은 귓전에서 떠날 줄을 몰랐습니다. 그리고 파리하긴 하지만, 곱슬곱슬한 머리칼이 엉클어진 활기 있는 얼굴에, 움직일 줄 모르는 거의 감겨지다시피 한 까만 눈이 그 후에도 오랫동안 눈앞에 어른거리는 것이었습니다.

10

이날 하루는 정말 유쾌하게 보냈습니다. 우리들은 마치 어린 애들처럼 허물 없이 놀았습니다. 아샤는 무척 귀엽고 순진했습니다. 가긴도 그녀의 모습을 보고 기뻐했습니다. 나는 밤늦게 그 집을 나섰습니다. 라인 강 중간에까지 왔을 때, 사공에게 배를 물결 가는 대로 내버려두라고 부탁했습니다. 늙은 사공이 노를 걷어 올리자 배는 장엄한 강물을 따라 흘러 내려갔습니다. 주위를 살피면서 귀를 기울이고 생각에 잠겨 있노라니, 나는 문득 마음속에 까닭 모를 불안을 느꼈습니다. 눈을 하늘로 돌렸습니다. 그러나 하늘에도 안정이란 것이 없었습니다. 사방에 별들이 산재해서 하늘 전체가 움직거리며 떨고 있는 것 같았습니다. 강물에 몸을 굽히니……여기에도, 캄캄하고 찬 심연 속에서도 역시 별들이 흔들리며 떨고 있었습니다. 불안스러운 생기가 도처에서 느껴졌습니다. 내 마음속에도 불안이 성장해 갔습니다. 나는 뱃전에 팔꿈치를 괴었습니다……귀를 간지럽히는 바람의 속삭임, 선미(船尾)를 씻어 주는 잔잔한 물소리가 마음을 들뜨게 했고, 서늘한 강바람도 나를 진정시켜 주지는 못했습니다. 강변에서 꾀꼬리가 울기 시작했습니다만, 그 울음소리마저 달콤한 독처럼 내 마음을 자극했습니다. 내 눈에선 눈물이 흘러내렸습니다. 그러나 이것은 무엇에 감격해서 흘리는 눈물은 아니었습니다. 그때 내가 느낀 것은 바로 요전까지 경험했던 모든 것을 포용하려는 그러한 막연한 감각은 아니었습니다. 마음이 넓어지고 가슴이 들먹이고 모든 것을 이해하고 모든 것을 사랑하는 듯한 기분······. 그럴 때 느끼는 기분하곤 달랐습니다. 아니! 나의 마음속엔 행복에 대한 갈망이 불타고 있었습니다. 나는 아직 그 행복이란 이름을 꼬집어서 말할 순 없었습니다만. 행복, 싫증이 날 정도의 행복 바로 그것을 원하고 있었던 것입니다. 그것을 위해서 나는 고민했던 것입니다! 배는 쉬지 않고 흘러내리고, 늙은 사공은 노에 기대 앉아 졸고 있었습니다.

11

이튿날 가긴의 집으로 가면서도 나는 아샤에게 반했는지 어떤지를 자문하진 않았습니다. 그러나 나는 그녀의 일을 여러 가지로 생각해 보았습니다. 그녀의 운명이 나의 흥미를 끌었던 것입니다. 두 사람이 뜻하지 않게 가까워진 것을 느꼈습니다. 겨우 어제에 이르러 나는 그녀를 안 것이다라고 느꼈습니다. 지금까지 그녀는 나를 피해 다니기만 했으나, 일단 내게 마음을 열어 주자 그녀의 모습은 더욱 매력적인 빛으로 충만했습니다. 그 모습 자체가 내 눈에는 신선하게 보이고 말할 수 없는 겸손한 매력이 그 속에서 솟아났습니다······.

멀리서 하얗게 빛나는 집에서 눈을 떼지 않으며, 나는 낯익은 길을 힘차게 걸어갔습니다. 나는 미래의 일뿐만 아니라 내일 일도 생각하지 않았습니다. 그만큼 나는 유쾌해 있었던 것입니다.

　내가 방으로 들어갔을 때 아샤는 얼굴을 붉혔습니다. 나는 아샤가 오늘도 옷차림에 신경쓴 것을 눈치챘습니다만, 그녀의 표정은 그 화려한 옷차림과는 어울리지 않았습니다. 그녀의 얼굴에는 슬픔이 어려 있었습니다. 나는 그렇게도 즐거운 기분을 안고 찾아왔는데도! 아샤는 그전처럼 밖으로 뛰쳐나가고 싶으나 억지로 자기를 자제하여 남아 있는 것 같았습니다. 가긴은 그때, 예술가다운 열과 분노에 사로잡혀 있었습니다. 그것은 지레단트들이, 소위 그들이 말하는 '자연의 꼬리를 잡았다'고 생각했을 때 별안간 그들을 휩쓰는 일종의 발작과도 같은 것이었습니다. 그는 온통 엉클어진 머리를 하고 온몸에 페인트 투성이를 한 채, 아마포를 덮은 캔버스 앞에 서서 커다랗게 붓을 놀리면서, 거의 험악한 얼굴로 내게 고개를 한 번 끄덕였습니다. 그러고는 약간 그림에서 물러나 실눈을 하고 바라보더니, 다시 자기 그림에 달라붙었습니다. 나는 가긴을 방해하지 않으며, 아샤 옆에 가서 앉았습니다. 그녀의 까만 눈이 천천히 내게로 돌려졌습니다.

　"당신은 어제와 다르군요." 그녀의 입술에서 미소를 불러일으키려고 애써 보아도 별 효력이 없었으므로 나는 이렇게 말했습니다.

　"네, 달라요." 하고 아샤는 느릿느릿 힘없는 어조로 대답했습니다. "그러나 아무렇지도 않아요. 어젯밤, 잠을 잘못 잔걸요. 밤새껏 생각했답니다."

　"뭣을요?"

　"아, 여러 가지 일을 생각했어요. 이건 어릴 때부터의 습관이에요. 어머니하고 함께 살았을 때부터……."

그녀는 힘을 들여 이 말을 하고는 다시 한 번 되풀이했습니다.
"어머니하고 함께 살고 있을 때 전 이런 걸 생각했어요. 어째서 사람은 자기의 앞일을 모르는 것일까. 그리고 이따금씩 재난이 떨어지는 것을 보아도 어째서 그것을 피할 수가 없을까, 또 어째서 진실을 모두 얘기해서는 안 되는 것일까라고요. 그 다음, 저는 아무것도 모르기 때문에 공부를 해야겠다고 생각했답니다. 제 교육은 몹시 불충분해서 다시 교육을 받아야 할 거예요. 저는 피아노도 칠 줄 모르고, 그림도 못 그리고, 수를 놓는 것조차 서툴답니다. 제겐 아무 재간도 없기 때문에 저 같은 걸 상대하려면 몹시 답답할 거예요."

"당신은 자신을 부당하게 평가하고 있습니다." 하고 나는 대꾸했습니다. "당신은 책도 많이 읽었고, 교육도 어느 정도 받았고, 또 당신만큼 똑똑하면……."

"제가 똑똑하다고요?" 하고 아샤는 너무나도 순진한 호기심을 가지고 물었으므로 나는 웃음을 터뜨렸습니다. "오빠, 제가 똑똑해요?" 하고 아샤가 가긴에게 물어 보았습니다.

가긴은 그 말엔 아무 대답 없이, 노상 붓을 바꿔서는 손을 높이 쳐들면서 열심히 일에 몰두하고 있었습니다.

"전 제 머리에 무엇이 들어 있는지 모를 때가 있어요." 하고 아샤는 여전히 생각에 잠긴 표정으로 말을 이었습니다. "전 제 자신이 무서울 때가 있어요, 정말이에요. 아, 저 물어 보고 싶은데요……여자는 책을 너무 많이 읽어선 안 된다는데, 그게 사실이에요?"

"그렇게 많이 읽을 필요는 없지만, 그러나……."

"네, 가르쳐 주세요. 전 무슨 책을 읽어야 할까요? 무엇을 해야 할까요? 말씀해 주세요. 당신이 말씀하시는 거라면 뭐든지 듣겠어요." 하고 아샤가 순진하고 믿음직스러운 표정으로 내게 물어 보는 것이었습니다.

나는 무슨 말을 해야 할지 얼른 생각이 떠오르지 않았습니다.

"당신은 저하고 같이 있어 지루하지 않으세요?"

"천만의 말씀입니다."라고 나는 말했습니다.

"아이, 고마워라!" 하고 아샤가 대답했습니다. "전 몹시 지루하리라 생각해서."

그녀의 조그마한 뜨거운 손이 힘있게 내 손을 눌러 주었습니다.

"N씨!" 그 순간 가긴이 외쳤습니다. "이 배경이 너무 어둡지 않나요?"

나는 가긴 곁으로 걸어가고 아샤는 일어나서 밖으로 나갔습니다.

12

아샤는 한 시간 후에 돌아와서 문턱에 선 채 손짓을 하며 나를 불렀습니다.

"저 말이에요," 하고 그녀가 말했습니다. "만일 제가 죽는다면 당신은 저를 불쌍히 생각해 주시겠어요?"

"당신은 오늘 무슨 생각을 하십니까?" 하고 나는 외쳤습니다.

"전 얼마 안 있어 죽을 것만 같아요. 가끔 제게는 주위의 모든 것이 제게 이별을 고하고 있는 듯이 느껴져서요. 이렇게 살기보다는 차라리 죽어 버리는 것이 나을 거예요……. 아아, 그렇게 저를 바라보지 마세요. 전 거짓말하고 있는 게 아녜요. 그러시면 또다시 당신을 두려워하게 된답니다."

"아니, 당신이 저를 두려워했던가요?"

"제가 그렇게 이상한 여자라면 그건 제 탓이 아녜요, 정말이에요." 하고 그녀가 대답했습니다. "보세요, 전 벌써 웃을 수가 없어요……."

아샤는 날이 저물어도 여전히 불안하고 슬픈 표정을 하고 있었습니다. 내가 알 수 없는 어떤 변화가 그녀 마음속에 일어나고 있었던 것입니다. 그녀의 눈초리가 자주 내게로 쏠렸습니다. 그 신비로운 시선을 받으면, 나의 심장은 살며시 오므라들었습니다. 그녀는 마음을 진정시키고 있는 듯 보였으나, 나는 그 얼굴을 볼 때마다 제발 흥분하지 말아 달라고 부탁하고 싶었습니다. 나는 황홀한 기분으로 그녀를 바라보다가 그 파리한 얼굴과 힘없는 느릿느릿한 동작 속에서 감명 깊은 매력을 느꼈습니다. 그런데 아샤는 어째서인지 내가 마음에 들지 않는 것 같았습니다.

"저," 헤어지기 조금 전에 그녀가 내게 말했습니다. "당신이 저를 경솔한 여자라고 생각하는 것이 전 괴로워 죽겠어요……. 이제부턴 언제나 제가 말하는 걸 진짜로 믿어 주세요. 그리고 당신도 제게 숨겨서는 안 돼요. 전 언제나 진실만을 말하겠어요. 맹세해요……."

이 '맹세'라는 말이 나를 또 웃겼습니다.

"저런, 웃지 마세요." 하고 아샤가 대들었습니다. "그러면, 저도 어제 당신이 제게 말씀하신 대로 말하겠어요. '어째서 당신은 웃는 거예요'라고요!" 그러고는 잠시 말이 없다가 이렇게 덧붙이는 것이었습니다. "기억하고 계시나요, 당신은 어제 날개에 대해서 말씀하셨죠……저 날개가 돋았어요. 그런데 날아갈 데가 있어야지요."

"무슨 말씀을 하십니까?" 하고 나는 말했습니다. "당신의 앞길은 활짝 열려 있습니다……."

아샤가 똑바로 뚫어질 듯 나를 바라보았습니다.

"당신은 오늘 제 일을 나쁘게 생각하는군요." 그녀는 미간을 찌푸리며 이렇게 말했습니다.

"제가 나쁘게 생각한다고요, 당신의 일을?"

"아니, 왜들 물벼락을 맞은 사람 모양 기운들이 없어." 하고 가긴이 내 말을 가로챘습니다. "원한다면, 어제처럼 왈츠를 켜 줄까?"

"아니오, 아니오." 아샤는 이렇게 말하며 두 손을 꽉 쥐었습니다. "오늘은 싫어요!"

"강제로 하라는 건 아니야, 안심해……."

"싫어요." 하고 아샤는 창백해지면서 반복하는 것이었습니다.

'정말 그녀는 나를 사랑하고 있는 것일까?' 검은 강물이 세차게 흘러내리는 라인 강가로 다가서며, 나는 이틀새 생각했습니다.

13

'정말 그녀는 나를 사랑하고 있는 것일까?' 이튿날 아침, 눈을 뜨자마자 나는 이렇게 자문했습니다. 자신의 마음속을 들여다보고 싶지는 않았습니다. 그녀의 모습, '일부러 웃음을 짓는 처녀'의 모습이 내 마음속으로 잠입해 들어와서, 어지간히 떼어 버리기 힘들다는 것을 느꼈습니다. 나는 L 거리로 가서 하루종일 앉아 있었습니다만, 아샤의 모습은 잠깐 보았을 뿐이었습니다. 그녀는 머리가 아파서 기분이 언짢다는 것이었습니다. 잠깐 머리를 동여매고 아래로 내려왔습니다만, 그 얼굴은 파리하게 여위고 눈은 거의 내리감고 있었습니다. 그녀는 기운 없이 웃으며,

"곧 나을 거예요, 아무렇지도 않아요. 곧 낫겠죠, 그렇죠?"
하고 말하며 나가 버렸습니다. 나는 지루하고 어쩐지 우울하면서도 허전한 느낌이 들었습니다. 그런데도 돌아가고 싶지 않아서 밤늦게까지 있다가 돌아왔습니다. 더이상 아샤의 얼굴은 보지 못했습니다.

다음날 아침은 꿈을 꾸는 듯한 흐리멍덩한 의식 속에서 지나가고 말았습니다. 일을 잡으려 해도 되지 않았습니다. 그래서 아무 일도 하지 않고, 아무것도 생각하지 않으리라 마음먹었으나 뜻대로 되지 않았습니다. 나는 거리를 거닐고 나서 집으로 돌아왔다가 다시 밖으로 나갔습니다.

"당신이 N씨입니까?" 갑자기 어린애 목소리가 등뒤에서 들려 왔습니다. 뒤돌아보니, 어떤 소년이 서 있었습니다. "이거, 프로이라인 안네트가 당신에게 전해 달라구요." 한 통의 편지를 내주면서 소년은 이렇게 말했습니다.

펼쳐 보자, 정확하지 않게 서두르며 쓴 아샤의 필적이란 것을 알았습니다.

'저는 꼭 당신을 만나 봐야겠습니다.' 하고 그녀는 쓰고 있었습니다. '오늘 네 시에, 성터 근처의 길가에 있는 교회까지 나와 주세요. 전 오늘 커다란 실수를 저질렀어요……제발 부탁이니 와 주세요, 모든 것을 알 수 있을 겁니다……. 심부름 간 애에게 가겠다고 말해 주세요.'

"전하실 말씀은?" 하고 소년은 물었습니다.
"가겠다고 말해 줘." 하고 내가 대답하자 소년은 달려가 버렸습니다.

14

나는 내 방으로 돌아와서 자리에 앉아 생각에 잠겼습니다. 가슴이 세게 울렁거렸습니다. 나는 여러번 아샤의 편지를 되풀이해 읽었습니다. 시계를 보니 아직 열두 시도 되지 않았습니다.

문이 열리고 가긴이 들어왔습니다.

그 얼굴은 우울하기 짝이 없었습니다. 가긴은 내 손을 잡고 힘있게 움켜쥐었습니다. 그는 몹시 흥분한 듯했습니다.

"무슨 일이 있었나요?" 하고 나는 물었습니다.

가긴은 의자를 잡고 내 맞은편에 앉았습니다.

"3일 전," 하고 그는 억지 웃음을 지으며 더듬더듬 말했습니다. "내가 한 말이 당신을 놀라게 했겠지만, 오늘은 더 놀라운 얘기를 하겠습니다. 다른 사람이라면, 아마 이렇게 마주 앉아서 ……얘기할 용기가 나지 않았을 테지만……. 그러나 당신은 결백한 사람이고, 또 제 친구니까……그렇죠? 실은 제 동생 아샤가 당신을 사랑하고 있답니다."

나는 부르르 몸부림을 치고 의자에서 몸을 일으켰습니다.

"당신의 동생이……."

"그렇습니다, 그렇습니다." 하고 가긴은 내 말을 가로챘습니다. "당신에게 말하지만, 그애는 미치광이에요. 그리고 나까지 미치광이로 만듭니다. 그러나 다행히도 그애는 거짓말을 할 줄 몰라서 무엇이든 내게 고백한단 말입니다. 아아, 그애는 정말 아름다운 마음씨를 가지고 있습니다……. 그러나 그애는 자기 몸을 망치고 말 거예요, 틀림없이."

"그건 당신의 생각이 틀렸습니다." 하고 나는 말했습니다.

"아니요, 틀리지 않습니다. 아시겠어요, 그앤 어제 온종일 누워만 있고 아무것도 먹지않았습니다. 게다가 어디가 아프다고도 말하지 않아요……. 하긴 언제나 불평이란 걸 모르는 애니까요. 저녁녘에 약간 열이 올랐지만, 저는 그다지 걱정하지 않았습니다. 그런데 밤 두 시경이 돼서, 주인 마님이 저를 깨웠습니다. '동생한테 가 보세요 어쩐지 좀 이상해요.'라고 말하는 것입니다. 달려가 보니, 아샤는 옷도 갈아입지 않고 오한에 전신을 떨며, 그 눈엔 글썽하니 눈물이 맺혀 있었습니다. 머리는 불같이 뜨거웠고, 이가 마주쳐 딱딱 소리를 냅니다. '너 왜 그러니? 아프냐?' 하고 물어 보니, 그애는 별안간 내 목을 얼싸안고는 만일 오빠가 자기를 죽이고 싶지 않다면 하루 속히 자기와 함께 떠나 달라고 애원하는 것이었습니다. 저는 영문을 모른 채, 그애를 안정시키려고 애썼습니다. 동생의 흐느낌은 점점 더 심해 갔습니다. 그런데 뜻밖에 나는 그 흐느낌 속에서 무슨 말을 들었을까요. 한 마디로 말해서, 동생이 당신을 사랑한다는 것이었습니다. 사실 당신과 저같이 분별 있는 사람들에겐 상상도 할 수 없는 일이지만, 그애는 사물을 깊이 느낄 줄 알고 그리고 그 감정을 상상도 못할 놀랄 만한 힘으로 표현하곤 한답니다. 게다가, 그것은 벼락이라도 떨어지듯 피할 수 없는 힘으로 순식간에 그애를 사로잡고 말거든요. 당신은 정말 상냥한 사람입니다." 하고 가긴이 말하는 것이었습니다. "그러나 어떻게 돼서 그애가 그 정도까지 당신을 사랑하게 됐는지, 솔직히 말씀드려서, 저는 납득이 가지 않습니다. 그애 말에 의하면, 첫눈에 벌써 마음에 들었다는 것입니다. 그래서 동생은 며칠 전에 나 이외엔 아무도 사랑하지 않겠다고 말하면서 울었던 거예요. 그애는 당신이 자기 신분을 알고 있기 때문에 자기를 멸시한다고 생각하고 있습니다. 그래서 그애는 당신에게 자기 신상을 말하지 않았느냐고 내게 물어 보는 것이었습니다. 저는 물론 그렇지 않다고 말했습니다만, 그애는 눈치가 여간 빠른 게 아닙니다. 다만 빨리 떠나 버리자고, 그것만 원하고 있습니다. 저는 밤이 샐 때까지 그애 옆에 앉아 있었습니다. 동생은 내일이라도 곧 여기를 떠난다는 약속을 받고 나서야 금방 잠들었습니다. 저는 곰곰이 생각한 끝에 당신에게 얘기하기로 결심했습니다. 제 생각엔 아샤의 말도 지당한 것으로, 가장 좋은 방법은 우리 두 사람이 여기를 떠나는 것입니다. 그래서 오늘 그애를 데리고 떠나려고 했습니다만, 갑자기 어떤 생각이 머릿속에 떠올라서 그것이 저를 주저앉게 했습니다. 혹시……당신도 내 동생이 마음에 들었을지도 모른다, 그것은 알 수 없는 일이다! 만일 그렇다면 나는 그애를 데리고 갈 필요가 과연 있을까? 이런 뜻에서, 온갖 부끄러움을 무릅쓰고 당신을 찾기로 한 것입니다. 게다가 저도 어느 정도 눈치 챈 것이 있기 때문에……당신의 의향을 들어 보기로…… 결심한 거랍니다……." 가련하게도 가긴은 어쩔 줄을 몰라했습니다. "제발 용서해 주세요," 하고 그는 덧붙였습니다. "나는 이런 일에 경험이 없기 때문에."

  나는 그의 손을 잡고,

  "당신은," 하고 나는 굳센 어조로 말했습니다. "제가 동생을 사랑하는지를 알고 싶단 말이죠? 그렇습니다, 전 사랑합니다……."
 가긴은 흘긋 나를 쳐다보고,
 "그러나," 그는 더듬거리며 말했습니다. "그애와 결혼할 생각은 없으시겠죠?"
 "아니, 그런 질문에 대해서 대답하라는 겁니까? 생각해 보세요, 지금 당장 할 수 있겠는가를……."
 "알겠습니다, 알겠습니다." 하고 가긴은 되풀이했습니다. "저는 당신에게서 대답을 요구할 아무 권리도 없습니다. 게다가 내 질문은 천부당 만부당한 것입니다……. 그렇지만 어떻게 하면 좋을까요? 불장난을 해서는 안 됩니다. 당신은 아샤를 모르시겠지만, 그애는 앓아 눕든가, 집을 나가든가, 당신에게 만나자고 약속을 하든가, 무슨 짓을 할지 모릅니다……. 다른 여자 같으면, 마음속에 감추고 시기를 기다릴 수도 있을 텐데 그애는 틀립니다. 이건 그애가 처음 당하는 일이 돼서, 이 점이 곤란하단 말이에요! 오늘 아침 내 발밑에서 흐느끼는 것을 보았더라면, 당신도 제가 근심하는 것을 알아 주실 겁니다."
 나는 생각에 잠겼습니다. '만나자고 약속을 한다든가'라고 한 가긴의 말이 내 가슴을 찔렀습니다. 상대편이 정직하게 고백하는 데 대해서 같이 정직하게 대답하지 않는 것은 부끄러운 일이라고 느꼈던 것입니다.
 "그렇습니다." 드디어 나는 이렇게 말했습니다. "당신의 말이 옳습니다. 한 시간 전에 저는 동생한테서 편지를 받았습니다. 이것이 그겁니다."
 가긴은 편지를 받아 들고 재빨리 그것을 훑어보고는, 두 손을 무릎 위에 떨어뜨렸습니다. 그 얼굴에 나타난 놀라움의 빛은 몹시 우스꽝스러웠으나 나는 웃을 수가 없었습니다.

"다시 말씀드리지만, 당신은 결백한 사람입니다."라고 가긴은 말했습니다. "그러나 지금 무엇을 해야 되겠습니까? 어떻게 해야 될까요? 그앤 자기가 떠나자고 하면서도, 당신에게 이런 편지를 전하고 자기 자신의 경솔을 책망하고 있습니다……. 그런데 언제 이런 편지를 썼을까? 그앤 당신한테서 무엇을 원하고 있을까요?"

나는 그를 안정시키고 될 수 있는 대로 냉정하게, 이제부터 무슨 일을 할 것인지 둘이서 의논하기 시작했습니다.

결국 우리는 다음과 같은 결론을 얻었습니다. 불행을 피하기 위해서 나는 아샤를 만나서 솔직하게 이야기를 하고, 가긴은 집에 남아서 편지를 아는 것 같은 눈치는 조금도 보이지 말 것, 그 다음 우리는 밤에 다시 만나기로 하자고 결정했습니다.

"저는 당신을 굳게 믿겠습니다." 가긴은 이렇게 말하며 내 손을 움켜잡았습니다. "그애와 저를 용서해 주십시오. 어쨌든 우린 내일 떠나겠습니다." 그는 일어서면서 덧붙였습니다. "그건 당신이 아샤와 결혼하지 않을 것이기 때문입니다."

"저녁때까지 시간을 주십시오." 하고 나는 대답했습니다.

"그건 좋지만, 그래도 결혼하시진 않을 테죠?" 가긴은 돌아갔습니다. 나는 긴 의자에 몸을 던지고 눈을 감았습니다. 너무나 많은 생각이 단번에 밀려들어서, 머리가 빙글빙글 돌았습니다. 나는 가긴의 솔직성에도 화가 났지만, 아샤에게도 화가 났습니다. 그녀의 사랑은 나를 기쁘게도 했지만 당황하게도 만들었던 것입니다. 어째서 오빠에게 모든 것을 말해 버렸을까, 나는 그 이유를 알 수 없었습니다. 잠시 후, 단번에 순간적인 결심을 하지 않으면 안 된다는 것이 나를 괴롭혔던 것입니다.

"열일곱 살 난, 게다가 그런 기분을 가진 처녀하고 결혼을 한다, 그게 될 말인가!" 나는 일어나면서 이렇게 외쳤습니다.

15

약속한 시간에 나는 라인 강을 건넜습니다. 맞은편 강변에서 맨처음 만난 사람은, 오늘 아침 우리 집에 왔던 그 소년이었습니다. 소년은 나를 기다리고 있었음이 분명했습니다.

"프로이라인 안네트로부터,"라고 소년은 속삭이는 소리로 말하고, 다른 편지를 내놓았습니다.

아샤는 우리들의 약속 장소가 변경되었다는 걸 알려 준 것입니다. 한 시간 반 가량 지난 후 교회가 아니라, 프라우 루이제의 집을 찾아서 아래층 문을 두드리고, 3층으로 올라와 달라는 것이었습니다.

"또, 승낙인가요?" 하고 소년은 물었습니다.

"승낙이다." 나는 이렇게 되풀이해서 대답하고는 라인 강변을 따라 걸음을 옮겼습니다.

집으로 돌아갈 시간도 없었고, 거리를 거닐고 싶지도 않았습니다. 교외의 성벽 밖에는 자그마한 공원이 있었는데, 거기에는 천개(天蓋) 밑에 구주희(九柱戲)를 하고 놀 장소도 있고, 맥주 애호가들을 위한 탁자들도 있습니다. 나는 그곳으로 들어갔습니다. 나이가 지긋한 몇 명의 독일인들이 벌써 구주희를 하고 있었습니다. 나무공이 데굴데굴 굴러가고, 때때로 칭찬의 함성이 일어나곤 합니다. 울어서 눈두덩이 부풀어 오른 예쁘장한 하녀가 내게 맥주잔을 날라다 주었습니다. 내가 그 얼굴을 보자, 그녀는 휙 돌아서서 저쪽으로 가 버렸습니다.

"그래, 그래." 바로 옆에 자리잡고 있던 볼이 빨간 뚱뚱한 사나이가 이렇게 말했습니다. "한헨은 오늘 굉장히 슬퍼하는군. 약혼자가 군대에 나갔으니."

나는 여자 쪽을 바라보았습니다. 그녀는 구석에 쪼그리고 앉아서 한 손으로 볼을 괴고 있었습니다만, 구슬 같은 눈물이 연이어 손가락을 따라 흘러내리고 있었습니다. 누가 맥주를 주문했으므로, 그녀는 그쪽으로 잔을 날라 주고는 또다시 제자리로 돌아갔습니다. 그녀의 슬픔은 내게까지 감염되고 말았습니다. 나는 눈앞에 다가온 아샤하고의 만남을 생각하기 시작했습니다만, 내 머릿속에 떠오른 것은 근심스럽고 슬픈 생각뿐이었습니다. 나는 무거운 마음을 안고 아샤를 만나러 온 것입니다. 나의 앞을 가로막는 것은 사랑하는 사람들간의 기쁨이 아니라, 약속한 말을 지킨다는 것, 곤란한 의무를 수행한다는 것이었습니다. '그애에게 농담을 해선 안 됩니다.'라고 말한 가긴의 말이 화살처럼 내 가슴에 박혔습니다. 그끄저께만 해도, 물결에 흘러내려가는 배 안에서 행복을 갈망하는 생각에 가슴을 태우지 않았던가. 그것이 가능한 일인데도 나는 동요하고 있다. 그 행복을 피하려고 한다. 그리고 피해야만 하는 것이다. 그러한 행복이 급작스레 눈앞에 다가오게 되자, 나는 당황하게 된 것입니다. 그 아샤, 불덩어리처럼 정열적인 머리를 하고, 그러한 과거, 그러한 교육을 받은 아샤, 매혹적이면서도 어딘지 색다른 그녀의 존재. 솔직히 말씀드려서 이 모든 것이 나를 위협하는 것이었습니다. 내 마음속에서는 한참 동안, 두 가지의 감정이 싸우고 있었습니다. 지정된 시각이 다가왔습니다. '나는 아샤하고 결혼할 순 없다.' 드디어 나는 이렇게 결심했습니다. '그녀는 나도 자기를 사랑하고 있었다는 것을 알지 못하리라.'

나는 일어나서, 불쌍한 한헨의 손에 1타레르를 쥐어 주고(그녀는 내게 감사하다는 인사도 하지 않았습니다) 프라우 루이제의 집을 향해 걸어갔습니다. 대기 속엔 벌써 밤의 어둠이 깃들기 시작하고, 어두컴컴한 한길 위에 보이는 한 폭의 좁다란 하늘은 저녁놀의 반사를 받아 붉게 물들고 있었습니다. 내가 가만히 노크하자, 이내 문이 열렸습니다. 문지방을 넘어서니, 안은 지척을 분간할 수 없도록 캄캄했습니다.

"이리로!" 하는 노파의 목소리가 들렸습니다. "기다리고 있습니다."

손을 더듬어 두어 걸음 가량 걸어가니, 누군지 뼈만 남은 손이 내 손을 잡았습니다.

"당신은 프라우 루이제입니까?" 하고 나는 물었습니다.

"그렇습니다." 하고 같은 목소리가 대답했습니다. "나예요, 젊은 미남자 양반."

노인은 가파른 층계를 따라 나를 위로 안내하여 3층 입구에서 발을 멈추었습니다. 조그마한 창문에서 새어 나오는 흐릿한 빛으로, 나는 주름투성이의 한 시장 미망인 얼굴을 보았습니다. 달콤하고 능글맞은 미소가 움푹 들어간 노파의 입술을 늘어나게 하고, 흐릿한 눈을 오그라지게 했습니다. 노파는 자그마한 문을 내게 가리켜 주었습니다. 나는 떨리는 손으로 문을 열고는, 쾅하고 등뒤에서 닫아 버렸습니다.

16

 내가 들어간 자그마한 방은 제법 어두컴컴한 방이어서, 금방 아샤의 모습을 발견할 수는 없었습니다. 그녀는 기다란 숄에 몸을 감싸고, 마치 겁에 질린 새 새끼 모양, 얼굴을 돌렸다기보다는 머리를 감추다시피 하고 창가의 의자에 앉아 있었습니다. 그녀는 가쁘게 숨을 몰아 쉬며 온몸을 떨고 있었습니다. 나는 말할 수 없이 애처로운 생각이 들었습니다. 옆으로 다가서니, 아샤가 더욱 얼굴을 돌렸습니다.
 "안나 니콜라예브나." 하고 나는 말했습니다.
 아샤는 갑자기 몸을 치켜세우며 나를 바라보려 했으나 그럴 수 없었습니다. 나는 아샤의 손을 잡았습니다. 죽은 듯이 싸늘한 그 손은 내 손바닥 위에서 움직이지 않았습니다.
 "전……." 아샤는 웃음을 띠려고 애쓰면서 이렇게 말문을 열었습니다. 그러나 그녀의 창백한 입술은 말을 듣지 않았습니다. "전 원했어요……아녜요, 그럴 수 없어요."라고 말하며 그녀는 입을 다물고 말았습니다. 사실, 그녀의 목소리는 마디마디 끊어지는 것이었습니다.
 나는 아샤 옆에 앉았습니다.
 "안나 니콜라예브나." 하고 나는 되풀이했습니다만 역시 아무 말도 덧붙일 수 없었습니다.
 침묵이 흘렀습니다. 나는 여전히 아샤의 손을 잡은 채, 그녀의 얼굴을 바라보고 있었습니다. 아샤는 변함 없이 몸을 쭈그리고 거칠게 숨을 쉬며 울지 않으려고, 복받쳐오르는 눈물을 참으려고 아랫입술을 꼭 깨물고 있었습니다. 나는 물끄러미 바라보고 있었습니다만, 겁에 질려 움직이지 않는 그녀의 모습은 애처로울 정도로 가엾게 보였습니다. 마치 피로에 지쳐, 간신히 의자까지 와서는 그대로 펄썩 주저앉은 것 같았습니다. 나는 심장이 녹아 내리는 듯한 느낌이었습니다.

"아샤." 나는 들릴까말까 하는 소리로 말했습니다.

아샤가 천천히 눈을 들었습니다. 오, 사랑하는 여자의 눈초리란 아무도 그 눈을 형용할 수 없을 것입니다! 그 눈은 빌고 있었고, 믿고 있었고, 물어 보고 있었습니다. 몸도 마음도 내맡기고 있었습니다. 나는 그 매력에 항거할 수는 없었습니다. 한 줄기 가냘픈 불길이 온몸의 혈관을 따가운 바늘처럼 줄달음쳤습니다. 나는 허리를 굽혀 아샤의 손에 입을 맞추었습니다.

숨이 막힐 듯한 거친 숨소리가 들리고, 나는 나뭇잎처럼 바르르 떠는 손이 내 머리 위에 닿는 것을 느꼈습니다. 나는 머리를 들어 아샤의 얼굴을 보았습니다. 그 얼굴은 어느새 그렇게 변했을까요! 공포의 빛은 사라지고, 눈초리는 어딘지 먼 곳을 방황하면서 나까지 함께 끌고 갑니다. 입술은 방긋 열리고, 이마는 대리석처럼 파리하고, 머리칼은 마치 바람에 나부껴 젖혀진 듯 뒤로 늘어져 있습니다. 나는 모든 것을 잊어버리고, 그녀를 내 곁으로 끌어당겼습니다. 그녀의 손은 순순히 말을 들어, 몸 전체가 그 손을 따라 쫓아왔습니다. 숄은 어깨에서 벗겨지고, 그녀의 머리는 살며시 내 가슴 위, 나의 뜨거운 입술 밑에 기대어졌습니다.

"당신 거예요……." 하고 아샤는 모기 소리만 하게 소곤거렸습니다.

이미 나의 손은 여자의 몸 위를 미끄러지고 있었습니다. 그런데 갑자기 가긴의 생각이 번개처럼 내 가슴을 찔렀습니다.

"우린 무엇을 하고 있지!" 나는 이렇게 외치고 몸부림을 치며 뒤로 물러났습니다. "당신의 오빠는……오빠는 모든 것을 알고 있습니다. 우리들이 여기서 만나는 것까지 알고 있어요."

아샤가 의자에 주저앉았습니다.

"그렇습니다." 하고 나는 일어서서, 방의 반대편 구석으로 걸어가면서 말을 이었습니다. "오빠는 알고 있습니다……전 그분에게 모든 것을 말하지 않을 수 없었습니다."

"말하지 않을 수 없었다고요?" 하고 아샤는 분명치 않은 어조로 말했습니다. 그녀는 여태껏 제정신으로 돌아올 수 없어서 내가 무슨 말을 했는지 똑똑히 모르는 것 같았습니다.

"그렇습니다, 그렇습니다." 하고 나는 그 어떤 냉정한 태도로 되풀이했습니다. "그리고, 이것은 당신 혼자만의 책임입니다, 당신 혼자만의 책임이에요. 당신은 어째서 자신의 비밀을 오빠한테 고백했습니까? 모든 것을 오빠에게 말해 버리라고 누가 강요했던가요? 그분은 오늘 저를 찾아와서, 당신하고 한 말을 제게 들려 주었습니다." 나는 아샤를 보지 않으려고 애쓰면서 커다란 걸음걸이로 방 안을 거닐었습니다.

"이젠 모든 것이 끝났습니다, 모든 것이."

아샤는 의자에서 몸을 일으키려 했습니다.

"가만히 계십시오." 하고 나는 외쳤습니다. "제발 그대로 있어 주세요. 저는 결백한 사람입니다. 암, 결백하고말고요. 그런데 제발 부탁이니 말해 주십시오, 당신은 무엇 때문에 그렇게 흥분하셨나요? 혹시 제게서 무슨 변화라도 발견했던가요? 그러나 저는, 오빠가 오늘 집을 찾았을 때, 당신 오빠 앞에서 숨길 수가 없었습니다."

'나는 무슨 말을 하고 있는 거지?' 하고 생각했습니다. 그리고 나는 철면피한 기만자다, 가긴은 우리들의 밀회를 알고 있다. 모든 것이 틀어지고 폭로되고 말았다. 이러한 생각들이 머릿속에서 웅웅 울리고 있었습니다.

"제가 오빠를 부른 것은 아녜요." 하고 말하는 겁에 질린 듯한 나직한 아샤의 목소리가 들려 왔습니다. "오빠 자신이 온 거예요."

"생각해 보세요, 당신이 무슨 일을 저질렀는가를." 나는 말을 이었습니다. "당신은 이제 떠나실 작정이신가요……?"

"네, 떠나야겠어요." 하고 그녀는 여전히 나직한 소리로 대답했습니다.

"제가 당신을 이리 오시라고 한 것도 다만 작별 인사를 드리기 위해서였어요."

"아니, 당신은," 하고 나는 대꾸했습니다. "제가 그렇게 간단히 당신과 헤어질 수 있다고 생각하십니까?"

"그렇다면, 어째서 오빠에게 말씀하셨어요?" 하고 아샤는 못 미더워하는 표정으로 물어 보는 것이었습니다.

"제겐 그 이외 다른 방법이 없었습니다. 만일 당신이 자기 쪽에서 먼저 얘기하지 않았던들……."

"전 제 방을 잠그고 있었어요." 하고 아샤는 순진하게 고백했습니다. "그런데 주인 마님이 다른 열쇠를 가지고 있다는 건 미처 몰랐어요."

이 순간, 그녀의 입을 통해서 이와 같은 천진 난만한 고백을 들었을 때, 나는 하마터면 부아가 치밀어오를 뻔했습니다. 그러나 지금은 무한한 감동을 느끼며 그 말을 회상하게 됩니다. 그만큼 아샤는 가련하고 순진한 어린애였던 것입니다.

"이젠 모든 것이 끝났습니다!" 하고 나는 다시 말하기 시작했습니다. "모든 것이. 이젠 우리도 헤어져야 하는군요." 하며 살짝 아샤를 곁눈질해 보니, 그녀의 얼굴은 갑자기 빨갛게 물들기 시작했습니다. 그녀는 부끄럽기도 하고 무섭기도 했을 것입니다. 나는 그것을 느낄 수 있었습니다. 나 자신도, 마치 열병에라도 걸린 듯이, 방 안을 거닐며 흥분한 어조로 말을 이었습니다. "당신은 무르익어 가는 우리들의 감정을 죽여 버렸습니다. 당신은 스스로 우리들의 관계를 끊어 버리고 만 것입니다. 당신은 저를 믿지 않았습니다. 당신은 저를 의심했습니다."

내가 이런 말을 하고 있는 동안 아샤는 점점 앞으로 몸을 숙이더니, 갑자기 무릎 위에 쓰러져 양손 위에 머리를 떨어뜨리고 흐느껴 울기 시작했습니다. 나는 옆으로 달려가서 그녀를 일으키려고 했으나 그녀는 말을 듣지 않았습니다. 나는 여자의 눈물에는 무척 약한 편이어서, 우는 것을 보기만 하면 이내 어쩔 줄을 모릅니다.

"안나 니콜라예브나 아샤." 하고 나는 되뇌었습니다. "제발 부탁입니다. 그쳐 주세요……." 하고 나는 다시 그녀의 손을 잡았습니다.

그러나 놀랍게도 아샤는 벌떡 일어나더니, 번개처럼 문으로 달려나가 그대로 사라지고 말았습니다.

잠시 후 프라우 루이제가 방으로 들어왔을 때, 나는 여전히 벼락 맞은 사람 모양 멍청히 방 한복판에 서 있었습니다. 이 만남이 어째서 이렇듯 빨리, 이렇듯 덧없이 끝나 버렸는지 나는 이해할 수 없었습니다. 나는 자신이 원했던 것, 마땅히 얘기하지 않으면 안 되었던 것을 백 분의 일도 말하지 못하고, 또 이 일이 앞으로 어떻게 해결될 것인지 나 자신도 아직 알 수 없었으면서도 이대로 끝장을 보고 만 것입니다.

"프로이라인은 돌아가셨나요?" 하고 프라우 루이제는 샛노란 눈썹을 치켜 올리며 물었습니다.

나는 얼빠진 사람 모양 멍청히 그 얼굴을 바라보고는 밖으로 나와 버렸습니다.

17

나는 거리에서 빠져나와, 곧장 들로 향했습니다. 울분, 미칠 정도의 울분이 내 가슴을 씹는 것이었습니다. 나는 내 자신을 핀잔했습니다. 아샤가 우리들의 밀회 장소를 변경하지 않으면 안 되었던 원인을 어째서 나는 이해하려고도 하지 않고, 고맙다고도 생각지 않았던 것일까. 그녀가 그 노파의 집을 찾는 데는 얼마만한 용기와 결심이 필요했을까? 어째서 나는 아샤를 붙잡지 않았을까! 그녀와 단둘이 그 어둠침침하고 으슥한 방 안에 있을 때는 힘과 용기가 넘쳐 흘러서, 그녀를 떼어 버리고 그녀에게 핀잔을 줄 수도 있었는데……. 지금은 그녀의 모습이 나를 따라다녔습니다. 나는 그녀에게 용서를 빌었습니다. 그 파리한 얼굴, 그 눈물 어린 겁에 질린 눈, 기울어진 목덜미에 흩어진 머리칼, 살며시 내 가슴에 안겼던 그녀의 머리 등을 회상하니, 내 가슴은 타는 듯했습니다. '당신 거예요…….'라고 말하는 그녀의 속삭임이 들립니다.

'나는 양심의 명령대로 행동한 것이다.' 하고 자신을 설복하려 했습니다만 '거짓말이다! 나는 정말 그러한 결말을 원했던 것일까? 정말 나는 그녀와 헤어질 수 있을까? 그녀 없이도 살아갈 수 있단 말인가? 바보 같으니! 바보 같으니!' 하고 울분에 싸여 마음속으로 되뇌는 것이었습니다.

그러는 사이에 밤이 다가와서 나는 아샤가 살고 있던 집을 향해 걸음을 서둘렀습니다.

18

가긴이 마중나왔습니다.

"동생을 만났습니까?" 하고 그가 멀찍이서부터 외쳤습니다.

"아니, 집에 있지 않나요?"라고 나는 물었습니다.

"없어요."

"돌아오지 않았나요?"

"돌아오지 않았어요." 하며 가긴은 말을 이었습니다. "저는 참을 수가 없어서, 우리들의 약속엔 어긋나지만 교회까지 가 봤습니다. 그런데 그애는 없었어요. 그앤 오지 않았던가요?"

"동생은 교회에 가지 않았습니다."

"그래, 당신도 못 만났습니까?"

나는 만났다고 고백하지 않을 수 없었습니다.

"어디서요?"

"프라우 루이제의 집에서요. 우린 한 시간 전에 헤어졌기 때문에," 하고 나는 덧붙였습니다. "동생은 집에 돌아왔으리라고 생각하고 있었는데."

"기다립시다." 하고 가긴이 말했습니다.

우리는 집 안으로 들어가, 서로 마주 앉은 채 아무 말이 없었습니다. 우리 두 사람은 몹시 기분이 언짢았습니다. 우리는 줄곧 문 쪽을 돌아보며 귀를 기울였습니다. 드디어 가긴은 참을 수 없다는 듯 일어서며,

"무슨 애가 그럴까!" 하고 외쳤습니다. "제겐 심장이 제자리에 붙어 있지 않습니다. 그앤 저를 녹초로 만들어요, 정말이에요……. 우리 함께 찾으러 갑시다."

우리는 밖으로 나갔습니다. 밖은 벌써 완전히 어둠에 잠겼습니다.

"당신은 동생하고 무슨 말을 했습니까?" 하고 가긴이 모자를 눈 밑까지 눌러쓰며 물었습니다.

"제가 동생하고 얘기한 것은 모두 합해서 5분밖에 안 됩니다."라고 나는 대답했습니다. "전 약속한 대로 얘기했어요."

"어떨까요?" 하고 가긴은 말했습니다. "서로 갈라져서 찾는 편이 나을 것 같군요. 그쪽이 더 빨리 찾을 수 있을 겁니다. 만나든 못 만나든 한 시간 후엔 이리로 와 주세요."

19

나는 빠른 걸음으로 포도밭을 내려가서 거리로 내달았습니다. 순식간에 거리라는 거리를 두루 돌아보고, 이곳 저곳, 심지어 프라우 루이제의 창문까지 들여다보고는, 다시 라인 강으로 돌아와서 강변을 끼고 달렸습니다. 때때로 여자의 모습이 눈에 띄긴 했지만, 아샤의 모습은 아무 데도 보이지 않았습니다. 이

미 부아가 치밀어오를 정도가 아니라, 알지 못할 공포가 나를 괴롭혔습니다. 그러나 내가 느낀 것은 공포뿐이 아니었습니다. 아니, 나는 후회와 타는 듯한 애련(哀憐)과 애정을 느꼈습니다. 그렇습니다! 한없이 상냥스러운 애정이었습니다. 나는 손을 죄며, 다가오는 밤의 어둠 속에서 아샤를 불렀습니다. 처음엔 작은 소리였지만, 다음엔 점점 높아졌습니다. 나는 아샤를 사랑한다고 수없이 되풀이하고, 나는 절대로 그녀와 헤어지지 않겠다고 내 자신에게 다짐했습니다. 나는 다시 한 번 그녀의 싸늘한 손을 잡고, 다시 한 번 그 나직한 목소리를 듣고, 다시 한 번 그 모습을 눈앞에 보기 위해서는, 이 세상의 어떤 것을 희생해도 아깝지 않을 정도였습니다. '그녀는 그렇게도 가까이 서 있었다. 그녀는 확고한 결심을 안고 천진난만한 심정을 가지고 나를 찾아왔던 것이다. 아직 누구 손에도 더럽혀지지 않은 청춘을 맡기려고 온 것이다. 그런데도 나는 그녀를 품에 안아주지도 않았다. 그 귀여운 얼굴이 고요한 환희와 기쁨 속에 꽃 피는 모습을 바라볼 수도 있었는데, 나는 스스로 그 행복을 잃어버리고 만 것이다……' 이런 생각들을 하니, 나는 미칠 것만 같았습니다.

'도대체 어디로 간 것일까? 어떻게 된 것일까?'

나는 무작정 절망 속에 애닲게 외쳐 보는 것이었습니다. 무엇인지 하얀 것이, 갑자기 바로 강변에서 어른거렸습니다. 나는 그 장소를 알고 있었습니다. 거기는 17년 전에 익사한 사람의 무덤이 있고, 그 위에는 옛날의 비문을 새긴 돌 십자가가 반쯤 땅 속에 파묻힌 채 서 있는 곳입니다. 나는 심장이 멎는 것 같았습니다. 십자가 옆까지 달려가 보니, 하얀 모습은 사라지고 말았습니다. 나는 "아샤!" 하고 불렀습니다만, 그 거친 목소리는 나 자신을 놀라게 했을 뿐 아무도 대답하는 사람은 없었습니다.

나는 가긴이 아샤를 찾았는지 알아보려고 돌아가기로 결심했습니다.

20

포도밭의 오솔길을 서두르며 올라가고 있을 때, 나는 아샤의 방에 불이 켜져 있는 것을 보았습니다. 이것이 어느 정도 내 마음을 안정시켰습니다.

집으로 다가가니 아래 문은 잠겨 있었습니다. 노크하자, 아래층의 캄캄한 창문이 조심스럽게 열리고 가긴의 머리가 나타났습니다.

"찾았습니까?" 하고 나는 물었습니다.

"자기가 돌아왔어요." 하고 가긴은 속삭이는 소리로 대답했습니다. "자기 방에서 옷을 갈아입고 있습니다. 아무렇지도 않아요."

"다행이군요!" 나는 형용할 수 없는 기쁨을 느끼며 이렇게 외쳤습니다. "참 다행이군요! 이젠 만사 해결입니다. 그런데 좀더 의논할 문제가 있는데."

"다음 날로 미룹시다." 하고 가긴은 창문을 닫으며 대답했습니다. "다음 날로 미루고, 오늘은 이만 헤어집시다."

"그럼 내일 다시 만납시다."라고 나는 말했습니다. "내일은 만사가 해결됩니다."

"안녕히 가십시오." 하며 가긴은 문을 닫았습니다.

나는 문을 두드려서, 지금 당장이라도 동생하고 결혼하겠다는 것을 가인에게 말하고 싶었습니다. 그러나 이런 시기에 그런 말을 한다는 것은……. '내일까지 기다리자,' 하고 나는 생각했습니다. '내일이면 나도 행복해진다…….'

내일이면 나도 행복해진다! 그러나 행복에는 내일이란 것이 없습니다. 어제라는 것도 없습니다. 행복은 과거의 일을 기억하지도 못하거니와 미래를 생각지도 않습니다. 행복에는 현재만이 있습니다. 그것도 오늘이 아니라 다만 순간적인 것입니다.

어떻게 해서 Z거리까지 왔는지 나는 기억하지 못합니다. 발이 나를 날라 준 것도 아니고, 배가 건너다 준 것도 아닙니다. 무엇인지 모를 커다란 힘센 날개가 나를 날게 한 것입니다. 꾀꼬리가 울고 있는 관목 숲을 지나갈 때, 나는 발걸음을 멈추고 오랫동안 귀를 기울였습니다. 그건 마치 나의 사랑과 나의 행복을 노래하고 있는 듯이 느껴졌습니다.

21

이튿날 아침, 낯익은 집으로 가까이 갔을 때 한 가지 광경이 나를 놀라게 했습니다. 창문이란 창문은 모두 열려져 있고, 현관문까지도 활짝 젖혀져 있었습니다. 문지방 앞에는 종이 조각들이 뒹굴고 있었습니다. 비를 든 하녀가 문 밖으로 나왔습니다.

나는 하녀에게로 다가갔습니다.

"떠나셨어요!" 내가 미처 물어 보기도 전에 하녀가 이렇게 말했습니다.

"떠났다고요?" 하고 나는 되받았습니다. "아니, 어디로?"

"오늘 아침 여섯 시에 떠나셨는데, 어디라고는 말씀하시지 않으셨어요. 잠깐 기다리세요, 당신은 N씨가 아니신가요?"
 "그렇소, N이오."
 "주인 마님이 당신에게 드릴 편지를 가지고 계십니다." 하녀가 2층으로 올라가더니, 한 통의 편지를 가지고 내려왔습니다. "이것입니다."
 '그럴 수가 없는데……어찌 된 영문일까?' 하고 말하려 했습니다. 하녀는 흐릿한 눈초리로 내 얼굴을 바라보고는 이윽고 청소를 하기 시작했습니다.
 나는 편지를 펼쳤습니다. 그것은 가긴이 나한테 보낸 편지로, 아샤는 일언 반구도 없었습니다. 가긴은 먼저, 제발 이 당돌한 출발에 화를 내지 말아 달라는 것, 그러나 잘 생각하면 노형도 자기 결심에 찬성할 것으로 확신한다. 곤란하고 위태로울 수 있는 이 상태에서 빠져나가기 위해서는 이 밖의 다른 방법을 발견하지 못했다는 취지를 말하고, '어젯밤, 노형과 함께 말 없이 아샤를 기다리고 있는 동안, 저는 이별이 절대적으로 필요하다는 것을 확신했습니다. 세상에는 저의 존경을 받는 선입감도 있는가 봅니다. 따라서 노형께서 아샤하고 결혼할 처지가 못 된다는 것도 알게 된 것입니다. 동생은 제게 모든 것을 얘기했습니다. 동생의 안정을 위해서는, 저도 그애의 끈기 있는 강력한 청에 양보하지 않을 수 없었습니다.'라고 쓰고, 끝으로 서로의 교유(交遊)가 이렇게 덧없이 끝나게 된 것을 몹시 유감스럽게 생각한다고 말하고, 노형의 행복을 빌며 친우로서의 악수를 보내지만 부디 우리를 찾으려는 생각은 하지 말아 달라고 씌어 있었습니다.
 "선입감이란 건 뭐야?" 하고, 마치 상대편이 내 음성을 듣기라도 하는 듯 큰 소리로 외쳤습니다. "에잇, 바보 자식! 그 앨 내 속에서 빼앗아 가다니, 도대체 누가 그런 권리를 줬어……." 나는 자신의 머리를 잡아 뜯었습니다.

하녀가 앙칼진 소리로 주인 마님을 부르기 시작했으므로, 그 소리에 나는 제정신으로 돌아왔습니다. 다만 한 가지 생각이 마음속에 불타 올랐습니다. 그것은 다른 것이 아닙니다. 그 오누이를 찾는다는 것입니다. 무슨 일이 있어도 찾아내겠다는 것입니다. 이러한 타격을 감수하고, 이러한 결과와 타협한다는 것은 도저히 나로서는 불가능한 일이었습니다. 나는 주인 마님에게서 두 사람이 아침 여섯 시에 기선을 타고 라인 강을 내려갔다는 것을 알았습니다. 기선 사무소로 가서 물어 본즉, 두 사람은 쾰른까지 표를 끊었다는 것이었습니다. 나는 곧 짐을 꾸려서 두 사람 뒤를 따라 배를 타기로 결심하고, 집으로 향했습니다. 나는 프라우 루이제의 집 옆을 지나가야 했는데 갑자기 누군지 나를 찾는 소리가 들려 왔습니다. 머리를 들어 보니, 어젯밤 아샤와 만난 그 방의 창문에서, 시장 미망인이 얼굴을 내밀고 그 능글맞은 미소를 띠며 나를 부르고 있었습니다. 나는 얼굴을 돌리고 그대로 지나치려고 했습니다만, 노파가 내게 전할 것이 있다고 뒤에서 외쳤습니다. 이 말에 걸음을 멈추고, 집 안으로 들어갔습니다. 다시 그 방을 보았을 때 나의 심정을 뭐라고 형용해야 좋을지요……

"사실은," 하고 노파는 조그마한 쪽지를 보이면서 이런 말을 했습니다. "당신이 스스로 찾아오시지 않는다면, 이것을 드리지 말라는 부탁이었습니다만, 당신이 하도 훌륭하신 분이기에 드리는 겁니다."

나는 쪽지를 받아 들었습니다.

자그마한 종이 조각에는 성급한 연필 글씨로 다음과 같은 말이 적혀 있었습니다.

'안녕히 계셔요, 우리는 두 번 다시 만나지 못할 거예요. 제가 떠나는 것은 거만한 기분에서가 아닙니다. 아니에요, 제게는 그 밖의 다른 길이 없었기 때문이에요. 어제, 제가 당신 앞에서 눈물을 흘렸을 때 만일 당신께서 단 한 마디라도, 단 한 마디라도 말씀해 주셨더라면 저도 여기에 남아 있었을는지 모르지만, 당신은 아무 말씀도 없으셨습니다. 짐작컨대, 그것이 좋았던 것 같기도 합니다……. 그럼 영원히 안녕히 계세요!'

단 한 마디……아아, 나는 바보다! 그 한 마디를……. 나는 어젯밤 눈물을 머금으며 되풀이했고, 불어오는 바람에 날려 보내지 않았던가, 공허한 벌판에서 수없이 외쳤던 것이 아닌가……! 그러나 나는 그녀에게 그 말을 하지 않았다. '나는 당신을 사랑합니다.'라고는 말하지 않았다. 그리고 그때는 그 말을 입 밖에 낼 수도 없었던 것입니다. 그 숙명적인 방에서 그녀와 만났을 때, 내 마음속에는 아직 선명한 사랑의 의식이 없었던 것입니다. 가긴과 단둘이서 무의미한 괴로운 침묵 속에 앉아 있을 때조차도, 그것은 아직 눈 뜨지 않았던 것입니다……. 그러고 나서 잠시 후, 혹시 불행한 일이 일어나지나 않을까 하는 불안에 사로잡혀, 아샤의 이름을 외치며 그녀를 찾아 헤맸을 때 그 말이 걷잡을 수 없는 힘으로 불타 올랐던 것입니다. 그러나 그땐 이미 늦었습니다. '아니, 그런 일은 있을 수 없다!' 하고 사람들은 말할 것입니다. 그런 일이 있을 수 있는지 없는지 나는 모르겠습니다만, 그것이 사실이라는 것만은 알고 있습니다. 만일 아샤에게 조금이라도 아양을 떨 기분이 있었고, 자신의 신분이 꺼림칙하지 않았던들 그녀는 떠나가지는 않았을 것입니다. 다른 여자라면 누구든지 참을 수 있었던 것도 그녀에겐 참을 수 없었던 것입니다. 나는 그것을 몰랐습니다. 그 캄캄한 창문 앞에서 마지막으로 가긴과 만났을 때, 나의 좋지 않은 근성이 입에서 나오려는 고백을 막아 버렸던 것입니다. 이렇게 해서 아직 잡으려면 잡을 수 있었던 마지막 줄이 내 손에서 미끄러져 나갔던 것입니다.

바로 그날로 나는 트렁크에 짐을 꾸리고 L거리로 돌아와서 배를 타고 쾰른으로 떠났습니다. 지금도 생각나지만 이미 기선이 강변을 떠나려고 할 때 한평생 잊을 수 없는 거리거리며 낯익은 모든 장소에 대해서 마음속으로 이별을 고하고 있노라니, 한헨의 모습이 눈에 띄었습니다. 그녀는 강변 돌 위에 앉아 있었는데, 그 얼굴은 파리하긴 했지만 슬퍼 보이지는 않았습니다. 그녀 옆엔 얼굴이 잘생긴 젊은 남자가 서서 싱글벙글 웃으며 그녀에게 무슨 말을 들려 주고 있었습니다. 라인 강 저쪽에는 내가 좋아하는 조그마한 마돈나가 늙은 오리나무의 짙은 녹음 속에서 여전히 슬픈 표정을 지으며 바라보고 있었습니다.

22

쾰른에서 가긴 오누이의 흔적을 알았습니다. 두 사람이 런던으로 간 것을 알아내고 나는 곧 그 뒤를 따랐습니다. 그러나 런

던에서 갖은 노력을 다해 보았으나 모두 헛수고에 지나지 않았습니다. 나는 오랫동안 단념하려 하지 않고 꽤 고집을 부렸습니다만, 결국에 가선 그들을 찾겠다는 희망을 버리지 않을 수 없게 되었습니다.

그러고는 두 번 다시 그들을 만나지 못했습니다. 아샤를 보지 못했습니다. 가긴의 소식은 어렴풋이 풍문에 들은 적이 있습니다만 아샤는 내게서 영원히 사라지고 말았습니다. 아직 그녀가 살아 있는지 그것조차 모를 정도입니다. 몇 해가 지난 어느 날 나는 외국의 어느 기차 안에서 한 부인을 보았습니다만, 그 얼굴은 잊을 수 없는 그녀의 얼굴과 너무나 흡사했습니다. 그러나 나는 우연한 유사(類似)에 기만당했을 것입니다. 아샤는 나의 기억 속에 내가 행복했던 시절에 알고 있던 처녀의 모습 그대로 나직한 나무 의자의 등에 기대고 있던 그 최후의 모습 그대로 남아 있습니다.

그런데 한 가지 고백해야 할 것은, 나는 너무 오랫동안 아샤의 일을 생각하고 슬퍼하지는 않았습니다. 오히려 운명이 나와 아샤를 결합시키지 않은 것은 잘된 일이라고까지 생각했습니다. 그런 여자를 아내로 맞았으면 틀림없이 행복하게 될 순 없었으리라는 생각으로 자신을 위로하고 있었습니다. 그땐 나도 젊었으므로 미래, 그 짧은 번개처럼 빠른 미래가 한없이 긴 것으로 생각되었던 것입니다. 앞에 있었던 일, 그뿐 아니라 그것보다 더 좋고 더 멋있는 일이 다시 반복되지 않는다고 누가 장담할 수 있겠는가. 나는 이렇게 생각했던 것입니다. 나는 뭇 여자들을 알았습니다만, 아샤로 인해 불러일으켜졌던 타는 듯한 그러면서도 부드럽고 깊은 정열은 이미 두 번 다시 경험할 수는 없었습니다. 그렇습니다! 어떤 여자의 눈이건, 언젠가 애정이 깃든 눈초리로 나를 바라보던 그녀의 눈에 비교되는 눈은 없었고, 누구의 심장이 내 가슴 위에 안겨도 나의 심장은 그렇게 기쁜, 숨이 막힐 듯한 달콤한 기분으로 공명한 적은 없습니다! 가족이 없는 쓸쓸한 운명을 지닌 나는 지루한 나날을 보내고 있습니다만 아샤의 편지와 시들어 버린 양아욱꽃, 언젠가 그녀가 창문에서 던져 준 그 꽃만은 겸허한 마음으로 보존하고 있습니다. 꽃은 아직까지 옅은 향기를 풍겨 주지만, 그것을 내게 던져 준 손, 내가 단 한 번 입을 맞출 수 있었던 손은 이미 오래 전에 무덤 속에서 썩고 말았을지도 모릅니다……. 그리고 나는 어떻게 됐습니까. 나라는 인간, 그 행복하고 어수선하던 시절 날개가 돋은 듯한 그 희망과 동경, 이런 것에서 도대체 무엇이 남아 있을까요. 이렇게 보잘것없는 화초의 가냘픈 향기도 인간의 온갖 기쁨과 슬픔보다는 수명이 깁니다. 인간 자신보다도 수명이 깁니다.

파우스트

1

파벨 알렉산드로비치 B.가 세몬 니콜라예비치 V.에게

M촌에서, 1850년 6월 6일.

사랑하는 친구여, 나흘 전에 나는 여기 도착했다. 그리고 약속한 대로 펜을 들어 자네에게 편지를 쓰기로 했다. 아침부터 보슬비가 내리고 있어서 밖에 나갈 수도 없는데다, 마침 나도 자네하고 한바탕 지껄이고 싶은 생각이 든다. 자, 나는 또다시 옛 보금자리로 돌아왔지만, 여기는 —말하기조차 무섭다— 만 9년 만에 처음이니 말이다. 생각해보니, 나는 다른 사람이 된 것 같다. 아니, 정말 사람이 달라졌다. 자네도 기억하고 있겠지, 응접실에 걸려 있는 흐릿한 조그마한 거울을. 증조모 때부터 전해 온 것으로, 네 귀퉁이에는 꼬불꼬불하고 이상스러운 장식물이 달려 있다. 자네는 옛날에 이 거울을 보며, 백 년 전에 이 거울은 어떤 것을 보았을까, 하고 공상에 잠기곤 했지만, 나는 여기에 도착하자 그 거울을 들여다보고 그만 깜짝 놀라고 말았다. 나는 자신이 나이를 먹은 나머지 최근에 이르러 모습이 달라진 것을 발견한 것이다. 물론, 나만이 늙은 것은 아니다. 그전부터 낡은 이 집은 기울어질 대로 기울어지고 땅 속으로 우묵 주저앉고 말아서, 지금은 간신히 넘어지지 않고 지탱하고 있는 형편이다. 마음씨가 고운 하녀 바실리예브나는 ―자네도 이 여자를 잊지는 않았을 거다. 곧잘 자네에게 맛있는 잼을 대접해 주었으니까― 완전히 시들어서 허리가 굽고 말았다. 내 얼굴을 보고도 소리를 지를 수 없을 뿐더러, 울음을 터뜨리지도 않는다. 다만 한숨을 몰아쉬며 기침을 하고, 의자에 가만히 앉아 좌우로 손을 흔들 뿐이다. 체렌치 노인은 아직 건강해서 여전히 등이 꼿꼿하며 걸음을 옮길 때마다 휘청하니 발을 비튼다. 그 다리는 그전 같이 노란 남경(南京) 무명으로 짠 바지로 덮이고, 삐걱삐걱 요란한 소리를 내는 리본이 달린 양피 단화를 신고 있다. 이것은 수없이 자네를 감동케 했던 것이었지만……. 저런! 지금은 그 바지가 메마른 다리 위에 찰싹 달라붙어 있지 않는가! 그리고 어쩌면 그렇게도 머리가 희어졌을까! 얼굴은 쪼들릴 대로 쪼들려서 주먹만해졌다. 노인이 내게 이야기를 할 때나 옆방에서 지시를 할 때, 그리고 명령을 하는 것들을 들으면, 나는 우습기도 하고 한편으로는 가엾은 생각이 든다. 치아는 몽땅 빠져서 입을 우물거리며 말하노라면, 퉁소 같은 소리도 나고 슈슈 하는 소리도 새어 나온다.

그 대신 정원은 놀랄 만큼 훌륭해졌다. 라일락, 아카시아, 인동나무의 초라한 그루들이 ―우리가 함께 심던 것을 자네도 기억하고 있겠지― 웅장하고 무성한 숲으로 변했고, 자작나무, 단풍도 모두 싱싱하게 가지를 뻗고 있다. 특히 보리수 가로수는 훌륭해졌다. 나는 무엇보다도 이 가로수를 좋아한다. 회록색

(灰綠色)의 부드러운 빛깔이며, 그 둥근 지붕 밑에서 풍기는 가냘픈 향기 등을. 그리고 흑토(黑土) 위에 선명하게 얼룩진 바둑판 모양의 무늬들을 좋아한다. 자네도 아다시피 우리 집 정원에는 모래라는 것이 없다. 내가 좋아하는 참나무도 이젠 의젓한 나무로 성장했다. 어제 낮, 나는 그 나무 그늘 벤치에 앉아서 한 시간 이상을 보냈다. 무척 기분이 좋았다. 주위에는 풀이 사뭇 즐거운 듯 돋아있고, 여기저기 강하고 부드러운 금빛이 흘러내렸다. 나무 그늘에까지도 그 빛은 새어 들어왔다. 그리고 새들이 지저귀는 온갖 노랫소리! 자네는 내가 무척 새를 좋아한다는 것을 잊어버리지는 않았을 테지. 산비둘기가 끊임없이 구구 울고 있으면, 이따금씩 꾀꼬리가 휘파람을 불고, 몬티새(참새과에 딸린 새)가 귀여운 목소리로 멋있게 한 곡조를 넘긴다. 개똥지빠귀가 화를 내어 요란스럽게 울어 대는가 하면, 멀리서 뻐꾹새가 여기에 대답한다. 그러자 갑자기 딱다구리가 미친 듯이 시끄러운 소리로 외친다. 나는 이러한 소리들이 부드럽게 융합한 음향에 귀를 기울이며, 몸을 움직이고 싶지 않았다. 그리고 내 마음속은 우울하지도 않고 황홀하지도 않은 어떤 감정으로 가득 넘쳐 올랐다.

성장한 것은 정원만이 아니다. 씩씩하고 건장한 젊은이들이 자주 내 눈에 띄지만, 그들이 예전에 보던 장난꾸러기들이라고는 도저히 생각할 수도 없다. 그리고 자네가 좋아하던 치모샤(치모페이의 애칭)도 이젠 훌륭한 치모페이가 돼서, 자네는 상상도 못할 지경이다. 자넨 그때, 그애의 건강을 염려해서 앞으로 폐병에 걸릴 것이라고까지 근심했지만, 지금은 남경 무명 프록코트의 비좁은 소매에서 그의 커다란 붉은 팔이 튀어나오고,

딴딴한 근육이 뭉실뭉실 여기저기 솟아올라 있다. 이 모습을 자네에게 한 번 보이고 싶어진다! 목덜미는 마치 황소 같고, 머리는 단단하게 엉킨 아마빛 곱슬머리로 덮여 있다. 마치 파르네즈의 헤라클레스 동상 그대로다! 그러나 그의 얼굴은 다른 사람보다 많이 변하지는 않았다. 얼굴은 크기가 그다지 커지지는 않은 것 같다. 그리고 자네가 말하는 '하품을 하는 것 같은' 즐거운 미소는 여전히 그대로 남아 있다. 나는 그 사내를 하인으로 채용했다. 페테르부르크에서 데리고 있던 자는 모스크바에 버리고 왔다. 너무 도회지에서 굴러먹어서 자기의 우월을 자랑하고 싶어하고, 나를 무안케 하는 버릇이 심해졌기 때문이다.

나의 개는 한 마리도 없었다. 모두 죽어 버렸다. 다만 네프카만은 가장 오래 살아 있었지만, 그놈조차 아르고스가 우릿스를 마지막까지 기다린 것처럼, 내가 돌아오는 것을 기다려 주지는 않았다. 그래서 자기의 옛 주인이며 사냥의 친구였던 나를, 그 거슴츠레한 눈으로나마 바라볼 수 없었던 것이다. 샤프카는 무사하며, 여전히 쉰 목소리로 짓고 있다. 한쪽 귀는 예전같이 찢긴 채로 남아 있고, 꼬리에는 버릇대로 우엉(국화과의 2년생 풀)의 열매가 달려 있다.

나는 옛날의 자네 방에 거처하기로 했다. 이 방은 볕이 너무 들어서 파리 떼가 들끓지만, 다른 방보다 고가(古家)의 냄새가 덜 풍긴다. 참 이상한 일이다! 그 퀴퀴하고 시큼한 어딘지 맥이 풀린 듯한 냄새가 나의 상상에 영향을 미친다. 그렇다고 이것이 불쾌하다는 것이 아니라, 오히려 그 반대이지만, 나의 마음속에 우수를 불러일으켜 주고, 나중엔 음울한 기분에 빠지게 한다. 나는 자네와 마찬가지로 동기장(銅記章)이 달린 낡은 옷장, 등이 타원형이고 발이 구부러진 하얀 안락의자, 가운데 자줏빛 금속으로 된 커다란 달걀 장식이 붙은 파리 똥투성이의 유리 샹들리에, 한 마디로 말해서 이와 같은 선조 대대의 가구들을 무척 좋아하긴 하지만, 시종 이런 것만을 보고 있을 수는 없다. 무엇인지 모를 불안스러운 권태―정말 그렇다!―가 나를 휩쓸고 만다. 내가 거처하는 방에 장식되어 있는 가구들은 흔히 볼 수 있는 수제품들이지만, 나는 한쪽 구석에 좁고 기름한 찬장을 남겨 놓기로 했다. 그 찬장 위에는 녹청색 유리로 만들어진 구식 쟁반이 먼지가 묻은 채 흐릿하게 투명해 보인다. 벽에는 검정 테두리의 틀을 걸게 했다. 자네 알고 있겠지? 자네가 늘 마농레스코의 초상이라고 하던 부인상 말이다. 지난 9년 동안 조금 검어지긴 했으나 눈은 여전히 깊은 생각에 잠겨 교활하면서도 부드러운 눈길로 바라보고 있고, 입술에는 여전히 가볍고 슬픈 미소가 감돌고 있다. 그리고 반쯤 뜯긴 장미꽃은 역시 가느다란 손가락 사이에서 조용히 흩어져 내린다.

내 방에 걸려 있는 커튼은 정말 나를 웃긴다. 그것은 예전에 초록빛이었던 것이 색이 바래 누르스름해졌다. 그 위에는 다르란쿠르의 '은자(隱者)'에서 취한 몇 장면이 먹으로 그려져 있다. 한 장의 커튼에는 무시무시하게 턱수염을 기르고 샌들을 신은 은자가 눈을 커다랗게 부릅뜬 채, 머리를 풀어헤친 어떤 처녀를 산 속으로 끌고 가는 것이 그려져 있다. 다른 하나에는 머리에 베레모를 쓰고, 어깨에 붓프를 걸친 네 명의 무사들이 목숨을 내걸고 격투하고 있는 장면이 그려져 있는데, 한 명은 쉽게 말해서 죽어 넘어져 있다. 이런 식으로, 여러 가지 무서운 광경이 연출되고 있지만 주위를 점하고 있는 것은 말할 수 없이 고요한 정적뿐이고, 커튼은 그토록 부드러운 반사를 천장에 던지고 있다.

여기에 머물게 되자, 무엇인지 모를 이상한 마음의 정적이 나를 사로잡고 말았다. 나는 아무 일도 하고 싶지 않고, 아무도 보고 싶지 않다. 공상할 것도 없고 사색한다는 것도 부질없다. 그러나 생각한다는 것은 부질없는 일이 아니다. 이 두 가지는 자네 자신도 잘 알고 있듯이 성격이 다른 것이다. 먼저 유년 시절의 추억이 나를 휩쓸었다. 어디를 가나, 무엇을 보나, 도처에서 뚜렷한 추억들이 솟아오른다. 아주 사소한 일까지 떠올라서, 마치 그 선명한 윤곽대로 굳어지고 만 듯한 느낌이다. 이윽고 이것은 다른 추억으로 변하고, 그 다음……그 다음 나는 살며시 과거에서 등을 돌린다. 그러나 나의 가슴에 남은 것은 흐리멍덩한 일종의 중하(重荷)에 불과하다. 그런데 어떨까! 나는 버드나무가 늘어진 둑 위에 앉아 있는 동안, 나도 모르게 갑자기 울음을 터뜨렸으니 말이다. 만일 옆을 지나가고 있던 시골 여인이 아니었던들 나는 자기 나이를 잊은 채 오랫동안 울음을 계속했을지도 모른다. 시골 여인은 신기한 듯 흘끗 나를 쳐다보았으나 이윽고 얼굴을 다른 쪽으로 돌리고, 정면으로 공손히 인사를 한 다음 옆을 지나가 버렸다. 나는 여기를 떠날 때까지, 즉 9월까지 이런 기분으로 지내고 싶다. 물론 다시는 눈물을 흘리지 않으련다. 그래서 만일 이웃의 어떤 사람이 나를 방문하겠다고 생각한다면, 그야말로 나를 실망케 할 것임에 틀림없다. 그러나 내게는 다정한 이웃 사람이 없으므로, 그러한 근심은 없을 성싶다. 자네는 내 기분을 이해할 수 있으리라 믿는다. 고독이란 것이 인간에게 유익한 결과를 가져다 줄 때가 얼마나 많은지를 자네도 자신의 경험으로 알고 있을 것이다. 온갖 방랑을 다 겪고 난 내게는 바로 그러한 고독이 필요한 것이다.

그렇다고 나는 지루하지는 않다. 나는 몇 권의 책을 가지고 왔고, 여기에도 상당한 도서실이 있기 때문이다. 어제 나는 책장을 모조리 열어뜨리고 곰팡이가 슨 책들을 들추어서, 그전에는 생각지도 못했던 재미있는 책을 많이 발견했다. 1770년대에 손으로 사본(寫本)해서 나온 〈칸지다〉(볼테르의 소설)의 번역, 같은 시대의 보고서, 잡지, 그리고 〈개선(凱旋)한 카멜레온〉(즉 미라보의 것이다)의 [Le Paysan Perverti](방탕스러운 시골 사람)와 같은 종류다. 어린이 책도 나왔다. 내 자신의 것도 있고, 아버지 것도 있고, 할머니 것도 있었다. 그뿐 아니라 글쎄 증조모의 책까지 나타났다. 알록달록하게 장정을 한, 어떤 프랑스어 문법책에는 커다란 글자로, Ce livre appartient á mlle Eudoxie de Lavrine(이 책은 예브도키야 라브리나 양의 것이다)라고 쓰고, 연대가 씌어 있는데 그것이 1741년이다. 그리고 언젠가 내가 외국에서 가지고 돌아온 책도 발견되었는데, 그 속엔 괴테의 〈파우스트〉도 섞여 있었다. 자네는 알지 못할지도 모르지만, 나는 언젠가 〈파우스트〉를 한 자도 빼놓지 않고 암송한 때가 있었다. 물론 일부이긴 하지만. 아무리 읽어도 싫증을 느끼지 않았던 것이다. 그러나 세월이 바뀌면 꿈도 바뀌게 마련이다. 그래선지 최근 9년 동안 나는 거의 괴테의 책을 손에 대본 적이 없다. 내가 그토록 낯익은 자그마한 책자를 보았을 때의 감정이란 도저히 말로는 형용할 수 없다. 나는 책을 들고 침대에 누워서 읽기 시작했다. 그 웅장한 제1장이 얼마나 내 마음을 감동시켰던 것일까! 지령(地靈)의 출현과 그의 말, 자네도 생각나겠지. '인생의 파도 위, 창조의 폭풍 속에'라는 말은 나의 마음 속에 오랫동안 맛보지 못했던 환희의 전율과 냉기를 불러일으켜 주었다. 나는 모든 것을 상기해 냈다. 베를린, 당시의 학생 생활, 크라르시치호 양, 메피스토펠레스 역을 한 자이데르만, 라지빌의 음악도, 이것 저것 하나도 남기지 않고……. 나는 한참 동안 잠들 수가 없었다. 나의 청춘이 다시금 되살아나서 환영처럼 눈앞에 어른거렸다. 그것은 불길처럼 또는 독처럼 나의 혈관 속을 줄달음질쳤다. 심장은 부푼 채 줄어들 줄을 몰랐다. 무엇인지 가슴의 현(弦)을 두드리며, 여러 가지 욕망이 끓어올랐다.

이젠 40이 다 된 자네의 친구가 쓸쓸한 집 안에서 고독에 잠겨 이러한 공상에 몸을 맡기고 있는 것이다. 만일 누가 엿보았더라면 어땠을까! 아니, 그런들 무슨 상관인가? 나는 조금도 부끄러워하지는 않았을 것이다. 부끄러워한다는 것은 역시 젊다는 징조일 테니까. 그런데 나는 내가 늙어 간다는 것을 어디서 알아차렸는지 알겠나? 다른 것이 아니라, 이런 뜻에서다. 나는 지금 내 자신에게 즐거운 감각을 과장하고 슬픈 기분을 물리쳐 버리려고 노력하고 있지만, 젊을 때는 이와는 정반대의 생각을 했던 것이다. 곧잘 우수를 보물처럼 아끼고, 즐거운 감정의 폭발을 꺼려하곤 했으니…….

그러나 나의 친구 고라치오여, 그럼에도 불구하고 지금까지 쌓아온 인생 경험에도 불구하고, 나는 이 세상에 자신이 경험하지 못한 뭔지가 아직 남아 있는 것 같은 느낌이 든다. 게다가 그 '뭔지'는 가장 중요한 것같이 생각되어진다.

아아, 부질없는 말까지 쓰고 말았다! 그럼 잘 있게! 다음에 또 쓰기로 하겠네. 자넨 페테르부르크에서 무엇을 하고 있나?

끝으로, 요리사 사벨리가 자네에게 인사를 보낸다. 그도 나이를 먹었지만 대단치는 않고, 조금 살이 쪄서 토실토실해졌을 뿐이다. 여전히 삶은 알줄기를 넣은 닭국, 가장자리에 모양을 넣어 만든 기름빵, 피구스 같은 것을 잘 만든다. 그 유명한 광야 요리(曠野料理)―자네의 혓바닥을 새하얗게 만들고, 옹근 1주야 동안을 말뚝처럼 서 있게 했던 그 피구스 말이다. 그 대신, 군고기는 예전과 다름없이 딱딱하게 구워서, 접시를 두드리면 소리가 날 정도다. 마치 마분지같이.

그럼 오늘은 이만 펜을 놓는다.

자네의 P. B.로부터

2

M촌에서, 1850년 6월 12일.

사랑하는 벗이여, 오늘은 제법 중대한 소식을 전하고 싶다. 그건 이렇다! 나는 어제 식사를 하기 전에 잠시 산책을 하고 싶어졌다. 그것도 정원만을 거니는 것으로는 부족해서 거리로 통하는 한길을 따라 걸음을 옮겼다. 곧고 기다란 한길을 아무 목적 없이 성큼성큼 걸어간다는 것은 정말 상쾌한 기분이었다. 마치 무슨 일이 있어서 서두르는 것 같기도 했다. 문득 앞을 보니 저쪽에서 한 대의 마차가 오고 있었다. '내 집으로 오는 것이 아닐까?' 나는 마음속으로 두려움을 느끼며 생각했다. 그러나 내 생각은 틀렸다. 마차 안에는 콧수염을 기른 낯선 신사가 앉아 있었으므로 나는 적이 마음을 놓았다. 그런데 마차가 내 옆까지 왔을 때, 신사는 마부에게 말을 멈추게 하고 공손하게 모자를 벗어 들며 무척 정중한 어조로 당신은 이러이러한 분이 아니냐고, 나의 이름을 부르며 물어 보는 것이었다. 나는 할 수 없이 발을 멈추고 신문에 응하는 피고의 용기로 "네, 그렇습니다." 하고 대답했다. 그리고 양처럼 양순한 눈초리로 그 낯선 신사를 바라보며 이렇게 생각했다. '어디서 본 듯한 사람이다!'

"나를 모르시겠어요?" 이윽고 그가 마차에서 내려오며 이렇게 물었다.

"전혀 생각이 안 나는데요."

"그렇지만 나는 이내 당신을 알아봤습니다."

이렇게 서로 말을 주고받는 사이에 나는 이 신사가 프리므코프라는 것을 알았다. 자네 생각나는가? 우리의 대학 동창이다. '그것이 무슨 중대한 소식인가?' 하고 자네는 이 순간 생각할 것이다. '프리므코프는 내가 아는 한 무척 맹랑한 사람이었다. 그야 물론, 사람은 좋고 그다지 바보도 아니었지만.' 그건 그렇고, 세묜 니콜라예비치, 그 다음에 있은 우리의 대화를 들어 보게.

"나는 당신이 우리들의 이웃으로 돌아오셨다는 말을 듣고 무척 기뻤습니다." 하고 프리므코프가 말했다. "물론, 기뻐한 것은 나 혼자만이 아니었습니다만."

"실례지만," 하고 나는 물었다. "도대체 누가 그런 호의를 가져 주신단 말씀인가요……?"

"내 아내입니다."

"당신의 아내라니요?"

"그렇습니다. 내 아내입니다. 당신하고는 옛 친구이니까요."

"실례지만, 당신 아내의 이름은 뭐라고 합니까?"

"베라 니콜라예브나라고 합니다. 고향의 성은 엘리초바이고요."
"베라 니콜라예브나라니!" 나는 엉겁결에 이렇게 외쳤다.

바로 이것이 편지 서두에 자네에게 말한 중대한 소식인 것이다.

그러나 이렇게 말해도 자네는 무엇이 중대한지 조금도 납득이 가지 않을 것이다. 그래서 나는 나의 과거……먼 과거의 사건을 어느 정도 말하지 않을 수 없다.

우리들이 183×년 대학을 나왔을 때, 나는 스물셋이었다. 자네는 곧 관계(官界)로 들어갔고 나는 자네가 아다시피 베를린으로 유학할 것을 결심했다. 그러나 베를린에서는 시월까지 아무것도 할 일이 없었으므로, 나는 여름철을 러시아에서 보내기로 작정했다. 떠나는 김에 시골에서 마음껏 게으름을 부리다가 독일에 가서는 열심히 달라붙어 보리라는 심사에서였다. 이 마지막 계획이 어느 정도 실현되었는지, 그런 것은 지금 새삼스레 말할 필요도 없을 것이다. '그러나 어디서 여름을 보낼 것인가?' 하고 자문해 보았다. 내 마을로는 돌아가기가 싫었다. 그것은 얼마 전에 아버지가 돌아가셔서 내게는 다정한 집안 식구가 없었기 때문이었다. 나는 고독과 권태를 두려워했던 것이다. 그래서 사촌 아저씨뻘 되는 어느 친척의 권유에 따라 T현(縣)의 영지로 가기로 했다. 그는 부유하고 선량하며 게다가 결백한 사람이고 귀족다운 저택에서 호화로운 생활을 하고 있었다. 나는 그 집에서 머물게 되었다. 아저씨의 집은 아들이 둘에, 딸이 다섯인 대가족이었다. 그 밖에도 집 안에는 언제나 많은 사람들이 들끓고 쉴 새 없이 여러 손님들이 드나들었지만 그래도 그다지 즐겁지는 못했다. 소란스러운 가운데 나날은 흘러가고 잠시라도 고독을 즐길 수 없었다. 모두들 무슨 일이든지 협동해서

하고, 무엇으로든지 기분을 풀어 보려고 애쓰고, 무엇인지를 생각해 내려고 기를 쓰는 바람에 하루가 끝날 때가 되면 모두 녹초가 되고 마는 것이었다. 내게는 이 생활이 어쩐지 속된 느낌이 들었다. 나는 벌써 떠날 생각을 하고 다만 아저씨의 명명일(命名日)이 오는 것만을 기다리고 있었다. 그런데 바로 이 명명일의 무도회 때 나는 베라 니콜라예브나 엘리초바를 본 것이다. 그리고 그 자리에 눌러앉고 말았다.

그녀는 그때 열여섯 살이었다. 어머니와 함께 아저씨의 집에서 5베르스트(1베르스트는 1,067킬로미터) 가량 떨어진 자그마한 영지에서 살고 있었다. 그녀의 아버지는, 사람들의 말에 의하면, 매우 훌륭한 사람으로 순식간에 대령 계급까지 올라가고 더욱 전도가 유망했지만, 사냥에서 친구의 유탄에 맞아 젊은 나이로 객사했다는 것이었다. 이렇게 하여 베라 니콜라예브나는 어릴 때 아버지를 잃었던 것이다. 그녀의 어머니도 보통 여자와는 달라, 몇개 국어를 말할 줄 아는 식견이 넓은 여자였다. 그녀는 남편보다 7,8 세 손위였지만, 베라의 아버지하곤 연애결혼을 했었다. 즉 베라의 아버지는 그녀를 양친댁에서 몰래 끌어냈던 것이다. 그녀는 남편의 변사를 몹시도 슬퍼하며, 마지막 날까지 —프리므코프의 말에 의하면, 그녀는 딸이 결혼한 후 곧 죽었다는 것이다— 검정 상복 외에는 아무것도 걸치지 않았다. 나는 지금도 그녀의 얼굴을 똑똑히 기억하고 있다. 표정이 풍부한 거무스레한 얼굴에 짙은 잿빛 머리칼, 불이 꺼진 듯한 크고 엄한 눈, 날이 선 가느다란 코 등……. 그녀의 아버지는 —라다노프라고 불렀다— 이탈리아에서 근 15년을 살아온 사람이었다. 그녀는 알리바노의 시골 여자한테서 태어났으나, 이 여자는 베라의 어머니를 낳은 이튿날, 그전부터 그녀의 약혼자였던 트란스테베리아 사람에게 무참히도 학살을 당하고 말았다. 라다노프에게 애인을 빼앗긴 분풀이였던 것이다. 이 사건은 그 당시 상당한 물의를 일으켰다. 러시아로 돌아온 라다노프는 자기 집은 말할 것도 없고, 서재에서까지 한 발자국도 나가지 않고 화학, 해부학, 신비 철학 같은 것을 연구하면서 인간의 수명을 연장시키려고 애썼다. 그리고 영혼과 관계를 맺거나 죽은 사람을 다시 소생시킬 수 있다고까지 공상하게 되었다. 이웃 사람들은 모두 그를 마법사라고 생각하고 있었다. 그는 무척 자기 딸을 귀여워해서 몸소 모든 것을 가르쳐 주었다. 그러나 엘리초프하고 도망친 것만은 용서하지 않았고, 딸도 사위도 자기 눈앞에 얼씬 못하게 한 후, 두 사람에게 불행한 생애를 예언하며 혼자서 쓸쓸히 세상을 떠났던 것이다. 엘리초바 부인은 과부가 되자, 모든 여가를 딸의 교육에 바치고 거의 아무하고도 접촉을 가지지 않았다. 내가 베라 니콜라예브나하고 알게 되었을 때 생각해 보게, 그녀는 출생 이후 지금까지 어느 거리에도, 심지어 가장 가까운 군청 소재지에조차 가 본 일이 없다는 것이었다.

베라 니콜라예브나는 흔히 볼 수 있는 러시아 처녀하고는 달랐다. 그녀에게는 무엇인지 모를 특별한 낙인이 찍혀 있었다. 나는 처음 만났을 때부터, 놀랄 만큼 침착한 그녀의 몸짓이며 말소리에 깜짝 놀라고 말았다. 그녀는 아무 일에도 마음을 쓰거나 근심을 하는 것 같지 않았고, 나의 물음에는 솔직하고 현명하게 대답하고 조심스럽게 사람의 말을 들을 뿐이었다. 그녀의 얼굴 표정은 어린애와 같이 성실하고 정직했지만, 어느 정도 싸늘하고 단조로운 느낌을 주었다. 그렇다고 생각이 깊은 얼굴이라고도 할 수 없었다. 그녀가 즐거워하는 것은 좀체로 보기 드물었는데, 그것도 다른 여자의 즐거움과는 달랐다. 즐거움이라기보다는 기쁘고 순진한 혼(魂)의 명랑성이 그녀의 온몸을 비춰 주었다. 키는 그다지 크지 않았으나, 몹시 균형이 잘 잡힌 몸매에 약간 호리호리한 편이었다. 얼굴 윤곽은 깨끗하면서도 아름다웠다. 평탄하고 예쁘장한 이마, 금빛 어린 아마빛 머리칼, 어머니처럼 오뚝 날이 선 코, 제법 두툼한 입술, 그리고 검은빛이 도는 눈은 위로 말려 올라간 속눈썹 밑에서 어째서인지 지나치게 똑바로 바라보는 듯한 인상을 주었다. 손은 크지 않았으나 그렇게 곱지는 못했다. 재능을 가진 사람들의 손은 으레 그렇지가 않은데······. 사실, 베라 니콜라예브나에게서는 별로 이렇다 할 재능이 엿보이지 않았다. 그녀의 목소리는 일곱 살 먹은 계집애처럼 쨍쨍 울려 나왔다. 나는 아저씨의 무도회에서 그녀의 어머니를 소개받고 며칠 후 처음으로 그녀의 집을 방문했다.

엘리초바 부인은 매우 이상한 여자로, 성격이 뚜렷하고 고집이 세며 한 가지 일에 열중하는 여자였다. 나는 그녀에게서 강한 인상을 받고, 그녀를 존경하기도 하고 어느 정도 두려워하기도 했다. 그녀는 모든 일을 규칙적으로 해나가서 자기 딸도 규칙적으로 교육을 시켰지만, 딸의 자유를 구속하는 일은 없었다. 딸은 어머니를 사랑한 나머지 맹목적으로 신뢰하고 있었다. 엘리초바 부인이 딸에게 책을 내주며 이 페이지는 읽어서는 안 된다고 말하면 그녀는 그 앞 장의 페이지에서부터 넘겨 버리고 금지된 페이지는 읽을 생각조차 하지 않았다. 그러나 엘리초바 부인에게도 자기의 고정 관념이 있었고, 자기의 버릇이 있었다. 예를 들어, 그녀는 불을 무서워하듯이 공상을 일으킬 수 있는 것을 무엇보다도 두려워했다. 그래서 그녀의 딸은 열일곱 살이 될 때까지 한 편의 소설도 시도 읽은 적이 없었다. 그 반면에 그녀는 지리, 역사는 물론 자연과학 분야에까지, 새 학사(學士)인 나를 곧잘 골탕먹이는 것이었다. 자네도 알고 있겠지만, 나의 졸업 성적은 그다지 나쁜 편도 아니었는데 말이다. 나는 어느 날 엘리초바 부인에게 그녀의 버릇을 지적하려고 시도한 적이 있었다. 그녀는 말이 없는 여자여서, 그녀를 이야기 속으로 끌어 넣는다는 것은 쉬운 일이 아니었다. 그때 그녀는 단지 머리만 흔들 뿐이었다.

"당신은," 하고 그녀는 드디어 입을 열었다. "문학 작품을 읽는 것이 유익하기도 하고 즐겁기도 하다고 말씀하시지만 나는 이렇게 생각합니다. 인생이란 것은 유익한 편이든 즐거운 편이든 어느 하나를 선택하지 않으면 안 된다고요. 그러고 나서 영원히 결정해 버리는 것입니다. 나도 예전엔 그 양쪽을 결합시켜 보려고 한 적도 있었습니다만 그건 불가능한 일이에요. 그리고 멸망이 아니면 속악(俗惡)에 빠질 뿐입니다."

정말 그 부인은 놀랄 만한 존재였다. 일종의 광신과 미신이 없는 것도 아니었지만, 결백하고 자존심이 강한 여자였다. "나는 인생을 두려워합니다." 어느 날 그녀가 내게 이렇게 말했다. 사실 그대로, 그녀는 인생을 두려워하고 있었다. 생활의 밑바닥을 이루고 있는 신비로운 힘, 때때로 뜻하지 않게 표면에 나타나는 그 이상한 힘을 두려워하고 있는 것이었다. 이러한 힘이 머리 위에 떨어진 사람은 불행한 것이다! 엘리초바 부인에게는 이 신비로운 힘이 무서울 정도로 명백히 나타나 있었던 것이다. 어머니의 죽음, 남편의 죽음, 아버지의 죽음……. 여기에는 어떤 사람이건 공포를 느끼지 않는 사람이 없으리라. 나는 그녀의 웃는 얼굴을 본 적이 없다. 그녀는 마치 자물쇠를 잠그고, 그 열쇠를 물 속에 던져 버린 것과 같았다. 그녀는 일생 동안, 그 많은 불행을 겪어 왔음에도 불구하고 그 불행을 남에게 이야기한 적은 없었다. 모두 마음속에 고이 간직하고 있었다. 그녀는 지금까지 자기 감정을 억제하는 습성이 붙어 있어서, 딸에 대한 열렬한 사랑을 표시하는 것까지 부끄러워했다. 그녀는 한 번도 내 앞에서 딸에게 키스한 적이 없고 애칭으로 부르는 일도 없이 언제나 베라라고만 불렀다. 지금도 그녀가 이야기한 어떤 말이 생각난다. 나는 그녀에게, 우리들 현대인은 모두 상처를 받은 인간이다라고 말한 적이 있다. 그러자 그녀는 "자기에게 상처를 입힌다는 것은 무의미한 일입니다. 아주 자기의 전존재를 꺾어 버리든지, 그렇지 않으면 처음부터 그대로 놔 두는 거예요……." 하고 말하는 것이었다.

엘리초바 부인 집으로 드나드는 사람은 극히 드물었다. 그렇지만 나는 자주 그녀를 찾아갔다. 그리고 부인께서도 내게 호의를 가지고 있으리라고 마음속으로 느끼고 있었다. 게다가 베라 니콜라예브나는 무척 내 마음에 들었다. 우리는 곧잘 이야기도 하고 산책을 하기도 했다. 어머니는 별로 우리들을 방해하지는 않았으나, 베라 자신이 어머니하고 떨어져 있는 것을 좋아하지 않았고, 나 역시 단둘이서 이야기해야 할 필요성을 느낀 것은 아니었다. 베라 니콜라예브나에게는 소리를 내어 생각하는 이상한 버릇이 있었다. 밤마다 자면서 커다란 소리로, 그날에 받은 강력한 인상을 똑똑히 말하는 것이었다. 어느 날 그녀는 물끄러미 나를 바라보면서, 평상시의 자기 버릇대로 가볍게 턱을 괴고는, "B씨는 좋은 사람이긴 하지만 그분을 믿을 수는 없어요." 하고 말했다. 우리 두 사람의 관계는 무척 다정하면서도 순조로웠다. 그런데 한 번은 그녀의 밝은 눈의 까마득한 어느 곳에서 무엇인지 모를 기묘한 것을 본 듯한 느낌이 들었다. 그것은 어떤 감미로운 도취감이라고나 할까……. 그러나 나의 생각이 틀렸을지도 모른다.

그러는 사이에 시간이 흘러서, 나는 출발 준비를 하지 않으면 안 되게 되었다. 그러나 나는 여전히 시간을 끌었다. 이윽고 이 귀여운 처녀를, 이토록 내 마음을 사로잡는 처녀를 보지 못하게 되리라 생각하니, 그 일을 생각하기만 해도 가슴이 뭉클해졌다. 베를린은 차차 예전의 매력을 잃어 갔다. 나는 내 마음속에 일어나고 있는 것을 스스로 인정할 만한 용기도 없었고, 게다가 무엇이 내 마음속에 일어나고 있는지 똑똑히 알 수도 없었다. 마치 마음속에 안개가 끼어 있는 것 같은 기분이었다. 드디어 어느 날 아침 갑자기 모든 것이 명백해졌다. '그 이상 무엇을 얻으려고 하는가?' 하고 나는 생각했다. '어디로 가려는 건가? 진리라는 것은 어쨌든 손에 잡히는 것이 아니다. 오히려 여기에 남아서 결혼하는 편이 좋지 않을까?' 그런데 이 결혼이라는 상념도, 그땐 조금도 나를 위협하지는 않았다. 오히려 그와 반대로 나는 결혼을 기뻐했을 정도였다. 그래서 바로 그날로 나는 자신의 의향을 고백하고 말았다. 자네도 상상하리라 믿지만, 베라 니콜라에브나에게 향해서가 아니라 어머니인 엘리초바 부인에게 이야기를 했던 것이다. 노부인은 물끄러미 나를 바라보고 나서,

"안 됩니다." 하고 그녀가 말했다. "당신은 베를린으로 가서

좀더 상처를 입고 돌아오세요. 당신은 선량한 분이지만 베라에게 필요한 것은 당신과 같은 남편이 아닙니다."

나는 눈을 내리깔고 홍당무처럼 빨개졌다. 그리고 자넨 더욱 놀라겠지만, 나는 이내 엘리초바 부인의 의견에 동의하고 말았다. 한 주일 후 나는 그곳을 떠났고, 그로부터 지금까지 부인도 베라 니콜라예브나도 만난 적이 없었다.

나는 옛날의 로맨스를 간단히 이야기했다. 자네가 어떤 것이든 길게 늘어놓는 것을 좋아하지 않기 때문이다. 베를린에 도착한 후 나는 아무 미련 없이 베라 니콜라예브나를 잊어버리고 말았다. 그러나 고백하지만, 뜻하지 않은 그녀의 소식은 나의 마음을 물결치게 했다. 그녀가 이렇게 가까운 곳에 살고 있으며, 우리 이웃 사람이며, 게다가 며칠 안에 그녀를 볼 수 있다고 생각하니 놀라지 않을 수 없었다. 땅 속에서라도 기어오른 듯한 과거는 갑자기 나의 앞을 가로막고, 서서히 내게로 다가오기 시작했다. 프리므코프는 옛 우정을 소생시켜 볼 목적으로 나를 찾아왔던 것으로, 가까운 시일 내에 자기 집을 찾아 주었으면 고맙겠다고 말했다. 그가 전하는 바에 의하면, 그는 기병대에 근무하고 있었지만 중위로서 퇴역하고, 나의 집에서 8베르스트 떨어진 곳에 영지를 사서 이제부터 농촌 경영에 종사할 생각이라는 것이다. 그에게는 어린애가 셋이 있었지만 그 중 둘은 죽고, 지금 남아 있는 것은 다섯 살 난 딸뿐이었다.

"부인도 나를 기억하고 있을까요?" 하고 나는 물었다.

"그럼요, 기억하고말고요." 그는 약간 말을 더듬으며 말했다. "물론, 그 당시 내 아내는 어린애와 다름없었지만, 장모께서는 언제나 당신을 칭찬하셨습니다. 그리고 당신도 아시다시피, 내

아내는 돌아가신 어머니의 말씀이라면 모두 귀중히 여기고 있으니까요."

이때 나의 기억 속엔 엘리초바 부인의 말, 당신은 베라의 남편으로 적당치 않습니다라는 말이 떠올았다. '그렇다면 자넨 적합하단 말이군' 하고 나는 프리므코프를 곁눈질해 보면서 잠시 생각에 젖었다. 그는 나의 집에서 두서너 시간 앉았다가 돌아갔다. 그는 무척 선량하고 사랑스러운 사람으로, 그 겸손한 말씀씨라든가 호인다운 인상을 주는 어진 표정은 누구라도 그를 좋아하지 않을 수 없을 정도이지만, 지적 재능면에서는 우리들이 그를 알고 있었을 때보다 진전을 보지 못하고 있었다. 나는 반드시 그의 집을 찾아가련다. 혹은 내일이라도 갈지 모르겠다. 베라 니콜라예브나가 어떻게 되었는지 보는 것은 무척 재미있을 것 같다.

자네는 본래 짓궂으니까, 지금쯤은 과장실 책상에 앉아서 나를 비웃고 있음에 틀림없으리라. 그러나 어쨌든 그녀가 어떤 인상을 주든지 꼭 자네에게 전하기로 하겠다. 그럼 이만! 다음 편지까지.

자네의 P. B.로부터

3

M촌에서, 1850년 6월 16일.

세묜 니콜라예비치, 나는 그녀의 집에 가서 그녀를 만나 보았다. 무엇보다도 먼저 놀랄 만한 사실을 알리지 않으면 안 되겠다. 자네가 믿을지 믿지 않을지 모르겠으나, 그녀는 얼굴이며 모습이며 조금도 변한 데가 없었다. 그녀가 마중 나왔을 때, 나는 하마터면 소리를 지를 뻔했다. 열일곱 살의 처녀, 정말 그대로다! 다만 눈만이 처녀 때와 달랐지만, 그녀의 눈은 어릴 때부터 애들의 눈 같지는 않았다. 너무 지나치게 밝았던 것이다. 그러나 예전과 같은 침착성, 그 명랑함, 게다가 목소리까지도 같고 이마에는 주름살 하나 없었다. 마치 지난 10년 동안, 어느 눈 속에라도 파묻혀 있었던 것 같았다. 그러나 그녀는 지금 스물여덟 살이었고, 이미 세 어린애의 어머니였다. 정말 모를 일이다! 자네, 정말 부탁이니, 내가 선입감 때문에 사실을 과장하고 있다고는 생각지 말아 주게. 오히려 내게는 그녀의 이러한 '불변성'이 도무지 마음에 들지 않았던 것이다.

한 사람의 아내이며 어머니인 스물여덟 살의 부인이 소녀와 흡사하다니 말이 안 된다. 생활이 무의미하게 지나가지는 않았을 것이기 때문이다. 그녀는 무척 다정하게 나를 맞아 주었다. 그리고 프리므코프도 나를 보자 기뻐서 어쩔 줄을 몰랐다. 이 선인(善人)은 어떻게 해서라도 애착의 대상을 만들려고, 그것만 생각하고 있었다. 집은 아늑하고 깨끗했다. 베라 니콜라예브나는 옷차림까지도 어린애 같았다. 온통 새하얀 옷에 파란 띠를 매고, 목에는 가느다란 금목걸이를 걸고 있었다. 그녀의 딸은 무척 귀여웠다. 그녀를 닮은 데라고는 조금도 없고, 오히려 할머니를 연상케 했다. 응접실의 긴 의자 위에는 그 이상스러운 부인의 초상화가 걸려 있었는데, 나는 그 유사함에 깜짝 놀랄 지경이었다. 방에 들어서자 곧 그 그림이 눈에 띄었던 것이다. 그림 속의 부인은 엄한 눈으로 조심스레 나를 바라보는 것 같았다. 우리는 서로 자리를 잡고, 옛날을 회상하며 잠시 이야기에 젖었다. 나도 모르게 가끔 엘리초바 부인의 음울한 초상화를 올려다보곤 했다. 베라 니콜라예브나는 바로 그 밑에 앉아 있었다. 그것이 그녀의 마음에 드는 장소였던 것이다. 자네, 나의 놀라움을 상상해 주게. 베라 니콜라예브나는 아직까지 한 권의 소설도, 한 편의 시도 읽어 보지 못했다는 것이다. 한 마디로 말해서 그녀 자신이 말하는 소위 창작물이라는 것은 하나도 읽은 적이 없었다! 고상한 지적 만족에 대한 그 이상한 무관심은 내게 분노의 마음을 불러일으켰다. 총명하고, 게다가 내가 판단하는 한 섬세한 감정을 소유한 부인에게서 이것은 정말 용서할 수 없는 일인 것이다.

"왜 그러십니까?" 하고 나는 물었다. "그런 책을 읽지 않겠다는 규칙은 당신 자신이 세운 겁니까?"

"그저 그렇게 됐어요." 하고 그녀가 대답했다. "짬이 없었으니까요."

"짬이 없다구요! 놀랄 일인데요! 아니, 당신이라도," 하고 나는 프리므코프 쪽을 바라보며 말을 이었다. "부인에게 그런 습관을 붙이도록 하시지 않고."

"나는 기쁘게……."라고 프리므코프는 말을 꺼냈으나, 베라 니콜라예브나가 그의 말을 가로챘다.

"거짓말 마세요, 당신도 시는 그다지 좋아하지 않으면서."

"시는 정말 그렇지만," 하고 그가 말하기 시작했다. "그러나 소설은, 예를 들어……."

"그럼, 당신은 무엇을 하십니까. 밤마다 무엇을 하고 지내세요?" 하고 나는 물었다. "트럼프라도 하시나요?"

"때때로 트럼프도 하지만," 하고 그녀가 대답했다. "그 밖에도 할일은 많지 않아요? 독서도 합니다. 시 외에도 좋은 책들이 많으니까요."

"어째서 당신은 그렇게 시를 공격하십니까?"

"공격하는 것이 아니에요. 나는 어릴 때부터, 그와 같은 공상의 산물은 읽지 않는 것이 습관이 되고 말았습니다. 그것은 어머니가 원하는 것이기도 했어요. 그리고 살아가면 갈수록 나는 어머니가 하신 일이며 말하신 것이며 무엇이든 모두 진리였다는 것을 점점 확신하게 됩니다. 정말 신성한 진리였어요."

"그것이 당신의 의향이라 해도, 나는 도저히 당신에게 동의할 순 없습니다. 당신은 인생에서 가장 순수하고 가장 정당한 쾌락을 일부러 잃고 있다고 나는 확신합니다. 당신은 음악과 그림을 배척하진 않으실 테죠? 그런데 왜 시를 배척하시는 거예요?"

"배척하는 것은 아니에요. 나는 지금까지 시를 읽지 않았을 뿐. 그것뿐이에요."

"그렇다면 내가 그 일을 맡도록 하죠! 당신 어머니께서도 일생 동안 문학 작품을 읽지 말라고 금하신 것은 아니겠죠?"

"네, 내가 결혼했을 때 어머니는 모든 구속을 풀어 주셨습니다. 단지 내가 읽고 싶지 않았기 때문이에요……. 저 뭐라고 말씀하셨죠? 저, 한 마디로 말해서 소설 같은 거 말이에요."

나는 의아심을 가지고 그녀의 말을 듣고 있었다. 그것은 도무지 예기치 않은 일이었다.

그녀는 침착한 눈초리로 나를 바라보고 있었다. 새들이 사람을 무서워하지 않을 때는 이런 눈을 하는 법이다.

"요다음엔 책을 가져오겠습니다!" 하고 나는 외쳤다. 나의 머릿속에는 최근에 읽은 〈파우스트〉가 떠올랐다.

베라 니콜라예브나는 가볍게 한숨을 몰아쉬었다.

"그건……그건 조르즈 상드가 아닌가요?" 하고 그녀가 다소 겁에 질린 어조로 물었다.

"아니! 그렇다면, 당신도 상드의 이름은 알고 계시군요? 뭐, 상드라 해도 별로 안 될 것은 없습니다만……다른 책을 가져오겠습니다. 당신은 독일어를 잊어버리지는 않으셨겠죠?"

"네, 잊지 않았어요."

"처는 독일 사람과 다름없이 말한답니다." 하고 프리므코프는 참견을 했다.

"그럼, 좋습니다. 가져오지요! 두고보세요, 얼마나 훌륭한 책을 가져오는지."

"네, 좋아요, 두고봅시다. 그건 그렇고 우리 정원에 나가도록 합시다. 이것 보세요, 나타샤는 밖에 나가고 싶어서 안절부절 못하는군요."

그녀는 둥근 밀짚모자를 썼다. 그것은 딸이 쓴 것과 똑같은 어린이용 모자로, 다만 넓이가 좀 클 따름이었다. 모두 정원으로 나왔다. 나는 그녀와 나란히 걸음을 옮겼다. 상쾌한 공기 속에서, 높다란 보리수 그늘로 응달진 그녀의 얼굴은 더욱 사랑스러워 보였다. 특히 모자의 차양 밑에서 나를 보려고 살며시 몸을 돌리며 머리를 뒤로 젖혔을 때는, 정말 말할 수 없이 귀엽게 느껴졌다. 만일 뒤에서 쫓아오는 프리므코프와 앞에서 깡충깡충 뛰는 나타샤가 없었던들, 나는 내가 지금 서른다섯이 아니라 스물셋의 청년이라고 생각했을지도 모른다. 나는 이제서야 베를린 유학을 준비하고 있는 듯한 느낌이 들었다. 게다가 우리들이 걷고 있는 정원은 엘리초바 부인댁의 정원하고 너무나도 흡사했기 때문에 더욱 그런 생각이 앞서는 것이었다. 나는 참을 수가 없어서, 내가 느낀 인상을 베라 니콜라예브나에게 말했다.
"모두들 그렇게 말하더군요, 내 모습이 변하지 않는다구요." 하고 그녀가 대답했다. "그리고 마음도 역시 그전 그대로예요."

우리는 자그마한 중국식 정자로 다가갔다.

"이런 집은 우리 오시노프카 촌에 없었지요." 하고 그녀가 말했다. "이렇게 허물어지고, 색이 낡았다고 언짢게 생각하지 마세요. 안은 몹시 기분 좋고 서늘하답니다."

우리는 정자 안으로 들어섰다. 나는 주위를 돌아보았다.

"저 베라 니콜라예브나." 하고 나는 입을 열었다. "요다음 내가 올 때까지 여기에 테이블 하나하고 의자를 몇 개 갖다 놓도록 해주세요. 여긴 정말 좋군요. 여기서 읽어 드리지요······ 괴테의 〈파우스트〉를······. 바로 그것입니다. 내가 당신께 읽어 드리겠다고 생각한 것은."

"네, 여긴 파리가 없으니까요." 하고 그녀는 무관심한 어조로 말했다. "언제 오시겠어요?"

"모레."

"좋아요." 하고 그녀가 대답했다. "그렇게 분부하죠."

우리와 함께 정자로 들어온 나타샤가 별안간 비명을 지르고 파랗게 질리면서 흠칫 뒤로 물러났다.

"왜 그러니?" 하고 베라 니콜라예브나가 물었다.

"아아, 엄마," 하고 소녀는 손가락으로 한쪽 구석을 가리키며 말했다. "저것 봐, 저렇게 무서운 거미가······!"

베라 니콜라예브나가 구석으로 눈을 돌렸다. 커다란 얼룩 거미가 천천히 벽을 기어오르고 있었다.

"아니, 뭐가 무섭단 말이냐?" 하고 그녀가 말했다. "그건 물지 않는단다, 자, 봐라."

이렇게 말하고는, 내가 말릴 사이도 없이, 그녀는 더러운 거미를 집어서 손바닥 위를 슬금슬금 달리게 한 후, 휙 밖으로 내던졌다.

"아니, 굉장히 용감하시군요!" 하고 나도 외쳤다.

"뭐가 용감하단 말씀이세요? 이 거미는 독거미가 아니에요."

"당신은 여전히 자연 과학에 통달하고 계시군요. 나는 손으로 잡지도 못하지만."

"저런 건 조금도 무섭지 않아요." 하고 그녀가 되풀이했다.

나타샤는 아무 말 없이 우리 두 사람을 바라보고 생긋 웃었다.

"저애는 지독히 당신 어머니를 닮았군요!" 하고 나는 말했다.

"그래요." 베라 니콜라예브나가 만족한 미소를 띠며 대답했다. "나는 그것이 정말 기뻐요. 제발 얼굴만 닮지 말고 전부 닮았으면 좋겠는데!"

이윽고 우리는 식사하러 갔다. 식사를 마친 다음 나는 이 집을 떠났다. N.B.(Nota Bene의 약자) 식사는 정말 훌륭하고 맛있었다. 이것은 대식가인 자네를 위해서 특히 괄호라는 형식으로 첨부한다! 내일은 베라 니콜라예브나 댁으로 〈파우스트〉를 가지고 간다. 나는 노 괴테와 함께 낙제하지 않을까 그것이 근심이다. 모든 것을 상세히 자네에게 전하기로 하겠다.

그런데 지금 자네는 여태까지 일어난 모든 사건을 어떻게 생각하고 있는지. 아마……그녀가 내게 강한 인상을 주었으므로 홀딱 반하지나 않았을까, 그런 등속의 생각을 하고 있을 테지.

그런 부질없는 생각은 그만두게! 나도 그럴 때는 지났으니까. 무척 바보 짓도 많이 했으니까, 더이상 바라지도 않는다! 내 나이에 생활을 고쳐 나갈 수도 없는 일이고, 게다가 나는 예전에도 그런 여자가 마음에 들었던 것은 아니니까…… 그렇다면 어떤 여자가 마음에 들었을까!

나는 몸부림치며 가슴을 앓노라,
수많은 우상들을 부끄러워하며.

어쨌든 나는 이 이웃집과의 관계를 마음으로부터 환영한다. 그리고 그 총명하고 단순하고 명랑한 부인과 사귀게 된 것을 기뻐한다. 앞으로 어떻게 될 것인지, 그것은 시간이 말해 줄 것이다.

자네의 P. B.로부터

4

M촌에서, 1850년 6월 19일.

사랑하는 친구여, 어제 나는 낭독을 했다. 그때의 상태는 순서적으로 이야기하기로 하고, 무엇보다 먼저 말해 둘 것은 그것이 뜻하지 않은 성공을 거두었다는 것이다. 그러나 '성공'이라는 것은 적당한 말이 아니다. 자, 들어 보게. 나는 식사 때 그곳에 도착했다. 식탁에 앉은 것은 그녀, 프리미코프, 그의 딸, 여자 가정교사(얼굴이 새하얀, 그다지 눈에 띄지 않는 여자였다), 나,

그리고 짤막한 갈색 연미복을 입은 나이 든 독일인, 이렇게 모두 여섯 사람이었다. 그 독일인은 무척 상냥하고 정직해 보이는 얼굴에 매끈하게 면도질을 한 깨끗한 노인이었다. 그는 치아가 없는 독특한 미소를 띠며 연방 꽃상추의 커피 냄새를 풍기고 있었다.(나이가 든 독일 사람들은 으레 이런 냄새를 풍긴다) 나는 그 노인을 소개받았다. 그는 쉼멜이라는 사람으로, 프리므코프의 이웃집에 사는 X 공작댁의 독일어 교사였다. 베라 니콜라예브나는 그 노인에게 호의를 갖고 있는 듯, 그를 낭독 장소로 초대했던 것이다. 우리는 느지막이 식사를 하고도 한참 동안 식탁을 떠나지 않았다. 이윽고 우리는 정원을 산책했다. 무척 기분 좋은 날씨였다. 아침에는 비가 내리고 바람이 불었지만, 저녁때가 되니 모든 것이 그치고 말았다. 나는 베라 니콜라예브나와 함께 활짝 트인 풀밭으로 걸어나갔다. 바로 풀밭 위에는 커다란 장미빛 구름이 홀가분하게 높이 떠 있었고, 그 위에 몇 줄기의 잿빛 무늬가 연기처럼 줄달아 있었으며 맨가장자리에는 자그마한 별이 보일 듯 말 듯 깜빡이고 있었다. 그리고 조금 더 앞에는 불그스름하게 물들기 시작한 저녁 하늘을 배경으로, 하얀 초생달이 떠 있었다. 나는 베라 니콜라예브나에게 그 구름을 가리켰다.

"그래요," 하고 그녀는 말했다. "정말 아름답군요. 그렇지만 여기를 좀 보세요."

나는 뒤돌아보았다. 거대한 검푸른 비구름이 저물어 가는 태양을 가리면서 뭉게뭉게 치솟고 있었다. 그 모습은 흡사 불을 뿜는 산과도 같았고, 그 꼭대기는 분화구의 연기처럼 넓게 하늘에 퍼져 있었다. 그 가장자리에는 불길한 인상을 주는 적자색의 빛이 뚜렷한 윤곽으로 주위를 둘러싸고 있었는데 단 한 곳, 한 가운데는 마치 작열하는 분화구에서 뿜어나오는 듯한 진홍빛 광선이 그 거대한 구름장을 꿰뚫고 있었다.

"소나기가 오겠군." 하고 프리므코프가 말했다.

그런데 나는 초점을 벗어나고 있는 것 같다. 요전번 편지에 쓰는 것을 잊었지만, 프리므코프의 집에서 돌아왔을 때 나는 〈파우스트〉를 택한 것을 후회했었다. 이왕 독일 작가를 택하기로 한다면, 맨먼저 실러를 택하는 편이 훨씬 효과적이라고 느꼈던 것이다. 특히 나를 근심스럽게 한 것은 그레텐하고 만나기까지의 처음 몇 장면이었다. 메피스토펠레스에 관해서도 역시 마음이 놓이지 않았다. 그렇지만 나는 그때 〈파우스트〉에 사로잡혀 있었기 때문에 다른 것은 아무것도 읽고 싶지가 않았다.

완연히 어둠이 깃들기 시작했을 무렵, 우리는 중국식 정자로 향했다. 그곳은 이미 전날밤에 완전히 정돈되어 있었다. 바로 문 맞은편에 있는 긴 의자 앞에는 양탄자가 덮인 둥근 테이블이 놓이고, 그 주위에 몇 개의 안락의자와 보통 의자들이 놓여 있었다. 테이블 위에는 남포가 타고 있었다. 나는 긴 의자에 앉아 책을 끄집어냈다. 베라 니콜라예브나가 약간 떨어져, 문에서 가까운 안락의자에 자리를 잡았다. 문 밖의 어둠 속에서는 파란 아카시아 가지들이 남포 빛에 반사되어 바르르 떨고 있었다. 가끔 상쾌한 밤공기가 방 안으로 흘러들어왔다. 프리므코프는 내 책상 옆에 앉고, 독일인은 그 옆에 자리를 잡았다. 가정교사는 나타샤와 함께 집에 남았다. 나는 간단한 서언(序言)으로서 파우스트 박사에 대한 옛 전설이며, 메피스토펠레스의 의의며, 괴테 자신에 관한 것을 이야기하고 만일 낭독중 모르는 곳이 있으면 낭독을 멈추게 해달라고 부탁했다. 그러고 나서 나는 기침을 한 번 했다. 프리므코프는 사탕물이 필요하지 않은지 내게 물었다. 그는 자기가 이런 질문을 했다는 데 대해서 몹시 만족스러운 듯한 눈치였는데, 그것은 여러 가지 점에서 느낄 수 있었다. 나는 거절했다. 깊은 침묵이 흘렀다. 나는 눈을 들지 않고 읽기 시작했다. 어쩐지 열없은 생각이 들고, 가슴은 울렁거리고, 목소리는 떨렸다. 먼저 독일인의 입에서 감탄의 함성이 터져나왔다. 그리고 낭독을 하는 동안, 그는 혼자서 정적을 깨뜨리는 것이었다. "훌륭하다! 최고다!" 하고 강조하기도 하고, 때로는 "아, 이건 정말 심각하다."라고 덧붙이기도 했다. 내가 느낀 바에 의하면 프리므코프는 지루해하는 것 같았다. 독일어는 잘 모르고, 시는 좋아하지 않는다고 미리부터 고백하고 있는 것이다! 그러나 자기가 좋아서 참가했으니 할 수 없었다! 나는 식사 때, 그가 없어도 낭독할 수 있다는 것을 암시하려 했으나, 차마 그렇게까지 말할 수가 없어서 그만두고 말았던 것이다. 베라 니콜라예브나는 옴쭉달싹하지 않았다. 나는 두 번 가량 살짝 그녀를 훔쳐보았지만, 그녀의 조심스러운 눈은 뚫어질 듯 나를 바라보고 있었고 얼굴은 파랗게 질려 있는 듯했다. 파우스트가 처음으로 그레텐하고 만났을 때, 그녀는 안락의자 등에서 몸을 일으키고 두 손을 마주 잡았는데 그 자세로 끝까지 움직이지 않았다. 나는 프리므코프가 기분이 좋지 않다는 것을 알고 이것이 처음엔 마음을 서늘하게 했지만, 나중엔 그런 생각들을 잊고 열심히 정열적으로 읽어 내려갔다. 나는 다만 베라 한 사람을 위해서 읽었다. 마음속의 목소리는 〈파우스트〉가 그녀에게 깊은 인상을 주고 있다는 것을 나에게 말해 주고 있었다. 인테르메조는 생략했다. 이것은 작풍으로 봐서 제2부에 속해야 할 것이다. 그리고 〈브로켄의 밤〉도 다소 생략해 버렸다. 내가 낭독을 마치고, '헨릿흐!'라는 마지막 말이 울려 나왔을 때, 독일인은 감격에 젖어, "아아! 정말 훌륭하다!" 하고 외쳤다. 프리므코프도 기쁘다는 듯 ―가련한 사나이!― 벌떡 자리에서 일어나서, 한숨을 몰아쉬며 낭독이 준 즐거움에 대해서 감사하기 시작했다. 그러나 나는 그에게 아무 대답도 하지 않았다. 나는 물끄러미 베라 니콜라예브나를 바라보고 있었다. 그녀가 뭐라고 말할지 듣고 싶었던 것이다. 그녀는 자리에서 일어나, 허전한 걸음걸이로 문 쪽으로 다가가서 잠시 문턱 위에 서 있다가 살며시 정원으로 나가 버렸다. 나는 그 뒤를 쫓아 달려갔다. 그녀는 벌써 대여섯 걸음 앞서 걸어가고 있었는데, 그녀의 옷이 짙은 어둠 속에서 희미하게 어른거렸다.

"어땠습니까?" 하고 나는 물었다. "마음에 들지 않습니까?"
그녀가 걸음을 멈추었다.

"그 책을 남겨 두고 가실 수 없을까요?" 하는 그녀의 목소리가 울려 왔다.

"그 책을 당신께 드리겠습니다. 베라 니콜라예브나, 만일 당신이 가지고 싶다면."

"고맙습니다!" 이렇게 대답하고 그녀는 자취를 감추었다.

프리므코프와 독일인이 내 곁으로 다가왔다.

"굉장히 따스하군요!" 프리므코프가 말했다. "무더울 지경인데. 그런데 제 아내는 어디로 갔습니까?"

"집으로 가신 것 같습니다." 하고 나는 대답했다.

"곧 밤참 시간이 되겠군." 그는 이렇게 말하고, 잠시 사이를 두었다가, "당신은 낭독 솜씨가 대단하던데요." 하고 덧붙였다.

"베라 니콜라예브나도 〈파우스트〉가 마음에 든 모양이더군요." 하고 나는 입을 열었다.
"그야 물론이죠!" 하고 프리므코프가 외쳤다.
"오오, 그렇고말고요!" 하고 쉼멜이 맞장구를 쳤다.

모두 집으로 돌아왔다.
"마님은 어디 계시냐?" 마중 나온 하녀에게 프리므코프가 이렇게 물었다.
"침실로 들어가셨어요."
프리므코프가 침실로 갔다.
나는 쉼멜과 둘이 테라스로 나갔다. 노인은 눈을 하늘로 돌렸다.
"참, 별도 많기도 하지!" 그는 담배를 한 번 냄새 맡고 나서, 느릿느릿 이렇게 말했다. "저것이 모두 제각기의 세계거든요." 하고 말하고, 그는 다시 한 번 담배 냄새를 맡았다.
나는 그 말에 대답할 필요성을 느끼지 않았기에, 그저 말없이 하늘만을 쳐다보았다. 신비로운 의혹이 내 마음속에 엉켜 있었던 것이다. 별이 우리를 바라보고 있는 듯한 느낌이 들었다. 5분 가량이 지나자, 다시 프리므코프가 나타나서 우리들을 식당으로 안내했다. 이윽고 베라 니콜라예브나도 나왔다. 모두 자리에 앉았다.
"자, 베로치카를 봐 주세요." 하고 프리므코프가 내게 말했다.
나는 그녀를 보았다.
"어떻습니까? 달라진 데가 없어요?"
사실, 나는 그녀의 얼굴에서 어떤 변화를 발견했으나 무슨 이유에서였는지는 몰라도, "뭐, 별로."라고 대답했다.

"눈이 빨갛습니다." 하고 프리므코프가 말을 이었다.

나는 잠자코 있었다.

"글쎄 말입니다, 내가 2층으로 올라가 보니, 이 사람은 울고 있지 않겠어요. 이런 일은 오랫동안 없었습니다. 당신에게 말이지만, 이 사람이 운 것은 사샤가 죽은 이래 처음입니다. 당신은 그 〈파우스트〉로써 이런 소동을 일으킨 거예요!" 하고 그는 미소를 지으며 말했다.

"그러니까 결국, 베라 니콜라예브나," 하고 나는 말문을 열었다. "당신은 내 말이 옳다는 것을 아셨겠죠. 그전에……."

"나는 그러리라고는 꿈에도 생각지 못했어요." 하며 그녀는 내 말을 가로챘다. "그렇지만, 당신의 말이 옳은지 어떤지는 아직 모르겠어요. 아마 어머니가 그런 책을 읽지 못하게 금하신 것도, 결국은 그것을 알고 계셨기 때문인지도……."

베라 니콜라예브나가 말을 멈추었다.

"무엇을 알고 계셨단 말씀인가요?" 하고 나는 캐물었다. "들려 주십시오."

"말한들 소용 없어요! 그렇지 않아도 어째서 울었는지 부끄러울 지경인데요. 하여튼 다음에 천천히 이야기하도록 합시다. 도무지 모르는 것이 많아서."

"그럼, 어째서 낭독을 멈추게 하지 않으셨어요?"

"말들은 전부 알아들을 수 있었어요. 그리고 그 의미까지도. 그렇지만……."

그녀는 말끝을 흐리며 생각에 잠겼다. 이 순간, 갑자기 질풍이 휘몰아쳐서 정원의 나뭇잎은 요란스러운 소리를 내며 뒤흔들렸다. 베라 니콜라예브나는 부르르 몸을 떨며 열려진 창문으로 얼굴을 돌렸다.

"내가 말하지 않았어요, 소나기가 온다고!" 하고 프리므코프가 외쳤다. "베로치카, 왜 그렇게 몸을 떨고 있소?"

그녀는 말없이 남편을 바라보았다. 희미하게 멀리서 반짝이는 번갯불이 그녀의 움직이지 않는 얼굴 위에 이상스러운 반사를 던졌다.

"모두 〈파우스트〉의 덕택이군," 프리므코프가 말을 이었다. "밤참을 마치면 곧 자도록 합시다……그렇지요, 쉼멜 씨?"

"정신적 만족을 느낀 다음의 생리적 휴식이란, 유익하기도 하고 필요하기도 한 겁니다." 하고 선량한 독일인은 맞장구를 치고 보드카의 잔을 비웠다.

밤참을 마치자 우리는 곧 그 자리를 물러났다. 나는 베라에게 밤 인사를 하면서 그녀의 손을 잡았다. 그 손은 얼음장같이 싸늘했다. 나는 내게 배당된 방으로 들어갔으나, 옷을 갈아입고 자리에 들기 전에 오랫동안 창가에 서 있었다. 프리므코프의 예언은 들어맞았다. 뇌우는 점점 가까이 오더니, 드디어 억수처럼 쏟아지기 시작했다. 나는 아우성 치는 바람 소리와 우렁차게 퍼붓는 빗소리를 들으며, 호숫가에 세워진 교회를 바라보고 있었다. 교회는 번갯불이 번쩍일 때마다, 흰 배경 위에 검게 혹은 검은 배경 위에 희게, 그 모습을 불쑥 드러내는가 하면 또다시 그 어둠 속으로 삼켜 들어가기도 했다. 그러나 나의 마음은 먼 곳을 배회하고 있었다. 나는 베라 니콜라예브나를 생각하고 있었던 것이다. 그녀가 스스로 〈파우스트〉를 읽었을 때, 그녀는 내게 뭐라고 말할 것인지를 상상하기도 하고, 그녀의 눈물에 대해서 생각하기도 하고, 그녀가 낭독을 듣고 있을 때의 모습을 그려 보기도 했다.

소나기는 이미 오래 전에 지나갔다. 별이 총총히 빛나고, 주위는 고요히 잠들었다. 이름 모를 어떤 새가 여러 가지 목소리로 노래를 부르면서 같은 음절을 몇 번이고 되풀이하고 있었다. 그 낭랑하고 외로운 목소리는 깊은 정적 속에서 기묘하게 울렸다. 나는 언제까지나 자리에 누워 있고 싶지 않았다.

이튿날 아침, 나는 누구보다도 먼저 응접실로 내려가서 엘리초바 부인의 초상화 앞에 걸음을 멈추었다. '어떠세요?' 남몰래 냉소적인 승리감을 느끼면서 나는 마음속으로 생각했다.

'드디어 당신의 따님에게 금단의 책을 읽어 드렸습니다!' 문득 나는 이런 생각이 들었다. 자네도 아마 알고 있겠지만, 초상화의 눈은 언제나 바라보는 사람 쪽을 똑바로 쳐다보고 있는 듯한 느낌이 드는데……이때는 정말, 부인께서 핀잔하는 눈초리로 나를 노려보고 있는 듯한 생각이 들었다.

나는 얼굴을 돌리고 창가로 다가갔다. 그러자 베라 니콜라예브나의 모습이 눈에 띄었다. 그녀는 파라솔을 어깨에 메고, 삼각형의 하얀 머플러를 가볍게 머리에 드리운 채, 정원을 거닐고 있었다. 나는 재빨리 밖으로 뛰어나가 그녀에게 인사했다.

"나는 밤새껏 자질 못했어요." 그녀가 이렇게 말했다. "머리가 아파서요. 그래 바깥 공기라도 쐬면 나아질까 해서 밖으로 나온 거예요."

"그건 어제의 낭독 때문인가요?" 하고 나는 물었다.

"물론이에요. 나는 그런 것에 습관이 돼 있지 않으니까요. 당신의 그 책 속에는 도저히 피할래야 피할 수 없는 그 무엇이 있더군요. 그것들이 내 머리를 불로 지지는 것같이 생각돼요." 이마에 손을 얹으면서 그녀는 이렇게 덧붙였다.

"그건 참 좋은 일이군요." 하고 나는 말했다. "그러나 한 가지 근심스러운 것은, 그 불면증과 두통이 앞으로 그런 책을 읽겠다는 당신의 욕망을 좌절시키지나 않을까 하는 점입니다."

"그렇게 생각하세요?" 그녀는 이렇게 되묻고는, 걸음을 옮기면서 야생의 재스민 가지를 꺾었다. "어떨까요! 한 번 이 길로 발을 들여놓은 사람은, 다시는 뒷걸음칠 수 없다고 생각하는데."

그녀는 별안간 재스민 가지를 옆으로 던져 버렸다.

"저기 정자로 가서 앉아요." 하며 그녀가 말을 이었다. "그리고 제발 부탁이지만, 내가 먼저 말하기 전에는……그 책에 대해서 언급하지 말아 주세요."(그녀는 〈파우스트〉의 이름을 입에 담는 것조차 두려워하는 것 같았다)

우리는 정자로 들어가 앉았다.

"나는 〈파우스트〉에 대해서 말하지 않겠습니다." 하고 나는 말문을 열었다. "그러나 당신을 축하하도록 해주세요. 나는 당신이 부럽습니다."

"내가 부럽다고요?"

"그렇습니다. 이젠 당신이 어떤 사람이란 것을 알았기 때문에 말씀드리는 것이지만, 당신과 같이 순진한 혼을 가진 사람은 앞으로도 얼마나 많은 향락이 있을지 모를 것입니다! 괴테 이외에도 위대한 시인들이 많습니다. 셰익스피어, 실러…… 아, 그리고 우리의 푸슈킨……. 당신은 푸슈킨을 읽지 않으면 안 됩니다."

그녀는 아무 말 없이, 파라솔로 모래 위에 글을 쓰고 있었다.

오오, 나의 친구 세몬 니콜라예비치! 이 순간 그녀가 얼마나 아름다웠는지, 한 번만이라도 자네가 볼 수 있다면! 거의 투명해 보이는 듯한 파리한 얼굴을 다소곳이 앞으로 숙인 그녀, 내부의 균형을 잃고 힘없이 늘어져 있으면서도 여전히 푸른 하늘처럼 맑은 그녀! 나는 오랫동안 이야기를 계속했으나 나중엔 입을 다물고 말았다. 그리고 말없이 앉아서 물끄러미 그녀를 바라볼 뿐이었다……

그녀는 눈을 들지 않고, 여전히 파라솔로 글을 쓰기도 하고 지우기도 했다. 갑자기 재빠른 어린애의 발걸음 소리가 들리더니, 나타샤가 정자로 뛰어들었다. 베라 니콜라예브나는 곧추 몸을 세우고 일어나자, 별안간 돌발적인 애정을 나타내며 자기 딸을 껴안았다. 나는 깜짝 놀랐다. 이와 같은 일은 그녀에게 좀체로 없는 버릇이었다. 이윽고 프리므코프가 나타났다. 머리가 백발이긴 하지만 정직한 어린애와 다름없는 쉼멜은 학과를 놓치지 않으려고 날이 새기도 전에 돌아갔다는 것이었다. 우리는 차를 마시러 집으로 돌아왔다.

그건 그렇고, 지금 나는 몹시 피곤하다. 그리고 이 편지도 끝날 때가 되었다. 자네에겐 이 편지가 한갓 보잘것없는 흐리멍덩한 것으로 느껴질 것이다. 나 역시 몽롱한 기분에 싸여 있으니 말이다. 나는 마음이 들떠서 기분이 안정되질 않는다. 그리고 자신에게 무슨 일이 일어나고 있는지조차 알 수 없다. 내게는 끊임없이 벽지를 바르지 않은 자그마한 방, 테이블 위의 남포, 열어젖힌 문, 밤 공기의 아늑한 향기, 문 옆에 앉아 있는 조심스러운 젊음에 찬 얼굴, 그 하늘하늘한 흰 옷이 눈앞에 어른거린다. 나는 어째서 그녀하고 결혼할 생각이 들었는지 지금에야 알 것 같다. 그러니까 베를린 유학을 떠나기 전에도, 지금까지 자신이 생각한 그러한 바보는 아니었던 성싶다. 그렇다, 세묜 니콜라예비치, 자네 친구는 지금 기묘한 정신 상태에 놓여 있다. 그러나 이와 같은 일은 곧 지나가고 말리라는 것을 나는 안다. 그런데 만일 지나가지 않는다면― 아니, 그것도 할 수 없는 일이다. 지나가지 않는 것은 지나가지 않는 것이다. 그러나 어쨌든 나는 자신에게 만족을 느끼고 있다. 첫째로 나는 멋있는 하룻밤을 지냈다는 것이고, 둘째로 내가 그녀에게 그런 혼을 불러일으켜 주었다 해도 아무도 나를 핀잔할 사람이 없다는 점에서다. 엘리초바 부인은 못에 박혀 벽에 걸려 있으니 침묵을 지킬 수밖에 없다. 엘리초바 부인……! 나는 그녀의 생활 경위를 상세히 아는 것은 아니지만, 그녀가 아버지의 집에서 도망쳤다는 것만은 알고 있다. 그러니까 이탈리아 여자에게서 태어났다는 것도 전혀 이유가 없는 것은 아니다. 그녀는 자기 딸을 보호하기를 원했다……그러나 두고봐야 할 일이다.

그만 붓을 놓는다. 자네는 풍자가이기 때문에 나를 어떻게 생각할지 그건 자네 마음대로이겠지만, 편지로 나를 조롱하지는 말아 주게. 우리는 옛 친구들이니까 서로서로 용서해야 할 줄 안다.

그럼 안녕히!

자네의 P.B.로부터

5

M촌에서, 1850년 7월 26일.

친애하는 세묜 니콜라예비치, 오랫동안 편지를 쓰지 못했다. 벌써 한 달 이상이 되는 것 같다. 쓸 만한 일은 많았으나 그만 게으름이란 놈에게 지고 말았다. 솔직히 말하자면 나는 지난 한 달 동안 자네에 대해선 거의 생각하지도 않았다. 그러나 자네가 보낸 최근의 편지에서 추측컨대, 자네는 내게 대해서 불공평한, 다시 말해서 전혀 틀린 억측을 하고 있는 것 같다. 자네는 내가 베라에게 반해 버린 것처럼 생각할지 모르지만—나는 그녀를 베라 니콜라예브나라고 부르는 것이 어쩐지 어색한 느낌이 든다—그건 전혀 틀린 생각이다. 물론 나는 자주 그녀를 만나고 있고 또 그녀가 마음에 드는 것도 사실이다. 그러나 어떤 사람이건 그녀를 좋아하지 않는 사람은 없을 것이다. 자네를 내 위치에 세워 놓고 싶은 생각이 들 정도다. 정말 놀랄 만한 존재다! 어린애처럼 경험이 없으면서도 순간적으로 꿰뚫어보는 직관력, 명백하고 건전한 판단력과 나면서부터 타고난 미적 감각, 진실한 것, 심오한 것에 대한 끊임없는 욕망, 죄악과 우스꽝스러운 일까지 포함한 모든 사물에 대한 이해— 이 모든 것 위에, 마치 전사의 날개와도 같이 아늑한 여성미를 풍기고 있는 것이다. 아니, 여기서 이런 말을 할 필요는 없다! 나는 그녀와 함께 이 한 달 동안, 많은 책을 읽고 많은 이야기를 주고 받았다. 그녀하고 책을 읽는 동안, 나는 지금까지 경험하지 못한 즐거움을 느꼈다. 마치 새로운 세계라도 발견한 듯한 느낌이다. 그녀는 어떤 것을 읽든 환희에 젖는 일은 없다. 어떤 것이든 소란한 것은 그녀하고 인연이 멀다. 그녀는 무엇인지 마음에 들면, 온몸이 고요한 빛으로 빛나고, 뭐라고 말할 수 없는 거룩한 그리고 선량한……정말 선량한 표정을 짓는 것이다.

베라는 아주 어린 유년 시절부터 거짓말이라는 것을 몰랐다. 그녀는 진실에 익숙하고 또한 진실을 호흡하고 있기 때문에, 시경(詩境)에서도 다만 진실만이 자연스럽게 느껴지는 것이다. 그녀는 아무런 노력도 긴장도 없이, 마치 낯익은 얼굴처럼 금방 진실을 알아낼 수 있다. 그야말로 위대한 미점(美點)이며 행복이 아니고 무엇이랴! 여기에 대해서는 돌아가신 그녀의 어머니에게 감사하지 않을 수 없다. 나는 베라의 얼굴을 보면서, 몇 번인가 이런 생각을 했다. 그렇다, 괴테의 말은 옳다. '선량한 사람은 희미한 욕구 속에서도, 진리의 길이 어디에 있는지를 언제나 느끼고 있는 것이다.' (〈파우스트〉 제1부의 프롤로그)

다만 한 가지 기분 나쁜 것은 남편이 언제나 따라다닌다는 것이다.(제발 어리석게 비웃지는 말게. 그리고 우리의 깨끗한 우정을 더럽히는 그러한 생각은 하지도 말게) 그가 시를 이해하는 능력은, 내가 플롯을 불려고 하는 정도에 지나지 않으면서도 아내에게 뒤떨어지기를 싫어한다. 그 역시 시를 알기를 원하는 것 같다. 어떤 때는 그녀 자신이 나를 참지 못하게 만들 때도 있다. 갑자기 무엇인지 이상한 생각에 휩쓸리면 독서도 이야기도 싫어져서 자수를 놓든가, 나타샤나 하녀를 상대로 장난을 치든가, 별안간 부엌으로 달려나가든가, 때로는 팔짱을 끼고 앉아 멍청히 창문을 바라보든가 아니면 유모하고 트럼프놀이를 한다. 이럴 때면 귀찮게 그녀를 쫓아다니지 말고 그녀 자신이 찾아와서 이야기를 걸거나 책을 들 때까지 기다리는 편이 좋다는 것을 나는 알았다. 그녀는 몹시 독립심이 강하다. 그리고 나는 이것을 기쁘게 생각한다. 자네도 기억하고 있으리라. 우리들의 청년 시절에 곧잘 조그마한 소녀들이 잘 돌아가지 않는 혀로 자네의 말을 흉내내는 일이 있었다. 그럴 때 자네는 그 메아리에 감격해서 소녀 앞에 무릎을 꿇고 싶은 생각이 들지만 잠시 후엔 그 진상을 알게 된다. 즉, 그 소녀는 사람의 말을 앵무새처럼 되풀이하는 것이 아니라 자기 자신이 말하고 싶은 것을 말하는 것이다. 그녀는 어떤 것이든 맹신적으로 받아들이지는 않는다. 권위를 가지고 그녀를 위협할 수도 없다. 그녀는 별로 싸우려고 하지도 않지만 그렇다고 굴복하지도 않는다.

우리는 〈파우스트〉에 대해서 여러번 의견을 교환했다. 그러나 이상한 것은 그레텐에 대해선 그녀 자신 아무 말도 하지 않고, 다만 나의 의견을 듣고 있을 뿐이었다. 메피스토펠레스는 악마로서가 아니라, '모든 사람의 마음속에 숨어 있는 어떤 것'으로서 두려워하고 있다. 이것은 그녀 자신의 말인 것이다. 나는 그녀에게 그 '어떤 것'이라는 것은 우리들이 리플렉션(반영)이라고 부르는 것이다라고 설명하려 했으나, 그녀는 독일어로 리플렉션이라는 단어를 이해하지 못했다. 그녀는 다만 프랑스어의 'reflexion(반성)' 밖에 몰랐으므로, 그것을 유익한 것이라고 생각하는 버릇이 붙어 있었다.

우리 두 사람의 관계는 정말 이상한 것이다. 어떤 점에서 보면, 나는 그녀에게 큰 감화를 주면서 그녀를 양육하고 있다고도 말할 수 있겠으나, 그녀 자신은 그것을 모르면서 나를 여러 가지 좋은 방향으로 고쳐 주고 있는 것이다. 예를 들어, 나는 그녀의 덕분으로 며칠 전 유명하고 훌륭한 많은 문예 작품 속에 약속적인, 수사학적인 분자가 얼마나 많이 포함되어 있는지를 발견했다. 그녀가 감동하지 않는 작품은 내 눈에도 의아스럽게 생각된다. 그렇다, 나는 더 좋아지고 더 현명해졌다. 그녀하고 다정하게 지내면서 그녀의 얼굴을 보고 있는 한, 그 전의 인간 그대로 남아 있다는 것은 도저히 불가능한 일이다.

그럼, 도대체 어떻게 된다는 건가 하고 자네는 물을 것이다. 그야 물론, 아무 일도 없으리라고 나는 생각한다. 나는 9월까지 마음껏 즐겁게 시간을 보내다가 여기를 떠날 것이다. 처음 몇 달 동안은 생활이 어둡고 지루한 듯이 느껴질지 모르지만……그 사이에 익숙해지리라 믿는다. 가령 어떤 성질의 것이든, 사내하고 젊은 여자하고의 관계는 얼마나 위험한 것이라는 것도, 그리고 한 감정이 자기도 모르는 사이에 다른 감정으로 전환한다는 것도 나는 잘 알고 있다. 만일 우리들이 두 사람 다 완전히 태연하다는 것을 의식하지 않았다면, 나는 깨끗이 여기서 물러나고 말았을 것이다.

사실, 어느 날 우리들 사이에는 약간 이상한 일이 일어났다. 어떻게 해서, 또 무슨 원인으로 그렇게 되었는지는 몰라도 ―둘이서 〈오네긴〉을 읽고 있을 때라고 생각한다― 나는 그녀의 손에 키스했다. 그녀는 살며시 물러나서 물끄러미 나를 보았다. (나는 그녀의 그와 같은 눈초리를 다른 사람에게서 본 적이 없다. 거기에는 깊은 생각과 조심성과 어떤 위엄이 어려 있었다) 그녀는 갑자기 낯을 붉히며 일어나서, 그대로 가 버렸다. 그 날은 두 번 다시 그녀하고 마주앉아 있을 수가 없었다. 그녀는 나를 피하느라고, 만 네 시간 동안을 남편과 유모와 가정 교사를 상대로 트럼프놀이를 계속했다! 이튿날 아침, 그녀는 나를 정원으로 불러냈다. 우리는 정원을 벗어나서 바로 호수 있는 곳까지 가고 말았다. 그녀는 갑자기 내 쪽으로 몸을 돌리지 않은 채, "제발, 앞으로는 그런 짓을 말아 주세요!" 하고 나직한 소리로 소곤거리고는 곧 무엇인지 다른 말을 꺼내기 시작했다……
나는 몹시 무안했다.

　나는 고백하지 않을 수 없다. 그녀의 모습은 잠시도 내 머릿속에서 떠날 줄을 모른다. 그래서 자네에게 이 편지를 쓰기 시작한 것도, 어느 정도는 그녀의 일을 생각하고 이야기할 가능성을 얻으려는 데에 그 목적이 있다고 말할 수도 있을 것이다. 지금 밖에서 말발굽 소리와 말의 울음소리가 들려 온다. 마차 준비를 하고 있는 것이다. 나는 지금 그곳으로 가련다. 마부도 이젠 어디로 가느냐고 묻지 않게끔 되었다. 내가 마차에 오르면, 곧장 프리므코프의 집으로 말을 달리는 것이다. 프리므코프의 마을에서 2베르스트 가량 떨어진, 가파른 굽은 길가에 다다르면, 그들의 저택이 자작나무숲에서 불쑥 모습을 드러낸다. 그리고 그녀의 창문이 멀리서 반짝이자마자, 언제나 나의 가슴은 기쁨에 설레는 것이다. 쉼멜―무골호인격인 이 노인은 이따금씩 그 저택을 찾아오곤 했다. 프리므코프 부부는 그들에게는 다행한 일이지만, X 공작을 단 한 번 보았을 뿐이다― 은 베리가 살고 있는 집을 가리키면서, 그 겸손하고 장중한 어조로 "이 집은 평화의 보금자리입니다!"라고 말했지만, 그건 헛된 말이 아니다. 이 집 안에는 평화의 천사가 거처하고 있는 것이다.

　그 날개로 나를 덮어 다오,
　물결치는 가슴을 자게 해다오―
　매혹된 나의 가슴에는
　그대의 그림자조차 기쁘거늘……

자, 오늘은 이만 쓰겠다. 그렇지 않으면 자네가 또 무슨 생각을 할지 모르기 때문이다. 그럼 다음 편지까지……. 요다음 편지에선 무슨 말을 쓰게 될지. 그럼 안녕! 마침 생각나는데, 그녀는 언제나 '안녕히 가세요'라고 말하지 않고, 언제나 '그럼, 안녕히 가세요'라고 말한다. 나는 이 말이 무척 마음에 든다.

자네의 P.B.로부터

P.S. 나는 자네에게 말했는지 어쨌는지 기억하고 있지 않지만, 그녀는 내가 구혼했었다는 것을 알고 있다.

6

M촌에서, 1850년 8월 10일.

고백하게, 자네는 내게서 절망적인 것이 아니면 환희에 넘친 글월을 기다리고 있을 테지……. 그러나 그렇지가 않다. 나의 편지는 흔히 볼 수 있는 그러한 편지에 불과하다. 새로운 사건은 아무것도 일어나지 않고, 또 일어날 것 같지도 않다. 며칠 전 우리는 호수에서 보트를 탔다. 이 보트놀이를 자네에게 쓰기로 하자. 일행은 베라, 쉼멜 나, 세 사람이었다. 그녀는 도대체 어떤 호기심으로 그토록 자주 노인을 초대하는지, 나는 영문을 모르겠다. X공작댁에서는 노인이 수업을 게을리하기 시작했다고 기분이 나쁜 모양이다. 어쨌든 그날은 노인도 여간한 익살꾼이 아니었다. 프리므코프는 머리가 아파서 일행 속에 끼지 못했다. 무척 상쾌하고 기분 좋은 날씨였다. 파란 하늘에 떠 있는,

마치 뜯어 놓은 듯한 크고 흰 구름장들, 여기저기 넘치는 햇빛, 숲속의 소음, 잔잔히 밀려와서 찰랑찰랑 물결치는 호숫가의 물, 파도 위에서 넘실거리는 황금빛 뱀들, 그리고 상쾌한 공기와 태양! 맨처음 나는 독일인과 함께 노를 저었다. 그 다음 돛을 달자, 배는 수면 위를 달리기 시작했다. 뱃머리는 물 속으로 기어들고, 선미에서는 하얀 포말이 일어나며 출렁거린다. 그녀는 키를 잡고 방향을 조정했다. 머리는 수건으로 잡아매고 있었다. 모자를 쓰면 바람에 날릴 것 같기 때문이다. 곱슬곱슬한 머리칼이 수건 밑에서 빠져나와 하늘하늘 바람에 나부끼고 있었다. 그녀는 볕에 그을은 손으로 힘 있게 키를 잡고서, 때때로 얼굴에 날아드는 물방울을 맞으며 빙그레 미소를 띠고 있었다. 나는 그녀의 발에서 가까운 보트 밑에 몸을 굽히고 앉아 있었고, 독일인은 고불통을 꺼내서 크나스첼(값싼 담배의 일종)을 태우며 노래를 부르기 시작했다. 그것도 멋있는 베이스로 말이다. 먼저 그는 〈Freut euch des Lebens〉(인생을 즐겨라)라는 옛 노래를 부르기 시작했으나, 그 다음 〈마법(魔法)의 퉁소〉 속의 아리아로 옮기고 이윽고 〈사랑의 알파벳〉이라고 불리는 로맨스를 불렀다. 이 로맨스에서는 각각 적당한 후렴을 붙이는 것은 물론이고, 알파벳을 모조리 말해 버리기로 되어 있다. 먼저 A.B.C.D —벤.이흐.디흐.제!(내가 너를 만나면)로부터 시작해서, U.V.W.X— 마흐.아이넨.크닉스!(인사를 해라)로 끝나는 것이다. 쉼멜은 이러한 노래를 감상적인 표정으로 노래했지만, 그가 '크닉스!'라는 말에서 능글맞게 왼쪽 눈을 껌뻑이는 모습은 정말 볼 만한 것이었다. 베라는 웃으면서 손가락을 세워 위협하는 시늉을 했다. 나는 노인에게 쉼멜 씨도 내가 보는 한 젊을 땐 꽹

장했던 모양이군요 하고 말하니, 노인은 "그야 물론이죠, 나도 남에게 떨어지진 않았습죠!" 하고 장중한 어조로 대답하는 것이었다. 노인은 고불통의 재를 손바닥 위에 털어 내고, 손가락을 담배 주머니 속으로 집어 넣으면서, 아주 대견스럽게 고불통 끝을 비스듬히 옆으로 물었다. "내가 대학에 다닐 때는 오, 호, 호!" 하고 덧붙였을 뿐, 그대로 입을 다물고 말았다. 그렇지만 이 '오, 호, 호!'라는 목소리는 정말 멋있었다. 베라는 노인에게 어떤 학생의 노래를 들려 달라고 청했다. 그래서 그는 〈Knaster, den gelben〉(노란 고불통 담배)를 불렀지만, 마지막 절에서 음조가 틀리고 말았다. 노인은 지나치게 풍을 떨었던 것이다.

그러는 사이에 바람이 세어지고 제법 큰 파도가 일기 시작해서, 보트가 약간 옆으로 기울어졌다. 제비들은 우리들 옆을 낮추 날아다니고 있었다. 우리는 돛의 위치를 바꾸고 조정하기 시작했다. 그러자 갑자기 바람이 휩쓸어서 바로잡을 사이도 없이 물은 뱃전을 넘어 쏟아져 들어왔다. 배 안에 제법 많은 물이 괴었다. 그러나 이때에도 독일인은 용감하게 일을 처리해 냈다. 그는 내게서 노끈을 낚아채서 돛의 위치를 바로 고쳐 놓고, "쿡스하헨에서는 이렇게 한답니다!—So macht man's in Cuxhafen!"라고 말했다.

베라는 깜짝 놀란 듯 얼굴이 파랗게 질렸으나, 평상시의 습관대로 아무 말이 없었다. 그녀는 스커트를 매만지고 나서, 구두 끝을 보트의 판자 위에 갖다댔다. 나는 문득 괴테의 시가 떠올랐다.(나는 얼마 전부터 완전히 괴테에 빠지고 말았다)…… 자네, 생각나는가. 〈수천의 별들이 물결 위에 춤추며 반짝이노라〉하는 시다. 나는 이 시를 우렁찬 소리로 읊어 내려갔다. 낭독이, '나의 눈이여, 어째서 그대는 내리뜨느냐?'라는 대목까지 왔을 때 그녀는 살며시 눈을 치떴다. (나는 그녀의 발밑에 앉아 있었으므로, 그녀의 시선은 위에서 나를 내려다보고 있었던 것이다) 그녀는 바람 때문에 눈을 가늘게 뜨면서, 오랫동안 먼 곳을 바라보고 있었다. 갑자기 부슬부슬 빗방울이 치기 시작하여 수면 위에 물거품을 만들어 놓았다. 나는 그녀에게 외투를 권했다. 그녀는 그것을 어깨에 걸쳤다. 우리는 호숫가에 다다라서 ―그곳은 나루터가 아니었다― 집까지 걸어서 돌아왔다. 그녀는 내 팔을 잡았다. 무엇인지 그녀에게 말하고 싶은 생각이 줄곧 떠나지를 않았으나 침묵을 지켰다. 그러나 그녀에게 다음과 같은 질문을 한 것만은 아직도 기억하고 있다. 어째서 그녀는 집에 있을 때, 마치 병아리가 어머니의 품속에 숨는 것처럼 언제나 엘리초바 부인의 초상화 밑에 앉아 있느냐고. "당신의 비유는 딱 들어 맞습니다." 하고 그녀가 대답했다. "나는 어느 때이건 그 날개 밑에서 빠져나올 생각은 안할 거예요."

"자유로운 곳으로 빠져나오고 싶지는 않습니까?" 하고 나는 되물었다. 그녀는 아무 대답도 없었다.

나는 어째서 이 뱃놀이를 그렇게 상세히 자네에게 말했는지, 나 자신도 알 수 없다. 굳이 설명을 구하자면, 그것은 나의 과거에서 가장 즐거웠던 사건의 하나로서 내 머릿속에 남았기 때문일 것이다. 사실 이것은 사건이라고까진 말할 수 없지만…… 나는 여기에서 말할 수 없이 기쁜, 고요한 즐거움을 느꼈다. 그리고 눈물이, 가벼운 행복의 눈물이 두 눈에서 마구 흘러내릴 것 같은 심정이었던 것이다.

그렇다! 자, 상상해 보자. 그 이튿날 정원을 거닐면서 정자 옆을 지나가려 할 때, 갑자기 누구의 목소리인지 명랑하고 즐거운 여자의 음성으로 〈Freut euch des Lebens〉를 노래하고 있는 것이 들려 왔다. 나는 정자 속을 들여다보았다. 그건 베라였다. "브라보!" 하고 나는 외쳤다. "당신이 그렇게 훌륭한 목소리를 가지고 계시리라고는 꿈에도 생각지 못했습니다!" 하자, 그녀는 부끄러운 듯 노래를 멈추었다. 농담이 아니라, 그녀는 박력 있는 훌륭한 소프라노였다. 그녀 자신도, 자기가 그런 목소리를 가지고 있으리라고는 꿈에도 생각지 못했을 것이라고 나는 추측한다. 아직도 얼마나 많은 미지의 재능이 그녀의 내부 속에 감추어져 있을지! 그녀 자신도 자기를 모르고 있는 것이다. 현대에 이런 여자가 살고 있다니, 정말 놀랄 일이 아니고 무엇인가.

8월 12일

어제 우리는 무척 이상한 이야기들을 주고받았다. 이야기는 먼저 망령의 문제에서 시작되었다. 글쎄 그녀는 망령의 존재를 믿으며, 거기에는 상당한 이유가 있다는 것이다. 그 자리에 앉아 있던 프리므코프는 눈을 감고, 아내의 이야기에 맞장구라도 치는 듯이 약간 고개를 끄덕여 보였다. 나는 이것 저것 그녀에게 물어 보기 시작했지만, 이 대화가 그녀에게 불쾌한 인상을 준다는 것을 이내 알아차렸다. 그래서 우리는 상상이라는 것, 상상의 힘이라는 것을 이야기하기 시작했다. 나는 젊은 때 수많은 행복을 공상했지만(그것은 실생활에 불운했던 사람, 혹은 현재 불운한 처지에 놓여 있는 사람들이 일상적으로 되풀이하는 공염불에 지나지 않는다) 그 중에서도, 사랑하는 여자와 함께 몇 주일 동안 베니스에서 살면 얼마나 행복할까 하고 공상하곤 했다. 청년 시절의 나는 줄곧 이런 공상에만 젖어 있었는데, 특히 밤에는 더했다. 그래서 나도 모르는 사이에 점점 하나의 완전한 정경이 머릿속에 만들어져서, 언제든지 원할 때 잠시 눈만 감으면, 그 정경을 눈앞에 불러 낼 수 있게까지 되었다. 나의 공상 속에 그려진 화면은 이런 것이다. 밤, 달, 부드러운 하얀 달빛, 향기……자넨 레몬 향기라고 생각할 테지만, 아니다. 바닐라 향기인 것이다, 사보텐 향기인 것이다. 게다가 거울같이 잔잔한 넓은 수면, 올리브가 무성한 평탄한 섬, 그 섬 해변가에 자그마한 대리석 집이 서 있고 창문은 활짝 열려져 있다. 어디서인지는 몰라도 음악 소리가 들려 온다. 집 안에는 검정잎이 달린 나무들이 있고, 반쯤 가린 남포 빛이 흐르고 있다. 하나의 창문에는 금빛 술이 달린 묵직하고 긴 벨벳 외투가 늘어져서 한쪽 끝이 물 속에 잠겨 있다. 이 외투에 팔꿈치를 괸 그와 그녀는 나란히 앉아서 멀리 베니스를 바라보고 있다. 이러한 광경이, 마치 눈으로 보기라도 한 듯 똑똑히 머릿속에 떠오르는 것이었다.

그녀는 나의 헛소리를 듣고 나서 자기도 자주 공상을 하지만 나와는 전혀 종류가 다른 것이라고 말했다. 그녀는 어떤 여행자와 함께 아프리카 사막 속에 있는 자기 자신을 상상하든가, 그렇지 않으면 북극에서 프랭클린(영국의 유명한 북극 탐험가)의 흔적을 찾아 헤매는 것을 공상한다. 더욱이 자기가 참지 않으면 안 되는 모든 궁핍, 자기가 싸우지 않으면 안 되는 모든 곤란을 생생히 마음속에 그려 본다는 것이었다.

"당신은 여행기를 너무 많이 읽었기 때문이야." 하고 남편이 주의를 주었다.

"그럴지도 모르죠." 하고 그녀가 대답했다. "그렇지만 공상을 할 바엔 현실성이 있어야지, 되지도 않을 것을 공상한들 무슨 소용이 있겠어요?"

"어째서 그것이 안 됩니까" 하고 나는 대들었다. "되지도 않을 것이라니, 그것이 어째서 나쁘단 말씀입니까?"

"내가 표현을 잘못했군요." 하고 그녀가 말했다. "내가 말하고자 한 것은 자기 자신에 대해서, 자기의 행복에 대해서 공상한다는 것은 아무 소용이 없다는 것입니다. 자신의 행복 같은 건 생각할 필요도 없어요. 그런 것을 생각해서 무엇 해요! 그것은 건강과 같은 것이어서 자신이 그것을 느끼지 못할 때면 그것이 있다는 증거예요."

이 말은 나를 놀라게 했다. 이 여자에게는 위대한 혼이 있다. 진정이다, 나를 믿어 다오……. 대화는 베니스의 이야기에서 이탈리아와 이탈리아인에게로 옮겨졌다. 프리프코프는 밖으로 나가고, 나하고 베라 둘만이 남았다.

"당신의 혈관 속엔 이탈리아의 피가 흐르고 있는 셈이군요." 하고 나는 말했다.

"그래요." 그녀가 대답했다. "혹시 원한다면 할머니의 초상을 보여 드릴까요?"

"네, 제발."

그녀는 자기 서재로 가더니, 잠시 후 큼직한 황금의 메달리온 (초상을 새긴 원형비)을 가지고 나왔다. 나는 메달리온을 열었다. 그러자 엘리초바 부인의 아버지와 알리바노 태생의 시골 여인인 그의 아내를 보았다. 정말 훌륭하게 그려진 셈세한 초상이었다. 베라의 할아버지는 엘리초바 부인하고 너무나도 흡사해서 놀랄 지경이었다. 다만 새하얀 백발로 테두리를 이룬 그의 얼굴 윤곽은 더욱 엄격하고 날카로운 인상을 주지만, 자그마하고 샛노란 눈에서는 어떤 음침한 고집 같은 것이 엿보였다. 그러나 이탈리아인 여자의 얼굴은 어떠했을까! 윤기가 도는 커다란 눈은 약간 튀어나온 편이었으나, 진홍빛 입술은 만족스러운 미소를 띠고, 얼굴 전체에는 활짝 피어난 장미꽃처럼 개방적이면서 음욕스러운 데가 있었다! 자극적인 가느다란 콧구멍은 지금 막 키스를 하고 난 듯이 바르르 떨리며 커진 것 같고, 거무스름한 두 볼에서는 열렬한 정열과 건강과 청춘과 풍부한 여성적인 매력이 풍기고 있었다. 그녀의 이마는 지금까지 생각해 보지도 못한 이마였다. 그런 이마를 창조하신 신에게 감사할 정도다! 그녀는 고향인 알리바노 식 옷차림을 하고 그려져 있었는데, 화가는 ─아아, 정말 명화가(名畵家)다!─ 반지르르하게 잿빛 윤기가 도는 흑옥(黑玉)같이 검은 머리칼 위에 포도 덩굴을 얹어 놓고 있었다. 그리고 이 바커스)와 같은 장식은 말할 수 없이 그녀의 얼굴 표정에 잘 어울리는 것이었다. 그런데 자네 알겠나, 이 얼굴이 누구를 연상케 했는지? 그 검은 테두리 안에 끼워놓은 나의 마농레스코를 연상케 했다네. 그러나 무엇보다도 놀랄 일은 이 초상을 보면서 문득 이런 생각을 했다는 것이다. 베라의 얼굴은 조금도 할머니하고 닮은 데가 없음에도 불구하고, 그녀의 얼굴에는 때때로 그 미소, 그 눈초리에 흡사한 어떤 것이 순간적으로 번쩍일 때가 있다는 것을.

그렇다! 되풀이해서 말하지만 그녀 자신도, 이 세상의 어느 누구도 그녀의 내부에 숨어 있는 모든 것을 아는 사람은 아직 없다.

아아, 그렇다! 덧붙여 말해 두지만 엘리초바 부인은 딸이 결혼하기 전에 자기의 생애, 어머니의 횡사(橫死), 그 밖의 모든 일을 하나도 남김없이 이야기했던 것이다. 그것은 모름지기 교훈이 목적이었다고 추측된다. 베라는 자기의 할아버지, 즉 그 신비적인 라다노프의 이야기를 듣고 특히 강한 인상을 받았다. 그녀가 망령을 믿는 것도 결국 이것 때문이 아닐는지. 그렇게 결백하고 빛나는 성품의 여자가 어두운 지하 세계를 무서워하고 게다가 그것을 믿다니, 정말 이상한 일이다!

그러나 이것으로 펜을 놓는다. 이런 것을 써서 무슨 소용이 있겠나? 그러나 다 써 버렸으니 이대로 자네에게 부치도록 하겠다.

자네의 P.B.로부터

7

M촌에서, 1850년 8월 22일.

마지막 편지에서 열흘을 지내고 다시 펜을 든다. 오오, 나의 친구여, 나는 더이상 감출 수가 없다……아아, 이 괴로움! 나는 그녀를 사랑하고 있는 것이다. 이 운명적인 말을 어떤 비통한 전율을 가지고 쓰고 있는지, 자네도 추측할 수 있으리라 믿는다. 나는 어린애도 아니고 그렇다고 청년도 아니다. 타인을 기만하는 것이 거의 불가능하고, 수월하게 자기 자신을 기만할 수 있는 그런 시기는 이미 지나가고 말았다. 나는 모든 것을 알고, 모든 것을 명백히 관찰할 줄 안다. 자신이 벌써 40고개를 바라보고 있다는 것도, 그녀가 다른 사람의 아내이고 또 그녀는 자기 남편을 사랑하고 있다는 것도 나는 안다. 그리고 나를 사로잡는 이 불행한 감정에는 남모르는 마음의 가책과 생활력의 낭비 외에 아무것도 기대할 것이 없다는 것도 잘 알고 있다. 이런 것을 모조리 알기 때문에 나는 아무것도 버리지도 않고 원하지도 않지만, 그렇다고 해서 내 마음은 조금도 가벼워지질 않는다. 벌써 한 달 전부터 그녀에 대한 나의 관심이 점점 강해진다는 것을 깨달았다. 그것은 어느 정도 나를 당황케 하기도 했지만 한편으로는 기쁘게도 했다. 그렇지만 흘러가 버린 청춘과 같이, 두 번 다시 돌아오지 않을 줄 믿었던 모든 것이 다시금 되풀이되리라고는 꿈에도 생각지 못한 일이었다. 아니, 나는 무슨 말을 하고 있나! 나는 이런 사랑을 한 번도 해 본 적이 없다. 그렇다, 한 번도! 마농레스코, 프레치리온, 이것이 예전의 나의 우상이었다. 이런 우상을 파괴하는 것은 쉬웠지만, 그러나 지금 나는 처음으로 여자를 사랑한다는 것이 무엇인지 알았다. 이런 것은 말하기조차 부끄러운 일이지만 사실이다. 나는 부끄럽다……. 사랑은 어쨌든 에고이즘이지만, 내 나이로 에고이스트가 된다는 것은 용서할 수 없는 일이다. 서른일곱 살이나 돼 가지고 자기 자신을 위해 살아서는 안 된다. 유익하게 살아 나가지 않으면 안 된다. 일정한 목적을 안고 이 땅에서 자기의 의무, 자기의 사업을 수행하지 않으면 안 된다. 그래서 나는 일에도 달라붙어 보았으나 금세 회오리 바람에 휩쓸린 듯, 모조리 날아가 버리고 마는 것이었다.

지금 생각해 보니 맨처음 편지에서 자네에게 무엇을 썼는지, 지금에야 알 것 같다. 나의 앞길에는 얼마나 많은 시련이 놓여 있을지를 안 것이다. 이러한 시련이 별안간 내 머리 위로 굴러 떨어진 것이다! 나는 멍청히 서서, 아무 생각 없이 앞을 바라보고 있지만, 바로 눈앞에 검은 장막이 드리워 있어서 마음이 괴롭고 무섭기만 하다! 나는 자신을 견제할 수 있다. 표면상으론 다른 사람 앞에서뿐만 아니라, 마주앉아 있을 때까지 태연스러울 수 있다. 사실, 어린애처럼 미치광이 짓은 할 수 없기 때문이다! 그러나 독충(毒蟲)이 내 마음속으로 기어들어, 밤이고 낮이고 피를 빨고 있다. 도대체 이것은 어떻게 되려는 것일까. 지금까지는 그녀가 없을 때 그녀를 그리워하고 흥분하다가도, 그녀를 보기만 하면 금방 가라앉곤 했는데……. 지금은 그녀 앞에서도 마음이 편하지가 않다. 이것이 내게 두려움을 준다. 아아, 사랑하는 친구여, 자기의 눈물에 수치심을 느끼며 그것을 감추지 않으면 안 된다는 것은 얼마나 쓰라린 일일까! 운다는 것은 젊은이들에게만 허용된다. 눈물이란 그들에게만이 어울리는 것이다.

나는 이 편지를 다시 한 번 읽을 수는 없다. 이것은 신음 소리처럼 나도 모르게 가슴속에서 터져 나온 것이기 때문이다. 나는 더이상 덧붙이거나 이야기할 수 없다. 잠시 여유를 다오, 그러면 나도 정신을 차려 본연의 마음으로 돌아올 것이고, 그 땐 사내답게 모든 것을 자네에게 이야기하겠다. 그렇지만 지금은 자네 가슴에 나의 머리를 기대고 싶은 생각밖에 나질 않는다. 그리고……

오오, 메피스토펠레스여! 너도 나를 도와 주지 않는가? 나는 어떤 의도에서 펜을 멈추었다. 즉 자기 내부에 숨어 있는 풍자적인 혈관을 들추어 내서, 이러한 불평과 하소연들이 1년 혹은 반 년이 지났을 때, 얼마나 우습고 달콤한 것으로 느껴질 것인지 자신에게 주의를 시켰지만……안 된다.

메피스토펠레스도 무력하다. 그의 이빨도 무디어지고 말았다…….

그럼 오늘은 이만!

8

M촌에서, 1850년 9월 8일.

친애하는 나의 친구, 세몬 니콜라예비치!

자네는 나의 마지막 편지에 너무 마음을 쓰고 있다. 내가 언제나 감정을 과장한다는 것은 자네도 알고 있지 않는가. 이건 나도 모르는 사이에 그렇게 되고 말았다. 여자 같은 성격이라 할지! 물론 이것은 나이와 함께 없어져 가겠지만, 지금까지도 여전히 교정되지 않고 있음을 한숨과 더불어 고백하지 않을 수 없다. 그러니까 안심하기 바란다. 베라가 내게 준 인상은, 굳이 부정하려 하진 않지만 되풀이해서 말하건대, 그 사실 속에는 아무것도 이상한 것이 없다. 자네가 편지에 쓴 것처럼, 일부러 여기에 와 주겠다는 생각은 전혀 소용 없는 일이다. 천 베르스트나 되는 거리를 달려온다니, 더욱이 아무 소용도 없는 일을 위해서— 아니, 그것은 정말 분별 없는 짓이다! 그러나 자네의 우정의 새로운 증명으로서 나는 마음으로부터 자네에게 감사한다. 그리고 한평생 이것을 잊지 않겠다는 것도 제발 믿어 주기 바란다. 게다가 나 자신도 곧 페테르부르크로 떠날 작정이니까, 자네가 이리로 와 준다는 것은 더욱 사리에 맞지 않는 말이다. 나는 자네의 긴 의자에 앉아서 모든 것을 상세히 이야기하겠네. 그러나 물론 지금은 말하고 싶지 않다. 다시 말을 시작하면 자네에게 혼란을 가져올 우려성도 없지 않으니까. 출발 전에 다시 한 번 쓰겠다. 그럼 다시 만날 때까지 부디 즐겁고 건강하기를 빌며, 너무 친구의 운명을 상심하지 말기를 바란다.

마음으로부터 존경하는 P.B.로부터

9

P촌에서, 1853년 3월 10일.

오랫동안 자네에게 회답을 쓰지 못했다. 실은 요 며칠 동안 자네의 편지를 생각하고 있었다. 자네가 그것을 쓰게 된 것도 단순한 호기심에서가 아니라 진정한 우정의 발로에서였다는 것을 나도 느낄 수 있었지만 자네의 충고에 따를 것인지, 자네의 희망을 받아들일 것인지 이 점에서 나는 주저했던 것이다. 그러나 드디어 나는 자네에게 모든 것을 이야기하기로 결심했다. 자네의 상상대로 이 고백이 나의 기분을 가볍게 해줄지 어떨지는 모르지만, 그러나 영원히 나의 생활을 일변해 버린 사정을 자네에게 숨겨 두고 있을 권리가 없다고 생각한다. 그뿐만 아니라 이런 말을 하면 나는 일생 죄인으로 남게 될지도 모른다. 그러나 내가 존경하는 단 한 사람의 친구인 자네에게 우리들의 슬픈 비밀을 고백하지 않는다면, 아아! 나는 그 영원히 잊을 수 없는 그리운 환영 앞에 더 큰 죄인이 되지 않을 수 없는 것이다. 자네는 이 땅에서 베라를 기억하는 단 한 사람일지도 모른다. 그러한 자네는 그녀에 대해서 경솔하고 허망한 판단을 내리고 있다. 나는 이것을 참을 수 없다. 제발 모든 사정을 알아 다오! 아아, 이건 두서너 마디로서도 전할 수 있는 말이다. 우리 두 사람 사이에 있었던 것은 번갯불처럼 순간적인 것이었고, 역시 번갯불처럼 죽음과 멸망을 가져다 준 것이었다.

그녀가 세상을 떠난 다음부터 내 생명의 마지막날까지 이 땅을 버리지 않을 결심으로, 내가 초라한 벽촌으로 옮겨온 후 2년 남짓한 세월이 흘러갔다. 그래도 모든 것은 뚜렷이 나의 기억 속에 남아 있고, 나의 상처는 아직도 너무나 생생하며 나의 슬픔은 이토록 쓰라린 것이다.

나는 하소연을 하려는 것이 아니다. 하소연은 마음의 상처를 들추어내면서 슬픔을 치료해 주지만, 그러나 나의 슬픔은 치료되는 것이 아니다.

그럼 이야기에 들어가도록 하자.

자네는 나의 마지막 편지를 기억하고 있을 것이다. 그것은 자네의 근심을 없애 버리려고 자네의 페테르부르크 출발을 중지시킨 그 편지다. 자네는 고의적으로 언죽번죽하게 쓴 나의 편지를 이상하게 여기고, 우리들이 곧 만날 수 있으리라는 나의 말을 믿어 주지 않았지만, 그건 자네의 추측대로였다. 그 편지를 본 전날밤에 나는 내가 사랑을 받고 있다는 것을 안 것이다.

이 말을 썼을 때, 나는 마지막까지 이야기를 계속해 나간다는 것이 얼마나 곤란한지를 깨달았다. 나의 머릿속을 떠나지 않는 그녀의 죽음에 대한 상념은 그전보다 곱절의 힘으로써 나를 괴롭힐 것이고, 이 추억은 나를 태워 버리고 말 것이다. 그러나 나는 자신을 억제하도록 애써서 차라리 펜을 던져 버리든가, 그렇지 않으면 필요 없는 말은 한 마디도 쓰지 않기로 하겠다.

베라가 나를 사랑하고 있음을 안 것은 다음과 같은 상황에서였다. 먼저 말해 두지 않으면 안 될 것은(자네도 나를 믿을 줄 안다) 그날까지 나는 전혀 그런 것을 생각해 보지도 않았던 것이다. 사실 그녀는 이따금씩 생각에 잠기곤 했다. 그전에는 그와 같은 일이 전혀 없었던 것이다. 나는 어째서 그녀가 그렇게 됐는지 납득이 가지 않았다. 그러던 것이 드디어 어느 날, 그것은 9월 7일로 내게는 영원히 잊을 수 없는 날이지만, 이와 같은 일이 발생했다. 자네도 알고 있듯이 나는 그녀를 사랑하는 나머지 언제나 마음이 괴로웠기 때문에, 그림자처럼 여기저기 거닐면서 어디에 몸을 둘지 갈피를 잡을 수 없었다. 그날도 집에 있을까 했으나 참을 수가 없어 그녀의 집으로 향했다. 가 보니 그녀 혼자 서재에 앉아 있었다. 프리므코프는 사냥을 나가서 집에 없었다. 내가 방으로 들어갔을 때 베라는 물끄러미 나의 얼굴을 바라볼 뿐, 나의 인사에 대답하려고도 하지 않았다. 그녀는 창문가에 앉아 있었는데, 무릎 위에는 책이 하나 놓여 있었다. 나는 이내 알 수 있었다. 그것은 내가 증정한 〈파우스트〉였다. 그녀의 얼굴 표정은 몹시 피로해 보였다. 나는 그녀와 마주앉았다. 그녀는 파우스트하고 그레텐의 대화를 낭독해 달라고 내게 청했다. 그것은 그녀가 파우스트에게 신을 믿느냐고 묻는 장면이다. 나는 책을 들고 읽기 시작했다. 낭독을 마치고 나서 나는 그녀를 보았다. 베라는 안락의자에 머리를 기대고 가슴 위에 팔장을 낀 채 여전히 뚫어질 듯 나를 바라보는 것이었다.

어째서인지는 몰라도 나의 심장은 갑자기 울렁거리기 시작했다.

"당신은 나를 어떻게 만들었을까요!" 하고 그녀는 느릿느릿 말했다.

"뭐라고요?" 나는 어리둥절하여 이렇게 물었다.

"정말, 당신은 나를 어떻게 만들었을까요!" 그녀는 되풀이했다.

"그러시다면," 나는 말하기 시작했다. "왜 이 책을 읽게 만들었느냐 말씀인가요?"

그녀는 아무 말 없이 일어나더니 문 쪽으로 걸어갔다. 나는 그 뒤를 바라보았다.

그녀는 문턱 위에서 걸음을 멈추더니 천천히 내게로 돌아섰다.

"나는 당신을 사랑해요." 하고 그녀가 말했다. "당신이 나를 이렇게 만들어 버렸어요."

온몸의 피가 머리로 솟구쳐올랐다.

"나는 당신을 사랑해요, 당신에게 반했어요." 베라가 되풀이했다.

그녀는 밖으로 나가서 쾅하고 문을 닫아 버렸다. 그때 내 마음속에 일어난 감정은 여기에 묘사하지 않기로 하겠다. 나는 정원으로 나가서 나무 숲속을 헤치고 들어가 어떤 나무에 기댄 것만은 기억하고 있지만, 그 다음 얼마나 오래 거기에 서 있었는지 말할 수는 없다. 나는 마치 넋을 잃은 사람 같았다. 황홀한 행복감이 때때로 파도처럼 가슴속을 물결쳐 지나갔다. 아니, 이런 말은 하지 않기로 하자. 프리므코프의 음성이 나를 이 황홀경에서 벗어나게 했다. 나의 방문을 알리는 하인의 말을 듣고 그는 사냥에서 돌아와 나를 찾고 있는 참이었다. 내가 모자도 쓰지 않고 정원에 홀로 서 있는 것을 발견하자 그는 무척 놀라는 기색이었다. 그는 나를 집으로 데려왔다.

"아내는 응접실에 있습니다." 하고 그가 말했다. "그리 가 봅시다."

내가 어떤 마음을 안고 응접실의 문턱을 넘어섰는지, 그것은 자네의 상상에 맡긴다. 베라는 한쪽 구석에서 자수를 놓고 있었다. 나는 흘긋 곁눈질해 보았을 뿐으로, 한참 동안 눈을 들지 않았다. 놀랍게도 그녀는 태연해 보였다. 말하는 데 있어서도, 그 말의 음향에 있어서도 불안스러운 빛은 없었다. 나는 드디어 그녀를 쳐다보기로 결심했다. 두 사람의 시선이 마주쳤다. 그녀는 약간 얼굴을 붉히고 자수 위로 고개를 숙였다. 나는 그녀의 모습을 관찰하기 시작했다. 무엇인지 마음에 걸리는 것이 있는 것 같았다. 근심어린 미소가 때때로 그녀의 입술을 스쳐가는 것이었다.

프리므코프가 나가 버렸다. 그녀는 문득 머리를 쳐들고 제법 큼직한 소리로 나에게 물었다.

"이제부터 어떻게 하실 작정이세요?"

나는 당황한 나머지 목메인 소리로 성급히, 인간으로서의 의무를 이행하기 위해서 여기를 떠나겠다고 대답했다. "그것은 당신을 사랑하기 때문입니다, 베라 니콜라예브나. 당신도 그전부터 눈치챘을 것이라 믿습니다." 하고 덧붙였다. 그녀는 다시 자수 쪽으로 머리를 숙이고 생각에 잠겼다.

"나는 당신하고 이야기할 말이 있어요." 이윽고 그녀는 이렇게 말을 이었다. "오늘밤 차를 마신 다음에 정원의 정자로 와 주세요……아시죠, 당신이 〈파우스트〉를 읽어 준……"

 그녀는 무척 똑똑한 어조로 이 말을 했는데, 바로 그때 방으로 들어온 프리므코프가 어째서 그 말을 듣지 못했는지 아직도 나는 의심스럽다.

 그날은 조용히, 괴로울 정도로 조용히 저물어 갔다. 베라는 이따금씩 '나는 꿈을 꾸고 있는 것이 아닐까?' 하고 자문하는 듯한 표정으로 빛나곤 했으나, 그와 동시에 그녀의 얼굴에는 굳은 결심의 빛이 어려 있었다. 그러나 나는…… 나는 제정신으로 돌아올 수 없었다. 베라가 나를 사랑하고 있다! 이 말이 끊임없이 머릿속에서 빙글빙글 맴돌고 있었으나, 나로서도 그것을 이해할 수 없었다. 나라는 존재도 모르겠거니와 그녀의 일도 알 수 없었던 것이다. 나는 이렇게 뜻하지 않은 전율적인 행복을 믿을 수가 없었던 것이었다. 나는 가까스로 과거를 상기하고, 역시 꿈 속에서처럼 몽롱히 바라보며 이야기하고 있었다.

 차를 마신 다음, 나는 어떻게 해서 눈치 채지 못하게 집에서 빠져나갈까 궁리하고 있으려니 그녀가 문득 산책을 하고 싶다고 말하며 내게 쫓아와 달라고 청하는 것이었다. 나는 일어나서 모자를 들고 어슬렁어슬렁 그녀 뒤를 쫓아갔다. 나는 말을 꺼낼 수가 없었다. 가까스로 숨을 몰아 쉬며 그녀의 첫마디가 떨어지기만을 기다렸다. 사랑의 고백을 기다렸다. 그러나 그녀는 침묵을 지키고 있었다. 두 사람은 말없이 중국식 정자에 다다르고, 역시 말없이 그 속으로 들어갔다. 그러자 그때 ―나는 어떻게 해서 그렇게 되었는지 알 수 없다― 우리는 별안간 서로 부둥켜안았다. 무엇인지 눈에 보이지 않는 힘이 나를 그녀 쪽으로 떼밀었던 것이다. 물결치는 머리칼을 뒤로 젖힌 그녀의 얼굴은 저물어 가는 저녁놀 속에서 황홀한 사랑의 미소로 물들었다. 이윽고 두 사람의 입술은 걷잡을 수 없는 키스로 녹아 내렸다.

이것은 최초의 키스였던 동시에 최후의 키스이기도 했다.

베라는 갑자기 내 손에서 몸을 풀고, 커다랗게 뜬 눈에 공포의 빛을 띠면서 흠칫 한 걸음 뒤로 물러났다.

"뒤를 돌아보세요." 하고 그녀는 떨리는 목소리로 말했다. "당신의 눈에는 아무것도 보이지 않으세요?"

나는 얼른 뒤돌아보았다.

"아무것도. 아니, 당신의 눈에는 무엇이 보입니까?"

"지금은 안 보여요. 그렇지만 보였어요."

그녀는 천천히 거칠게 숨을 몰아 쉬었다.

"누구를? 무엇을?"

"나의 어머니를." 그녀는 천천히 이렇게 말하고, 온몸을 와들와들 떨기 시작했다.

나도 오싹 소름이 끼쳐 그만 부르르 몸을 떨었다. 문득 나는 죄라도 범하고 있는 듯한 생각이 들어 가슴이 뛰었다. 사실 나는 이 순간 죄인이 아니었다고 말할 수 있을지.

"그런 쓸데없는 소린 그만두세요!" 하고 나는 말했다. "그런 소리보다는 오히려……"

"아니에요, 제발, 아니에요!" 하고 그녀는 내 말을 가로채고, 자기 머리를 붙잡았다. "이건 미치광이 짓이다……난 미칠 것 같아……. 이런 장난을 할 순 없어요. 이건 죽음이에요……. 안녕히……."

나는 그녀에게 손을 내밀었다.

"부탁이니 조금만 더 있어 주시오." 나는 흥분한 어조로 엉겁

곁에 이렇게 외쳤다. "제발……이건 너무 가혹합니다."

그녀는 흘긋 나를 보았다.

"내일, 내일밤." 하고 그녀는 말했다. "오늘은 안 돼요. 부탁이에요……오늘은 돌아가 주세요……. 내일밤, 정원의 쪽문 있는 곳으로 와 주세요, 호숫가의……나도 그곳으로 가겠어요, 꼭 가겠어요……. 당신에게 맹세해요." 하고 그녀는 정신 없이 덧붙였다. 그 눈은 번쩍번쩍 빛났다. "누가 말리더라도, 나는 맹세해요! 모조리 이야기하겠어요, 그렇지만 오늘은 돌려보내 주세요."

그러고는 내가 미처 말하기도 전에 그녀는 자취를 감추고 말았다.

나는 마음의 밑창까지 뒤흔들린 채 그 자리에 남았다. 머리가 빙글빙글 돌았다. 지금까지 전신에 넘쳐 흐르던 미칠 듯한 희열감은 점차 우울한 감정으로 바뀌어 갔다. 나는 주위를 돌아보았다. 지금 내가 서 있는 방, 나직한 천장에 벽이 거무스름한, 기척 없는 축축한 방이 내게는 무서운 생각이 들었다.

나는 밖으로 뛰어나와 집 쪽으로 무거운 발걸음을 옮겼다. 베라는 테라스에서 나를 기다리고 있었으나 내가 가까이 오자, 곧 집 안으로 들어가서 그대로 침실에 박히고 말았다.

나는 이 집을 나왔다.

그날밤과 그 다음날 저녁때까지를 어떻게 보냈는지, 도저히 말로선 전할 수가 없다. 단지 기억하고 있는 것은 두 손으로 얼굴을 가린 채 침대 위에 엎드려서 키스하기 전의 베라의 미소를 상기하며, "아, 드디어 그녀는……." 하고 중얼거렸을 뿐이다.

나는 또한 베라한테서 들은 엘리초바 부인의 이야기를 상기했다. 부인은 어느 날 그녀에게 이렇게 말했다는 것이다. "너는 얼음과 같아서, 녹을 때까지는 돌처럼 단단하지만, 일단 녹아버리면, 흔적조차 찾아볼 수 없을 것이다."

그리고 또 이런 것도 머리에 떠올랐다. 언젠가 나는 베라하고 둘이서, 재능 즉 탤런트라는 문제를 토론한 적이 있었다. "내게는 단 한 가지의 재능밖에 없습니다." 하고 그녀는 말했다. "그것은 최후의 순간까지 침묵을 지킨다는 거예요."

나는 그때 무슨 뜻인지 알 수 없었다.

'그러나 베라가 놀란 것은 어째서일까?' 하고 나는 자문해 보았다. '정말 그녀는 엘리초바 부인을 본 것일까? 아니, 상상일 것이다!' 이렇게 생각하고 다시금 그녀를 기다리는 생각에 골몰하고 말았다.

바로 이날, 나는 자네에게 그 간사스러운 편지를 썼던 것이다. 그리고 그땐 어떤 마음으로 그런 편지를 썼는지, 생각만 해도 숨이 막힐 것 같다.

저녁때 —아직 해가 지기 전이지만— 나는 벌써 정원의 쪽문에서 50보 가량 떨어진, 호숫가의 울창한 버드나무 숲속에 서 있었다. 나는 집에서 걸어온 것이다. 부끄러운 말이지만 고백하는데 공포, 조마조마한 공포심이 가슴 가득히 넘쳐서 나는 시종 떨고만 있었다. 그러나 후회는 하지 않았다. 버드나무 가지에 몸을 숨기고, 나는 끈기 있게 쪽문 쪽을 바라보고 있었다. 그러나 문은 열리지 않았다. 이윽고 해가 져서, 점점 어둠이 깃들기 시작했다. 벌써 어두워진 하늘에는 별이 나타났다. 그러나 아무도 나타나는 사람은 없었다. 오한이 나를 휩쓸었다. 이젠 완전히 밤이 되고 말았다. 나는 더이상 참을 수가 없어서 버드나무

숲에서 빠져나와, 쪽문 쪽으로 살금살금 다가갔다. 정원 안은 쥐죽은 듯이 고요했다. 나는 나직한 소리로 베라의 이름을 불렀다. 한 번 더, 그리고 다시 한 번……. 그러나 대답하는 소리는 없었다. 그로부터 30분이 지나, 한 시간이 지났다. 주위는 이미 지척을 분간할 수 없었다. 기다리다 못해 지치고 말았다. 나는 쪽문을 잡아당겨 단번에 열고는 마치 도둑처럼 발끝으로 집을 향해 걸어갔다. 그리고 보리수 그늘에 걸음을 멈추었다.

창문에는 거의 다 불이 켜져 있었다. 하인들이 이방 저방 부산스럽게 왔다갔다 하고 있었다. 그 광경은 나를 놀라게 했다. 희미한 별빛에 비춰 보니, 내 시계는 열한 시 반을 가리키고 있었다. 별안간 집 뒤에서 요란스러운 소리가 들려 왔다. 마차가 저택에서 나간 것이다.

'손님이 온 것 같군.' 하고 나는 생각했다. 베라하고 만날 희망이 완전히 없어졌으므로, 나는 정원에서 나와 집을 향해 걸음을 서둘렀다. 그건 캄캄한 9월의 밤이었지만, 따스하고 바람 한 점 없었다. 부아가 치민다기보다는 슬픈 마음이 지배하고 있었다. 그러나 이것도 점점 풀리기 시작했다. 이윽고 집에 돌아왔을 때는, 바삐 걸어왔기 때문에 다소 피로하긴 했으나 밤의 정적에 마음을 진정시켜서인지 행복한, 거의 즐거운 기분이 되어 있었다. 나는 침실에 들어가자 치모페이를 물러나게 하고, 옷도 갈아입지 않은 채로 침대에 몸을 던지고 그대로 공상에 젖었다.

처음의 공상은 기쁜 것이었지만, 잠시 후 나는 내 자신에게 일어난 기묘한 변화를 깨달았다. 무엇인지 모르지만, 남몰래 마음을 씹는 듯한 우수와 일종의 깊은 내부의 불안을 느끼기 시작한 것이다. 나는 그 원인을 알 수 없었지만, 마치 눈앞에 다가온 불행이 나를 위협하고 있는 듯한, 누군지 그리운 사람이 바로 이 순간에 괴로워하면서 내게 구원을 청하고 있는 듯한 괴롭고 불길한 생각에 사로잡혔다. 테이블 위에는 한 가닥의 밀초가 자그마한 불길을 내며 잔잔히 타고 있었고, 시계추는 규칙적인 소리를 내며 느릿느릿 움직이고 있었다. 나는 한 손에 머리를 기대며, 쓸쓸하게 텅빈 어두컴컴한 방 안을 바라보았다. 나는 베라의 일을 생각했다. 그러자 갑자기 마음이 뭉클해졌다. 내게 그토록 기쁨을 느끼게 하던 모든 것은 마땅히 구원을 받을 수 없는 파멸과 같이, 불행과 같이 느껴지는 것이었다. 우수는 점점 더 커져만 갔다. 나는 더이상 누워 있을 수가 없었다. 갑자기 다시금 누군가가 목메인 소리로 나를 부르는 듯한 생각이 들었다. 나는 머리를 들었다. 그리고 소스라치게 놀랐다. 과연 그것은 거짓말이 아니었다. 애처로운 외침이 먼 곳에서 흘러와서 가느다랗게 떨리면서 검은 유리창에 찰싹 들러붙는다. 나는 무서운 나머지 벌떡 침대에서 일어나 창문을 열었다. 틀림없이 신음 소리가 방 안으로 흘러들어, 마치 내 머리 위를 맴도는 것 같았다. 무서움에 질려 온몸이 싸늘해진 채, 나는 사라져 가는 마지막 여음에 귀를 기울였다. 그것은 어딘지 먼 곳에서 어떤 박명한 사람이 죽어 가며 부질없는 용서를 빌고 있는 그러한 느낌이었다. 이것은 부엉이가 숲속에서 우는 소리인지 아니면 어떤 다른 동물의 신음 소리인지 그 소리를 알려고는 하지 않았지만, 나는 코츄베이에게 대답한 마제파(둘 다 18세기 소러시아의 귀족)처럼 이 불길한 음향에 외침으로 응했다.

"베라, 베라!" 하고 나는 외쳤다. "이건 그대가 날 부르는 소리가 아니냐?"

잠에 취해 거슴츠레한 치모페이가 깜짝 놀란 얼굴로 내 앞에 나타났다.

나는 정신을 차려, 물 한 잔을 들이켜고 다른 방으로 옮겨갔다. 그러나 잠은 오지 않았다. 심장은 그다지 세게 울렁거리지는 않았으나, 병적으로 고동하는 것이었다. 나는 이미 행복스러운 공상에 몸을 내맡길 수 없었다. 이미 나는 행복이란 것을 믿을 수 없었던 것이다.

이튿날, 식사 전에 나는 프리므코프의 집으로 향했다. 그는 근심스러운 표정으로 나를 맞이했다.

"아내가 앓고 있습니다." 하고 그가 말했다. "자리에 누워 있어요. 의사를 부르러 보냈어요."

"어떻게 된 일이오?"

"모르겠습니다. 어젯밤 제 아내는 정원으로 나갔는데, 갑자기 겁에 질린 모습으로 되돌아왔습니다. 제정신이 아니었어요. 하녀가 나를 부르러 달려왔기에 그곳으로 가서 왜 그러느냐고 물었습니다만 아내는 아무 말도 하지 않고 그대로 자리에 누워 버렸습니다. 밤에는 헛소리가 시작되었는데, 도무지 알 수 없는 말뿐이었어요. 당신의 말도 하더군요. 그런데 하녀의 말을 들으니 어떻겠습니까! 정원에서 돌아가신 어머니의 망령이 베로치카의 눈앞에 나타나서 두 손을 벌리며 그 사람 쪽으로 다가오는 듯한 생각이 들었다는 것입니다."

이 말을 들었을 때, 나의 마음이 어떠했으리라는 것은 자네도 짐작할 수 있을 것이다.

"물론, 바보 같은 소리지요." 하고 프리므코프는 말을 이었다. "그러나 고백하지 않으면 안 될 것은 그전에도 제 아내에겐 그와 같은 이상한 일이 이따금씩 일어나곤 했다는 것입니다."
"그래, 어떻습니까, 베라 니콜라예브나는 몹시 심한가요?"
"그래요, 좋지 않습니다. 어젯밤은 정말 걱정스러웠습니다. 지금은 혼수 상태고요."
"의사는 뭐라고 해요?"
"의사는 아직 병명이 분명하지 않다고 말하더군요……"

3월 12일
 사랑하는 벗이여, 나는 이 편지를 처음처럼 써 내려갈 수가 없다. 그것은 내게 너무나 큰 노력을 요구하고, 너무나 쓰라리게 내 상처를 들추어 내기 때문이다. 의사의 말에 의해서 병명은 결정되고 베라는 그 병 때문에 죽고 말았다. 우리들이 순간적으로 만났던 그 운명의 날로부터 세어서, 그녀는 두 주일도 채 살지 못했다. 나는 그녀의 임종전에 다시 한 번 그녀를 만날 수 있었다. 내게는 이이상 더 참혹한 추억은 없다. 그때 나는 벌써 의사한테서 가망이 없다는 말을 들은 후였다. 밤늦게 모든 집안 사람들이 잠들어 버렸을 때, 나는 그녀의 침실 문으로 다가가서 살그머니 그 안을 들여다보았다. 베라는 눈을 감은 채 침대 위에 누워 있었다. 몸은 여위어서 뼈만 앙상했고 두 볼은 타는 듯이 빨갰다. 나는 돌처럼 굳어진 채 물끄러미 그녀를 내려다보았다. 갑자기 그녀는 눈을 뜨고 내 쪽으로 시선을 돌리더니, 그윽한 눈초리로 나를 바라보았다.
 그리고는 매마른 손을 뻗치고—

이 성스러운 곳에서 그대는 무엇을 원하느뇨,
 나를……이 나를……
 (〈파우스트〉의 제1부)

하고 그녀는 말했지만 그 목소리가 너무나 무서워서 나는 그 방을 뛰쳐나오고 말았다. 그녀는 앓는 동안 거의 쉬지 않고 〈파우스트〉와 어머니에 대한 헛소리를 했다. 그녀는 어머니를 마르타라고 부르기도 하고 혹은 그레텐의 어머니라고 부르기도 했다.

베라는 죽었다. 나는 그녀의 장례식에 참석했다. 그 다음부터 나는 모든 것을 버리고 영원히 이곳으로 이주해 온 것이다.

지금까지 자네에게 말한 것을 생각해 다오. 그녀의 일을, 그렇게도 빨리 사그라진 여성의 일을 생각해 다오. 어떻게 해서 이렇게 되었는가, 산 사람에 대한 죽은 사람의 이와 같이 불가해한 간섭을 뭐라고 해석해야 좋을지 그것은 나도 모르겠거니와 또 영원히 알 수도 없으리라. 그러나 내가 세상을 버린 것은, 자네가 말했듯이 단순한 우수의 발작 때문은 아니다. 그것만은 알아 주기 바란다. 나는 자네가 알고 있던 예전의 내가 아니다. 예전에 믿지 않았던 많은 것을 나는 지금 믿고 있다. 나는 그동안 그 박명한 부인—나는 하마터면 처녀라고 부를 뻔했다—의 일이며, 그녀의 출신이며, 눈 먼 우리들이 맹목적인 우연이라고 떠들어 대고 있는 운명의 신비로운 장난 등에 대해서 여러 가지로 생각해 보았다. 이 세상에 사는 한 사람 한 사람의 인간이 얼마나 많은 씨를 지상에 남기고 가는지, 이것을 누가 아느냐 말이다. 게다가 그 씨는 그 사람이 죽은 다음에 비로소 발아할 수 있는 운명을 지니고 있는 것이다. 인간의 운명이 어떠한 신비로운 쇠사슬로 그 자식, 그 후손의 운명을 연결시키고 있는가, 그리고 그의 갈망은 그 후손들에게 어떻게 반영되는가, 그의 과오는 후손에게서 어떤 형식으로 보상되는가. 이것은 신만이 아는 일이다. 우리는 다만 겸허하게 '미지' 앞에 머리를 숙이지 않으면 안 된다.

그렇다, 베라는 죽고 말았다. 그리고 나는 무사히 남아 있다. 네게는 이런 생각이 떠오른다. 내가 아직 어린애였을 때, 우리 집에는 투명한 설화 석고(雪花石膏)로 만든 아름다운 꽃병이 있었다. 그 순결한 순백색 표면에는 한 점의 얼룩도 없었다. 어느 날 혼자 집에 남아 있을 때, 나는 꽃병이 얹혀 있는 받침대를 흔들기 시작했다. 그러자 갑자기 화병이 떨어지며 산산조각으로 부서지고 말았다. 나는 놀란 나머지 망연 자실해서, 파편 앞에 옴쭉달싹 않고 서 있었다. 아버지가 들어와서 나를 보자 이렇게 말했다. "그것 봐라, 넌 무슨 짓을 했니, 이젠 우리 집에 그렇게 아름다운 꽃병이 없어지고 말았다. 이젠 어떻게 해도 돌이킬 수는 없다." 나는 목놓아 울었다. 나는 자신이 죄인처럼 생각되었다.

나는 어른이 되었다. 그리고 경솔한 마음에서 그보다도 천 배나 귀중한 그릇을 깨고 만 것이다.

나는 이렇게 덧없는 결말을 예기치 않았다든가, 그 돌발적인 사건이 나를 놀라게 했다든가, 베라의 본질이 어떻다는 것을 꿈에도 생각지 못했다거나 하는 말을 자신에게 해봤자 결국은 부질없는 말밖에 될 것이 없다. 그녀는 사실 마지막 순간까지 침묵을 지켰다. 나는 그녀를 사랑하고 있다. 나는 남의 부인을 사랑하고 있다고 느꼈을 때, 이내 거기를 물러났어야 했던 것을, 여전히 그대로 남아 있었던 것이다. 이렇게 해서 아름다운 자연의 창조물은 산산조각으로 부서지고 말았다. 나는 무언의 절망을 느끼며, 자기가 저지른 결과를 물끄러미 바라보고 있을 뿐이다.

그렇다, 엘리초바 부인은 끈기 있게 자기 딸을 보호했다. 그녀는 베라를 마지막까지 지켜 나가다가, 최초의 실수를 보자 곧 그녀를 저승으로 데려가고 만 것이다.

벌써 끝날 때가 됐다……. 나는 하고 싶은 말을 백분의 일도 자네에게 전하지 못했지만 이것만이라도 만족한다. 나의 마음 속에 떠올랐던 여러 가지 상념도 다시금 마음의 밑창으로 가라앉고 말 것이다. 편지를 마치면서 이것만은 자네에게 말하고 싶다. 지난 수년간의 경험에서 나는 다음과 같은 하나의 확신을 얻었다. 생활은 농담이 아니고 오락이 아니다. 그렇다고 향락도 아니다……. 생활은 괴로운 노동인 것이다. 거부, 끊임없는 거부— 바로 이것이 인생이 지니는 비밀의 의의인 것이고, 그 수수께끼를 푸는 열쇠인 것이다. 즉 어떤 고상한 것이라 해도 자기가 좋아하는 상념, 공상에 있는 것이 아니라 단지 의무의 수행에 있다. 바로 이것이 인간이 주의해야 할 점인 것이다. 자기 몸에 쇠사슬이 없다면, 의무라는 쇠고리가 없다면 인간은 인생 행로의 마지막까지 무난히 도달하지 못할 것이다. 누구든지 젊을 때는 자유보다 좋은 것은 없다. 자유로우면 자유로울수록 그만큼 발전할 수가 있다라고 생각하기 쉽다.

젊을 때엔 이런 사고방식도 허용되지만 준엄하고 진실한 얼굴이 드디어 자기를 눈앞에 바라보게 되었을 때, 허위의 감정으로 자신을 위로하는 것은 부끄러운 일이다.

그럼 안녕히 그전의 나라면 부디 행복해라하고 덧붙일 것이지만, 지금은 자네에게 이렇게 말하기로 하겠다. 생활에 노력해라. 그것은 생각보다 쉬운 것이 아니다. 슬픈 때가 아니라 명상에 잠길 때면 나를 상기해 다오. 그리고 베라의 모습을 깨끗하고 순결한 그대로 고이 자네 마음속에 묻어 주기 바란다……. 그럼 다시 한 번 안녕!

자네의 P.B.로부터

옮긴이 약력

한국외국어대학 노어과 졸업
미국 인디애나 대학원 수료
한국외국어대학 교수

역 서
안톤 체호프 《체호프 단편집》
투르게네프 《사냥꾼의 수기》
투르게네프 《루딘》
투르게네프 《아샤》
톨스토이 《부활》
톨스토이 《인생의 길》
솔제니친 《이반 데니소비치의 하루》

투르게네프 단편집 〈서문문고54〉

초 판 발행 / 1972년 11월 15일
개정판 발행 / 1996년 9월 30일
글쓴이 / 투르게네프
옮긴이 / 김 학 수
펴낸이 / 최 석 로
펴낸곳 / 서 문 당
주소 / 서울시 마포구 성산1동 20—12호
전화 / 322—4916~8 팩스 / 322—9154
등록일자 / 1973. 10. 10
등록번호 / 제13-16

* 잘못된 책은 바꾸어 드립니다